Brise-ciel

Kenneth Oppel est né à Port Alberna, au Canada, il y a une trentaine d'années. Il vit aujourd'hui à Toronto, avec sa femme et ses deux enfants.

Tout jeune, il se passionne déjà pour la littérature et écrit des récits de science-fiction ou de fantasy... Alors qu'il est encore lycéen, son histoire d'un jeune garçon accro aux jeux vidéo est lue par Roald Dahl, qui la confie à son propre agent littéraire ! En 1985, *Colin's fantastic video adventure*, son premier roman, est publié aux États-Unis et en Angleterre.

Depuis, Kenneth Oppel, diplomé de l'Université de Toronto en cinéma et en littérature anglaise, a publié dix-sept livres, pour les adultes et pour les plus jeunes. *Silverwing*, paru au Canada en 1997, a été traduit dans vingt pays et a obtenu les plus prestigieux prix de littérature jeunesse de langue anglaise. *Sunwing*, qui fait suite à *Silverwing*, a également été primé ; *Firewing*, qui clôt la trilogie, est paru en avril 2002 au Canada.

Kenneth Oppel

Brise-ciel

Traduit de l'anglais (Canada)
par Danièle Laruelle

Catalogage avant publication de Bibliothèque et Archives Canada

Oppel, Kenneth

[Skybreaker. Français]

Brise-ciel / Kenneth Oppel ; texte français de Danièle Laruelle.

Traduction de : Skybreaker.

ISBN 0-439-94170-9

I. Laruelle, Danièle II. Titre. III. Titre : Skybreaker. Français.

PS8579.P64S5914 2006   jC813'.54   C2006-904503-8

Illustration de couverture : David Gaadt

Ouvrage publié originellement par Harper Collins Canada
sous le titre *Skybreaker*

© 2005, Firewing Productions Inc.

© Bayard Éditions Jeunesse, 2006, pour le texte français. Tous droits réservés.

Édition publiée par les Éditions Scholastic,
604, rue King Ouest, Toronto (Ontario) M5V 1E1

5 4 3 2 1   Imprimé en France   06 07 08 09

1

Le Poing du Diable

La tempête faisait rage au-dessus de l'océan Indien : une muraille de nuages sombres aux formes hérissées nous bloquait le passage vers l'ouest. Nous étions à vingt miles de la perturbation, et ses vents furieux nous secouaient déjà depuis une demi-heure. Par les immenses vitres du poste de pilotage, je regardais l'horizon basculer tandis que le vaisseau luttait pour se maintenir d'aplomb. L'orage nous lançait un avertissement, et le capitaine l'ignorait : il ne donnait pas l'ordre de changer de cap.

Nous avions quitté Jakarta une demi-journée plus tôt. Nos soutes auraient dû être remplies de caoutchouc ; or, suite à un cafouillage ou à une transaction douteuse, nous volions à vide. Le capitaine Tritus était d'une humeur de dogue ; une cigarette plantée au coin des lèvres, il grommelait que jamais il ne pourrait payer l'équipage s'il ne transportait rien. Il avait décroché une promesse de cargaison à Alexandrie, qu'il lui fallait rejoindre au plus vite.

— Pas question de contourner la perturbation ! La bordure sud n'est pas très active. Nous la traverserons, dit-il au premier lieutenant.

M. Curtis se contenta de hocher la tête. Il donnait, comme toujours, l'impression d'avoir la nausée. Ce qui n'avait rien de surprenant : servir sur le *Floatsam* sous le commandement de Tritus suffisait à soulever le cœur de n'importe qui. Le capitaine était un petit homme trapu, avec des cheveux blonds et gras qui rebiquaient sous le bord de sa casquette. Il ne payait pas de mine, mais avait le caractère emporté de Rumplestiltskin[1] en personne : au cours de ses fréquentes colères, il martelait l'air de ses poings, bombait son large torse et aboyait des ordres tel un roquet hargneux. Avares de paroles, les membres de l'équipage obéissaient **sans** discuter. Ils fumaient, l'air morose, remplissant le poste de pilotage d'un nuage permanent de fumée jaune. On se serait cru dans l'anti-chambre du purgatoire.

Le poste était encombré, car il faisait aussi office de salle de navigation et de cabine radio. Le navigateur et moi travaillions sur une petite table installée au fond. En

---

1. Personnage colérique du conte de Grimm qui porte son nom.

règle générale, j'aimais avoir une vue dégagée sur les vitres à l'avant de l'appareil. Aujourd'hui, cependant, le spectacle n'avait rien d'encourageant.

Voler droit sur la tempête, ou même à sa périphérie, ne me semblait pas être la meilleure des idées. D'autant qu'il ne s'agissait pas d'une perturbation ordinaire. Tous sur le pont savaient que c'était le Poing du Diable, un typhon quasi permanent qui, d'un bout de l'année à l'autre, se déplaçait dans le nord de l'océan Indien. Tristement célèbre, il frappait si fort que les aérostats tombaient du ciel sous ses coups – ce qui lui avait valu son nom. S'il sommeillait parfois, mijotant doucement, ce jour-là il bouillonnait.

– Surveillez le compas, monsieur Cruse, me rappela à voix basse le navigateur.

– Désolé, monsieur Domville.

Je vérifiai l'aiguille pour lui transmettre notre nouvelle direction. M. Domville reporta rapidement mes indications sur la carte. Notre route ressemblait au parcours d'un marin ivre, elle zigzaguait tandis que nous luttions contre les assauts répétés des vents de face.

Par les panneaux d'observation vitrés fixés au sol, je regardai la mer, neuf cents pieds plus bas. L'écume volait de biais depuis les hautes crêtes des vagues. Et voici que, soudain, nous changions encore de cap ! L'aiguille du compas s'affola sous mes yeux, puis se stabilisa dans une autre position. Christophe Colomb lui-même aurait eu bien du mal à établir sa route par un temps pareil.

— Deux cent soixante et onze degrés.

— Vous n'aimeriez pas être de retour à Paris, monsieur Cruse ? s'enquit le navigateur.

— Je suis toujours plus heureux quand je vole, répondis-je, sincère.

J'étais né dans le ciel et m'y sentais chez moi beaucoup plus que sur terre.

— Personnellement, je regrette de ne pas y être resté, déclara M. Domville, qui me gratifia d'un de ses rares sourires.

De tous les membres d'équipage, c'était mon préféré. Il est vrai que le capitaine colérique et ses officiers aussi maussades que grincheux ne lui faisaient pas grande concurrence. Cultivé et courtois, d'apparence fragile, M. Domville était d'une autre étoffe que la leur. Comme ses lunettes ne tenaient pas sur son nez, il rejetait souvent la tête en arrière pour regarder à travers ses verres. Il était affecté d'une toux rauque que j'attribuais à l'atmosphère enfumée du poste de pilotage. Je prenais plaisir à observer les mouvements vifs de ses mains au-dessus des cartes, l'aisance avec laquelle il manipulait règles et compas à pointe sèche. Son habileté m'inspirait un respect nouveau pour la navigation, tâche qui, jusque-là, ne m'intéressait guère. Moi, je voulais voler pour de bon, piloter un vaisseau aérien, et non retranscrire sa trajectoire sur papier. Toutefois, en travaillant avec M. Domville, j'avais finalement compris qu'il n'y avait pas de destination possible sans un navigateur pour établir le plan de vol et en tracer le cours.

Je souffrais de le voir servir sur le *Floatsam*, un vieux cargo, une épave volante qui transportait des marchandises entre Europa et l'Orient. M. Domville aurait pu trouver mieux, et je me demandais pourquoi il ne cherchait pas ailleurs. Heureusement pour moi, il ne me restait plus que cinq jours à tirer.

L'Académie aérostatique avait envoyé tous ses élèves de première année en stage de formation sur des dirigeables pour y étudier la navigation. Certains étaient partis sur des paquebots de luxe, d'autres sur des vols postaux, d'autres encore sur des péniches ou des remorqueurs du ciel. J'avais eu la malchance d'être affecté sur le *Floatsam*. Le rafiot n'avait sans doute pas été radoubé depuis le déluge, et il sentait plus mauvais que les vieilles bottes de Noé. Les quartiers de l'équipage se réduisaient à quelques hamacs accrochés le long de la passerelle de quille, où les odeurs de graisse de moteur et de carburant Aruba vous gâchaient le sommeil. Rafistolée de bric et de broc, la coque exhibait des pièces de toutes sortes, y compris des pantalons hors d'usage. Les moteurs bringuebalaient. L'infâme pâtée que nous servait le cuisinier à grands coups de louche rouillée défiait l'imagination. On aurait dit qu'elle avait déjà été mâchée et recrachée. « Voyez là une expérience qui vous fera le caractère », m'avait soufflé M. Domville à mon premier repas.

À moins que l'Académie ait voulu enseigner la mutinerie à ses élèves, je ne comprenais pas pourquoi l'illustre institution employait le *Floatsam* comme navire de formation. J'étais sûr en revanche que le capitaine Tritus se réjouissait de la somme qu'il avait touchée pour me prendre à son bord. Somme sans laquelle il n'aurait peut-être pas eu assez de carburant pour son épave... Je regrettais l'*Aurora*, le paquebot aérien sur lequel je travaillais avant d'entrer à l'Académie. *Ça*, c'était un vaisseau digne de ce nom ! Le capitaine Walken savait le piloter et prendre soin de son équipage.

De nouveau, je regardai par la vitre. Et m'en mordis les doigts. Nous faisions route vers le flanc sud de la dépression, qui semblait se déplacer avec nous, roulant et déroulant ses noirs tentacules. Je reportai mon attention sur le capitaine Tritus dans l'espoir qu'il change de cap. Rien. Pas un mot.

— Vous avez déjà traversé le Poing ? demandai-je tout bas à M. Domville.

Il leva un doigt, un seul :

— Nous avons eu de la chance.

Comme il toussait maintenant sans pouvoir s'arrêter, je débouchai la gourde accrochée à la table pour lui verser un gobelet d'eau. Il n'avait vraiment pas l'air bien.

— Merci, souffla-t-il.

Soudain, les nuages nous engloutirent : le poste de pilotage fut plongé dans l'obscurité. M. Curtis alluma aussitôt l'éclairage intérieur, qui transforma les visages de l'équipage en têtes de mort et n'illumina guère que les instruments, jauges et compteurs.

— Moteurs au maximum, ordonna le capitaine. Nous

serons bientôt de l'autre côté. Tenez bon la barre, monsieur Beatty, et gardez le cap.

Plus facile à dire qu'à faire, avec ces vents déchaînés qui nous assaillaient de toutes parts ! La cabine s'assombrit encore. La pluie fouettait les vitres. Quelqu'un brancha les essuie-glaces, qui étalèrent l'eau sans accroître la visibilité. Au-dessus de la table de navigation, la lampe se balançait en tous sens.

— Vitesse ? aboya Tritus.

— Quarante-trois nœuds aériens, capitaine, répondit Curtis.

— Nous devrions aller plus vite que ça avec tous les moteurs à fond.

— Pas contre ces vents de face, capitaine.

Nous étions enveloppés par des nuages mauvais, marbrés de gris et de noir, les plus inquiétants que j'eusse jamais vus. J'avais l'impression que seul un miracle nous empêchait de nous fracasser contre leur masse, tant ils paraissaient denses.

Brusquement, le *Floatsam* décrocha sans crier gare. Mes pieds manquèrent de quitter le sol ; je m'accrochai au bord de la table. Les membres de l'équipage perdirent l'équilibre. Éjecté de son poste, M. Schultz lâcha le gouvernail de profondeur, dont la roue se mit à tourner seule. M. Curtis et lui durent se jeter dessus pour l'arrêter et redresser le vaisseau, ce qui n'alla pas sans mal. Nous étions pris dans le puissant courant descendant de la tempête.

– Six cents pieds, annonça M. Curtis.

Six cents pieds ? Nous avions déjà chuté de trois cents !

– Gouverne de profondeur, ascension maximum, ordonna Tritus.

– Nous sommes au maximum, capitaine, répondit M. Schultz.

– Cinq cents pieds, annonça M. Curtis.

Faute de voir l'altimètre, je l'entendais. Il lançait un signal sonore vers le sol et calculait notre altitude en fonction de la vitesse de retour de l'écho. Avec chaque impulsion, l'altimètre émettait un « BIP ! » retentissant, et un « bip » plus faible lorsque l'écho revenait. À huit cents pieds, l'altitude de croisière normale, il s'écoulait environ deux secondes entre ces bips, qu'on ne remarquait pas plus que les battements de son cœur. M. Curtis avait dû monter le son, car les signaux amplifiés hurlaient à travers la cabine. BIP ! bip... BIP ! bip...

En regardant par les panneaux vitrés du sol, je ne voyais que des nuages, mais mon estomac me disait que nous descendions toujours. Moins vite, cependant.

– Stabilisation à quatre cent vingt-cinq pieds, annonça M. Curtis, soulagé.

Je reprenais mon souffle quand le vaisseau se remit à plonger. De nouveau, la sensation d'apesanteur montait en moi. Je n'avais pas peur de tomber, je craignais la rencontre brutale avec l'eau.

– Trois cent cinquante pieds !

BIP ! bip, BIP ! bip...

— Larguez du lest ! Ballasts aux deux tiers ! cria le capitaine.

J'entendis le bruit métallique des trappes qui s'ouvraient, le flot de l'eau qui, libérée, se déversait dans la mer.

— Trois cents !

— Vent sud-ouest, force 12 !

C'était comme une houle ; l'aérostat peinait pour rester à niveau, puis piquait une fois de plus, jusqu'à la secousse terrible qui l'ébranlait de part en part. Dans les salles des moteurs, les machinistes devaient se cramponner de toutes leurs forces et prier pour que les entretoises ne cèdent pas.

Nous étions plus légers, mais cela ne suffisait pas à ralentir notre chute. J'observai M. Domville. Les yeux rivés sur le plan de vol, il le mettait encore à jour. Sa main ne tremblait pas.

— Deux cent cinquante !

BIPbip, BIPbip...

— Larguez du lest ! Ballasts à moitié ! hurla le capitaine.

— Deux cents !

— Remonte, bougre de carcasse ! jura Tritus.

Amplifié par l'épaisseur des nuages qui nous enveloppaient, le grondement des moteurs se répercutait dans chaque poutrelle, chaque rivet. Je préférais ne pas penser à la pression que subissaient les volets de la gouverne de profondeur.

— Cent cinquante, capitaine !

Bi-bi-bi-bi-bi...

— Larguez tout ! rugit Tritus. Videz les ballasts jusqu'à la dernière goutte !

Un capitaine ne donnait cet ordre qu'en cas de désastre imminent.

Par les vitres du sol, je ne voyais que du gris. Soudain, nous plongeâmes dedans. Un hurlement s'échappa de ma gorge. La mer n'était plus qu'à cinquante pieds, surface irrégulière comme du verre brisé que les bourrasques entaillaient, fouettant l'écume et la projetant de biais au travers des vagues. J'aurais fermé les yeux — si je l'avais pu.

Biiiiiiiiiiiiiiiiiiiiiiiiiiiiiiiii...

L'altimètre n'émettait maintenant qu'un cri ininterrompu. L'équipage s'accrochait tant bien que mal. La mer allait nous prendre. Je ne pensais ni à ma mère, ni à mon père, ni à mes sœurs, ni à Kate. J'avais la tête vide. Puis, tout à coup, je me sentis plus lourd.

Nous remontions !

— Soixante-quinze pieds ! s'écria M. Curtis.

— Fermez les ballasts, aboya le capitaine. Sauvez ce que vous pouvez de lest, nous en aurons besoin !

— Nous voilà sortis du courant descendant, déclara M. Curtis, l'air plus nauséeux que jamais.

— Ce n'est pas fini, grommela Tritus, la mine sombre.

Hélas, il disait vrai. Quelques secondes plus tard, j'étais lourd comme un éléphant, mes oreilles sifflaient sous l'effet de la pression due au brusque changement d'altitude. Près de moi, M. Domville chancela, ses jambes ne le soutenaient plus, et je fus obligé de le retenir pour l'empêcher de tomber. À peine sortis du courant descendant, nous étions emportés par le courant ascendant de la perturbation ! Sans cargaison et presque à vide de lest, dangereusement légers, poussés par l'énergie furieuse de la tempête, nous filions maintenant vers le ciel à une allure vertigineuse. Les bips de l'altimètre s'espacèrent progressivement, se faisant si faibles que je les entendais à peine.

– Capitaine ? Nous pourrions relâcher du gaz porteur, suggéra M. Curtis.

Tritus ne répondit pas.

– Capitaine ? répéta le premier lieutenant.

– Laissez monter, gronda Tritus. Nous serons mieux en altitude tant que nous n'aurons pas franchi le Poing.

Aux commandes du gouvernail de profondeur, M. Schultz lisait l'altimètre à haute voix :

– Cinq mille quatre cents... cinq mille six cents... Six mille, et l'ascension continue...

Le vent cognait toujours, nous martelait de ses coups. Je clignai des yeux pour chasser un léger vertige avant de reprendre le travail de navigation, la lecture des directions, des dérives, de la vitesse du vent. M. Domville suscitait mon admiration. Sa main couverte de taches de vieillesse restait d'une fermeté à toute épreuve. Malgré les secousses anarchiques du vaisseau, ses notations demeuraient nettes et précises.

– Vous avez une main magique, monsieur Domville, fis-je.

– C'est bien là tout ce que j'ai de valide, répondit-il.

Il se remit à tousser. Je lui donnai un peu d'eau, puis remontai la fermeture Éclair de mon blouson. À ces altitudes, il faisait beaucoup plus froid. M. Domville respirait bruyamment, par saccades. Plus nous montions, et plus nos corps souffraient du manque d'oxygène.

– Sept mille pieds, annonça M. Schultz.

Je jetai un coup d'œil anxieux au capitaine Tritus. Nous passions les limites. Comme tous les aérostats, le *Floatsam* volait grâce à l'hydrium, le plus puissant des gaz porteurs. À l'abri de la coque, l'hydrium était contenu dans d'énormes cellules en forme de ballon. Or, à huit mille pieds, avec la baisse de pression, le gaz se dilatait dangereusement, et le tissu imperméable de ces ballonnets risquait de se déchirer.

– Videz les ballonnets. Moins cinq pour cent.

Les épaules crispées se détendirent quand le capitaine lança cet ordre, et le *Floatsam* exhala son souffle dans le ciel. Notre ascension ralentit, mais nous montions toujours.

À neuf mille pieds, le vaisseau tout entier fut pris d'un grand frisson ; puis il fendit les nuages, laissant la tempête derrière lui. La lumière fut soudain si vive que je dus plisser les yeux. À l'ouest, le soleil brillait de tous ses feux et, par la vitre arrière du poste de pilotage, je vis l'immense muraille noire et tourbillonnante. Nous venions de franchir le Poing du Diable !

— Bien, dit le capitaine Tritus, laconique.

Il alluma aussitôt une autre cigarette, et alla jusqu'à tendre son paquet à M. Curtis, M. Beatty et M. Schultz, chose que je ne l'avais encore jamais vu faire. Apparemment, il était d'humeur enjouée.

— Que personne n'ose prétendre qu'on ne traverse pas le Poing du Diable, hein ? Relâchez du gaz, ballonnets à quatre-vingt-treize pour cent, et stabilisez le vaisseau.

Heureusement, nous étions très légers ; sinon nous aurions eu du mal à rester en l'air avec des ballonnets à ce point dégonflés. Presque à vide de lest, il nous faudrait encore libérer du gaz pour atterrir en Égypte. Étant donné le prix élevé de l'hydrium, le voyage reviendrait cher au *Floatsam*.

Dans l'euphorie du moment, le capitaine Tritus ne semblait nullement s'inquiéter de sa mésaventure. Nous avions de la chance d'en avoir réchappé. Pour la première fois cependant, je me surpris à regretter la terre. Je n'avais pas confiance en Tritus, il prenait trop de risques. La tempête aurait pu nous mettre en pièces comme un vulgaire cerf-volant. Je chassai cette pensée : plus que cinq jours, et je serai de retour à l'Académie.

— Ça va ? demandai-je à M. Domville.

Ses doigts étaient d'une pâleur extrême, ses ongles teintés de bleu.

— Les très hautes altitudes ne me réussissent pas.

Sans grande expérience du vol à ces hauteurs, j'en connaissais les effets grâce à mes lectures. Chacun réagissait différemment au mal des sommets – appelé hypoxie –, qui, selon l'altitude atteinte et votre état de santé, pouvait vous donner la migraine ou entraîner la mort. Je sentais d'ailleurs comme une légère pression à mes tempes.

– Nous ne tarderons pas à redescendre, à présent que nous sommes sortis de la perturbation, dis-je.

M. Domville s'abstint de répondre ; il économisait son souffle défaillant.

– Nid-de-pie au rapport !

La voix étouffée provenait de la grille métallique au bout du long tube de communication qui reliait le pont au poste d'observation avant, point le plus élevé de l'aérostat.

Le capitaine Tritus tira d'un geste vif l'embout de laiton vers sa bouche.

– Qu'est-ce qui se passe ? s'enquit-il, lèvres pincées sur sa cigarette.

– Vaisseau en vue, sud-sud-est, capitaine ! Il vole très haut. Environ vingt mille pieds.

Les membres de l'équipage se consultèrent du regard. Les navires du ciel atteignaient rarement de telles altitudes. C'était inouï ; sans doute s'agissait-il d'une erreur. Le guetteur avait dû prendre un nuage pour un ballon, ou encore un oiseau tout proche pour un objet volant lointain.

– Pardon, monsieur Sloan ? gronda Tritus avec irritation.

– C'est un vaisseau, j'en suis sûr.

Le capitaine ôta sa casquette, se saisit de la longue-vue et passa la tête par une fenêtre de côté. Malgré le vent qui s'engouffrait dans l'ouverture, je remarquai que ses cheveux bougeaient à peine, tant ils étaient gras et collés à son crâne.

– Je ne vois rien du tout.

Il reprit l'embout et rugit dans le tube :

– J'espère que vous n'avez pas bu, monsieur Sloan ! Tenez-le à l'œil, nous manœuvrons.

Puis il se tourna vers M. Schultz :

– Remontez de huit degrés environ, que nous tentions d'apercevoir le vaisseau fantôme de M. Sloan.

Pendant que le *Floatsam* pivotait, M. Domville et moi mettions le plan de vol à jour, ce qui nous occupa quelques minutes. Le tracé de notre route ressemblait maintenant aux gribouillages d'un fou.

Tandis que les volets de la gouverne de profondeur abaissaient la queue du cargo, je sentais le nez se relever. À cet angle ingrat, les moteurs et l'empennage souffraient, mais le capitaine avait un meilleur champ de vision.

– Voilà, nous pointons droit sur lui ! lança Sloan par le tube de communication.

Tenu de rester à mon poste, je refrénai l'envie de courir vers les fenêtres. Le capitaine scrutait de nouveau le ciel, armé de sa longue-vue.

– Par Jupiter ! marmonna-t-il.

J'avoue que j'en eus froid dans le dos.

— Il y a quelque chose, là-haut. Cruse ? Essayez de le contacter par radio !

En l'absence d'officier préposé aux communications radio sur le *Floatsam*, la tâche incombait à l'assistant de navigation — en l'occurrence moi. Tout en me précipitant sur le vieil émetteur situé près de la table de navigation, j'espérais me rappeler ce que j'étais censé faire face à cette impressionnante collection de boutons et d'interrupteurs. Je mis le casque et pris le micro. L'appareil était déjà branché sur la fréquence universelle des transports aériens.

— *Floatsam* appelle vaisseau naviguant sud-sud-ouest depuis coordonnées 90°28' de longitude et 9°32' de latitude. Répondez, s'il vous plaît.

N'entendant rien, je montai le volume et recommençai par deux fois, sans résultat.

— Ça ne répond pas, capitaine.

— Essayez la fréquence de détresse.

Je positionnai rapidement l'aiguille du cadran sur la bonne longueur d'ondes. Les parasites grésillaient doucement à mes oreilles.

— Toujours rien, capitaine.

— Pas étonnant, commenta M. Domville. S'ils n'ont pas d'oxygène en bouteille à cette altitude, ils auront perdu connaissance.

Il disait vrai. D'après tous les manuels de pilotage, un apport d'oxygène supplémentaire devenait obligatoire dès que l'on franchissait la barre des seize mille pieds. De plus, à cette hauteur, la température tombait bien au-dessous de zéro. Que s'était-il passé pour que l'aérostat s'élève à ce point ? Je me demandais si ses moteurs avaient lâché ; si, ayant largué trop de lest, le vaisseau avait été emporté par le courant ascendant de la tempête jusqu'à cette altitude fatale − sort auquel nous avions échappé de justesse.

− Ses hélices ne tournent pas, remarqua le capitaine, longue-vue vissée à l'œil. Quelle épave ! Elle est plus vieille que les pyramides ! Je ne parviens pas à déchiffrer le nom...

Il tira l'embout du tube de communication vers lui.

− Monsieur Sloan ? Vous l'avez identifié ?

− C'est...

Il y eut un silence prolongé, puis :

− Capitaine, je n'en jurerais pas, mais je crois qu'il s'agit de l'*Hyperion*.

Sans un mot, Tritus lâcha l'embout, porta une fois de plus la longue-vue à son œil et resta un long moment à fixer un point du ciel.

Dans le poste de commande, personne n'ignorait le nom de ce vaisseau légendaire qui, comme la *Marie-Céleste* et le *Colossus*, avait un jour quitté le port pour ne jamais atteindre sa destination. On racontait qu'il transportait des trésors. S'était-il écrasé ? Avait-il été attaqué et dévalisé par des pirates ? En tout cas, personne n'avait retrouvé sa carcasse. Au fil des années, des marins du ciel prétendaient l'avoir vu, toujours brièvement et de loin, le plus souvent par des nuits de brouillard. Avant ma naissance, une photographie de l'*Hyperion* prise au-dessus de la mer d'Irlande avait défrayé la chronique. Mon père me l'avait montrée dans un livre. Par la suite, on avait découvert que le cliché était un faux. L'*Hyperion*... Un vaisseau fantôme, une belle histoire, rien de plus.

— C'est lui ! souffla le capitaine. Bon sang, je crois bien que c'est lui !

Il passa la longue-vue au premier lieutenant :

— Vous voyez le nom, Curtis ?

— Je n'arrive pas à lire, capitaine.

— Vous avez besoin de lunettes, mon vieux ! C'est pourtant évident. Cruse, vous qui êtes jeune, venez par ici ! Il paraît que vous avez des yeux de lynx. Regardez !

Mû par l'enthousiasme, je gagnai en hâte l'avant de la cabine et pris la longue-vue. Je savais m'en servir, ayant passé des heures dans le nid-de-pie de l'*Aurora* pendant mes quarts de guet. Point n'en était besoin pour repérer le dirigeable. Il était à plus de trois miles, pas plus grand qu'une cigarette, clair contre le fond sombre de la perturbation lointaine. Vite, avant qu'il ne change de position, j'ajustai la lunette à mon œil. Même en la tenant à deux mains, jambes largement écartées pour un meilleur équilibre, je perdais sans arrêt ma cible. Dès que je l'avais dans l'objectif, le *Floatsam* tanguait et roulait, et je me retrouvais à scruter le ciel ou les nuages.

GROUNDBREAKING READS

Je n'avais du vaisseau que de brefs aperçus. L'énorme caisson du bloc-moteur décapé de sa peinture par les intempéries et tout luisant de givre. Un poste de pilotage entièrement recouvert de glace ; une vitre fendue qui réfléchissait la lumière ; des lettres grêlées par les vents sur sa peau lacérée : *Hyperion*.

– C'est lui, murmurai-je dans un souffle.

Sa seule vue me donna la chair de poule. Par quel miracle était-il toujours là-haut, à cette altitude impossible ? Quel équipage de spectres l'avait guidé à travers les airs pendant quarante ans ?

– Nous le prendrons ! déclara Tritus. M. Domville, notez sa position sur la carte ! Parez à larguer du lest, M. Curtis.

– Capitaine, nous sommes à notre altitude maximum, lui rappela le premier lieutenant.

– Il s'agit de l'*Hyperion*, monsieur Curtis. C'est un trésor volant s'il en est. Je compte le récupérer et faire valoir nos droits sur l'épave. Nous la remorquerons à terre !

Ce discours ne souleva pas l'enthousiasme de l'équipage, mais personne n'osa s'opposer au projet.

– Nos ballasts sont déjà presque à vide, insista Curtis, mal à l'aise. Pour arriver là-haut, nous allons devoir tout larguer.

– Eh bien, larguons ! L'*Hyperion* nous servira de lest pour redescendre.

– Il nous faudra aussi relâcher de l'hydrium pour éviter que les ballonnets se déchirent.

– Très juste, monsieur Curtis.

– Nous risquons d'être trop lourds à la descente, capitaine.

– On peut aussi larguer du carburant. Obéissez, c'est tout ce qu'on attend de vous.

Je suivais cet échange en retenant mon souffle. À l'évidence, Tritus avait décidé de rejoindre l'*Hyperion* coûte que coûte. Il était prêt à risquer sa vie, et les nôtres, pour une occasion de décrocher la fortune. Quand M. Curtis se tut, je ne pus retenir ma langue.

– Capitaine, si je puis me permettre...

Il me foudroya du regarda. Comme il ne disait rien, je me dépêchai d'enchaîner :

– À vingt mille pieds, le *Floatsam* souffrira. Ses moteurs ne sont pas conçus pour de telles altitudes. Et l'équipage...

– Silence, monsieur Cruse ! Vous n'êtes qu'un apprenti en stage. On vous tolère ici, ne l'oubliez pas.

– Capitaine, je crains que l'hypoxie...

– Regagnez votre poste, et bouclez-la ! Je note votre insubordination dans mon rapport. Je n'ai pas de comptes à rendre aux petits morveux de l'Académie.

Les joues en feu, je retournai à la table de navigation. À moins d'une mutinerie, rien n'arrêterait le capitaine.

– Préparez-vous pour « l'ange qui a le mal du pays », ordonna-t-il à l'équipage.

Manœuvre réservée aux situations d'urgence, il s'agissait d'une ascension rapide, presque à la verticale – à la manière d'un ange filant vers le ciel. Tritus espérait sans doute qu'en faisant au plus vite nous souffririons moins du mal des sommets pendant la montée : il croyait pouvoir tromper Mère Nature.

— Nous serons là-haut en moins de dix minutes, dit-il encore. Avec les câbles de proue de l'*Hyperion*, nous attacherons solidement les deux vaisseaux. Et maintenant, monsieur Curtis, videz les ballasts avant !

Les trappes situées sous le poste de pilotage s'ouvrirent ; par la fenêtre, je vis notre précieux lest se déverser dans la mer en colonnes irrégulières. La proue étant à présent plus légère que la poupe, le nez du *Floatsam* remonta encore. J'entendis les moteurs rugir à pleine puissance et peiner pour nous emporter toujours plus haut dans le ciel.

— Vitesse à vingt-deux nœuds aériens, annonça M. Curtis.

— Altitude, douze mille cinq cents pieds, répondit en écho M. Schultz.

— C'est de la folie ! murmurai-je à M. Domville.

Il eut un bref hochement de tête. Je voyais qu'il serrait les dents, se crispait pour ne pas frissonner. Un coup d'œil sur le thermomètre fixé près de la fenêtre m'apprit que le mercure venait de tomber au-dessous de zéro. D'une main habile, M. Domville mit le plan de vol à jour, y reporta les coordonnées de l'*Hyperion*. Je regardais attentivement les chiffres quand le capitaine éclata d'un rire bruyant et rauque. Aussitôt, je me retournai.

Jamais je n'avais entendu un rire pareil. Assurément, ce n'était pas le genre de son qu'on produit en public.

— Imaginez leur tête quand nous arriverons au port avec l'*Hyperion* en remorque ! lança Tritus, content de lui.

Il tendit la main vers sa longue-vue, la fit tomber, se pencha en titubant pour la ramasser, y parvint tant bien que mal ; puis, avec un nouvel éclat de rire, la porta à son œil :

— Une chance unique ! Qui nous attendait là depuis des années, pas vrai, monsieur Beatty ?

— Effectivement, capitaine, répondit ce dernier d'un ton guilleret.

Il souriait aux anges devant son gouvernail.

Le malaise commençait. Je me souvenais des symptômes décrits dans mes manuels. L'hypoxie se manifestait d'abord par une sensation de bien-être pouvant aller jusqu'à l'euphorie : votre vue se brouillait, vous vous affaiblissiez, deveniez maladroit sans même le remarquer tant vous vous sentiez bien. Certains sujets perdaient connaissance, asphyxiés par le manque d'air avant même d'avoir éprouvé des difficultés respiratoires. Si vous étiez en bonne santé, vous teniez un peu plus longtemps ; mais ce n'était pas le cas du capitaine Tritus et de son équipage. Empâtés et gros fumeurs, ils n'atteindraient jamais vingt mille pieds ! Je me retournai, anxieux, vers M. Domville, dont l'état général n'était pas bien brillant. Il clignait des yeux et soufflait comme un phoque.

— Monsieur Domville ?

– J'ai besoin d'un siège, balbutia-t-il.

Je lui tirai un tabouret, l'aidai à s'installer dessus. Le haut du corps courbé au-dessus de la table de navigation, il semblait avoir quelque peine à tenir la tête droite. J'ôtai ma veste pour la draper sur ses épaules.

– Quatorze mille pieds, capitaine !

Le thermomètre indiquait - 3 °C. Une fine dentelle de givre recouvrait progressivement les vitres.

– Capitaine ! m'écriai-je. M. Domville est souffrant.

Si Tritus m'avait entendu, il choisit d'ignorer ma remarque.

– Messieurs, le voilà, déclara-t-il en désignant les fenêtres.

Nous n'étions plus qu'à un mile de l'*Hyperion*, dont je distinguais clairement la forme. C'était un immense dirigeable à l'ancienne ; je n'en avais vu de semblables qu'en photo. Vaisseau des mers autant que des airs par l'apparence, il ressemblait à un galion espagnol privé de ses mâts et de ses voiles.

– Quinze mille !

La pression à mes tempes s'était accrue. Mon pouls s'accélérait.

– Plus que quelques minutes, et vous serez tous riches ! promit le capitaine. Monsieur Curtis ? Les hommes sont à leur poste dans le cône de queue ?

Le teint cireux, le visage luisant de sueur, le premier lieutenant paraissait confus.

– Non, capitaine.

– Je vous avais pourtant donné l'ordre ! aboya Tritus, brusquement furieux. Il nous faut quatre hommes à la poupe pour attraper les câbles de proue de l'*Hyperion* !

– Désolé, capitaine. Cela m'aura échappé.

– Allons, plus vite que ça, bougre d'imbécile ! Le temps presse !

M. Curtis tituba jusqu'au téléphone du navire et faillit tomber. M. Beatty fut alors pris d'un fou rire incontrôlable.

Ivres par manque d'oxygène, ces sots ne se rendaient compte de rien.

– Seize mille pieds ! dit M. Schultz d'une voix pâteuse.

Le rire de M. Beatty se mua en toux. Personne ne souriait plus. Plusieurs membres d'équipage se serraient les joues, les tempes ou les oreilles pour combattre la pression interne de leur crâne.

La pression ! Atterré, je me souvins soudain de l'hydrium. Avec la baisse de pression, le gaz se dilaterait dangereusement, tendant la soie des doreurs de l'enveloppe jusqu'à la rupture.

– Capitaine ! lançai-je. Les ballonnets...

Une explosion déchira l'air et secoua le navire, jetant à terre une partie de l'équipage.

Fou de rage, le visage rouge et bouffi, Tritus lança un regard noir autour de lui, comme s'il avait reçu une gifle. Il avait compris ce qui se passait.

– Nous venons de perdre les ballonnets neuf et dix, annonça le premier lieutenant, ahuri.

– Curtis, bon sang ! hurla Tritus, qui seul avait encore l'énergie de hausser le ton. Vous deviez relâcher du gaz à mesure que nous montions !

– Vous n'en avez pas donné l'ordre, capitaine, bredouilla l'interpellé d'une voix défaillante.

– Bien sûr que si, crétin des îles ! Faites-moi ça tout de suite, avant qu'ils éclatent tous !

D'une démarche de somnambule, M. Curtis se dirigea vers le panneau de commande du gaz. Il avançait si lentement que j'en étais au supplice. Les ballonnets se rompraient d'une seconde à l'autre ! Comme personne ne se décidait à l'aider, je me précipitai sur les manettes pour ouvrir les valves. M. Curtis finit par me rejoindre et, ensemble, nous relâchâmes assez d'hydrium pour éviter une nouvelle explosion.

– Merci, monsieur Cruse, murmura-t-il avec lassitude.

Je tremblais comme une feuille à présent. J'étais fluet, mal protégé contre les éléments. Le bout de mes doigts s'engourdissait. Mon champ de vision s'était réduit à un étroit tunnel. Quand une sonnerie d'alarme retentit sur le pont, je mis quelques instants avant de réaliser ce que c'était – comme si mes pensées s'engluaient dans la glace.

– Moteur... numéro deux... en panne, hoqueta M. Beatty entre deux quintes de toux.

Dans l'air raréfié, les moteurs s'étouffaient, comme nous.

– Gardez le cap ! ordonna Tritus.

Une seconde sonnerie vint s'ajouter à la première.

— Capitaine, dit M. Curtis, le moteur quatre a calé.

— Allons, nous y sommes presque ! Juste le temps d'arrimer l'épave, et nous redescendons.

Je regardai M. Curtis. Pâle à faire peur, il avait les lèvres presque bleues.

— Capitaine, haleta-t-il, butant sur chaque mot, notre puissance... est réduite... de moitié... Tous les moteurs... risquent de lâcher... si nous... continuons.

Puis, à bout de forces, il se laissa tomber sur son postérieur, tête pendante, cherchant son souffle.

— Gardez le cap, c'est parfait, marmonna Tritus. Nous touchons au but. Imaginez leur tête...

Par la vitre du poste de pilotage, je voyais l'*Hyperion* approcher, gigantesque, ses larges flancs renflés étincelants de givre, ses fenêtres noires. L'espace d'un instant, mon esprit s'égara. Était-il vraiment rempli de trésors ? Nous en étions si près ! Serait-il si difficile de jeter quelques câbles pour l'arrimer et le ramener au port ? Quelle serait ma part du butin ?

Derrière l'une des fenêtres noires de l'*Hyperion*, un visage blême se dessina. Je sursautai sous le choc, puis je clignai des yeux. Et je ne vis plus que de la glace.

En me retournant vers la table de navigation, je m'aperçus que M. Domville gisait à terre. Je m'avançai vers lui, au ralenti, péniblement, comme si j'évoluais dans l'eau.

— Monsieur Domville !

Je l'étendis sur le dos. Il avait le teint plombé et ne réagissait pas. Mes doigts gourds sentaient à peine la veine qui battait à sa gorge.

– Capitaine, M. Domville s'est évanoui !

Un « bang » lointain me parvint à travers les brumes de ma tête et, soudain, une cascade d'eau froide me dégoulina dessus. Un juron m'échappa, mais la douche m'avait rafraîchi les esprits. Une cuve d'eau potable devait avoir éclaté au-dessus de nous, inondant tout l'arrière du poste de pilotage. Sur la table de navigation, les notes que M. Domville avait prises avec tant de soin étaient détrempées, illisibles.

– Que quelqu'un... s'occupe de ça, grommela le capitaine Tritus, les yeux rivés sur l'*Hyperion*.

Personne ne bougeait. Effondré sur le gouvernail, M. Beatty ne toussait plus. Impossible de savoir s'il était encore conscient. M. Schultz tenait à peine debout. À la surface de l'eau répandue sur le sol, une pellicule de glace se formait déjà. N'y tenant plus, je hurlai :

– Nous sommes trop haut, capitaine ! Le vaisseau va s'abîmer !

Tritus n'entendait rien. Béat, il fredonnait en contemplant l'*Hyperion*. D'une main maladroite, il tenta d'extraire une cigarette de son paquet ; il ne parvint qu'à en renverser le contenu sur le sol et exhala un rire qui ressemblait à un râle. En se penchant, non sans difficulté, pour ramasser ses cigarettes éparses, il tomba à genoux. Comme son équipage, il avait les poumons rongés par les années de tabagisme. Malgré ma vision qui se brouillait, les formes qui gondolaient, j'étais encore sur pied, suffisamment lucide pour comprendre que nous allions mourir si nous montions encore.

Le temps m'était compté. J'avais les ongles bordés de bleu. Des picotements me parcouraient le corps, comme quand on a des fourmis dans les jambes. Pour ne rien arranger, j'eus soudain l'impression de tomber et crus que j'allais tourner de l'œil.

Laborieusement, je gagnai le gouvernail de profondeur, écartai M. Schultz, qui émit un vague grognement de protestation avant de s'affaisser, sans forces, sur le sol. En quelques tours de roue énergiques, je mis le vaisseau en position de descente.

– Espèce de sale roquet ! haleta Tritus.

À travers le flou, je vis l'*Hyperion* monter et disparaître tandis que nous perdions de l'altitude.

– Je t'enverrai en taule pour ça ! siffla Tritus.

Il ne fit cependant pas un geste pour m'arrêter. Les autres non plus : ils étaient bien trop affaiblis.

Titubant ensuite jusqu'aux commandes de gaz, je relâchai un peu d'hydrium, juste assez pour équilibrer le dirigeable et nous assurer une descente en douceur. Un poids énorme pesait sur ma poitrine, m'obligeant à vider mes poumons. Le ciel ne voulait plus que je respire.

Je retournai au gouvernail de direction et remis le cap à l'ouest, notre destination d'origine. N'ayant plus confiance en mes sens, je gardai les yeux fixés sur l'altimètre pour vérifier si nous chutions toujours. Nous n'avions que deux moteurs, pas assez de gaz porteur, plus de lest, et deux des ballonnets étaient crevés. Toutefois, avec un peu de chance, nous pouvions encore gagner le port le plus proche.

2

Le Jules-Verne

L'ascenseur privé, dont l'intérieur n'était que miroirs et cuivres polis, filait en diagonale le long du pilier sud de la tour Eiffel. Passé le premier niveau, la cabine ralentit pour s'arrêter sans heurt au deuxième. Un valet de pied stylé en costume noir ouvrit la grille, et je pénétrai dans l'agitation parfumée d'un restaurant très animé. Les convives bavardaient, les serveurs se livraient à un ballet complexe, les verres tintaient et les couverts cliquetaient. Mon regard se porta immédiatement sur les vitres qui allaient du sol au plafond. À six cents pieds au-dessus du sol, le Jules-Verne offrait une vue aérienne sur la ville entière – un privilège généralement réservé à une clientèle de gens riches et célèbres.

De manière prévisible, Kate de Vries avait choisi le restaurant le plus chic de tout Paris. Elle devait penser que j'aurais plaisir à être dans les airs...

Femmes élégantes et beaux messieurs m'entouraient dans une débauche de tenues somptueuses, de chapeaux et de fourrures. Je retrouvais là l'ambiance du restaurant de première classe à bord du paquebot volant *Aurora*, sur lequel j'avais servi – et où je me serais senti plus à l'aise. Aujourd'hui cependant je n'étais pas de service ; je venais en tant que client. Du moins avais-je eu le bon sens de venir en uniforme de l'Académie – uniforme que j'avais, bien sûr, acheté d'occasion. Je me sentais jeune, pauvre, et me faisais l'effet d'un imposteur.

Le maître d'hôtel s'avança vers moi. D'un coup d'œil exercé, il repéra aussitôt les poignets élimés, la trace fantôme d'une tache sur le revers de ma veste. Six mois plus tôt, dans la pénombre de la boutique, le costume m'avait paru convenable, pas trop défraîchi ; mais, sous les lumières du prestigieux Jules-Verne, j'aurais aussi bien pu être couvert de haillons. Je regrettai soudain de ne pas m'être offert un uniforme neuf, à l'instar des autres étudiants. Il est vrai qu'après avoir surveillé mes comptes pendant si longtemps j'avais jugé la dépense excessive. Comme toujours, je savais que ma mère et mes sœurs feraient meilleur usage de cet argent. Même en payant de ma poche mes frais d'études et de pension à Paris, je culpabilisais de ne plus être en mesure d'envoyer mon salaire de garçon de cabine à ma famille, en Amérique du Nord.

– Monsieur a réservé ? s'enquit le maître d'hôtel en consultant le grand livre relié en cuir sur son lutrin de noyer.

– La réservation est au nom de De Vries, je crois.

– Par ici, je vous prie.

D'assez mauvaise grâce, il me conduisit d'un bon pas à la table la plus reculée, et mon cœur se serra sur-le-champ. Non parce que j'étais placé près des cuisines et d'une fenêtre donnant sur la roue et les câbles de l'ascenseur, mais parce que Kate n'était pas encore là.

Afin d'éviter cela, j'avais pourtant pris soin d'arriver avec vingt minutes de retard. Kate n'étant jamais à l'heure, j'avais décidé depuis quelque temps d'être en retard moi aussi, histoire qu'elle ronge un peu son frein. Or, quand j'avais cinq minutes de retard, elle en avait dix ; quand j'en avais vingt, elle en avait quarante. Je ne comprenais pas comment elle s'y prenait. Tous mes efforts s'avéraient vains. C'était d'autant plus agaçant qu'elle se montrait fort pointilleuse dans le billet qu'elle m'avait adressé ce matin. « À midi et demie <u>précises</u> », m'écrivait-elle. En soulignant <u>précises</u>, comme si c'était moi le fautif !

– Monsieur désire boire quelque chose ? demanda le maître d'hôtel en poussant ma chaise tandis que je m'asseyais.

– Je préfère attendre Mlle de Vries.

– Comme vous voudrez.

Il n'y avait pas quarante-huit heures que j'étais rentré à Paris. Après un atterrissage forcé à Ceylan, le *Floatsam* n'était pas en état de repartir. M. Domville, qui oscillait sans cesse entre les périodes de lucidité et de coma, avait été transporté à l'hôpital. Désireux de rester sur place pour m'assurer qu'il s'en sortirait, j'avais même proposé de donner un coup de main pour réparer le *Floatsam*, mais le capitaine Tritus m'avait laissé entendre on ne peut plus clairement que j'étais indésirable. Après m'avoir enjoint de me taire, il m'avait envoyé promener. Je n'avais d'autre recours que de regagner Paris par mes propres moyens.

Si seulement Kate pouvait se presser un peu ! Entre ses cours et les miens, nous avions du mal à nous voir. Flanquée d'un épouvantable chaperon, elle était arrivée trois mois plus tôt, pendant l'été, et s'était mise en quête d'un logement pour la durée de ses études universitaires. Je savais que Miss Simpkins réprouvait notre amitié. Si j'étais à présent élève de la très honorable Académie aérostatique, elle voyait toujours en moi un garçon de cabine et jugeait inconvenant que je fréquente Mlle de Vries. Nous nous retrouvions néanmoins une ou deux fois par semaine, généralement chez Kate, où, assise dans un coin de la pièce, Miss Simpkins nous tenait à l'œil en feignant de lire. Viendrait-elle à ce déjeuner ? J'espérais bien que non. J'avais une foule de choses à raconter à Kate.

Je tuai le temps en regardant tourner les rouages de l'ascenseur, puis je pivotai pour observer le cœur du restaurant. J'étais de loin le cadet dans cette salle. Tous avaient au bas mot trente ans de plus que moi.

Je repérai le trio des frères Lumière, les plus célèbres cinéastes au monde, qui se disputaient le dernier éclair au chocolat. À une autre table, un homme qui ressemblait à s'y méprendre au grand Farini divertissait ses invités par son adresse : il versait le champagne dans une flûte de cristal en équilibre sur son petit doigt depuis la bouteille de biais sur sa paume ouverte. À l'autre bout de l'immense salle, une femme resplendissante parée de plumes de paon cognait du poing et parlait fort devant un groupe de messieurs moustachus consternés. Je la reconnus pour avoir vu sa photo dans les journaux. Elle avait découvert de l'or au Yukon et, avec sa fortune nouvellement acquise, elle s'efforçait d'acheter la tour Eiffel pour la faire transporter au Canada, poutrelle par poutrelle. Jusque-là, sans succès.

Anxieux, je me tournai vers la pendule rococo. Kate avait maintenant une demi-heure de retard. Un serveur aux cheveux gominés à l'excès me demanda en passant si j'étais prêt à commander. Quand je lui répondis que j'attendais toujours mon amie, il me gratifia d'un regard dubitatif, puis il s'éloigna au pas de charge. Je le vis échanger quelques mots à voix basse avec le maître d'hôtel. Tous deux m'observaient à la dérobée, et je m'empourprai violemment.

Pour me distraire, je reportai mon attention sur les immenses vitres du restaurant. Comme toujours, l'aérodrome du Champ de Mars débordait d'activité : le ciel était constellé de ballons-mouches, petits aérostats qui promenaient les touristes au-dessus des clochers et des toits de la ville. Des ornithoptères voletaient dans la bruine d'octobre, moustiques des airs accompagnés d'un bourdonnement insistant. Certains d'entre eux s'approchaient tout près de la tour car, sous le deuxième étage, on avait installé des trapèzes d'ancrage à leur intention. Le sommet de la tour Eiffel était, quant à lui, réservé aux plus luxueux des paquebots. Tandis que, fasciné, je contemplais ce spectacle, un de ces grands vaisseaux s'approcha doucement pour accoster avec grâce.

— Monsieur a peut-être un petit creux, à présent ?

Je sursautai, surpris par le retour du serveur. Son sourire figé me fit penser à un animal empaillé, et j'en avais vu de plus avenants. Il avait sur les cheveux assez d'huile pour chauffer la ville pendant un mois. Quoi qu'il en soit, il me fallait commander, ou on me flanquerait dehors.

Je pris le lourd menu. Les prix y étaient inscrits en lettres minuscules et tarabiscotées. Sans doute préférait-on qu'ils soient à peine lisibles pour éviter que les clients affolés se jettent par les fenêtres. Encore que... J'imaginais mal les riches de la salle réfléchir à deux fois avant de claquer une semaine de salaire pour une portion de poulet fermier.

Décidément, Kate exagérait ! Elle me donnait rendez-vous dans le restaurant le plus cher de la planète, et elle était en retard. Un retard monstrueux, qui n'avait plus rien d'excusable ou de coquet. Elle paraîtrait soudain, jetterait un coup d'œil à la carte, et déclarerait qu'elle m'offrait le repas. Seulement voilà, je ne voulais pas qu'elle m'invite. Je tenais à payer ma part, et elle me rendait la tâche impossible.

Parcourant rapidement les pages couleur de crème onctueuse, je calculai qu'en ne dépensant rien pendant une semaine, j'avais peut-être les moyens de m'offrir un verre d'eau aromatisée.

— Un doigt de vin blanc avec de l'eau de Seltz, je vous prie, demandai-je d'un ton blasé.

— Très bien, monsieur. Vous désirez un petit quelque chose avec ?

— Non, merci.

— Puis-je vous proposer un peu de saumon fumé ?

— Je vous remercie, non.

— Juste pour grignoter. Laissez-vous donc tenter par un hors-d'œuvre.

Visiblement, la situation l'amusait. Son comportement me dépassait. Au cours de mes années de service sur l'*Aurora*, jamais je n'avais tenté d'humilier un passager ou de le mettre dans l'embarras.

— Dans un établissement de qualité comme celui-ci, dis-je avec calme, le personnel est censé écouter les clients, et non les harceler.

Un tic nerveux agitait sa lèvre tandis qu'il me dévisageait en silence.

— Très bien, monsieur, répondit-il finalement. Je vous apporte votre boisson.

J'avais gagné quelques minutes de répit. Sitôt mon verre vide, ils n'hésiteraient cependant pas à me jeter dans la cage d'ascenseur.

Ma joie à l'idée de voir Kate s'évaporait. Je me sentais nerveux, irrité, et j'en souffrais. Quel diable l'avait poussée à choisir ce lieu ? Ne comprenait-elle pas que mon budget était limité ? Elle devait penser qu'il me restait beaucoup d'argent suite à nos aventures de l'année précédente et à la récompense que m'avait attribuée la Haute Autorité aéronavale. Nous avions découvert l'île qui servait de repaire secret à Vikram Szpirglas et à ses célèbres pirates des airs, dont certains avaient été capturés grâce à nous. Toutefois, la somme reçue devait servir à payer mes deux années d'études à l'Académie, mes frais de pension et mes vêtements ; je gardais le peu d'excédent pour ma famille à Lionsgate City.

Je levai les yeux. Horreur ! Suivi du serveur aux cheveux gras, le maître d'hôtel s'avançait maintenant d'un pas décidé vers ma table. Il se pencha, et son souffle me chauffa désagréablement l'oreille tandis qu'il murmurait :

— Si monsieur veut bien me suivre jusqu'à l'ascenseur sans faire d'esclandre.

— Mais enfin, j'ai commandé à boire ! protestai-je.

— Certes. Et nous doutons que vous soyez en mesure de payer.

— Qu'en savez-vous ? rétorquai-je.

— Monsieur, je vous en prie. Vous n'êtes qu'un enfant.

— Un élève de l'Académie aérostatique !

Il pinça les lèvres, méprisant :

— Allons, allons. N'importe qui peut acheter un vieil uniforme dans un magasin de seconde main.

— J'attends une amie, déclarai-je, ulcéré.

Hélas, ma voix tremblait, ce qui gâtait l'effet.

— Nous pensons que cette amie n'existe pas, que vous cherchez plutôt à vous abriter de la pluie. Maintenant, suivez-nous.

Sa main se referma sur mon bras. Furieux, je me dégageai. Il m'agrippa de nouveau en assurant sa prise. Le serveur passa derrière moi et me prit l'autre bras. Je n'avais pas l'intention de me laisser malmener. Qu'ils essaient seulement de me traîner vers l'ascenseur, et ils verraient !

Alors se produisit une chose extraordinaire.

Un serveur vola par les portes battantes de la cuisine, comme si on l'avait poussé brutalement. Terrorisé, il jeta un coup d'œil par-dessus son épaule. Au même moment, un petit homme courroucé coiffé d'une toque de chef apparut en hurlant :

— Imbécile ! La prochaine fois, mets carrément la main dans l'assiette ! Et le nez aussi, pendant que tu y es ! Pourquoi crois-tu que je m'échine à disposer la nourriture avec soin ? La présentation fait partie de l'art culinaire, tu comprends ça ? Un plat bien présenté est un chef-d'œuvre ! Et toi, bougre de nigaud, tu arrives comme un chien dans un jeu de quilles, tu fourres tes gros doigts sales partout, tu démolis tout mon travail, tu remues ce qu'il y a dans l'assiette, et ça ne ressemble plus à rien ! Un cochon n'en voudrait pas !

— Chef Vlad ! m'écriai-je, ravi.

Le cuisinier se retourna. La colère s'effaça de ses traits, remplacée par une expression de surprise, puis de perplexité lorsqu'il s'aperçut que le maître d'hôtel et le serveur me tenaient chacun par un bras.

Sans hésiter, Vlad Herzog se dirigea vers ma table en fixant le maître d'hôtel avec sévérité :

— Il y a un problème, monsieur Gagnon ?

— Pas du tout, monsieur Vlad. Nous mettions cet énergumène à la porte.

— Énergumène ? Vous osez traiter ce jeune homme d'énergumène ? gronda Vlad, de nouveau furieux.

— Eh bien, euh..., marmonna lamentablement le maître d'hôtel en relâchant sa prise.

— Vous savez qui il est ? siffla le chef.

— Non, bredouilla le dénommé Gagnon avec un regard inquiet sur la salle, que le spectacle avait l'air de réjouir.

— Ici, à cette table, se trouve M. Matt Cruse. Un excellent ami à moi. Nous voyagions ensemble sur l'*Aurora* quand le vaisseau a été pris par Vikram Szpirglas, qui a bien failli le réduire à l'état d'épave. Cela ne vous rappelle pas quelque chose ? Ce jeune homme était en première page de tous les journaux du monde. Matt Cruse, le tueur de pirates ! C'est un héros, vous m'entendez ?

— Oui, monsieur Vlad.

— Et maintenant, du vent ! Filez vaquer à vos misérables occupations !

Le maître d'hôtel s'éclipsa en rasant les murs. Le serveur tenta de s'esquiver, lui aussi, mais le chef Vlad le retint par le revers de sa veste :

— Pas si vite, mon garçon ! Vous allez apporter à M. Cruse une bouteille de champagne d'Artagnan de 43, du saumon fumé et une salade fermière. Il a faim. N'est-ce pas, monsieur Cruse ?

— Je meurs de faim, monsieur Vlad, répondis-je avec un grand sourire. Je mangerai volontiers quelque chose, surtout si c'est vous qui cuisinez !

— Merci. J'adore qu'on me flatte. Quant à vous, apportez à ce jeune homme ce que je vous ai demandé, et tout ce qui lui fera plaisir. Veillez à ce que son verre reste plein. Si son assiette est vide, remplissez-la. Vous me donnerez la note. Et cessez de le harceler. Ce serait un outrage impardonnable. Dans ma Transylvanie natale, nous ne plaisantons pas avec ces choses-là. Est-ce bien clair ?

— Oui, monsieur Vlad. À vos ordres, monsieur Vlad, bredouilla le serveur, penaud.

L'huile de ses cheveux dégoulinait sur ses joues luisantes de transpiration.

— Allons, dépêchons ! Et essuyez-vous le visage, c'est répugnant.

Le serveur se retira en traînant la patte.

— Monsieur Vlad, vous êtes trop généreux ! m'exclamai-je alors.

— Pas du tout, dit le chef en s'asseyant à ma table. Je suis heureux de vous nourrir. Vous êtes seul ?

— Non, j'attends Mlle Kate de Vries. Vous vous souvenez d'elle ?

— Naturellement ! Comment ne pas me rappeler qu'elle était notre complice ? Une charmante jeune femme. Et vous déjeunez avec elle. Eh bien, eh bien...

Je rougis.

— Je vais vous préparer un festin propre à impressionner votre bonne amie, déclara Vlad.

— Elle n'est pas ma bonne amie.

— Quand elle verra le champagne et le repas que je vais vous mitonner, elle sera à vos pieds.

— Monsieur Vlad, je vous en prie...

— Faites-moi confiance. Ce vieux chef n'est pas sans savoir ce qui touche le cœur d'une femme.

Il ponctua ses propos d'un sourire béat, comme s'il revivait ses conquêtes passées.

— Si ma mémoire ne me trompe pas, la demoiselle a un faible pour le poisson, pas vrai ?

Je fis oui de la tête.

— Pour elle, l'omble de l'Arctique... Et pour vous — comment oublier ? — un magret de canard de Barbarie fumé.

Je souris à mon tour. Il se rappelait les mets préférés de chacun !

– Je m'occupe de vous, monsieur Cruse. Quand Mlle de Vries arrivera, vous partagerez un repas princier.

– Merci, c'est vraiment gentil.

Conscient que les autres clients nous regardaient, je me demandais s'ils avaient entendu le portrait flamboyant que chef Vlad avait fait de moi.

– Vous êtes ici depuis longtemps ? m'enquis-je. J'ignorais que vous aviez quitté l'*Aurora*.

– Cela fait quatre mois. Après notre petite rencontre avec M. Szpirglas, j'ai décidé que le ciel n'était pas le meilleur endroit pour exercer mes talents culinaires. Mes pieds ne touchent peut-être pas terre ici non plus, mais cela me semble plus sûr.

– On doit vous regretter, vous et vos plats, sur l'*Aurora*.

– Vous ne croyez pas si bien dire. Beaucoup d'officiers ont pleuré ouvertement à mon départ. Mais travailler à Paris, dans un restaurant tel que celui-ci, offre quelques compensations. Vous êtes étudiant, si je ne m'abuse ?

– À l'Académie aérostatique.

– Bravo, monsieur Cruse ! Excellent.

– Quand j'aurai mon propre dirigeable, je pourrai peut-être vous convaincre d'embarquer à son bord.

– Eh bien, monsieur Cruse, pourquoi pas ? Avec vous comme capitaine, je ne m'inquiéterai pas des pirates !

– Je suis heureux de vous voir, monsieur Vlad. Vous m'avez manqué, vous et tout l'équipage.

Un assistant du chef cuisinier en toque tombante s'encadra dans la porte et murmura d'un ton catastrophé :

— Monsieur Vlad, le consommé !

— Imbécile ! rugit Vlad en se levant. On ne peut rien vous confier !

Puis il se tourna vers moi, tout sourire :

— Ces crétins de la tour Eiffel ! Ils ont beaucoup à apprendre. Profitez de votre repas, monsieur Cruse.

— J'y compte bien ! Et merci encore.

Sur ce, le chef Vlad regagna son domaine en hurlant des insultes en différentes langues à ses assistants penauds.

Quelques instants plus tard, mon serveur arrivait en silence avec une assiette de saumon fumé aux câpres, un assortiment de pains et de biscuits salés, et un énorme bol rempli de la plus alléchante des salades. Le bouchon de champagne sauta avec un « pop ! » retentissant, et ma flûte se remplit de liquide doré pétillant.

Rien de tel qu'une gorgée de champagne pour vous remonter le moral. Ces bulles ont le don de vous requinquer.

Kate avait maintenant quarante minutes de retard, mais je ne m'en souciais plus guère. J'attaquai le saumon fumé et dégustai mon champagne tout en prenant plaisir à observer les autres dîneurs. Le grand Farini me sourit en levant haut son verre ; la riche dame du Yukon m'adressa un clin d'œil, que je lui rendis. Je ne me tenais plus de joie. Kate arriverait et me trouverait à l'attendre devant une bouteille de champagne du meilleur cru et des mets délicieux ; dûment réprimandé, le serveur serait aux petits soins pour nous.

Le bourdonnement d'un ornithoptère se fit alors entendre par-dessus la rumeur de la salle. En regardant par la vitre exposée au nord, j'aperçus un petit engin à une place qui volait vers la tour Eiffel, à la hauteur du restaurant. Je le regardai d'abord avec intérêt, puis avec une inquiétude croissante. Ses ailes empennées battaient frénétiquement. Manifestement, il n'avait pas l'intention de s'éloigner ou de descendre s'amarrer sous la plate-forme.

Aux tables proches de la vitre nord, la consternation se lisait sur les visages des convives, qui l'avaient remarqué eux aussi.

– Attention ! s'écria un homme, et des douzaines de dîneurs se levèrent précipitamment, renversant verres, couverts et chaises dans leur panique.

L'ornithoptère approchait toujours à vive allure. Alors qu'il allait emboutir la vitre, il vira sur l'aile, effectuant une remontée abrupte dont je ne l'aurais pas cru capable, puis il tourna le coin du pilier. Le restaurant étant entièrement vitré, je suivis son parcours étourdissant tandis qu'il décrivait un cercle autour de la tour Eiffel.

Le casse-cou de pilote, d'une effronterie incroyable, repassa en saluant joyeusement de la main les malheureux dîneurs qu'il venait de disperser. Je ne distinguais pas ses traits sous ses lunettes de vol et son casque de cuir. Il bifurqua soudain, décrivit un nouveau cercle, puis effectua une approche correcte pour venir se mettre à quai sous le deuxième étage de la tour.

Les serveurs se hâtèrent de réparer les dégâts. En deux temps, trois mouvements, les chaises étaient redressées, les tables remises en ordre, le vin et le champagne versés pour calmer les nerfs des clients affolés. Bientôt, le bruit des couverts et des conversations reprit comme si l'incident n'avait jamais eu lieu.

Une autre bouteille de champagne et une assiette de saumon fumé étaient apparues sur ma table alors que je n'avais pas fini les premières. Je lorgnais la salade d'un œil gourmand quand une onde d'excitation parcourut la salle. Relevant les yeux, je vis un pilote d'ornithoptère sortir de l'ascenseur. Tous les regards convergeaient sur lui. Était-ce le fou de tout à l'heure qui avait failli atterrir dans le restaurant ?

Je déglutis, mal à l'aise, car il se dirigeait vers moi.

Il ôta son casque, répandant sur ses épaules une masse de cheveux auburn. Puis ce fut au tour des lunettes... Muet de surprise, je contemplais le visage radieux de Kate de Vries.

— Bonjour, me lança-t-elle, joyeuse.

— C'était vous ? balbutiai-je.

— Vous n'êtes plus le seul à savoir voler, monsieur Cruse.

— Depuis quand... ?

— Je prends des leçons pendant mes heures de loisir.

— Incroyable ! Vous avez exécuté une jolie manœuvre à la fenêtre.

— Oh, ça ! J'avais perdu le contrôle de l'appareil. Je

m'étonne encore de ne pas m'être écrasée contre les vitres. Du champagne ? Quelle merveilleuse idée !

Ses jambes tremblaient, et elle s'assit. Elle avait les yeux cerclés de rouge à cause des lunettes. Je lui versai une flûte de champagne, qu'elle vida en trois gorgées.

– Ouf ! Ça va mieux.

Elle examina l'étiquette, puis ajouta :

– Mince alors, quel luxe !

– Oh, ce n'est pas grand-chose.

– Soit. C'est moi qui régale.

– Pas aujourd'hui.

– Ah non ! Je vous ai invité !

– Désolé, j'insiste.

– Vous avez vu les prix ? murmura-t-elle dans un souffle.

En guise de réponse, je haussai les épaules avec une indifférence royale.

– Eh bien, en ce cas, merci.

Elle regarda la grande roue de l'ascenseur par la vitre et fronça les sourcils :

– Ils auraient pu nous donner une vue plus agréable.

– Je ne m'en plaignais pas jusque-là, dis-je.

– Il est vrai que les garçons se passionnent pour la mécanique.

– Les roues, les câbles, les engrenages sont les seules choses qui rentrent dans nos petites cervelles. Dire que vous êtes pilote à présent ! Je n'en reviens pas.

– Je préfère le mot aviatrice. Il a davantage de punch.

– Effectivement, il a du punch.

– Quoi qu'il en soit, c'est la raison pour laquelle j'ai choisi le Jules-Verne. J'espérais que vous me verriez arriver. Vous m'avez vue, n'est-ce pas ?

– Tout le monde vous a vue. Vous avez fait sensation.

– L'approche de ces trapèzes d'ancrage est affreusement difficile à négocier.

– J'imagine.

– Je vous impressionne ?

– Beaucoup.

En réalité, je ne savais trop que penser. Pour moi, voler n'était pas un simple passe-temps, mais un besoin qui coulait dans mes veines avec mon sang, besoin dont j'étais imprégné jusqu'à la moelle des os. Je n'étais pas certain d'avoir très envie de partager cela avec Kate. D'autant qu'elle excellait déjà dans bien des domaines.

– Je me suis dit que cela me serait utile puisque je compte mener une vie d'aventures éblouissantes.

– Quand avez-vous trouvé le temps de prendre des leçons ?

– Eh bien, le mardi et le jeudi matin, je n'ai pas de cours à la Sorbonne. J'ai donc décidé de mettre ces moments à profit.

– Qui est votre instructeur ? demandai-je, brusquement soupçonneux.

– Un jeune homme très bien du nom de Philippe. Charmant, au demeurant.

– Vraiment ?

– Oui. Il enseigne dans une petite école de pilotage au Bois de Boulogne. J'ajouterai qu'il a d'excellentes références. Et il est très gentil. Il a proposé de me donner des leçons supplémentaires à moitié prix.

– Quelle surprise !

Tout cela ne me plaisait guère. Ainsi, ce Philippe l'avait vue plus souvent que moi ces derniers mois.

– Je présume que Miss Simpkins assistait aux leçons.

– Fort heureusement, ces ornithoptères n'ont que deux places. Marjorie m'attendait dans la salle de réception, ce qui lui convenait parfaitement.

J'imaginais mal les parents de Kate approuver cette lubie de voler, et je le lui dis.

En guise de réponse, elle me gratifia d'un sourire de Joconde.

– Je comprends. Ils n'en savent rien, naturellement. Miss Simpkins ne les a donc pas mis au courant ?

– Marjorie et moi avons conclu un pacte très satisfaisant, déclara Kate, incapable de cacher sa joie. Il y a quelque temps, elle a eu une aventure galante. Avec un galopin, pour ne rien vous cacher.

– Un galopin ?

– Oui, quelqu'un qui galope. Qui s'en va en courant. Un vaurien, en somme. Or Marjorie avait le béguin pour lui, et ils ont eu une vague liaison. Bref, j'ai fermé les yeux sur la chose, et, en retour, Marjorie ferme maintenant les yeux sur certains de mes menus projets.

– J'ai l'impression qu'on ferme beaucoup les yeux, chez vous.

– C'est très commode. Ainsi, nous pouvons déjeuner en tête à tête, vous et moi.

Elle pressa une rondelle de citron sur un gros morceau de saumon fumé.

– Superbes, ces hors-d'œuvre, Matt. Et je n'ai jamais vu serveur plus attentif.

Je pris un air modeste.

– Il semblerait qu'on ait... entendu parler de moi. De ma petite aventure sur l'*Aurora*, et tout ça.

– J'étais de l'aventure, moi aussi, répliqua Kate, vexée.

– Ah, mais vous n'avez pas vaincu Vikram Szpirglas en combat singulier sur l'aileron de queue du dirigeable, que je sache.

– À vous croire, il aurait *glissé*.

– Je l'ai tout de même poussé un bon coup.

– Hmmm.

Elle pinça les narines pendant quelques secondes – une mimique à elle lorsqu'elle voulait remettre quelqu'un à sa place –, puis elle se dérida et me sourit :

– Vous m'avez manqué pendant ces deux semaines. Comment s'est passé le stage ? Vous êtes rentré plus tôt que prévu.

– C'est toute une histoire.

– L'aérostat était-il aussi abominable que vous l'imaginiez ?

– Pire encore.

Je souris à mon tour. Je brûlais d'envie de lui raconter mon voyage mémorable à bord du *Floatsam*.

— J'ai hâte d'entendre votre récit. Et j'ai moi aussi des nouvelles fascinantes !

— Eh bien, commencez, dis-je, en veine de galanterie.

— Vraiment ?

— Allez-y, je vous écoute.

Je ne pensais pas qu'elle me prendrait au mot ; j'avais tort. De la poche intérieure de son blouson d'aviatrice, elle sortit un journal soigneusement plié.

— Vous n'avez pas vu le *Global Tribune* d'aujourd'hui, je suppose ?

Je fis non de la tête, et elle étala le journal sur la table. Incrédule, effaré, je fixai la manchette de première page :

L'*HYPERION* REPÉRÉ

En dessous, un artiste avait dessiné le célèbre vaisseau fantôme des airs tel qu'il l'imaginait.

On me privait de mon scoop !

— Apparemment, expliqua Kate, l'équipage d'un cargo l'aurait aperçu en survolant l'océan Indien. Ce n'est pas fabuleux, ça ?

Je me saisis du journal. Un membre de l'équipage avait dû vendre l'histoire à la presse pour se faire de l'argent facile. Le capitaine Tritus serait fou de rage. Il avait donné ordre de garder le secret, car il comptait récupérer l'épave dès que son rafiot serait réparé. Vu l'état du *Floatsam*, ce ne serait pas demain la veille...

– Je me souviens que mon grand-père me parlait de l'*Hyperion*. Vous connaissez l'histoire, Matt ?

– Je l'ai vu, dis-je sans cesser de lire.

– Quoi ?

– J'étais à bord de ce cargo.

Kate me reprit le journal.

– Le *Floatsam*, poursuivis-je. C'est le dirigeable sur lequel j'étais en stage.

– Ça alors !

Je me sentis aussitôt mieux. Son étonnement me réchauffait le cœur.

– Vous avez *vu* l'*Hyperion* ?

Je hochai lentement la tête, bus une gorgée de champagne, puis déposai mon verre avec précaution en savourant cet instant. J'étais dans le restaurant le plus chic de Paris, à déguster le meilleur champagne au monde et, mieux encore, assise en face de moi, une éblouissante jeune femme était suspendue à mes lèvres.

– Je m'apprêtais à vous raconter tout ça, mais vous aviez des nouvelles fascinantes...

– Elles pouvaient attendre.

– La prochaine fois, je m'en souviendrai.

À nous deux, nous avions pratiquement terminé le saumon et la salade. Le serveur débarrassa et, le temps que je reprenne mon souffle, il nous apportait deux assiettes fumantes.

– De l'omble de l'Arctique ! s'exclama Kate, aux anges.

Par-dessus son épaule, je vis le chef Vlad passer la tête par la porte de la cuisine. Il me sourit, me fit un signe discret de la main et retourna à ses fourneaux.

— Je veux le récit complet, déclara Kate en attaquant son plat de poisson favori.

Alors, entre deux bouchées de mon délicieux canard, je lui racontai mon histoire, trop heureux qu'on nous ait placés à l'écart des autres dîneurs. Je ne tenais pas à ce que des oreilles indiscrètes surprennent mes propos. Dès que le serveur approchait, Kate le renvoyait d'un geste impérieux. Bon public, elle buvait mes paroles, et ses grands yeux bruns demeuraient fixés sur moi. J'avoue que j'en éprouvais une certaine satisfaction. Au beau milieu de mon récit, elle me prit la main sous la table. Troublé par ce doux contact inattendu, je me mis à bafouiller, et elle s'impatienta :

— Continuez, voyons !

— Désolé. Vous m'avez distrait.

— Dois-je relâcher votre main ? murmura-t-elle.

— Non, j'aime bien.

Je repris le fil de mon histoire, et, lorsque j'abordais des passages dangereux ou excitants, elle serrait mes doigts de toutes ses forces.

— Mince, dit-elle quand j'eus terminé. Pauvre M. Domville ! C'est terrible.

— À mon départ de Ceylan, il était toujours hospitalisé.

Elle garda le silence pendant quelques instants.

— N'empêche qu'il est là-haut. L'*Hyperion*.

— Tout là-haut, oui.

Elle se pencha vers moi :

— Vous savez ce qu'il y a à bord ?

— De l'or, à ce qu'il paraît.

— Bien sûr. Peu importe ! Vous savez ce qu'il y a d'autre ?

— Une foule de cadavres gelés.

— Sans doute. Mais ce n'est pas tout. L'*Hyperion* appartenait à Théodore Grunel.

— L'inventeur, je suis au courant.

— Pas n'importe quel inventeur ! Il a construit la plupart des grands ponts du monde. Et aussi les métropolitains d'Europe. Oh, et puis les tunnels sous le détroit de Gibraltar et sous la Manche.

— Nous lui devons également le moteur à combustion interne.

— J'y arrivais. Grâce à cela, il est devenu immensément riche. Et, ensuite, il a inventé toutes sortes d'autres choses. C'était un génie, un excentrique aussi, qui avait des habitudes bizarres. Il n'aimait pas beaucoup la société, s'entendait mal avec son fils et sa fille, avec elle en particulier. Il ne lui a plus adressé la parole après son mariage avec un homme qu'il jugeait indigne. Il l'aurait même reniée. En vieillissant, il est devenu de plus en plus solitaire. Il partait pour de longs voyages mystérieux. On ignorait ce qu'il faisait au juste. Et puis, un beau jour, il a disparu en laissant une déclaration dans laquelle il annonçait qu'il quittait Édimbourg pour s'établir en Amérique. Comme ça. Il avait fait construire son propre dirigeable en secret pour transporter tous ses biens. Il avait choisi lui-même le capitaine et l'équipage. On prétend que le vaisseau contenait toute sa vie, tout ce qu'il possédait !

Elle leva sur moi un regard triomphant.

— Il y aura de très beaux meubles à bord, remarquai-je.

— Inventeur de renom, c'était aussi un collectionneur passionné. Il avait la collection d'animaux empaillés la plus importante au monde.

Elle marqua une pause, baissa la voix :

— Il y avait là des spécimens jamais exposés en public.

Un frisson me parcourut le dos :

— Quoi, par exemple ?

— Nul ne le sait. Certains parlent d'espèces disparues depuis des siècles ou de créatures qu'on croyait imaginaires. Et tout cela est là-haut, à bord de l'*Hyperion*. Ce vaisseau est un musée d'histoire naturelle volant. Un musée que personne n'a encore visité.

— Impressionnant.

— Je me fiche de l'or comme de l'an mil, mais j'aimerais bien voir son bestiaire ! Nous devrions récupérer l'épave.

Je ne pus m'empêcher de rire :

— Rien que ça ?

— Pourquoi pas ?

— Elle est beaucoup trop haut. Hors d'atteinte.

— Vous dites cela parce que vous avez échoué.

– Si nous étions montés plus haut, nous serions tous morts.

– Il y a sûrement moyen d'y arriver.

Kate n'était pas femme à laisser une vulgaire vétille comme la mort se mettre en travers de son chemin. En plongeant dans ses yeux, je compris qu'elle ne plaisantait pas et, non sans inquiétude, je me sentis attiré par son magnétisme.

– Elle dérive à une hauteur de vingt mille pieds, dis-je. Il gèle là-haut, et ce n'est pas le pire. L'air est trop raréfié, on manque d'oxygène. À de telles altitudes, les ballonnets éclatent, les moteurs tombent en panne.

– Parce que la pression est trop basse, n'est-ce pas ?

Je fis oui de la tête, ébloui par sa science :

– Le moteur à combustion interne n'a pas été conçu pour monter aussi haut.

– Et la suralimentation par turbo-soufflante ? suggéra-t-elle d'un ton léger.

Je la dévisageai avec attention :

– Vous m'effrayez. Si je ne m'abuse, vous y avez déjà réfléchi.

– Réfléchir n'est pas interdit aux demoiselles, monsieur Cruse.

– Pourquoi ai-je l'horrible pressentiment que vous avez déjà tout prévu et que je me retrouve mêlé à vos projets ?

– Mais ce serait possible, non ? Pour les moteurs, j'entends...

– Théoriquement, oui. Si l'on comprimait de l'air dans les moteurs pour les maintenir à la même pression qu'au niveau de la mer, ils devraient fonctionner quelle que soit l'altitude. On peut aussi envisager de pressuriser toute la salle des moteurs.

Kate hocha la tête, l'air candide :

– J'ai lu quelque chose comme ça. À propos d'un nouveau modèle de vaisseau appelé *skybreaker* – brise-ciel.

Préférant ne pas l'encourager dans cette voie, je soupirai.

– Vous connaissez ? s'enquit-elle, enthousiaste.

– Eh bien... on nous en a parlé en cours. Je crois qu'il n'en existe qu'un nombre limité, et ce ne sont pour la plupart que des prototypes expérimentaux. La technologie pose de nombreux problèmes. Pas seulement en ce qui concerne les moteurs. Aux altitudes extrêmes, l'hydrium se dilate tellement qu'il faut en relâcher de grandes quantités. Or, si vous en relâchez trop, vous perdez toute puissance ascensionnelle, et vous êtes fichu. C'est ce qui a failli nous arriver sur le *Floatsam*.

Kate hocha de nouveau la tête et répondit, pensive :

– Je suis sûre qu'un type intelligent parviendrait à trouver une solution.

– Je ne vois pas bien l'intérêt... Encore que... À la réflexion, voler à une telle altitude vous place au-dessus des intempéries. Plus besoin de contourner les zones de grande turbulence. Et puis, l'air raréfié offre moins de résistance, de sorte qu'il devient possible d'augmenter la vitesse en diminuant la consommation de carburant.

Kate me souriait, radieuse.

— Ce ne sont que des hypothèses, m'empressai-je d'ajouter. À ma connaissance, on n'en est pas là, loin s'en faut.

— J'ai l'impression que vous ne tenez pas à mettre la main sur l'*Hyperion*.

— À quoi bon désirer l'inaccessible ?

— Je pense au contraire que c'est là ce qui donne son sens à la vie, insista Kate.

— Personnellement, je chercherais un rêve impossible moins risqué. Quoi qu'il en soit, supposons que vous dénichiez un brise-ciel opérationnel. Bien peu de capitaines seraient prêts à mettre leur vie en jeu pour une mission aussi dangereuse.

— Sachant qu'un trésor les attend ? Allons, allons !

— Des rumeurs que tout cela ! Rien ne prouve que le trésor existe.

— Grunel était l'un des hommes les plus riches d'Europa.

Elle se pencha et me murmura dans un souffle :

— Matt, combien de gens connaissent les coordonnées de l'*Hyperion* ?

— M. Domville, s'il se remet. Tritus s'en souviendrait peut-être, *grosso modo*. De même que l'équipe de commandement. La fuite d'eau a rendu le plan de vol illisible. Je l'ai vu à l'atterrissage. Plus rien à en tirer.

– Mais vous vous en souvenez, non ?

– Certes. À ceci près que l'information ne vaut pas grand-chose. L'*Hyperion* dérive, porté par les vents, à vingt mille pieds. Nous l'avons approché il y a presque trois jours. Comment savoir où il se trouve maintenant ?

Elle n'en parut nullement découragée.

– Vous avez bien une vague idée de sa direction et de sa vitesse ?

– Très vague. Les vents changent en permanence. Le vaisseau pourrait être n'importe où à présent.

– Dieu, que vous êtes défaitiste !

– Pas défaitiste, lucide. J'aime que mes objectifs soient un peu plus accessibles.

– C'est d'un terre à terre...

Nous mangeâmes en silence pendant quelques minutes. Le champagne me semblait soudain moins pétillant.

– Vous me décevez, Matt. Je suis très contrariée, dit-elle enfin.

– J'avais remarqué.

– À propos de tout autre chose, il paraît qu'on donne un bal à l'Académie aérostatique le week-end prochain ?

J'avais espéré qu'elle ne l'apprendrait pas.

– Euh... oui.

– Vous comptez vous y rendre ?

– Eh bien...

– Parce que, si vous décidiez d'y aller *sans m'inviter*, j'en serais un brin froissée.

– Froissée ?

– Vexée. Irritée. Et même fâchée.

– Si j'y allais, c'est vous que j'inviterais, et personne d'autre au monde.

– Je me réjouis de l'entendre.

Une expression rêveuse, pleine d'espoir – et teintée d'espièglerie – se peignit sur ses traits :

– Diable, il y a des lustres que je ne suis pas allée à un bal !

C'était une affaire très officielle que ce bal d'automne. Smoking exigé pour les hommes. Après un dîner somptueux dans la grande salle, la danse commençait. À bord de l'*Aurora*, j'avais côtoyé pendant des années messieurs et dames dans leurs plus beaux atours, mais je les servais. Je ne me voyais pas parmi eux, sûr de m'y sentir aussi déplacé qu'ici, au Jules-Verne. La majorité de mes camarades, étudiants à l'Académie, avaient au moins un an de plus que moi, et beaucoup d'entre eux venaient de familles fortunées. J'avais le plus souvent l'impression que je devrais leur servir à boire.

– Pourquoi ne voulez-vous pas y aller ? s'enquit Kate.

Trop gêné pour lui expliquer que les billets étaient beaucoup trop chers pour ma bourse – sans parler de la location du smoking –, je biaisai :

– Miss Simpkins vous autoriserait-elle seulement à sortir avec quelqu'un comme moi ?

– Elle ferme les yeux, rappelez-vous.

– Il faudrait qu'elle soit aveugle pour de bon !

– Je lui offrirais une canne blanche.

– Je ne sais pas danser, avouai-je, ce qui n'était pas faux.

– Ah. Je pourrais vous aider sur ce plan. Si j'étais invitée, bien sûr.

Je pris une grande inspiration :

– Mademoiselle de Vries, me feriez-vous l'honneur de m'accompagner au bal d'automne de l'Académie ?

– De fait, je crois que je suis prise ce soir-là.

– Pardon ?

– Je plaisante, dit-elle en riant. J'en serais ravie. Je vous remercie. C'est parfait. Voilà une question réglée.

– Je suis heureux que vous puissiez rayer cela de votre liste, répondis-je en souriant d'une oreille à l'autre.

– Reste l'*Hyperion*.

– Vous y songez sérieusement, n'est-ce pas ?

– Quelqu'un s'en emparera un jour. Pourquoi pas nous ? La collection de Grunel mérite d'être ramenée à terre et placée dans un musée.

– Un musée à votre nom, peut-être ?

– Peut-être. Je ne comprends pas que cela ne vous intéresse pas davantage, Matt. Vous deviendriez riche à millions !

Je me demandai si elle me préférerait riche, mais gardai prudemment cette réflexion pour moi.

– Temps que je m'envole, dit-elle en consultant sa montre. Je suis déjà en retard pour mon cours.

– Combien de champagne avez-vous bu ?

— Une flûte, c'est tout. Notez que je suis une personne responsable. Je vous proposerais bien de vous déposer, mais je n'ai pas de place pour un passager.

— Oh, ce n'est pas grave, je ne vais pas très loin. Juste un petit bout de chemin le long du fleuve.

— Vous n'avez pas confiance dans mes talents de pilote, n'est-ce pas ?

— Je n'aime pas spécialement les ornithoptères.

— Vous avez déjà volé avec ?

— Pour ne rien vous cacher, non.

— Élargissez vos horizons, monsieur Cruse !

— J'y penserai, vous avez raison.

Je me levai pour tirer sa chaise.

— Vous êtes sûr pour la note ? murmura-t-elle dans un souffle.

— Tout est réglé, ne vous inquiétez de rien.

Nous nous dirigeâmes vers l'ascenseur, et le maître d'hôtel nous sourit timidement.

— Merci infiniment, monsieur, dis-je au bonhomme. Mes compliments au chef.

Nous demandâmes qu'on nous arrête au hangar des ornithoptères. En sortant de la cabine, je vis les trapèzes d'ancrage, les grandes poulies et les rails mobiles qui permettaient de déplacer les petits engins ailés pour les garer ou les mettre en position de décollage au bord de la plate-forme.

— Le mien, c'est le joli oiseau cuivré que vous voyez là-bas, déclara fièrement Kate au capitaine de port.

– Très bien, mademoiselle de Vries. Nous nous en occupons tout de suite. Ce ne sera pas long.

Comme il y avait du monde, je pris Kate par la main pour l'emmener à l'écart, dans un petit coin caché. Là, je l'adossai aux poutrelles et l'embrassai. Au premier contact, sa bouche était un peu dure, l'effet de surprise sans doute. Mais elle s'ouvrit bientôt à mon baiser et, pendant quelques instants divins, j'étais de nouveau sur l'île, dans la forêt où je l'avais embrassée pour la première fois, où j'avais goûté à ses lèvres et à ses larmes. Je la voulais tout entière, d'un coup d'un seul – son parfum, ses courbes, ses textures, tout. Je l'aurais mise en bouteille comme un nectar si je l'avais pu.

– Un baiser comme celui-ci prélude en général à une demande en mariage, remarqua Kate quand nous nous séparâmes.

– Vraiment ?

Je souriais, et pourtant je n'en menais pas large.

– Dans certains milieux, oui. Mais cela me semble par trop vieux jeu. Qu'en pensez-vous ?

– Entièrement d'accord.

– Avant d'en arriver là, mieux vaut connaître la personne qu'on embrasse.

– Voilà une opinion résolument moderne !

– Quoi qu'il en soit, je suppose que cette sottise de mariage ne vous intéresse pas plus que moi.

– En effet, répondis-je, soulagé.

Puis un doute me traversa. Je levai les yeux vers elle :

— Vous entendez par là que l'idée de m'épouser vous paraît sotte ?

— Ce n'est pas ce que je voulais dire.

— Oh.

Était-elle seulement sincère ?

Pétrifié de terreur à l'idée de me marier, j'espérais qu'il en allait autrement pour elle. Mon ami Baz, qui travaillait aussi sur l'*Aurora*, s'était marié à Sydney quelques mois plus tôt, et j'avais assisté à la cérémonie. Tandis qu'il descendait l'allée centrale de l'église, je l'observais, incrédule. Je m'attendais à ce que, d'une seconde à l'autre, il se met à bondir par-dessus les prie-Dieu, s'élance à travers une vitre, et s'enfuie dans la brousse australienne. Il n'en fit cependant rien et alla jusqu'au bout. Je ne le comprenais plus. Il me semblait que jamais je ne pourrais lui parler comme avant. Il était marié à présent. Différent. Au banquet qui avait suivi, il arborait sa bonne humeur coutumière, mais à voir à son bras sa ravissante épouse je me sentais jeunot et vaguement ridicule. J'avais plus que tout au monde envie d'être avec Kate, et pourtant je ne voulais pas l'épouser. Pas pour le moment en tout cas. Je devais encore passer presque deux ans à l'Académie. Et j'étais tout sauf sûr qu'elle me dirait oui.

— Mademoiselle de Vries, votre ornithoptère est prêt ! annonça le capitaine de port.

Nous nous rendîmes au bord de la plate-forme, où le petit engin l'attendait, accroché à son trapèze.

– Je vous remercie pour cet agréable repas, dit Kate tandis que je l'aidais à monter dans le cockpit. Et merci de m'avoir invitée au bal. Je le raterai sans doute. Dommage !

– Pourquoi cela ? m'enquis-je, médusé.

– Parce que je volerai vers l'*Hyperion*. Et vous aussi.

Sans me laisser le temps de répondre, elle fit démarrer le moteur. Il rugit, mettant les ailes de l'ornithoptère en mouvement. Je m'écartai en agitant la main. Kate me sourit, ajusta ses lunettes et attacha son casque, puis elle poussa les gaz à fond. Lorsque les ailes devinrent floues, elle leva le pouce à l'intention du capitaine de port. Le trapèze libéra la petite machine volante. Retenant mon souffle, je la vis plonger dans le vide pendant quelques secondes, puis se stabiliser et filer vers le ciel.

3

Coup de Trafalgar au Ritz

Le temps que je regagne l'Académie, le ciel s'était
dégagé. À la loge du portier m'attendait un message du
doyen, M. Ruprecht Pruss. « Venez me voir dès que cela
vous sera possible », disait le billet, ce que je traduisis
par « immédiatement ».

Je pris un vaste couloir de pierre qui conduisait à son
bureau. Le soleil de fin d'après-midi filtrait par les étroites
fenêtres en ogive du bâtiment quasi désert. Les élèves
étaient encore dehors ou bien en stage de formation. Le
mien avait été écourté de cinq jours, ce qui n'arrivait
presque jamais, et j'en étais gêné, comme si j'avais failli
à ma mission. Je m'inquiétais de l'opinion d'autrui. Et
si on croyait que j'avais été renvoyé pour conduite

téméraire ou pour incompétence ? Cette convocation chez le doyen ne m'étonnait qu'à moitié. N'ayant pas encore rédigé mon rapport officiel, j'imaginais qu'il souhaitait apprendre de ma bouche les raisons de mon retour prématuré. Je n'attendis que quelques minutes dans l'antichambre avant que la secrétaire me fasse signe d'entrer.

– Vous voilà de nouveau célèbre, monsieur Cruse, commença M. Pruss en m'indiquant un siège face à son imposant bureau.

Sarcasme ou pas ? Avec lui, je ne savais jamais sur quel pied danser. Je suivais ses cours d'aérostation et, s'il m'adressait rarement la parole, il me citait parfois devant la classe entière : « À l'évidence, tout le monde n'a pas la chance d'atterrir avec un dirigeable de neuf cents pieds sur une plage de sable, comme M. Cruse », ou encore : « Il n'est pas recommandé de se battre à coups de poings sur les gouvernes d'un aérostat en vol, comme M. Cruse vous le confirmera. »

D'abord flatté de cette attention, j'en étais maintenant mal à l'aise. J'avais l'impression d'être une bête de cirque présentée par un Monsieur Loyal moqueur.

Autrefois pilote éminent, M. Pruss s'était retrouvé paralysé et condamné à un fauteuil roulant suite à un accident automobile. Selon certains, le drame qui l'avait privé de ses jambes l'avait aussi laissé aigri. Je le comprenais sans peine. Si j'étais, comme lui, cloué au sol, la souffrance me rendrait amer.

Sur son bureau, j'aperçus le quotidien du jour avec l'article sur l'*Hyperion* en première page. Il tourna le journal vers moi :

– Fameuse histoire, n'est-ce pas ? Véridique, je présume ?

– Oui, monsieur.

– J'aimerais avoir votre version des faits.

Aussi brièvement que possible, je lui narrai notre traversée du Poing du Diable et notre ascension pour tenter de récupérer l'épave de l'*Hyperion*.

– Vous avez désobéi à votre capitaine, remarqua-t-il sitôt mon récit terminé.

J'en fus tout ébranlé.

– Pas exactement, monsieur. L'altitude lui brouillait l'esprit, et il ne m'a pas interdit de relâcher du gaz.

– Mais il ne vous en a pas donné l'ordre.

– Non.

– Ni demandé de faire machine arrière.

– Non, monsieur.

– Vous êtes conscient que l'insubordination est une infraction majeure au code aéronautique ?

– Oui, monsieur.

– De fait, vous avez commis un acte de mutinerie.

Mutinerie ? Il y allait fort ! J'en eus le souffle coupé.

– Monsieur, nous serions morts sans cela.

– Peut-être, oui.

Aurait-il préféré que je m'abstienne, nous condamnant tous à périr de froid dans les airs ?

— Alors, monsieur Cruse, êtes-vous un héros, ou un révolté ? Question intéressante, qu'en pensez-vous ?

Personnellement, je n'avais pas grande envie d'y réfléchir.

— Sur le moment, cela me semblait légitime, monsieur.

— Compte tenu de la conduite du capitaine Tritus, je doute fort que cette question soit jamais posée devant le tribunal de la Haute Autorité. Sachez que le *Floatsam* était un vaisseau des plus respectables avant que Tritus en prenne le commandement. À l'avenir, nous ne l'emploierons plus pour nos stages de formation, c'est certain. Vous n'y voyez pas d'objection, monsieur Cruse ?

— Aucune, monsieur.

Il recula son fauteuil roulant, vint se placer sur le côté de la table, là où le soleil réchauffait le bois. Peut-être n'était-ce qu'un effet de lumière mais, pour la première fois, ses traits se radoucirent et son regard s'éclaira d'une lueur de tendresse.

— Je l'ai vu, moi aussi, l'*Hyperion*. Nous étions au large de Rio de Janeiro quand nous avons repéré un objet volant très loin au-dessus de nous. Impossible de lire le nom, mais j'avais reconnu la silhouette. Aucun vaisseau de ce type n'était plus en circulation. Ce ne pouvait être que l'*Hyperion*.

— C'est un spectacle impressionnant, dis-je.

— Vous savez qui ce vaisseau transportait, n'est-ce pas ?

— Théodore Grunel.

– Bravo ! Lui, ses possessions de toute une vie et sa fortune. Et qui m'a télégraphié ce matin ? À ma grande surprise, la famille Grunel, figurez-vous. L'un des petits-fils de Théodore, un certain Matthias. Ils ont vu l'article dans la presse et se sont renseignés. Le capitaine Tritus ayant refusé de leur parler, ils se sont arrangés pour mettre la main sur le livre de bord du vaisseau à Jakarta et y ont trouvé le nom du navigateur.

– M. Domville.

– Exact. Ils espéraient obtenir de lui les dernières coordonnées de l'*Hyperion*. Hélas, il semblerait qu'il soit décédé.

Le choc me laissa momentanément sans voix. Le seul homme décent sur ce fichu rafiot !

– Quand cela ? balbutiai-je.

– La nuit dernière. D'insuffisance respiratoire.

Si seulement Tritus avait fait marche arrière plus tôt – ou même moi !

– J'en suis désolé.

– Oui, c'est bien triste. À ce que j'ai compris, Matthias Grunel a vu votre nom sur la liste des membres de l'équipage, et il se demande si, en tant que navigateur assistant, vous auriez des lumières sur la position de l'*Hyperion*. Il souhaite vous rencontrer.

– Il est à Paris ?

– Il est venu en ballon depuis Zurich ce matin. Je l'ai prévenu que vous ne lui seriez sans doute pas d'un grand secours. Tritus a dû garder le plan de vol.

– Il n'y a plus de cartes, monsieur. Une citerne d'eau s'est rompue. L'inondation les a détruites.

– En ce cas, j'imagine que personne n'a les coordonnées exactes.

Après un temps d'hésitation, je me décidai :

– J'ai vu ces coordonnées quand M. Domville les a notées.

– Envisageriez-vous une petite chasse au trésor personnelle, monsieur Cruse ?

Un rire gêné s'échappa de ma gorge :

– Non, monsieur. Pas du tout.

Je ne pouvais m'empêcher de penser à Kate et aux projets grandioses qu'elle mijotait pour nous. Le doyen Pruss m'observa pendant un long moment. Embarrassé, je craignais qu'il me demande des précisions sur la position du vaisseau.

– Bien inconscient sera le pilote qui tentera d'atteindre l'*Hyperion* à cette altitude, dit-il enfin.

– C'est également mon avis, monsieur.

– Pourtant, certains s'y essaieront, étant donné le contenu du vaisseau. Si j'étais plus jeune, si j'avais encore mes jambes, qui sait si je ne prendrais pas le risque ? Je ne serais pas surpris que les Grunel vous offrent une petite récompense en échange des renseignements. Ce serait pour vous un supplément bienvenu, je crois.

Voyait-il lui aussi les défauts de mon uniforme usagé ?

– Bien sûr, vous êtes libre de leur raconter ce que vous voudrez. L'*Hyperion* n'appartient plus à personne, jusqu'à ce que quelqu'un s'en empare et fasse valoir ses droits dessus.

Je pensais à Kate, qui rêvait d'acquérir le bestiaire surgelé. Je pensais à l'éclat froid de l'argent dans les coffres du vaisseau. Tritus lui-même ne connaissait pas les coordonnées : l'esprit brouillé par le manque d'oxygène, il en avait au mieux un vague souvenir. Après ce qu'il avait infligé à son équipage, l'idée qu'il récupère l'épave et son contenu me soulevait le cœur.

« Quelqu'un s'en emparera un jour. Pourquoi pas nous ? » avait dit Kate.

Cessant de retenir mon souffle, je le libérai en silence. Kate pouvait toujours rêver, l'*Hyperion* restait hors d'atteinte. De toute façon, j'avais d'autres soucis en tête. Les examens auraient lieu dans moins de trois semaines, et il me fallait étudier ferme. Si quelqu'un devait se lancer dans cette entreprise périlleuse, autant que le trésor revienne à la famille de Grunel, ce n'était que justice. Pourquoi ne pas leur donner ce qu'ils désiraient, empocher la récompense, et en finir une bonne fois ?

– Il a demandé à vous voir vers 20 heures, reprit le doyen Pruss.

Il poussa vers moi un bristol épais portant l'emblème du Ritz en relief. En dessous, on pouvait lire, joliment manuscrit : *Matthias Grunel, suite Trafalgar.*

– J'y serai, répondis-je en prenant le carton.

– Soyez prudent, monsieur Cruse. Les Grunel ne sont sans doute pas seuls en quête de ces informations.

Il paraît que, cet après-midi, une personne qui vous cherchait est passée à la loge. J'ai enjoint aux portiers de ne fournir aucun renseignement sur vous.

— Je vous en remercie, dis-je avec un léger frisson d'appréhension.

Le doyen m'examina avec attention :

— Vous avez l'air d'un jeune homme raisonnable, monsieur Cruse. Je ne pense pas que vous soyez du genre à courir après des trésors fantômes.

— Certainement pas, monsieur.

— Brave garçon ! J'ose espérer que tous vos efforts se concentreront sur les examens qui approchent.

Il consulta un registre sur sa table, puis ajouta :

— À ce que je constate, vos notes en aérostation et en physique sont loin d'être satisfaisantes.

— Je sais, monsieur.

— Le talent inné a ses limites, monsieur Cruse. Dans cette institution, nous accordons autant d'importance, sinon plus, à la théorie et aux mathématiques. Vos exploits passés ne suffiront pas à vous obtenir le permis de voler. Vous avez du travail en perspective pour réussir au deuxième trimestre.

— Oui, monsieur.

Poussant sur les roues de son fauteuil, il se retira à l'ombre, derrière son bureau.

— Et je vous serais reconnaissant de bien vouloir m'adresser votre rapport complet par écrit d'ici la fin de la semaine, monsieur Cruse.

L'Académie était construite autour d'une vaste cour carrée, avec un portail cintré face à la loge du portier. Les maisons abritant les dortoirs occupaient les ailes nord et est. Ma chambre, située au deuxième étage de la maison Dornier, était tout juste assez grande pour le lit étroit, le chiffonnier, la table et la penderie. Sa fenêtre ouvrait sur la cour, de sorte qu'il y avait pas mal de bruit, surtout les week-ends de beau temps, quand les étudiants buvaient et faisaient la fête jusqu'à l'aube. Le calme qui y régnait aujourd'hui m'inquiétait un peu. En dehors des gardiens antédiluviens qui arpentaient les couloirs, il ne restait dans les locaux que quelques enseignants et secrétaires, ainsi qu'une poignée d'élèves de dernière année qui, pour une raison ou une autre, n'étaient pas partis en stage de formation.

Les longues tables du réfectoire principal restèrent désertes ce soir-là tandis que je dînais. J'avais pour seule compagnie les immenses portraits d'aviateurs célèbres et de doyens successifs de l'Académie – Clément Ader, Amelia Gearhart, Henry Giffard, Ferdinand von Zeppelin, Billy Bishop, qui m'écrasaient de leur prestige et de leur taille. En leur présence, je me sentais bien peu de chose. D'ailleurs, je me sentais bien peu de chose depuis mon entrée à l'Académie...

Je n'avais rien du brillant élève que tous attendaient. Avant de prendre mon emploi comme garçon de cabine, je n'étais allé à l'école que quelques modestes années.

Je savais lire et écrire, additionner, soustraire et multiplier. Or, à l'Académie, j'étais censé faire des mathématiques de haute volée, avec une foule de symboles que je n'avais jamais vus. En travaillant dur, j'arrivais à me débrouiller en latin, en histoire, pour les exposés et les dissertations, mais les chiffres me rendaient fou. Ils me narguaient, ils m'échappaient, me contrariaient ; je n'y comprenais goutte. Comme si toutes ces années passées à écouter ce qui se disait dans le poste de commande de l'*Aurora* n'avaient servi à rien. J'avais fait décoller un dirigeable de neuf cents pieds, je l'avais piloté – et j'étais incapable d'expliquer cela en équations et en termes de lois scientifiques. Il y avait des nuits où je restais à fixer les pages de mon manuel et leurs formules mystérieuses, aussi indéchiffrables que des hiéroglyphes égyptiens. Humilié, je n'avais mentionné mes difficultés à personne. J'avais rêvé d'entrer à l'Académie ; mon seul désir depuis toujours était de voler.

La gorge nouée, j'avalai péniblement le reste de mon repas en regardant le portrait du doyen Pruss et ses yeux délavés. Il avait raison, le talent inné ne suffisait pas. J'étais un piètre élève ; il fallait que je travaille, et je travaillerais. Si d'autres y arrivaient, je le pouvais aussi. Je travaillerais jusqu'à maîtriser les chiffres et les faire danser pour moi. Avec un clin d'œil au portrait du doyen, je quittai le réfectoire.

Je traversai la cour, où seules quelques fenêtres étaient éclairées. Il me tardait que les autres reviennent de leurs stages, que l'Académie retrouve son activité coutumière. Mes talons claquaient trop fort sur les dalles. Je me sentais nerveux, mal à l'aise. Étaient-ce les paroles du doyen, cette histoire d'inconnu qui me cherchait ? Mes yeux passèrent spontanément en mode nid-de-pie ; ils scrutaient l'horizon, guettant les dangers potentiels. Je pressai le pas pour regagner la maison Dornier en me traitant de grand sot.

Comme je disposais d'un peu de temps avant de mettre le cap sur le Ritz, je polis mes chaussures, mis une chemise propre en espérant que mon uniforme m'autoriserait l'entrée dans cet établissement.

– Où allez-vous comme ça ? me lança Douglas, le portier de nuit, tandis que je passais devant sa loge.

– Simple rendez-vous au Ritz, dis-je.

– Vous voilà bien mondain !

Je le saluai gaillardement de la main et poussai le lourd battant de chêne avant de descendre les marches. En bas, je jetai un coup d'œil par-dessus mon épaule. Sur la gauche du grand portail cintré de l'Académie, quelqu'un se tenait dans l'ombre parmi les buissons d'ornement, pas exactement en embuscade, mais de manière à ne pas se faire remarquer. Plutôt que de m'arrêter, je poursuivis mon chemin et m'engageai dans l'avenue passante qui longeait le fleuve.

Il tombait une petite pluie fine, et j'ouvris mon parapluie. Au bout d'une vingtaine de pas, je regardai de nouveau en direction de l'Académie. La silhouette près du portail avait disparu. Il y avait bien du monde derrière moi, mais la plupart des gens étaient à demi cachés sous leurs parapluies.

Des voitures à chevaux et des automobiles se disputaient la chaussée à grand bruit. Péniches et bateaux de plaisance scintillaient sur l'eau. De l'autre côté de la Seine, la ville étalait sa lumineuse séduction. Au kiosque à journaux, le marchand me salua au passage d'un hochement de tête.

L'idée que j'étais suivi me paraissait maintenant ridicule. Sornettes pour roman à deux sous que tout cela ! Je coupai à travers la place de la Concorde et entrai dans le jardin des Tuileries, laissant derrière moi la foule et ses rumeurs. Il faisait sombre sous les arbres, où les grondements de moteurs et les claquements de sabots me parvenaient atténués. Le malaise me reprit. Face à moi, une fontaine crachait de l'eau en glougloutant. Je bifurquai dans une allée qui me ramènerait rapidement vers la rue.

– Excusez-moi.

Je ne me serais pas arrêté s'il ne s'était agi d'une voix féminine.

En me retournant, je vis une Gitane à peu près de mon âge. Elle portait un long manteau de cuir et une écharpe exotique drapée autour de la tête ; des mèches mouillées, couleur aile de corbeau, lui tombaient sur les joues et le front. Dès mon arrivée à Paris, on m'avait mis en garde contre les romanichels. Ils vous voleront tout, m'avait dit un porteur dans le train ; sans même vous toucher, m'avait expliqué un commerçant, ils sont capables de subtiliser votre portefeuille rien qu'en plongeant dans vos yeux.

— Vous avez une minute ?

Son accent anglais me surprit.

— Je suis pressé, répondis-je.

Elle s'approcha d'un pas. Je surveillais ses mains.

— Je voudrais juste vous parler.

Prudent, je me reculai :

— Non, il faut que je file.

J'avais entendu raconter que les plus jolies servaient d'appât pour vous distraire pendant que deux ou trois de leurs solides compagnons arrivaient par derrière et vous assommaient.

— Vous n'avez tout de même pas peur de moi ? lança-t-elle avec une nuance d'ironie.

— Je ne vous connais pas.

— Vous êtes bien Matt Cruse ?

— Comment le savez-vous ?

— Cette femme vous importune, monsieur ?

En me retournant, je vis un gendarme approcher, muni d'une lanterne et d'une matraque.

— Non, monsieur l'agent. Mais je suis pressé, on m'attend.

Le gendarme reporta son attention sur la fille :

— Vous avez entendu ? Monsieur ne veut pas que vous le reteniez. Vous habitez Paris, ou vous êtes de passage ?

— Cela ne vous concerne en rien.

– Justement, si. Surtout avec les gens de votre espèce.

– De mon espèce ? Qu'est-ce à dire ?

– Les Gitans, mademoiselle.

– Je suis une Rom.

– Appelez ça comme vous voudrez...

Je m'éloignai, me sentant coupable de laisser la fille entre les mains du gendarme. Cette fois, j'étais ébranlé pour de bon. Était-ce elle qui rôdait devant l'Académie ? M'avait-elle suivi jusque dans les jardins ? Le doyen Pruss n'avait peut-être pas tort quand il affirmait que bien des gens convoitaient des renseignements sur l'*Hyperion* – des gens qui pourraient me vouloir du mal.

En pressant l'allure, j'atteignis la place Vendôme, avec ses restaurants étincelants, ses bars et ses boutiques, quelques minutes plus tard. Le Ritz aux fenêtres illuminées, aux stores couleur de miel, respirait le luxe et la sécurité. Un portier en redingote à boutons de cuivre, si colossal qu'il aurait à lui seul coulé un cuirassé, se tenait en faction devant l'entrée de l'hôtel.

– Je peux vous aider, monsieur ? s'enquit-il.

Je tirai de ma poche le bristol de Grunel et le lui tendis. Après avoir jeté un rapide coup d'œil sur le carton, il m'ouvrit en grand la porte.

Le Ritz n'avait pas de hall de réception. J'avais entendu dire que la direction ne tenait pas à offrir un espace aux importuns curieux d'apercevoir ou de prendre en photo les clients riches et célèbres. D'un pas décidé, je gagnai les ascenseurs.

– Quel étage, monsieur ?

Le malheureux employé n'avait pas plus de dix ans et semblait épuisé. J'espérais pour lui qu'on ne lui en demandait pas trop. Il y avait à Paris une foule d'enfants, garçons et filles, qui travaillaient, les yeux cernés, creusés par la fatigue.

– La suite Trafalgar, je vous prie.

Alors qu'il refermait la grille, la jeune bohémienne arriva en trombe, échappant agilement à la poigne du cerbère. Ses yeux parcoururent l'entrée et rencontrèrent les miens.

– Matt Cruse, attendez ! s'écria-t-elle en se précipitant vers la cabine qui montait déjà. Juste une minute, ce ne sera pas long ! Je vous en prie !

Tandis que nous nous élevions, j'eus tout juste le temps de voir le portier, furieux, s'avancer vers elle pour la sommer de dégager sur-le-champ.

– Elle vous embête ? me demanda le garçon d'ascenseur.

– Je ne la connais pas, marmonnai-je.

Pourtant, elle connaissait mon nom. Mon cœur battait trop fort. Ce n'était qu'une adolescente, pas une brute en cagoule, mais l'intensité brûlante de ses traits, de son regard, m'avait ébranlé. Qui diable pouvait-elle être ?

– Ce vieux Serge aura tôt fait de se débarrasser d'elle ! Alors, la suite Trafalgar. Vous la trouverez sur votre gauche, au bout du couloir.

Je remerciai le garçon, lui donnai toute la menue monnaie que j'avais en poche et me dirigeai vers la porte, un imposant battant aux panneaux de bois sombre et poli avec un unique bouton au milieu. J'appuyai dessus.

L'homme qui m'ouvrit arborait une veste de smoking en velours. D'une carrure impressionnante, il serait passé pour une brute sans cette barbe rousse soigneusement taillée qui lui conférait une certaine distinction. Il fumait une longue cigarette brune.

— Matt Cruse, me présentai-je.

— Matthias Grunel.

Il me tendit sa main libre, serra la mienne d'une poigne d'acier.

— Entrez, je vous prie.

À sa suite, je traversai le petit vestibule qui débouchait sur un vaste salon au décor somptueux. Il y avait là tant de laiton, de dorures et de cuir que le roi de Bohême lui-même en aurait pâli de jalousie. Les murs lambrissés étaient couronnés par une frise de moulures alambiquées juste sous le plafond ; la cheminée était de marbre, italien sans doute. D'immenses compositions florales étaient disposées sur les divers bahuts, tables, commodes et dessertes.

— Merci d'être venu, dit Grunel. Asseyez-vous donc.

Je pris place dans un fauteuil si profond que je manquai de tomber à la renverse. Perché au bord du siège, embarrassé par mes mains et par mes jambes, je regrettais que Kate ne soit pas là. Elle savait se conduire en société.

Les rideaux encore ouverts permettaient de voir la place Vendôme. La pluie miroitait sous la lumière du projecteur braqué sur la grande colonne de bronze au centre de la place. Des scènes héroïques sculptées montaient en spirale jusqu'à son sommet, sur lequel se tenait la statue de Napoléon, qui avait l'air très content de lui.

— Une cigarette, monsieur Cruse ?

— Non, merci.

— Un whisky ? Autre chose, peut-être ? Un porto, un cognac ?

D'un geste large, il balaya l'assortiment de bouteilles en cristal qui s'étalait sur une desserte.

— Je vous remercie, non.

— Trop jeune pour ces vilaines habitudes, hein ?

Il se versa un verre de liquide ambré et s'assit face à moi sur le canapé.

— C'est très gentil à vous d'être venu. M. Pruss vous a expliqué ce qui m'amène ici, je présume ?

— Oui, il m'en a parlé.

— Vous comprenez naturellement que nous — ma famille et moi-même — souhaitions récupérer les biens de notre grand-père.

— Certes.

— M. Pruss m'a confié que vous étiez l'un de ses meilleurs élèves.

— En ce cas, il a fait preuve d'indulgence, répondis-je.

— Vous travailliez comme navigateur sur le *Floatsam*, je crois ?

– J'assistais M. Domville.

– On m'a laissé entendre que le voyage avait été rude.

– Pour le moins.

– Mais ce devait être quelque chose, de voir l'*Hyperion*.

– C'était étrange, monsieur.

Ses manches étaient un tantinet trop courtes. Je ne m'en serais peut-être pas aperçu s'il n'avait eu les poignets et les avant-bras incroyablement velus. Dès qu'il portait sa cigarette à ses lèvres ou tendait la main pour prendre son verre sur la table, ses manches remontaient, révélant sa pilosité. Je m'en étonnai : Matthias Grunel roulait sur l'or, il pouvait s'offrir mieux que cette veste trop petite pour lui. Si mes trois années de service à bord d'un paquebot aérien de luxe m'avaient appris une chose sur les riches, c'est que leurs vêtements bien coupés leur allaient toujours à la perfection. Le descendant de Grunel aurait-il déjà dilapidé la fortune familiale ? Cherchait-il à faire bonne figure, alors qu'il était ruiné ?

– Vous êtes à l'évidence un garçon plein de ressources, reprit-il. Votre doyen doutait que vos souvenirs soient précis ; cependant nous serions plus que reconnaissants pour toute information que vous pourriez nous fournir. Sachez également que ma famille tient beaucoup à ce que vous receviez cinq pour cent de la valeur du contenu de l'*Hyperion* si nous parvenions grâce à vous à ramener le vaisseau à terre.

– Monsieur, c'est trop généreux.

Le journal avait estimé le contenu du dirigeable à cinquante millions d'europas. Évaluation raisonnable ou chiffre tiré d'un chapeau, mystère ; mais, à supposer que ce chiffre soit fiable, je toucherais à moi seul deux millions et demi. Une somme sidérante qui défiait l'imagination. Assez pour cinq vies !

— Nous insisterions, déclara Grunel en souriant. Sans ces coordonnées que vous êtes le seul à connaître, comment espérer retrouver un jour le vaisseau ? Mon grand-père était un homme aimant, monsieur Cruse, et c'est pour moi une source de chagrin que ses derniers souhaits n'aient jamais été exaucés.

Sans doute accablé par l'émotion, Matthias Grunel s'interrompit et se leva. Debout, dos à moi, il regardait par la fenêtre.

— Il aurait souffert à l'idée que son fils adoré et sa fille tendrement chérie – ainsi que leurs enfants – n'aient pu jouir du fruit de ses labeurs et de sa renommée. Si nous ramenions l'*Hyperion* – et, bien sûr, le corps de mon grand-père –, j'ai le sentiment que son âme pourrait enfin reposer en paix.

Il se retourna vers moi, exhala un long trait de fumée aiguisé comme une lame. Le cœur au bord des lèvres, je déglutis péniblement.

Cet homme n'était pas Matthias Grunel.

Je m'en doutais depuis que j'avais remarqué ses manches trop courtes. À présent, j'en avais la douloureuse certitude. En mentionnant la « fille chérie » de Grunel, il s'était trahi. Kate ne m'avait-elle pas dit que l'inventeur s'était fâché avec sa fille unique, qu'il l'avait reniée sans lui laisser un sou ? Kate lisait beaucoup, avec grande attention. Elle ne se tromperait pas sur ce genre de détail. J'avais entière confiance en elle. Mon Barbe-Rousse était un imposteur.

Sur la desserte où étaient alignées les boissons, il prit un carnet et un crayon, puis me les apporta.

— Vous travailliez sur les cartes. En conséquence, vous devez avoir une idée assez juste de la position de l'*Hyperion*.

Armé du crayon, je griffonnai des chiffres pour les biffer ensuite. D'un air de perplexité feinte, sourcils froncés, je me mordillais les lèvres.

— C'était quoi, déjà... ? marmonnai-je. Voyez-vous, nous venions de traverser le Poing du Diable, qui nous avait dévié de notre route.

Je n'avais pas l'intention de livrer les coordonnées à cet imposteur, qui qu'il soit. Je ne pensais plus qu'à m'échapper.

— Désolé de vous décevoir, monsieur. Quoi que vous ait dit le doyen, ma mémoire n'est pas fameuse. Avec l'air raréfié, là-haut, je n'avais pas toute ma tête, vous comprenez.

— Ah... L'air raréfié. Mais il doit vous rester de vagues souvenirs, non ? J'imagine que vous aviez les cartes sous les yeux d'un bout à l'autre du voyage.

— Je sais bien, seulement...

Je fermai les paupières, plissai le front en tapotant le carnet de mon crayon – l'image même du parfait imbécile.

– Je suis confus... Par pitié, monsieur, ne le répétez pas au doyen.

Il me sourit de toutes ses dents. Un sourire qui n'avait rien d'engageant :

– Pensez à la récompense qui vous attend en cas de succès. Réfléchissez bien.

Après une grande inspiration, je notai sur le bloc des coordonnées décalées de plusieurs centaines de miles et le lui tendis.

– Là. Je crois que c'est ça, déclarai-je en me levant. Si cela ne vous ennuie pas, il est temps que je rentre à présent. Les examens approchent, et...

– C'est tout de même bizarre, me coupa Barbe-Rousse, et je sentis la sueur perler sous mes aisselles. À ma connaissance, le *Floatsam* faisait route vers Alexandrie, survolant l'océan Indien. Or ceci correspond à un point du sous-continent asiatique.

Seul un navigateur expérimenté, un marin du ciel ou des flots, pouvait d'un seul coup d'œil situer un lieu du globe à la lecture de ses données géographiques.

– Alors, je me suis trompé, bredouillai-je, penaud. Je regrette de ne vous être d'aucune utilité.

Le cœur battant, je me retournai pour me diriger vers la sortie.

– Hé, les gars ! s'écria Barbe-Rousse. Je crois que notre môme a besoin qu'on lui rafraîchisse la mémoire !

Soudain, diverses portes s'ouvrirent, et des hommes envahirent la pièce. Contrairement au faux Grunel, ils n'étaient pas en veste de velours. Vêtus de pantalons sombres et de chemises grossières aux manches retroussées, chaussés de lourdes bottes et coiffés de casquettes, ils dégageaient l'odeur caractéristique de graisse de moteur, de carburant Aruba et d'hydrium propre aux équipages des vaisseaux aériens. Deux d'entre eux me saisirent par les épaules pour me ramener sans ménagement au milieu de la pièce, face à Barbe-Rousse.

— Inutile de mentir, mon garçon, fit celui-ci. Vous n'êtes pas un âne, loin s'en faut.

— Je ne me souviens plus, prétendis-je tandis que les chiffres exacts dansaient devant mes yeux.

Partagé, je me demandais si je n'avais pas intérêt à leur donner le renseignement pour en finir. Hélas, sitôt les informations obtenues, rien ne les empêchait de me précipiter par la fenêtre pour s'assurer de mon silence définitif.

— Je lui fais voir quelques chandelles pour l'éclairer ? proposa un des hommes en montrant le poing.

— Certainement pas, Bingham, répliqua Barbe-Rousse d'un ton sec. Un peu de respect ! Nous avons ici M. Matt Cruse, le tueur de pirates. Nous savons tout sur vous, Cruse. Nous avons lu le récit de votre victoire contre notre regretté collègue, M. Szpirglas.

Horreur ! Ces crapules seraient-elles les derniers résidus de l'équipage de Szpirglas, venus chercher vengeance ?

– Ne vous inquiétez pas, ajouta Barbe-Rousse avec un clin d'œil, Szpirglas et moi n'étions pas très amis. Il y a des années que nos chemins se sont séparés. Je ne suis pas pirate. C'est un sale boulot de rustres. Je m'appelle John Rath. Mes collègues et moi travaillons pour le compte de gens fort respectables, à Londres comme à Paris. De quoi vous étonner, n'est-ce pas ? Considérez-nous comme des détectives privés.

Je m'abstins de commenter.

– Je suis ici pour vous proposer un marché, monsieur Cruse. Ce que j'ai entendu sur vous me plaît bien. Vous n'êtes pas aussi crédule que votre cher doyen. Il a avalé mon histoire de Mattias Grunel, mordu à l'hameçon sans sourciller !

L'un des hommes de Rath émit un grognement méprisant tandis que leur patron m'observait en hochant la tête avec approbation.

– Et, sans vouloir vexer mes gars, vous valez bien dix de ces costauds pour avoir envoyé Vikram Szpirglas par le fond. Je crois que nous pouvons faire affaire, tous les deux. Qu'en dites-vous, monsieur Cruse ? Il y a de l'argent à gagner. Beaucoup d'argent. L'argent vous intéresse, non ?

En silence, je pensais au garçon d'ascenseur. Je pensais à mon uniforme d'occasion. À ma mère qui s'échinait sur sa couture, à ses doigts enflés, déformés par les rhumatismes.

– C'est tentant, déclarai-je.

Si je jouais le jeu, je trouverais peut-être une occasion de m'esquiver.

— Très bien. Je suggère une promenade pour en discuter plus avant et vous convaincre. Au cas où cela ne suffirait pas, un petit séjour en suspension à mille pieds au-dessus de la Seine achèvera de vous persuader. Venez, messieurs, nous quittons l'hôtel.

Deux de ses sbires m'agrippèrent par les bras pour me traîner hors de la pièce. John Rath vida son verre et empocha une bouteille de whisky pleine avant de conclure :

— J'ai pris plaisir à faire le beau au Ritz, mais seul un sot paierait la note.

Sur ces mots, nous sortîmes. Un couple d'un certain âge qui remontait le couloir en sens inverse se rangea en tremblant quand les costauds leur crièrent de dégager. Tenté d'appeler à l'aide, je me ravisai aussitôt, dubitatif quant à l'efficacité de la chose. Quelques instants plus tard, Rath ouvrit d'un coup de pied la porte donnant sur l'escalier, et nous montâmes. En haut, ils poussèrent une seconde porte et me tirèrent dehors, sur le toit du Ritz. Le crachin me mouilla le visage.

La lumière filtrant d'une fenêtre à tabatière illuminait le ventre renflé d'un petit aérostat qui flottait en silence à quelques pieds du toit. Il était amarré par les seuls câbles de proue et de poupe. Tandis que nous nous dirigions vers lui, les hélices jumelles toussèrent et se mirent à tourner.

– Hissez-le à bord, ordonna Barbe-Rousse.

En me tortillant un peu, je parvins à me libérer d'une brusque secousse, ce qui ne servit à rien. D'un coup de pied, l'un des hommes me fit tomber à genoux, et ils m'empoignèrent de nouveau – cette fois, ils tenaient bon. Une passerelle descendit vers nous par une trappe faiblement éclairée. Barbe-Rousse s'y engagea le premier.

C'est alors qu'un vague mouvement attira mon attention. Une silhouette noire se détacha des ténèbres qui enveloppaient le toit pour venir s'accroupir près du câble de proue. Et le dégager de son attache. Des hurlements jaillirent du poste de pilotage. Un projecteur s'alluma sous le ventre du vaisseau.

L'ombre se précipita sur la roue d'atterrissage avant, l'agrippa, puis la poussa de toutes ses forces. Plus léger que l'air, l'aérostat se mit aussitôt en mouvement et décrivit une large courbe. Il n'était plus retenu que par le câble de poupe.

– Freinez-le ! aboya Barbe-Rousse depuis la trappe.

Le vaisseau fonçait droit sur nous, hélices en marche. Comme un seul homme, nous nous jetâmes à plat ventre sur le gravier du toit. L'aérostat grondait au-dessus de ma tête ; le souffle de son échappement me bousculait. Surpris, je m'aperçus alors que j'étais libre.

– Par ici, mon garçon ! hurla l'un des pirates en s'élançant vers moi à quatre pattes.

D'une ruade, je l'atteignis au menton avant de me redresser pour me sauver à toutes jambes.

Quelqu'un me toucha le bras : la jeune Gitane courait à côté de moi. Son écharpe avait disparu ; ses longs cheveux noirs étaient rentrés sous le col de son manteau.

— Suivez-moi, dit-elle en obliquant vers le bord du toit. Vous savez sauter ?

— Oh, pour savoir, je sais !

— Eh bien, *sautez* !

Elle prit son élan et bondit sans hésitation. Son manteau de cuir s'ouvrit, se déploya derrière elle comme des ailes. Et moi de songer : que j'aimerais avoir un manteau comme le sien ! Bras écartés en balancier, elle se posa sur l'immeuble voisin. J'allongeai le pas et pris mon vol, exalté tandis que mon corps planait au-dessus de l'étroite ruelle. J'atterris sur le gravier et m'élançai aussitôt pour rattraper la fille. Clignant des yeux sous la pluie, je me retournai vers le Ritz et vis deux des pirates debout au bord du toit, silhouettes brièvement éclairées par le projecteur de leur aérostat **qui** montait dans les airs, le nez pointé vers nous.

— Là ! haletai-je en filant vers la porte d'accès d'un escalier.

Le bruit du dirigeable s'accentuait. Je secouai la porte comme un fou. Toute branlante qu'elle était, elle refusa de bouger.

Un coup de feu retentit. Plaqués contre le battant, nous fûmes bientôt dépassés par le dirigeable, qui amorça un demi-tour. Il nous fallait quitter les toits de toute urgence ; or il n'y avait pas d'autre issue que cette fichue porte.

— Nous allons devoir sauter encore, dit la fille en reprenant sa course.

Nous ne disposions que de quelques secondes avant que l'aérostat soit de nouveau sur nous. Il y avait un bâtiment tout proche, un seul, mais il était beaucoup plus bas que le Ritz – une jolie chute ! Nous eûmes tout juste le temps de choisir le meilleur point pour prendre notre essor... avant de retomber brutalement dans un dédale de cheminées et de citernes de bois.

Furtifs parmi les ombres, nous courions sur une longue enfilade de toits, bondissant par-dessus les ruelles quand c'était nécessaire. Le dirigeable nous poursuivait ; à intervalles réguliers, nous étions pris dans la lumière de son projecteur. Ils avaient déposé deux ou trois hommes sur un toit pour tenter de nous coincer, je les entendais derrière nous

— Visez les jambes ! leur hurla Rath depuis les airs. Je les veux vivants !

Discours bien peu encourageant. Nous arrivions au bout d'un énième toit. Un immense canyon nous séparait du bâtiment suivant.

— C'est large, haleta la Gitane.

— Trop large, dis-je.

À gauche et à droite, il n'y avait que de hauts murs de brique, pas d'échelle de secours, pas de prise qui permette de grimper. Nous étions acculés. Devant nous, le toit s'inclinait en pente raide, véritable toboggan d'ardoise, bordé par les fenêtres des mansardes.

– Vous n'avez pas le vertige ? souffla la fille.

– Absolument pas.

– C'est ce qu'on raconte sur vous.

Au-dessus de nous, le dirigeable freina. Les balles crépitèrent sur les ardoises ; le déplacement d'air provoqué par le vaisseau manqua de me renverser.

La bohémienne s'élança et partit dans une folle glissade. Elle saisit une girouette au passage, pivota autour et se projeta à l'intérieur du bâtiment par une fenêtre ouverte. Son entrée fut suivie par un cri de surprise.

Je ne pouvais que l'imiter. À mon tour, je dévalai le toit en espérant que je ne raterais pas la girouette. Quand je l'eus agrippée, je la sentis ployer dangereusement et faillis passer par-dessus bord. Sous mes yeux, l'aérostat fit demi-tour. Voyant Rath penché par l'ouverture de la trappe, pistolet au poing, je m'élançai tant bien que mal vers la fenêtre ouverte.

L'atterrissage n'eut rien de gracieux. Des meubles cédèrent sous mon poids dans un fracas de verre brisé et, comble d'indignité, je m'étalai comme une crêpe sur le sol. Je me relevai au beau milieu d'une chambre, dans laquelle une jolie jeune femme en corset et jupons invectivait la bohémienne.

– Pardonnez-nous, mademoiselle, dis-je. Nous sommes en danger de mort, nous fuyons.

Vite, nous gagnâmes la porte de l'appartement pour nous précipiter dans le couloir et dégringoler l'escalier. Les murs renvoyaient l'écho de nos souffles affolés. Je ne sentais pas les marches sous mes pieds, tout se brouillait.

Et, soudain, nous fûmes dehors, dans la nuit et le crachin. Pour reprendre notre course effrénée le long d'une étroite ruelle pavée, puis d'une autre encore. Nous n'avions qu'un seul but : échapper au bourdonnement des hélices.

4

Nadira

Nous courûmes longtemps, et nous aurions continué si un point de côté ne m'avait contraint à m'arrêter. Mains sur les hanches, je soufflais comme un buffle. Je n'avais aucune idée de l'endroit où j'étais. Je tendis l'oreille : pas de bruit d'hélices.

— Je crois que nous n'avons plus rien à craindre, dit la fille d'une voix enrouée par l'effort.

— Merci de m'être venue en aide, là-haut.

— Vous accepteriez que nous parlions à présent ?

— Qui êtes-vous ?

— Je m'appelle Nadira. Si nous allions prendre une boisson chaude ? suggéra-t-elle en désignant la vitre illuminée d'un petit café situé un peu plus loin dans la ruelle.

J'hésitais. Elle avait certes contribué à me tirer des griffes de John Rath et de ses hommes, mais rien ne prouvait que ce n'était pas un piège. Cependant j'avais les jambes en coton ; je devais m'asseoir. L'idée d'être à l'abri au cas où on nous chercherait me parut bonne. Je la suivis donc à l'intérieur.

Nadira me conduisit vers une table au fond de la salle bruyante et commanda deux cafés au serveur. Elle tenta de rassembler sa chevelure rebelle et humide en une natte. De fines mèches s'en échappaient, flottaient le long de ses tempes, de ses joues. Il y avait peu de jeunes femmes parmi mes relations, et pas une ne portait de manteaux de cuir. J'aurais dû refuser son invitation. C'était une bohémienne. J'étais pourtant prévenu.

Nos cafés arrivèrent. J'en préférais l'odeur au goût, ce qui ne m'empêcha pas d'apprécier le coup de fouet et la chaleur procurés par le breuvage, tant j'étais ébranlé et frigorifié.

— Si vous aviez bien voulu m'écouter, je vous aurais mis en garde contre ces types.

— Vous les connaissez donc ? m'enquis-je, soupçonneux.

— Je sais qui ils sont.

— Cela ne me renseigne guère.

— Je ne travaille pas pour eux, si c'est ce que vous voulez savoir.

— Qui vous emploie, alors ?

— Personne. Je travaille pour moi.

Sa beauté me mettait mal à l'aise. L'avais-je suivie dans ce café à cause de cela, ou bien étais-je dangereusement curieux ? Troublé par l'insistance de son regard, je m'interrogeais, incapable de décider si ses yeux noirs pénétrants exprimaient l'intérêt, la méfiance ou la haine.

— Je vous imaginais plus costaud, dit-elle. Toutes ces histoires dans les journaux...

— Il est vrai qu'ils ont tendance à exagérer.

— C'est le moins qu'on puisse dire.

Aïe. Pourvu qu'elle ne me juge pas trop minable !

— Comment m'avez-vous retrouvé ?

Elle but une gorgé de café :

— J'ai un marché à vous proposer.

— Vous souhaitez que nous fassions équipe pour récupérer l'*Hyperion*, c'est cela ?

— Exactement. Il y a une fortune à bord de l'épave, et je la veux. Vous avez les coordonnées, non ?

Personne ne risquait de surprendre notre conversation. Il régnait dans la salle un tel tapage que nous devions nous pencher au-dessus de la table pour nous entendre. Un léger parfum d'épice se mêlait à l'odeur tiède de son manteau de cuir mouillé. Il me sembla reconnaître le cumin. Mes années passées à fréquenter la cuisine du chef Vlad m'avaient familiarisé avec les aromates de toutes sortes.

— Cela ne me tente pas vraiment.

— Parce que je suis tzigane ?

Je m'abstins de répondre.

– Vous ignorez tout des Roms, pas vrai ? Enfin, en dehors du fait que nous sommes des brigands et des pickpockets.

– En gros, oui.

– Vous ne devriez pas croire ce que racontent les mauvaises langues.

– Vous avez sans doute raison, murmurai-je, honteux.

– Alors, qu'en pensez-vous ? Nous pouvons travailler ensemble ?

– Je ne vous connais pas.

– Non, mais vous avez besoin de moi.

– Ah oui ?

Nadira plongea une main sous son col, en sortit un mince étui de cuir accroché à son cou. De ses longs doigts, elle défit l'attache pour en extraire une clé de laiton ternie, à l'évidence ancienne, un objet ingénieusement conçu, avec une multitude de petites dents qui s'enroulaient autour de l'axe central. Une énigme autant qu'une clé. Jamais je n'en avais vu d'aussi complexe.

– J'ai l'impression qu'elle ouvrirait les portes du paradis.

– Presque, dit Nadira.

Elle remit la clé dans l'étui, qu'elle glissa sous ses vêtements. Je m'efforçais de ne pas regarder la peau mate et soyeuse de sa gorge.

– Elle ouvre les soutes de l'*Hyperion*.

– D'où tenez-vous cela ?

– De bonne source.

– Comment l'avez-vous obtenue ?

– C'est mon affaire, répliqua-t-elle sans ciller.

– Vous l'avez volée à John Rath ?

– Non. Il a appris qu'elle était en ma possession et s'est lancé à ma recherche. En jouant les espionnes, je les ai entendus parler de vous. Ils disaient que vous aviez les coordonnées. Je me suis donc arrangée pour venir à Paris au plus vite. Je voulais vous avertir.

– D'où venez-vous ? demandai-je.

– De Londres.

Je m'en doutais déjà à son accent. Elle avait fait le trajet depuis l'Angleterre pour me voir. Seule. Ce n'était pas le genre de chose que ferait une fille de la bonne société. Qui avait payé le voyage ? Hmm. Peut-être avait-elle des ressources personnelles. Je l'imaginais liée à la pègre et à de dangereux criminels. Comment se serait-elle procuré cette clé sans cela ? Elle s'habillait en homme, se livrait à l'espionnage, sautait d'un toit à l'autre et évitait les balles. Décidément, cette fille était un mystère complet.

– Vous avez les coordonnées, reprit-elle. J'ai la clé. Nous avons besoin l'un de l'autre.

Je haussai les épaules :

– Une serrure, ça se force.

– Pas celles des soutes.

– Vous avez l'air d'en savoir long, mais vous ne me livrez pas grand-chose. Pourquoi vous ferais-je confiance ?

Nadira se pencha plus près encore. Ses dents d'une blancheur éclatante contrastaient avec sa peau brune.

— Écoutez, Grunel ne prenait pas de risques. Il connaissait l'existence des pirates de l'air. Les cales sont constituées de cages en ferrotitane, et elles sont piégées. Si quelqu'un tente d'y pénétrer sans déverrouiller les portes, elles explosent. Il n'avait fait faire que deux clés par un serrurier de renom en Suisse. Seulement, le serrurier était si fier de ses clés extraordinaires qu'il n'a pas pu tenir sa langue, si bien qu'un groupe de pirates en a entendu parler. Ils sont allés le voir, et ils ont découvert qu'il avait conservé ses dessins. Sous la menace d'un pistolet, ils lui ont extorqué une copie. Après quoi, ils l'ont abattu.

— Et, d'une manière ou d'une autre, cette copie est arrivée entre vos mains.

— C'est un cadeau.

— Et quel cadeau !

— À ce qu'on m'a raconté, les pirates n'ont jamais retrouvé l'*Hyperion*. Le vaisseau s'est tout bonnement volatilisé. Les gens ont cru qu'il s'était abîmé dans la mer. La clé a perdu toute valeur. Ce n'était plus qu'une curiosité. Au fil des années, elle a changé plusieurs fois de propriétaire. Mon père l'a gagnée aux cartes et me l'a donnée pour mes huit ans.

— L'aventure ne tente donc pas votre père ?

— Il est mort.

Soudain, je me sentis très las.

— Rien ne vous prouve que cette clé soit la vraie.

— C'est la vraie, répondit-elle d'une voix calme mais intense.

– Nous devrions prévenir la Haute Autorité aéronavale ou la police du ciel.

– Grands dieux, pourquoi ?

– John Rath et ses hommes nous ont tiré dessus ! m'exclamai-je. Ils sont dangereux.

– Nous les éviterons. Si nous portons l'affaire devant la Haute Autorité, ils vont exiger vos coordonnées et ma clé. Pas question que je la leur cède.

– Je n'ai aucune envie d'être impliqué là-dedans, déclarai-je.

– Vous êtes *déjà* impliqué. Vous seul sur la planète connaissez la position du vaisseau.

– En ce cas, je m'en remettrai à la presse. Une fois l'information publiée sur la Terre entière, moi, je m'en lave les mains.

Elle m'observa en silence pendant quelques instants, puis hocha lentement la tête :

– Cela ne vous intéresse pas ? Libre à vous. Donnez-moi ces coordonnées. Je risquerai le coup.

Comme je ne répondais pas, elle ajouta :

– Vous voyez bien que ça vous intéresse !

– À vrai dire, je n'en sais trop rien.

– Vous ne pouvez pas laisser passer une occasion pareille ! Cela nous serait bien utile, à vous comme à moi.

J'eus le sentiment qu'elle venait de jeter une corde autour de nous deux et de serrer le nœud.

– Qu'entendez-vous par là ?

— Je crois que vous m'avez comprise. Vous n'êtes pas de famille riche. D'après les journaux, vous n'avez pas de père, vous apportez une aide financière à votre mère et à vos sœurs en Amérique, et vous avez perdu votre salaire de garçon de cabine en entrant à l'Académie. Ce sera dur, vous en baverez.

Je la trouvais trop bien renseignée sur mon compte, ce qui me flattait et m'inquiétait un peu.

— Vous cherchez à réussir par vos propres moyens, poursuivit Nadira, plus enflammée que jamais. Moi aussi. Il nous faut de la chance, beaucoup. Et c'est une opportunité en or qui s'offre à nous. La plus belle de toutes.

— Il est temps que je songe à partir, soupirai-je.

— Pour aller où ?

— À l'Académie.

— Un comité d'accueil vous y attend peut-être.

J'en eus la chair de poule. Elle avait raison. Rath et ses sbires savaient où je logeais.

— Je dois rendre compte de tout ça au doyen. Il s'est laissé duper par...

— Duper ? Qui vous prouve qu'on ne lui a pas proposé un pourcentage ?

— Non, il n'est pas complice. Rath s'est vanté de l'avoir berné.

— Eh bien, filez. Je ne vous retiens pas, dit-elle, dépitée.

Je mis de l'argent sur la table pour payer les cafés et me levai.

— Vous ne voulez même pas savoir où me trouver ?

– Non.

– 199, rue Zeppelin, près de l'aéroport.

– Je connais.

Elle soutint mon regard :

– Souvenez-vous que, sans moi, vous n'y arriverez pas.

– C'est vous qui le dites.

– C'est vrai.

– Au revoir. Et merci encore.

Sitôt dehors, j'éprouvai un vif soulagement à retrouver la nuit froide et le crachin. Après avoir marché pendant une demi-heure, John Rath, le Ritz, la poursuite sur les toits, la jeune Gitane venue à mon secours, tout cela me semblait aussi irréel que si j'avais rêvé. Je regardai autour de moi. Les bâtiments étaient solides, les dalles du trottoir fermes sous mes pas. Mes yeux s'arrêtaient sur chaque passant, mais je ne voyais que les visages ordinaires de gens qui vaquaient à leurs occupations. L'air était imprégné par l'odeur de la pierre, des arbres frais et du fleuve.

Je n'étais plus très loin de l'Académie à présent. En bas du boulevard, j'apercevais son imposante façade, accueillante et chaleureuse sous la lumière des réverbères. Épuisé, je n'aspirais plus qu'au sommeil. En arrivant devant les marches, j'eus cependant un moment d'hésitation. Je me sentis bien bête. « Demain, je parlerai au doyen, puis je me rendrai au siège de la Haute Autorité pour tout raconter », décidai-je. Bravement, je franchis le portail.

Douglas n'était pas dans sa loge. Une chope de thé chaud fumait sur son bureau, à côté de la dernière édition de *La Presse*. Je m'avançai dans la cour. D'ordinaire éclairée par la lumière qui filtrait des dortoirs situés tout autour, elle me paraissait bien sombre, ce soir. Levant les yeux vers la maison Dornier, je repérai la fenêtre de ma chambre. Une ombre remua alors derrière la vitre !

Je bondis comme si j'avais reçu une décharge électrique ; un cri s'étrangla dans ma gorge. Le temps de me retourner, et je courais vers la loge du portier.

– Douglas !

Pas de réponse. Il n'était pas non plus dans la pièce à l'arrière. Sans doute faisait-il sa ronde. Ou alors on l'avait appelé en urgence. Je restai là, figé, pendant quelques instants. Que faire ? La grande horloge du hall égrenait les secondes. Au loin, une porte grinça. Il y eut un bruit de pas. Puis plus rien. Silence.

Je pris mes jambes à mon cou. Décision irréfléchie ou lâcheté, peu m'importait, il me fallait quitter le bâtiment au plus vite. Une fois dans la rue, je m'immobilisai, rassuré par le passage des voitures à chevaux, par la constellation mouvante des vaisseaux aériens et de leurs phares dans le ciel. Sur le trottoir d'en face, un gendarme de service venait vers moi. Avais-je vraiment vu quelqu'un derrière la fenêtre ? Une chose était sûre : je ne dormirais pas dans ma chambre ce soir.

Kate habitait l'île Saint-Louis, qui flottait sur la Seine dans l'ombre de Notre-Dame. Derrière la cathédrale, j'empruntai la passerelle menant à la pointe de l'île et descendis le quai Baudelaire, glorieux rempart fait d'une suite ininterrompue d'hôtels particuliers baroques qui dominait le fleuve et sa rive gauche. Rien qu'à regarder ces somptueuses demeures, je me sentais pauvre. Celle de Kate se trouvait au numéro 36.

Deirdre, l'une de ses domestiques, m'ouvrit la porte. Je la savais originaire du même pays que mes parents ; un jour, j'avais essayé de lui parler dans mon gaélique limité, mais elle avait feint de ne pas comprendre et refusé de répondre. À présent qu'elle servait dans une maison bourgeoise à Paris, présumai-je, son lieu de naissance lui faisait honte. J'en étais attristé et vaguement humilié.

— Monsieur ? dit-elle, l'air réprobateur.

Je songeai soudain que je devais avoir une drôle d'allure, avec mon uniforme fripé, mon manteau sale et taché de graisse, dont une poche s'était déchirée pendant la poursuite sur les toits. Sans doute avais-je aussi le visage maculé de suie collée par la sueur.

— Je ne suis pas présentable, déclarai-je dans mon mauvais français.

— Effectivement, monsieur, répondit-elle sans l'ombre d'un sourire.

— Je viens voir Mlle Kate de Vries.

— À cette heure-ci, monsieur ? Il est bien tard.

— Pas si tard que ça.

— Elle vous attendait ?

— Oui. Enfin, non.

Deirdre hésita, parut se demander si je méritais seulement d'entrer. Enfin, elle s'effaça un peu, et je me glissai à l'intérieur. Les plafonds y étaient d'une hauteur incroyable. Kate m'avait décrit l'endroit comme « un petit appartement confortable à Paris » et, à ma première visite, elle avait souligné qu'elle n'occupait pas tout le bâtiment. « Juste les deux premiers étages. Ce n'est qu'un coin où poser ma tête pour dormir pendant mes études à la Sorbonne. » Beaucoup de gens auraient pu y dormir. Pas loin d'une cinquantaine, selon mes calculs.

– Si Monsieur veut bien attendre, je vais voir si Mlle de Vries reçoit des visites ce soir.

Je répondis quelque chose comme : « Vous êtes très gentille », ou « très chantilly », je ne sais plus. Je n'avais mémorisé que quelques mots de français, langue à laquelle mon esprit était rebelle. Incapable de me souvenir quelles lettres se prononçaient et quelles lettres étaient muettes, j'avais décidé de parler plus vite, de tout « savonner » pour voir si je réussissais mieux. Fort heureusement, les cours de l'Académie étaient dispensés en anglais, langue internationale de l'aviation.

Deirdre s'engageait déjà dans l'escalier quand une autre domestique apparut tout à coup et se mit à débiter un flot de paroles à une allure si vive que je ne saisis pas un traître mot de ce qu'elle racontait. Il semblait y avoir une crise en cuisine.

– Patientez un moment, je vous prie, me dit Deirdre avant de disparaître.

Une minute passa, puis une autre. M'avait-on oublié ? Je pouvais bien sûr me rendre à la cuisine pour montrer que j'étais toujours là, mais à quoi bon ? Je savais où serait Kate à cette heure avancée : dans sa chère bibliothèque, à l'étage.

Le grand escalier de noyer montait en une large courbe élégante ; le tapis d'Orient étouffait le bruit de mes pas. Parvenu à mi-hauteur, je me reprochai mon inconscience. Si Miss Simpkins me surprenait seul ici, elle m'accuserait de fureter dans la maison sans autorisation. Trop tard. J'étais en vue de la porte entrebâillée, par laquelle filtrait un rai de lumière.

En m'approchant de la bibliothèque, j'entendis des voix. Dont une qui n'appartenait ni à Kate, ni à Miss Simpkins. Par l'étroite ouverture, je risquai un coup d'œil à l'intérieur.

Il y avait là un monsieur dont je ne voyais que le dos ; il était grand, carré, impressionnant, en costume et souliers de cuir polis comme des miroirs. Mains croisées derrière lui, il admirait une vitrine contenant un spécimen zoologique que Kate avait dû acheter à Paris.

— Mademoiselle de Vries, cette créature est un spectacle de cauchemar.

— Allons, allons ! lança Kate, assise non loin de lui dans un fauteuil au coin de la cheminée.

Je l'apercevais de profil : elle avait les joues en feu. Sans doute un effet des flammes qui dansaient joyeusement dans l'âtre – du moins, je l'espérais.

– C'est un marsupial, monsieur Slater, un cousin du kangourou. Les dents vous gênent, peut-être ?

– Il est laid à faire peur. Il me rappelle ma tante.

Kate éclata d'un rire léger et cristallin dont la cascade m'éclaboussa – et me glaça le corps. Je croyais que ce rire m'appartenait à moi seul. De quel droit offrait-elle ces jolis trilles à un autre ? Jamais elle ne m'avait parlé de ce M. Slater !

– Vous êtes une jeune personne très accomplie, mademoiselle de Vries, dit-il en se tournant vers elle.

Je vis alors que c'était un homme fringant, entre vingt et vingt-cinq ans. Plus âgé que moi en tout cas. Il avait l'allure d'un gentleman, alors que moi, j'avais encore l'air d'un gamin. Miss Simpkins n'était pas dans la pièce avec eux. Que diable fabriquaient-ils seuls dans la bibliothèque ?

– Et vous, monsieur Slater ? Vos succès sont des plus remarquables.

À l'entendre chanter ses louanges avec chaleur, je sentis ma gorge se nouer de jalousie et d'indignation.

– Oh, fit Slater, faussement modeste mais ravi, ce qui nous arrive dans la vie est bien souvent dû à la chance. Qu'en pensez vous ?

– Je ne suis pas d'accord avec vous sur ce point. Je pense que chacun de nous forge sa propre chance.

Il fronça les sourcils, pensif, puis émit un rire viril :

– Une idée séduisante, à ceci près que la chance coule à travers nos vies telle une rivière. Le mieux que nous puissions faire est encore de se préparer aux surprises.

— Comme vous êtes fataliste !

— Pas du tout. Je ne prétends pas que nous n'ayons aucun contrôle sur nos vies, au contraire. Celui qui reçoit la malchance en partage et réussit malgré tout est le plus noble des hommes.

— Et ce raisonnement s'applique-t-il aussi aux femmes ?

— Bien sûr. Quand je dis « homme », je pense aussi aux femmes.

— Je préfère que la chose soit clairement énoncée.

— Je vous comprends, mademoiselle de Vries.

— Merci, monsieur Slater.

Chaque parole précieuse de ce charmant badinage me plantait un couteau dans le cœur. J'aurais dû m'en aller, pourtant je restais figé là, cloué sur place, incapable de bouger, aussi inamovible que la tour Eiffel.

— Quant à moi, reprit Slater, je préfère le parfum du mot « femme » sur mes lèvres.

Sous mes yeux horrifiés, il se pencha vers elle. Il allait l'embrasser, j'en aurais juré ! Je ne voyais pas Kate, il me la dissimulait. Comme à travers une brume, il me sembla entendre une porte s'ouvrir. Quelqu'un dut entrer dans la pièce, car Slater s'était redressé et retourné avec un sourire plein de grâce.

— Ah, Miss Simpkins ! Nous nous demandions quand vous vous joindriez à nous.

— Je viens juste chercher mon livre. J'ai dû l'oublier ici.

Il y avait dans sa voix une note juvénile d'embarras que je ne lui avais jamais entendue.

— Ah ! le voilà.

– Je m'étonne que vous lisiez tant de livres à la fois, remarqua Kate d'un ton légèrement pincé.

Cachée par Slater, elle m'était toujours invisible, mais je l'imaginais regardant son chaperon avec un petit sourire.

– Vous n'êtes pas sérieux, tous les deux, il se fait tard.

– C'est vrai. D'ailleurs, je m'en vais.

M. Slater regarda Kate, une lueur enjouée dans l'œil. Puis il ajouta dans un rire :

– Je crains que Miss Simpkins ne me considère comme un soupirant peu recommandable.

– Pas du tout, cher monsieur ! se récria la gouvernante.

Elle apparut alors dans mon champ de vision, rouge comme une pivoine et très agitée.

– Vous êtes à l'évidence tout ce qu'il y a de recommandable. Hélas, ma chère Kate semble avoir un penchant pour la canaille.

– Ah oui ? fit Slater. Comme c'est curieux !

– Marjorie, je vous en prie ! intervint Kate, irritée.

– Elle a un faible pour les garçons de cabine, gloussa Miss Simpkins.

M. Slater éclata de rire :

– Oh, vous voulez parler du célèbre Matt Cruse, le petit jeune homme de l'*Aurora*.

Le ton amusé me déplut, même s'il ne se moquait pas.

– Vous étiez donc sous le charme, mademoiselle de Vries ?

Kate s'abstint de répondre. Je ne voyais toujours pas

son visage. Je comptai les battements cataclysmiques de mon cœur, puis je m'éloignai en hâte.

Dans l'escalier, je croisai Deirdre, qui me dévisagea, scandalisée.

— Monsieur ! Ce n'est pas bien !

— Non, ce n'est pas bien du tout, répliquai-je, amer.

D'un pas précipité, je gagnai la porte et sortis dans la rue aux pavés mouillés. Il pleuvait à verse à présent. Je courus le long du quai Baudelaire vers la masse noire de Notre-Dame. Sans destination précise, je filais au hasard, empruntant rues et ponts comme ils se présentaient à mes yeux brouillés. Sur la rive gauche, à demi trempé, je descendis des marches jusqu'à la Seine pour me mettre au sec sous un pont. Il faisait froid. Le vent jouait du basson sur les câbles et les poutrelles de mon abri de fortune. Pendant un long moment, je restai là à fixer les eaux sombres du fleuve qui coulait comme du mercure dans les grottes de l'enfer.

Et, soudain, les pensées se pressèrent dans ma tête. Que faisait-elle avec cet homme ? Depuis combien de temps le connaissait-elle ? Ils semblaient bien intimes ! Elle riait pour lui. Peut-être même l'avait-elle touché ou s'était-elle laissé embrasser un peu plus tôt. Cette seule idée m'emplit le cœur d'une rage volcanique. Slater était grand, beau, et riche, à en croire son apparence et son discours.

Moi, ex-garçon de cabine, à présent étudiant, je ne serais jamais riche. Si j'arrivais un jour à décrocher le diplôme de l'Académie, le mieux que je puisse espérer était un salaire d'officier – dont un an achèterait tout juste les tapis de l'appartement de Kate. Je lui faisais honte. Elle me trouvait ridicule. N'essayait même pas de prendre ma défense quand Slater ou Miss Simpkins se moquaient de moi.

Avant de rencontrer Kate, je ne me souciais guère de l'argent. Ce n'était plus le cas. J'y pensais à présent du matin au soir. Il y en avait partout ! Je voyais pièces et billets entre les mains gantées des messieurs et des dames, plus brillants que l'or en lingots. Je voyais l'argent des autres étudiants de l'Académie, je le voyais dans leurs vêtements, leurs souliers, leurs stylos. Je le voyais scintiller comme des pierres précieuses dans les cheveux sombres de Kate. Je le voyais comme une patine sur ses ravissantes lèvres. Je le comptais dans les étoiles.

J'avais été bien sot de croire que c'était sans importance ! Quand les mains de ma mère deviendraient trop enflées et trop douloureuses pour qu'elle continue à travailler, quand mes sœurs seraient plus âgées, elles auraient besoin de plus d'argent que jamais. Je ne voulais pas qu'elles s'inquiètent, qu'elles manquent de quoi que ce soit. Je ne voulais pas que mes petites sœurs épousent des hommes qu'elles n'aimeraient pas pour pouvoir manger à leur faim. Je voulais prendre soin d'elles. Sans argent, j'étais inutile. Sans argent, j'étais en butte aux railleries, on me flanquait à la porte des restaurants, les semblables de M. Slater m'écartaient de leur chemin.

La nuit passa, interminable et brève, paradoxale. Serrant autour de moi les pans de mon manteau déchiré, je frissonnais en m'apitoyant sur mon sort. Mais, avant que le soleil levant ne teinte de rouge les plus hautes gargouilles de Notre-Dame, ma décision était prise.

5

L'héliodrome

Le matin venu, je me rendis à la Banque du Québec pour retirer tout l'argent de mon compte-épargne. Je craignais qu'on ne m'y autorise pas tant j'étais sale et débraillé après ma nuit sous le pont. Pourtant, après avoir comparé ma signature à celle qui figurait sur ma fiche et échangé quelques mots à voix basse avec le directeur de l'agence, le caissier compta les fragiles billets sous mes yeux. Une fois entre mes mains, ma fortune me parut bien maigre. Quel capitaine digne de ce nom louerait son dirigeable à un garçon de seize ans pour ce prix, même s'il y avait à la clé la promesse des cales pleines de trésors ? Je rangeai l'argent dans une enveloppe scellée, puis me hâtai de gagner la rue Avro pour y prendre le tramway.

Je savais ma décision irréfléchie et regrettais de ne pas pouvoir m'ouvrir de mes projets à un esprit serein.

Je pensais au capitaine Walken et à Baz. Mais le capitaine Walken pilotait l'*Aurora* au-dessus de l'Orient pour la saison, et Baz était en congé avec sa nouvelle épouse sur une île proche de la Grande Barrière de corail. Tous deux m'avaient toujours donné de bons conseils. Je n'avais personne d'autre vers qui me tourner. Mes professeurs de l'Académie étaient instruits mais distants ; je n'avais d'atomes crochus avec aucun d'entre eux. Je n'osais pas me confier au doyen Pruss, qui me menacerait de renvoi si je mettais mon projet fou à exécution.

Dans le tram qui me conduisait au Bois de Boulogne, j'eus la chance de trouver un siège. Comme j'aurais aimé discuter de tout cela avec Kate ! Mais il n'en était pas question. Elle m'avait trahi. Lorsque je revoyais Slater penché sur elle, une vague d'humiliation, de colère et de jalousie enflait en moi, et je serrais les dents pour ne pas me mettre à hurler comme un maniaque.

Kate voulait l'*Hyperion*. Elle ne l'aurait pas. Toute sa fortune ne lui suffirait pas à l'acheter.

C'est moi qui ferais valoir mes droits sur l'épave. De retour à Paris, je serais un homme riche, gardien d'une collection zoologique très convoitée de surcroît. Nous verrions alors s'il lui serait si facile de m'ignorer.

Les voies aériennes au-dessus de Paris, lieu d'un trafic constant, devinrent plus encombrées encore à mesure que nous approchions du port aérostatique. Si certains paquebots de luxe, comme l'*Aurora* ou le *Titania*, accostaient à la tour Eiffel, les autres dirigeables et les vaisseaux de commerce étaient tenus d'utiliser l'aéroport de Paris, situé dans le grand espace vert du Bois de Boulogne. Je connaissais bien le quartier, car les élèves de l'Académie y venaient régulièrement pour des travaux pratiques et exercices de vol.

À la périphérie de l'aéroport s'alignaient d'énormes réservoirs de carburant portant l'emblème écarlate du Consortium Aruba. Si l'hydrium permettait aux navires aériens de s'élever, l'essence d'Aruba alimentait leurs puissants moteurs affamés. C'était d'ailleurs ce même combustible qui éclairait et chauffait presque toutes les villes du monde.

Parvenu au terminus, je sautai du tram. Dans le ciel, des dirigeables évoluaient en cercles gracieux en attendant que le capitaine de port les autorise à atterrir. La vue de ces vaisseaux aériens, si nombreux, ne manquait jamais de m'émouvoir. Même au bout de six mois passés à Paris, je me sentais toujours un peu pataud à terre ; mon corps perdait de son agilité, et mon esprit fonctionnait lui aussi au ralenti. Parfois, je me surprenais à contempler les nuages qui filaient à travers le ciel en regrettant que ma vie n'avance pas à cette vitesse. J'éprouvais maintenant un certain réconfort à l'idée que, bientôt, je serais à bord d'un de ces dirigeables et ferais route vers les hautes altitudes.

Tout en cherchant la demeure de Nadira, rue Zeppelin, je comprenais enfin l'ardeur désespérée que j'avais lue dans son regard la nuit précédente. Moi aussi, je voulais l'*Hyperion*. En esprit, je revoyais sa coque couverte de glace, caverne d'Ali-Baba volante qui résoudrait tous mes problèmes. La clé compliquée n'était peut-être qu'une arnaque, mais, si Nadira avait suffisamment de cran pour aller récupérer une épave à vingt mille pieds d'altitude, elle ferait sans doute une équipière de choix.

La rue était bordée de magasins d'approvisionnement pour les navires et de pensions qui accueillaient les marins du ciel de passage. Après les grands boulevards du centre de Paris, la rue Zeppelin avait bien triste allure. Même à cette heure matinale, on y voyait déambuler des marins braillards qui empestaient l'alcool, et des prostituées qui guettaient le client sous les portes cochères. L'une d'elles accrocha mon regard ; craignant qu'elle m'aborde, je pressai le pas, les yeux fixés droit devant moi. Ce spectacle n'avait rien de nouveau pour moi ; j'avais fréquenté bien des ports aériens à travers le monde.

L'adresse que m'avait donnée Nadira était celle d'une pension située au-dessus d'un atelier de voilerie. Elle présentait un peu mieux que les autres. Lorsque je pénétrai dans la cour, je fus accueillie par la patronne joviale, qui lessivait les dalles.

— Ah, la princesse tzigane ! Hélas, mon garçon, elle est sortie.

— Vous ne sauriez pas par hasard quand elle compte rentrer ?

— Non. Mais, si vous me laissez votre nom, je la préviendrai de votre visite.

— Matt Cruse, dis-je en me demandant s'il était bien prudent de décliner mon identité.

— Eh bien, en ce cas, mon cher, il y a un message pour vous.

Elle disparut à l'intérieur, et je restai quelques instants seul dans la cour. Par les fenêtres du rez-de-chaussée, j'apercevais un groupe d'ouvriers voiliers qui, assis à de longues tables, cousaient avec application la soie des doreurs pour en faire des ballonnets. L'hydrium était le gaz le plus léger de tous — il fallait bien cela pour soulever les immenses navires aériens —, mais il était traître, capable de s'échapper par le moindre petit trou. On fabriquait la soie des doreurs à partir d'intestins de bovins spécialement traités pour les rendre imperméables.

La patronne revint avec une enveloppe cachetée :

— Tenez.

— Merci beaucoup.

Convaincue que je viendrais, Nadira m'avait laissé un mot ! Sa petite écriture serrée et maladroite ressemblait un peu à la mienne. « À la capitainerie en quête d'un vaisseau. Rejoignez-moi là-bas. » Laconique. Et un brin gonflé de sa part. Avait-elle seulement l'expérience de la navigation aérienne ? Pour le reste en tout cas, elle ne manquait pas de compétences !

L'aéroport de Paris était le plus grand du monde, et il me fallut presque une demi-heure pour atteindre la capitainerie en longeant d'innombrables ancrages à ciel ouvert. Attachés à leurs mâts d'amarrage, les dirigeables flottaient à dix pieds du sol. Autour de moi régnait une activité débordante : des passagers embarquaient ou débarquaient, des manutentionnaires déchargeaient des marchandises par les trappes des soutes, des voiliers ravaudaient tandis qu'ingénieurs et mécaniciens inspectaient l'empennage et les moteurs.

La capitainerie, qui occupait un ancien hangar reconverti en bureaux, bourdonnait comme une ruche ; on s'y serait cru à la Bourse. Des centaines de secrétaires notaient frénétiquement les entrées et sorties de vaisseaux de partout, des douaniers vérifiaient le fret et les papiers, des officiers de bord négociaient les tarifs de location d'ancrage et remplissaient des formulaires. Il semblait n'y avoir ni ordre ni méthode dans tout cela, et je me demandai comment je parviendrais à retrouver Nadira dans un pareil chaos.

Je me dirigeai vers le mur sur lequel étaient affichées les nouvelles du jour concernant le transport aérien. Là, on pouvait lire les noms des vaisseaux en partance ou à quai, le nom de leur capitaine, le type de cargaison, le lieu d'amarrage, la taille des moteurs. Je savais ce que je cherchais : un cargo puissant avec de bons gros moteurs capables de ramener l'*Hyperion* à terre. Mais les renseignements donnés sur ces panneaux ne me diraient pas si le dirigeable pouvait atteindre des altitudes extrêmes. Je doutais d'ailleurs qu'il y en eût un de ce type.

— J'ai une piste intéressante, déclara Nadira, brusquement apparue à mon côté.

Pas de bonjour, pas le moindre signe de soulagement que je sois là. Adieu, le pantalon et le manteau de cuir. Elle était drapée dans un magnifique sari orange, et je dois avouer qu'elle était resplendissante dans cette tenue.

— Vous n'avez pas chômé, dis-je.

— Ne sachant pas si vous viendriez, je ne voyais pas l'intérêt d'attendre. Il y a un vaisseau au mât 32.

— Un remorqueur ?

— Sauvetage et récupération. Le préposé m'a dit qu'il avait établi un record de vol au-dessus des nuages.

— Vraiment ?

Je n'en croyais pas mes oreilles.

— D'après le tableau d'affichage, il est disponible cette semaine, poursuivit-elle. Son nom est prometteur aussi.

— Et c'est... ?

— Le *Sagarmatha*. Un mot népalais qui signifie...

— Everest. Je sais.

— Nous devrions aller jeter un coup d'œil dessus.

Elle avait l'air de s'y connaître. Elle avait dû passer beaucoup de temps dans les ports, autour des navires du ciel. Et elle n'avait certes pas peur de jouer les acrobates sur les toits. Je revis sa glissade sur les ardoises, sa pirouette autour de la girouette et son saut à travers la fenêtre de la mansarde. Un spectacle étourdissant.

Laissant la foule et l'agitation de la capitainerie, nous partîmes en quête du mât 32.

— Avec quoi pensiez-vous payer la location ? m'enquis-je.

— Je n'avais pas l'intention de payer.

Je m'arrêtai net :

— Mais encore ?

— Nous offrirons un pourcentage au capitaine.

Voilà qui valait mieux que de claquer toutes mes économies.

— Quel pourcentage ?

— Je croyais que l'argent ne vous intéressait pas, ironisa-t-elle.

— Oh, j'ai changé d'avis.

— J'en étais arrivée à cinquante pour cent.

Cela semblait raisonnable, dans la mesure où le capitaine fournissait l'aérostat, le carburant, et prenait un énorme risque.

— Comment comptiez-vous partager le reste ?

— Moitié, moitié.

— Très bien.

S'il y avait à bord des millions, comme on le supposait, il y aurait assez pour tout le monde.

— Je veux en plus le zoo naturalisé.

— Le quoi ?

— Des animaux morts. Empaillés.

Je toussotai, puis ajoutai :

— Apparemment, Grunel en avait une jolie collection à bord.

— Je vous la laisse de bon cœur.

— Merci. Maintenant nous devons rester prudents, nous assurer que le capitaine et l'équipage sont dignes de confiance. Cette clé à votre cou pourrait facilement être volée.

– Il faudrait me tuer pour ça.

– Ils n'hésiteront peut-être pas.

– Et vous ? Quand vous leur aurez donné les coordonnées, qu'est-ce qui les empêche de vous balancer par la trappe, une fois le vaisseau à dix mille pieds ?

Je réfléchis quelques instants :

– Ce serait de fort mauvais goût.

Je crus la voir sourire sans en être bien sûr.

– En ce cas, nous chercherons quelqu'un au goût irréprochable, conclut-elle.

Le mât 32 se trouvait à l'intérieur du nouvel héliodrome, à l'extrémité nord de l'aéroport. Tout Paris s'extasiait sur l'héliodrome, qui venait d'être reconnu officiellement comme le plus grand bâtiment jamais construit par l'homme sur la planète. Son vaste dôme s'élevait au-dessus de l'aéroport telle une mosquée gigantesque, avec pour minarets des tours de contrôle aux quatre coins. Dedans, les aérostats stationnaient à l'abri des intempéries.

Nous y entrâmes. Le plafond était si haut qu'on se serait presque cru sous la voûte céleste. D'immenses portes coulissantes étaient aménagées un peu partout pour permettre l'entrée et la sortie des dirigeables en fonction des vents les plus favorables. L'un d'eux arrivait justement, tiré par une équipe d'employés au sol. Long de six cents pieds, ce paquebot de taille moyenne nommé le *Pompéi* avait l'air d'un jouet d'enfant dans l'incroyable espace de l'héliodrome.

Promeneurs et passagers circulaient en hauteur par un réseau de passerelles suspendues afin de ne pas gêner les manœuvres des aérostats ou le travail des équipes au sol. Pour y accéder, nous montâmes les deux cent cinquante marches d'un escalier en colimaçon. Je pris le temps d'admirer la vue spectaculaire sur l'ensemble du hangar, où une bonne centaine de vaisseaux aériens étaient à l'amarre, puis je demandai qu'on m'indique le mât 32.

Un secteur entier de l'héliodrome était consacré aux chantiers de construction. Là, d'impressionnants squelettes en feralu exposaient leurs côtes et leurs vertèbres. Sur un aérostat plus avancé, les ouvriers voiliers gonflaient les énormes ballonnets à l'intérieur de la coque. Sur d'autres encore, on installait l'enveloppe extérieure. Il fallait parfois plusieurs années pour construire un dirigeable.

Nous avions atteint le centre de l'héliodrome quand, à ma grande surprise, je vis Kate de Vries venir vers nous par une passerelle transversale. Elle portait un tailleur violet avec de la fourrure au col et aux poignets, assorti d'un chapeau à large bord, orné de plumes, violettes aussi. M. Slater l'accompagnait. Nous nous arrêtâmes face à face, quatorze étages au-dessus du sol, au beau milieu de l'héliodrome.

— Mademoiselle de Vries, la saluai-je.

— Monsieur Cruse, répondit-elle.

Il y eut un terrible silence, pendant lequel chacun examinait les autres. Personne ne songea à se présenter.

– Puis-je vous dire deux mots en privé ? me demanda finalement Kate.

– Bien sûr.

Elle sourit poliment à Nadira et à M. Slater :

– Excusez-nous un moment, je vous prie.

Nous nous retirâmes à l'écart tous les deux.

– Qui est donc votre amie, la charmante bohémienne ? commença Kate sur le ton de la conversation.

– Nadira.

– Joli nom.

– N'est-ce pas ?

– Vous la connaissez depuis longtemps ?

– Depuis une éternité, ou peu s'en faut. Je m'étonne de ne pas vous avoir parlé d'elle.

Kate posa la main sur mon bras :

– J'ai tenté de vous joindre à l'Académie, sans résultat. Où étiez-vous ?

– Occupé par mes projets, répondis-je en dégageant mon bras.

– Deirdre m'a prévenue de votre visite d'hier soir.

– Oui. Je vous ai aperçue avec votre ami. M. Slater, je crois.

Elle sourit :

– Je peux tout vous expliquer.

– Je vous dispense des explications. Comme Miss Simpkins, je ferme les yeux. Vous êtes libre.

Si seulement j'avais été aveugle ! Je n'aurais pas vu Slater se pencher sur elle, la veille dans la bibliothèque...

— Vous pensez que je m'intéresse à lui.

— Je vous ai vu l'embrasser.

— C'est *lui* qui a *essayé* de m'embrasser.

— Vous l'avez laissé faire ?

— Par chance, Marjorie est entrée dans la pièce.

Ce n'était pas une réponse.

— De toute façon, cela ne me regarde pas, déclarai-je fraîchement.

— Oh, que si, cela vous regarde. Cela *nous* regarde.

— Je ne comprends pas.

— Le monsieur que vous voyez là-bas va nous conduire à l'*Hyperion*.

— Je n'ai jamais dit que je serais du voyage.

— Mais vous viendrez, quoi qu'il en soit.

— Pas forcément avec vous.

— Je vous en prie, Matt, cessez cette comédie. M. Slater possède un dirigeable capable de monter très, très haut.

Elle haussa un sourcil pour accentuer l'effet de ses paroles et, comme un imbécile, je la dévisageai pendant quelques secondes :

— Vous plaisantez.

— Il l'a construit lui même, il y a tout juste six mois.

— Un brise-ciel ? murmurai-je, sidéré, en jetant un coup d'œil vers M. Slater. Il paraît bien jeune pour avoir son propre vaisseau. Il est de famille riche ?

— Autant que je sache, il a fait sa fortune tout seul. Il a pris des risques et fort bien réussi.

Cet énergumène, propriétaire et capitaine d'un aéro-stat ! J'en étais vert de jalousie.

– Comment l'avez-vous déniché ?

– Par Philippe, l'instructeur qui m'apprend à voler en ornithoptère. C'est lui qui m'a mise en relation avec lui. J'ai donc demandé à M. Slater de passer chez moi hier soir pour voir s'il serait pour nous un pilote adéquat.

– J'en déduis que vous l'avez trouvé à votre convenance.

– Il est terriblement effronté. En temps normal, je ne le fréquenterais pas. Je ne m'intéresse qu'à son vaisseau, un point c'est tout. Vous n'avez pas de raison de m'en vouloir. Seulement, je me demande... – son regard se porta sur Nadira – je me demande si *moi*, je n'aurais pas de raison de *vous* en vouloir.

– Je l'ai rencontrée hier soir. J'ai eu une petite mésa-venture avec des pirates.

En quelques mots, je lui racontai mon rendez-vous au Ritz, et comment Nadira m'était venue en aide.

– Et, du coup, vous comptiez faire équipe avec elle plutôt qu'avec moi ? s'enquit Kate avec un calme redoutable.

– Je vous croyais bien au chaud avec M. Slater ! pro-testai-je.

– Matt, vous n'y songez pas ! C'est une parfaite inconnue !

Je levai les deux mains pour la calmer.

– Vous ne me ferez pas taire, je n'aime pas ça ! s'emporta-t-elle, les yeux brillants de colère.

– En ce cas, parlez plus bas. Et puis, elle a la clé.

– La clé ? bredouilla Kate. Quelle clé ?

– Celle des soutes de l'*Hyperion*. D'après Nadira, elles seraient piégées.

– Voyez-vous cela !

– Et Slater, alors ? Vous lui faites confiance ?

– Je pense, oui.

– Vous ne lui en avez pas trop dit ?

– Seulement que j'avais les dernières coordonnées connues de l'*Hyperion*.

– C'était un brin osé !

– Ça a marché. Il accepte de nous y emmener.

– Je tiens à m'assurer qu'il est digne de confiance. Il n'est pas le seul ici à avoir un aérostat. Nous avons une piste pour un vaisseau de haute altitude.

– Le *Sagarmatha* ? Mât 32 ?

– Oh.

Je pris le temps de respirer.

– C'est celui de Slater, hein ? Eh bien, je crois que le moment est venu de faire les présentations.

Nous rejoignîmes les deux autres. Slater attendait patiemment en regardant la vue sur l'héliodrome, et Nadira me fixait d'un regard noir. Ce ne serait pas simple ! À notre arrivée, Slater se retourna et me tendit la main.

– Hal Slater, dit-il.

Il avait un peu trop de poigne à mon goût.

– Matt Cruse, répondis-je en serrant sa main de toutes mes forces.

Il serra la mienne un peu plus fort encore, puis il la relâcha.

— Vous ne m'aviez pas prévenue que vous aviez déjà des partenaires, intervint Nadira en me jetant un regard lourd de reproche.

— Je n'en avais pas hier soir. M. Slater ici présent est capitaine du *Sagarmatha*. Et Kate de Vries, une de mes amies. Elle s'intéresse particulièrement à ce que transportait l'*Hyperion*.

— Enchantée, dit Kate en offrant sa main à Nadira, qui la prit à contrecœur.

Elle n'avait pas l'air contente.

— Il semblerait que nous devions éclaircir certains points, dit Slater. Je propose que nous le fassions en privé à bord de mon vaisseau.

— Bonne idée, répondis-je, agacé de le voir prendre ainsi le commandement.

Avec son large front, ses pommettes hautes, son teint éclatant de santé et de vigueur, ses yeux bleus et sa mâchoire carrée, il était séduisant en diable. Inutile d'ajouter que je l'avais pris en grippe au premier coup d'œil. Ses cheveux blonds ondulés étaient coiffés en arrière. Je m'aperçus cependant non sans plaisir qu'il avait les tempes légèrement dégarnies. Son nez me parut un peu bulbeux — j'osais espérer que Kate verrait là un manque de distinction. Et puis, il était à l'étroit dans son costume, comme si son grand corps réclamait des bottes et le blouson en cuir des aviateurs. Kate avait-elle remarqué les deux petits trous à son sourcil gauche, là où un anneau avait jadis percé la peau ? C'était une mode courante chez les marins du ciel. Chez les pirates aussi, d'ailleurs.

Slater nous guida le long de la passerelle. Derrière ce personnage fringant, je devais avoir l'air d'un mendiant, avec mon manteau sale et déchiré, mes souliers au cuir éraflé.

Impatient, je cherchais le vaisseau des yeux, mais il était amarré juste derrière un énorme paquebot russe. Il me fallut attendre que nous descendions l'escalier menant au mât 32 pour voir enfin le *Sagarmatha* dans toute sa splendeur. Le choc m'arrêta net.

– Déjà sous le charme ? persifla Kate en me contournant.

Rien qu'à le regarder, l'envie me nouait l'estomac. Si l'*Aurora* était une baleine majestueuse, le *Sagarmatha* était un requin-tigre. J'évaluais sa longueur à environ cent soixante pieds, et sa hauteur à trente. Il était tout en muscles. Son enveloppe extérieure avait été renforcée par un exosquelette de feralu ultra léger – censé la protéger des abrasions et des impacts inévitables lors de la récupération d'épaves. Le *Sagarmatha* était cependant vierge de toute égratignure et semblait comme neuf. Le cuivre qui abritait les énormes blocs-moteurs brillait comme si on l'avait astiqué à la main. De même que la coque, le poste de pilotage était entièrement enveloppé d'un revêtement protecteur sans une trace d'oxydation

ou de rouille. Un arsenal de projecteurs, bras mécaniques et pignons d'accouplement dépassait de sous la
coque.

— Alors, mon garçon, qu'en pensez-vous ? s'enquit
Slater, qui m'attendait sur la passerelle.

— Pas mal pour un remorqueur.

— Écoutez-moi ça ! Un remorqueur ! Vous êtes vexant,
jeune homme. Montez à bord pour visiter, vous réviserez
votre opinion. Le *Sagarmatha* est une merveille ! Son
nom est un mot népalais qui...

— Je suis passé devant l'Everest à plusieurs reprises.

— Ah ! Mais pas au-dessus.

— Le sommet culminait à vingt-neuf mille pieds ! C'est
impossible, affirmai-je.

— Vraiment ?

Il ponctua sa réplique d'un clin d'œil et reprit :

— Moi, je pourrais le survoler, et même le remorquer
un bout de chemin, s'il en était besoin.

Puis il ajouta en désignant le gros bloc-moteur de
tribord :

— Regardez-le bien. Vous ne remarquez rien de
particulier ?

J'examinai le bloc de plus près et en restai bouche
bée. Il était entièrement scellé ; seul l'arbre de l'hélice et
l'hélice elle-même en dépassaient.

— Il est pressurisé, dis-je.

— Exact. Plus de risque que l'air raréfié fasse caler les
moteurs.

– Quelle est l'altitude maximum possible ? demandai-je pour étaler ma science.

– Je ne l'ai pas encore atteinte.

– Comment empêchez-vous les ballonnets de crever ?

– Le vaisseau est pourvu de deux ballonnets supplémentaires. Vides. Quand l'hydrium se dilate exagérément, je dirige le trop-plein vers ce dispositif de délestage.

– Et ils se remplissent comment ?

– Ah, j'ai un petit secret. Voyons si vous le devinez, dit-il en souriant.

– Vous avez un compresseur à bord, et vous pompez l'hydrium dans des cuves.

– Je vois que vous êtes un expert !

Nous restâmes un moment face à face à nous jauger. J'entendis Kate toussoter, et Slater se retourna :

– Désolé, mesdames. Petite conversation entre hommes. Après vous, je vous prie.

Dès que nous fûmes à l'intérieur, il prit soin de verrouiller la trappe derrière nous avant de nous entraîner le long d'un couloir propre, bien éclairé, avec une main courante de laiton fixée à la paroi et une moquette au sol.

– Le carré est par ici.

Il ouvrit une porte et s'effaça pour nous céder le passage.

La pièce ressemblait davantage à un club privé pour gentlemen qu'au carré d'un remorqueur. Tout un côté en était occupé par un tapis persan sur lequel se dressait une grande table pour les repas, entourée d'élégantes chaises à dossiers hauts. Une vaste ouverture en arche donnait sur le salon meublé de fauteuils en cuir vert forêt ou fauve, de repose-pieds et de dessertes avec, çà et là, d'énormes plantes vertes. Il y avait aussi une petite bibliothèque aux étagères bien garnies, un présentoir à journaux et un phonographe. Contre un mur s'appuyait une cheminée décorative, construite autour d'un foyer électrique. Un petit bar d'angle au comptoir en bois tropical sombre complétait l'ensemble, qu'illuminaient les lampes du plafond, ainsi qu'un long panneau de verre renforcé encastré dans le sol. Les officiers de l'*Aurora* eux-mêmes ne disposaient pas d'un salon aussi somptueux.

– Surpris, monsieur Cruse ? s'enquit Hal Slater.

Je l'étais, en effet. Slater n'avait pas lésiné sur l'aménagement intérieur, pour équiper son vaisseau commercial. La plupart des cargos et remorqueurs que je connaissais étaient munis de sinistres réseaux de passerelles et de plates-formes, avec des hamacs suspendus entre les poutrelles.

– Très confortable, répondis-je.

– C'est mon seul et unique domicile. J'apprécie le confort en fin de journée. Et maintenant je propose que nous nous asseyions.

Nous prîmes place au bout de la grande table. Assises côte à côte, Kate et Nadira me fixaient, l'air fort mécontentes. Je ne pouvais m'empêcher de les regarder aussi, fasciné par le contraste saisissant entre Kate au teint clair dans son élégant tailleur violet, et Nadira à la peau sombre dans son flamboyant sari exotique.

— Nous sommes mal assorties ? demanda sèchement Nadira.

— Pour le moins, répliqua Kate. Vous voulez que je me pousse ?

— Ne vous tracassez donc pas.

— Si nous commencions ? dit Slater. Mlle de Vries m'a déjà exposé les grandes lignes, et l'entreprise m'intéresse. Mais le plus grand secret me semble nécessaire. Comment être certain que nos partenaires sont dignes de confiance ? Pour ma part, je n'ai pas de problème avec Mlle de Vries ou Matt Cruse. Mais la présence de Mlle Nadira m'inquiète un peu.

Sa franchise brutale me surprenait autant qu'elle m'impressionnait.

— Elle a la clé qui ouvre les soutes, expliquai-je avant de répéter à Slater ce que j'avais raconté à Kate un peu plus tôt.

— Eh bien, voyons cette clé.

Nadira la sortit de son étui de cuir, la posa sur la table. Slater l'effleura du doigt :

— Joli objet ! Qui pourrait tout aussi bien être la clé de votre malle.

— Qu'est-ce qui nous prouve que vous ne travaillez pas pour John Rath et ses pirates ? enchaîna Kate.

— Pourquoi aurais-je aidé Matt Cruse à leur échapper ? rétorqua Nadira.

— Pour gagner sa confiance, déclara posément Slater.

— Trop tiré par les cheveux, dis-je. Sur le toit, ces types me tenaient. Ils m'auraient roué de coups ou pire pour obtenir les coordonnées. Pas besoin d'un stratagème élaboré pour ça.

Slater ne commenta pas. Kate me regardait. J'aurais été bien en peine de décider si je l'avais convaincue, ou si elle s'étonnait que je prenne la défense de Nadira.

— Vous affirmiez, mademoiselle, que ces hommes étaient en quête de votre clé, reprit Slater. Comment étaient-ils au courant que vous l'aviez ?

Je me sentis soudain bien sot de ne pas lui avoir posé la question hier soir. Qu'allait-elle répondre ?

— Ils connaissaient mon père. Il travaillait avec eux.

— Ah ! ah ! Une fille de pirate ! s'esclaffa Slater. Monsieur Cruse, vous avez de curieuses fréquentations !

À coup sûr, c'était là un détail accablant. Sidéré que Nadira l'admette sans une hésitation, je lui en voulais de ne pas m'en avoir parlé. J'avais jugé un peu vite, sans me méfier, comme le dernier des amateurs. J'en avais le visage en feu.

— Mon père est parti quand j'avais neuf ans, reprit Nadira, il y a sept ans. Je ne l'ai jamais revu. Il a fait ses choix, moi, les miens.

— Où est-il à présent ?

— Mort.

— Et ce John Rath ? Votre famille est toujours en bons termes avec lui ?

– Non. Il ne s'est pas manifesté depuis le départ de mon père. Et puis, il y a deux jours, j'ai su qu'il me cherchait à Londres. Une voisine est venue frapper à ma porte pour me prévenir qu'un *gadjo* se renseignait sur mon compte et qu'il désirait me voir.

– Qu'est-ce que c'est, un *gadjo* ? demandai-je.

– Un étranger. Quelqu'un qui n'est pas rom. Personne ne s'est précipité pour l'aider. Comme je voulais savoir de quoi il s'agissait, je l'ai suivi de loin. Lui et ses hommes se sont retrouvés dans une taverne. Je les ai épiés. Ils disaient que l'*Hyperion* avait été repéré et qu'il leur fallait mettre la main sur la clé secrète. Preuve que mon père n'avait pas menti. Jusque-là, je n'en étais pas sûre, il racontait tellement d'histoires ! Rath devait se souvenir qu'il me l'avait donnée. Ensuite, ils se sont mis à parler de Matt Cruse et d'un plan pour lui soutirer les coordonnées.

Slater l'observait, soupçonneux :

– Je n'ai pas confiance en vous.

Nadira s'abstint de répondre.

– Moi, j'ai confiance, déclarai-je sans savoir pourquoi – peut-être par besoin de le contredire.

Il émit une petite exclamation de dérision :

– Écoutez, mon garçon, je suis sensible moi aussi à un joli minois, mais les affaires sont les affaires, ne mélangeons pas tout.

– Cela n'a rien à voir, protestai-je en m'empourprant de nouveau.

Je jetai un coup d'œil en direction de Kate. Elle me fixait toujours.

— Si le vaisseau est piégé..., commençai-je.

— *Si*, souligna Slater avec emphase.

— S'il est piégé, il nous faut la clé.

— Une clé qui n'est peut-être pas la bonne ! railla Kate.

Nadira la gratifia d'un regard appuyé et dur :

— M. Slater a le dirigeable. M. Cruse a les coordonnées. J'ai la clé. Et vous ? Qu'apportez-vous, au juste ?

Kate parut soudain désarçonnée. Elle était si rarement à court d'arguments que je me sentis en devoir de la défendre :

— C'est elle qui a trouvé M. Slater, non ?

— Nous allions le rencontrer, nous aussi. Nous étions en route, objecta Nadira avant de braquer son regard orageux sur Kate. C'est parce que je suis gitane, ou parce que vous avez peur que je vous prenne une part du butin ?

— Je me moque du butin, dit Kate avec dédain. Il y a à bord une collection d'animaux naturalisés. C'est tout ce qui m'intéresse.

Nadira se tourna vers moi :

— Je croyais que vous teniez à ces animaux morts.

— Pour moi, ce n'est jamais que du bazar, répondis-je en haussant les épaules.

— Peu m'importe qui les récupère, fit Nadira. Moi, c'est l'argent que je veux.

Furieuses, les deux filles ne se quittaient pas des yeux.

– Vous permettez ? intervint Slater. Mlle de Vries est ma cliente. C'est elle qui m'a contacté, et elle s'est engagée à me payer la location du vaisseau ainsi que tous mes frais au cas où nous ne trouverions pas l'*Hyperion*.

– Précisément, renchérit Kate avec un hochement de tête satisfait à l'adresse de Slater. C'est ma contribution. L'argent.

– L'argent ne vous ouvrira pas les soutes, remarqua Nadira.

– Ce serait dommage d'arriver là-haut et d'exploser si près du but, dis-je pour faire avancer les choses. Je pense que Nadira doit venir avec nous. Sans compter qu'en cas d'embrouille elle a du répondant.

– Ce n'est pas à vous d'en décider, trancha Slater.

– Justement si, me rebiffai-je. C'est mon voyage. Sans mes coordonnées, personne ne va plus nulle part.

– Erreur. Sans mon dirigeable, personne ne part.

Écœurée, Nadira se leva en renâclant :

– Je vous souhaite bonne chance ! Je vais me chercher un autre vaisseau.

Elle se dirigea vers la porte et sortit sans se retourner.

Hal Slater m'adressa un sourire. En retour, je lui jetai un regard noir.

– Voici ce que je propose : nous atteignons l'épave et, si votre clé fonctionne, vous aurez un pourcentage. Si elle ne marche pas, vous n'aurez rien, reprit-il bien haut en examinant ses ongles.

J'entendis Nadira revenir. Elle passa la tête par la porte :

– Cela me convient parfaitement. Parce que, si ma clé ne marche pas, nous serons tous morts.

– Très bien, conclut Slater. Revenez vous asseoir. Je peux vous conduire à l'*Hyperion*. Contre quatre-vingt-dix pour cent du butin. Vous vous disputerez le reste, tous les trois. Et je cède volontiers les cadavres d'animaux à Mlle de Vries.

– Nous voulons quarante pour cent ! lançai-je avec une témérité qui m'étonna moi-même.

Slater fit non de la tête :

– Je prends sur moi tous les risques. Quoi que vous en pensiez, dix pour cent représentent une part généreuse pour les découvreurs.

– Essayez donc de retrouver l'épave sans mes coordonnées !

– Matt..., protesta Kate.

– L'argent ne vous intéresse peut-être pas, mais moi, oui ! m'emportai-je. Et Nadira aussi.

– Vous surestimez la valeur de vos coordonnées, observa Slater avec un haussement d'épaules. Si l'épave a dérivé, elles risquent de ne pas être très utiles.

– Ah non ? Alors, pourquoi ne pas fermer les yeux et choisir un point au hasard sur une carte ? Vous ne seriez pas prêt à faire le voyage si mes coordonnées n'avaient aucune valeur.

Slater me fixa avec intensité ; je m'obligeai à soutenir son regard.

– Quatre-vingts, dit-il. Vous prenez vingt pour cent.

Je me retournai vers Nadira. Elle acquiesça de la tête.

— Bon, conclut Slater. Puisque Mlle de Vries affirme ne vouloir aucune part de l'argent, vous serez riches, tous les deux. À notre retour, vous pourrez m'inviter à dîner au Jules-Verne.

— Quand pensez-vous partir ?

— Cet après-midi.

— Cet après-midi ? s'exclama Kate, abasourdie.

— Chaque minute compte, mademoiselle de Vries. Plus nous attendons, plus l'*Hyperion* dérive.

Elle se tourna vers moi :

— Je vous avais bien dit que nous manquerions le bal.

— Allez vous préparer, et soyez de retour à 16 heures au plus tard. Pas un mot à qui que ce soit. Cruse, donnez-moi ces coordonnées.

— Vous les aurez quand nous serons dans les airs.

Slater ouvrit la bouche pour protester, puis se ravisa et sourit :

— Vous êtes malin, mon garçon !

6

Un départ quelque peu précipité

Nous laissâmes Slater rassembler son équipage et vérifier le *Sagarmatha*. À la sortie de l'héliodrome, une automobile attendait Kate.

— Montez, proposa-t-elle. Je vous dépose tous les deux.

— Je rentre à pied, ce n'est pas loin.

— Vous êtes sûre, Nadira ?

Elle fit oui de la tête.

— On se retrouve ici à 16 heures, dis-je en montant à bord.

Kate donna ses consignes au chauffeur, puis elle ferma la vitre de communication pour que nous puissions discuter en privé pendant le trajet de retour en ville.

— Je crois qu'elle ne m'aime pas beaucoup, commença-t-elle.

— J'ai l'impression qu'elle n'aime personne.

— Vous si, à ce qu'il me semble. Elle n'arrêtait pas de vous regarder.

— Je n'avais pas remarqué, mentis-je.

— C'était très chevaleresque à vous, de prendre sa défense sur tous les points.

— Slater la traitait de manière fort déplaisante.

— Vous avez confiance en elle ?

— Pas vous ?

— Pas particulièrement, non.

— En revanche, Slater ne vous pose pas de problème.

— Il est très direct. Il veut l'argent, c'est tout. Je doute que les choses soient aussi simples pour Nadira. Elle est un brin énigmatique. Fille de pirate, et tout ça...

Elle s'interrompit, pensive :

— Fille de pirate, bigre. Si seulement je l'étais !

— Quelle idée !

— Si ! Ce serait fabuleux. Où que j'aille, je passerais pour une créature séduisante et mystérieuse.

— Vous êtes déjà séduisante.

— Pas mystérieuse ? s'enquit-elle avec une moue vexée.

— Ça, non ! Vous êtes trop bavarde pour cela. Tôt ou tard, tout se sait avec vous. De préférence plus tôt que tard.

— J'aime que les gens sachent ce que je pense.

— Une louable intention.

Elle me gratifia d'un coup de coude dans les côtes :

— Réfléchissez, voyons ! Si nous savions tous ce que

pensent les autres, il nous serait plus facile d'aller de l'avant.

Elle se tut un instant avant de reprendre :

— Nadira est très belle. Et furieusement débrouillarde. Elle ne doit pas avoir beaucoup d'argent, mais, manifestement, elle ne manque pas d'ambition. J'ai toujours admiré les gens qui, partis de rien, travaillent et s'efforcent de réussir.

Je hochai la tête en espérant que j'étais de ceux-là. Puis je repensai à Slater. Il était bien jeune pour posséder un aérostat aussi superbe – pour posséder un aérostat quel qu'il soit, d'ailleurs. À quel point avait-il impressionné Kate ? Était-elle séduite par ses succès ? Si un homme qui avait fait fortune dans le ciel ne l'impressionnait pas, quelle chance avais-je, moi qui ne possédais ni vaisseau aérien ni fortune ?

Je voulus la sonder sur son tête-à-tête intime de la nuit précédente avec Slater, mais elle avait à l'évidence décidé de mettre un terme à la conversation. Elle sortit un carnet et entreprit d'y noter tout ce dont elle avait besoin pour le voyage.

— Vous ne faites pas de liste ? s'enquit-elle d'un ton de vague reproche.

— Je n'ai pas grand-chose à emporter.

— Moi, j'en ai des tonnes, déclara-t-elle avant de se remettre à écrire.

Préférant ne pas prendre de risque au cas où Rath et ses hommes me tendraient une embuscade, je lui demandai de me déposer à un pâté de maison de l'Académie aéro-statique. J'avais l'intention de rentrer par l'arrière et la porte de service, que le personnel des cuisines laissait en général entrouverte. La chance me souriait. Je m'engageai dans l'escalier menant dans les tunnels de la chaufferie. D'énormes canalisations couraient le long des murs, ronflant et gargouillant tout en transportant l'eau vers les salles de bains et les nombreux radiateurs du bâtiment. Par temps froid, les élèves empruntaient parfois ces tunnels plutôt que de traverser la cour pour se rendre au réfectoire. Je mis le cap sur les caves de la maison Dornier et montai jusqu'à ma chambre.

Devant la porte, j'eus un moment d'hésitation en me souvenant de la silhouette aperçue derrière la vitre, la nuit dernière. Je me ressaisis : il faisait grand jour à présent et, s'il y avait eu un intrus, il était parti depuis longtemps. J'ouvris avec précaution et poussai le battant. La pièce minuscule n'offrait guère de cachettes. Prudent, je me penchai cependant pour regarder sous le lit, et jetai un coup d'œil dans la penderie. Rien. Pas le moindre désordre. Pas de papiers éparpillés, de literie sens dessus dessous, pas de chaises brisées ni de tables retournées. Je me mis à l'œuvre.

Après m'être changé, je sortis mon sac de voyage et y entassai mes affaires. Chemises, pantalons, sous-vêtements, chaussettes, pulls, mon manteau le plus chaud, les mitaines que ma mère m'avait tricotées à Lionsgate City. J'y ajoutai pêle-mêle le manuel d'aérostatique,

mes livres de maths, de pilotage, et le précis de navigation. Pendant les trajets d'aller et de retour, j'aurais le
temps de les étudier ; si je tenais à réussir mes examens,
je devais mettre à profit chaque moment de liberté.

En supposant que je sois de retour pour les examens...
J'en vérifiai les dates sur le calendrier accroché au-dessus de mon bureau. L'absence à une épreuve se soldait
par un zéro, ce qui me rendrait le passage en deuxième
année quasi impossible. Pendant un bref instant, la fatigue
de ma nuit blanche sous le pont me tomba dessus ; toute
énergie me quitta. Dans quelle aventure insensée
m'embarquais-je ? Depuis toujours ou presque, je rêvais
d'entrer à l'Académie, de devenir un jour officier, et
même capitaine d'un bon vaisseau aérien. Si je man-
quais mes examens, si je ratais mon année, je risquais de
me retrouver à la porte.

Je regardai mes cahiers ouverts sur le bureau, les
chiffres, les symboles, les griffonnages et les ratures.
Rien ne prouvait que je réussirais si je restais.

Bien sûr, tout cela n'aurait plus d'importance si nous
ramenions l'*Hyperion*. Si nous décrochions la fortune,
je n'aurais plus besoin de servir sur un dirigeable. Je
pourrais acheter le mien, en être capitaine, comme Hal
Slater. Tant d'espoirs suspendus à des « si » et des
« mais », fragile échelle de glace sous un soleil ardent !
Illusoires sans doute, ils me réconfortaient néanmoins.

Je m'assis à la table pour rédiger une lettre.

Chère Maman, commençai-je.

Je m'arrêtai. Que lui dire ?

Je pars pour une quête folle et dangereuse. Je t'écris au cas où...

Il fallait près de quinze jours pour qu'une lettre de Paris parvienne à Lionsgate City. J'étais à peu près sûr de rentrer avant. À quoi bon causer des tourments à ma mère ? Mieux valait ne rien lui dire. Je ne pouvais cependant m'empêcher de m'inquiéter : s'il nous arrivait malheur, jamais elle ne saurait ce qu'il était advenu de moi. Cette pensée m'attrista et raviva mes doutes.

Écrire une lettre qui ne sera lue qu'après votre mort, ça fait tout drôle. D'humeur sombre, je me sentais fantomatique à souhait en griffonnant quelques lignes à ma mère pour lui expliquer ce que j'étais sur le point d'entreprendre et les bénéfices que je comptais en retirer.

Si tu lis ces mots, c'est que j'ai échoué dans ma tâche. Peut-être était-ce une folie. Je voulais m'assurer que nous ne manquerions de rien, que nous n'aurions plus de soucis ni de craintes, que rien ne nous réduirait plus au désespoir.

Je signai le message : *Ton fils qui t'aime*, et le cachetai avant de rédiger une autre lettre, pour Baz en Australie, dans laquelle je lui racontais tout. Je mis ensuite les deux missives dans la même enveloppe. Si Baz n'avait pas de mes nouvelles au bout d'un mois, je lui demandais d'imaginer le pire et de transmettre l'autre pli à ma mère.

J'adressai enfin un mot au doyen Pruss pour l'avertir que je m'absentais quelques jours, sans lui donner de détails. Sur le chemin qui me ramènerait à l'héliodrome, je posterais les deux courriers, et je remettrais mes économies à la banque puisque je n'avais pas besoin de cet argent.

Que m'aurait conseillé mon père ? Je n'avais que douze ans à sa mort, mais il occupait mes pensées et mes rêves. Prenant sur le bureau la boussole de laiton qu'il m'avait offerte quand j'étais petit, je la rangeai soigneusement parmi mes affaires. Je bouclai mon bagage. J'aurais sans doute dû dresser une liste, comme Kate. En soulevant mon sac, je m'étonnai de le trouver si lourd.

« Tu t'en fais une montagne ! me sermonnai-je. Dis-toi que c'est une expérience, un autre stage de formation. Avec un peu de chance et de beau temps, tu ne seras pas de retour beaucoup plus tard que les autres élèves. À cette différence près que tu rentreras riche comme un pharaon. »

À l'héliodrome dès 15 heures, je me dirigeai vers le mât d'amarrage du *Sagarmatha*. En revoyant le vaisseau, j'éprouvai une sorte d'ivresse familière – celle qui s'emparait de moi quand j'étais sur le point d'embarquer sur un navire des airs. De même que le jour où pour la première fois j'avais posé les yeux sur Kate de Vries, quelque chose me disait que rien ne serait plus comme avant.

L'équipage s'affairait à faire le plein, à rajouter de l'hydrium dans les ballonnets, à charger les soutes. Hal

Slater dirigeait les opérations tel un chef d'orchestre bavard au vocabulaire haut en couleur.

– Bien, dit-il lorsqu'il m'aperçut. Posez votre sac dans le carré pour le moment, et venez donner un coup de main pour rentrer les caisses.

Même si ce n'était pas là le genre de relations que j'envisageais avec lui – je n'entendais pas recevoir ses ordres comme un vulgaire membre d'équipage –, j'étais ravi de m'occuper pour me distraire des papillons que j'avais dans l'estomac.

Je gravis la passerelle, puis enfilai le couloir principal. Et tombai en arrêt devant... Miss Marjorie Simpkins.

– Jamais nous ne pourrons vivre dans des quartiers aussi exigus, se plaignait-elle à Kate, qui sortait d'une cabine. Il faut que je parle à M. Slater, et tout de suite !

– Certainement pas, Marjorie. Nos quartiers sont très suffisants.

– Dormir dans des couchettes ! Rendez-vous compte ! geignit la gouvernante au désespoir. Et vous ronflez, Kate. Vous savez bien que vous ronflez !

– Je ne ronfle pas ! répliqua celle-ci en pinçant les narines. Si cela vous console, Marjorie, je ne saute pas de joie à l'idée de partager une chambre avec vous. L'aventure est à ce prix, c'est tout.

Miss Simpkins se retourna, elle me vit, fronça les lèvres d'un air réprobateur puis, avec un gémissement las, elle se précipita dans la cabine et referma la porte derrière elle. Incrédule, je dévisageais Kate.

— Je sais, je sais, dit-elle en s'avançant vers moi, mains tendues devant elle comme pour calmer un animal féroce.

— Elle ne vient pas avec nous, j'espère ?

— Elle vient.

— Il n'en est pas question !

— Elle vient. C'est ça, ou elle moucharde, répondit Kate sur le ton d'une gamine de six ans. Je comptais filer discrètement en lui laissant un mot. Malheureusement, elle m'a surprise à faire mes bagages. Et s'est aussitôt mise à faire les siens. Sous prétexte qu'elle ne pouvait pas m'autoriser à partir pour un voyage lointain sur un vaisseau rempli d'inconnus sentant la sueur – pas sans un chaperon.

— Je la croyais aveugle à vos caprices.

— Un miracle l'a guérie.

Kate s'approcha encore et me souffla, avec des airs de conspirateur :

— Vous voulez mon avis ? J'ai comme l'impression qu'Hal Slater lui a tapé dans l'œil.

— Ça alors ! Je n'en reviens pas.

— Si elle prévient mes parents, il me rapatrieront et me cloîtreront dans ma chambre pour le reste de mes jours. Je ne plaisante pas.

Elle dut remarquer mon sourire, car elle ajouta :

— Non, ce ne serait pas une bonne chose, Matt Cruse. Plus de Sorbonne, plus de gloire ni de fortune, plus rien d'amusant. C'en serait fini de ma vie.

– Qu'en pense Slater ?

– Tant qu'elle se tient tranquille et qu'elle ne gêne personne, il s'en moque.

– Mais elle déteste voler !

– Certes. Et elle joue les martyres.

– Elle veut peut-être une part du butin, ironisai-je.

Kate eut une grimace douloureuse :

– Pour ne rien vous cacher...

– Ce n'est pas vrai !

– J'ai promis de lui donner quelque chose sur ma part.

– Je vous rappelle que vous ne prenez que les animaux empaillés.

– Je lui offrirai un yak ou quelque chose de ce genre. Elle s'en fera un manteau.

Je me massai les tempes. Tout cela ne me plaisait guère.

– Nadira est arrivée ? demandai-je.

– Je ne l'ai pas vue.

Elle n'était pas en retard, et cependant je m'inquiétais. Je craignais un peu qu'elle soit de mèche avec les pirates et les conduise à nous.

– Bon. Je vais aider les autres à préparer le vaisseau.

– C'est là tout ce que vous emportez ? lança Kate en regardant mon sac. Voilà ce qui s'appelle voyager léger !

Je regardai derrière elle : huit malles et valises s'entassaient dans le couloir à côté de sa cabine.

– Je m'étonne qu'il vous autorise à embarquer tout ça.

– J'ai énormément de matériel. De fait, je pense m'en être tenue à l'essentiel.

– Je n'en doute pas.

En redescendant la passerelle, je trouvai Slater en grande conversation avec un membre de l'équipage, un petit homme trapu dont le physique laissait supposer des origines népalaises.

– Cruse, je vous présente mon premier lieutenant, Dorje Tenzing.

– Ravi de vous connaître, dit ce dernier en me serrant la main.

– Dorje m'accompagne depuis le premier jour, et j'ai entière confiance en lui. Je sauterais du poste de pilotage les yeux fermés s'il me le demandait.

– Il y a des jours où j'en serais tenté, répondit Dorje en riant.

J'aimais la façon dont ses yeux en amande se transformaient en croissants lorsqu'il souriait.

– Mon équipage est principalement constitué de Sherpas, déclara fièrement Slater. Il n'y a pas mieux pour les altitudes extrêmes. Ils ont grandi là-haut. Dorje a escaladé l'Everest cinq fois. La dernière, avec moi. Je portais son sac à dos, si ma mémoire est bonne.

– Parce que je vous portais, oui !

Slater m'adressa un clin d'œil complice. Je demandai :

– Qu'est-ce que je peux faire pour me rendre utile ?

– Il y a encore des caisses à charger, dit Dorje.

Ayant remonté mes manches, je me mis au travail près de Thomas Dalkey, un colosse qui me salua d'un hochement de tête amical et d'une poignée de main humide de sueur.

— Cruse ? Originaire d'Irlande, non ?

— Mes parents, oui.

— Partis de l'autre côté pendant la grande migration ?

— Oui. Et moi, je suis né au milieu de l'Atlantique.

— Ce n'est pas rien. Ma famille possédait une île autrefois, dans ce bon vieux pays. Avec un château, et tout. Mais c'était il y a six cents ans. Maintenant, ce sont les chèvres qui entretiennent le terrain. Attrapez-moi ça, mon garçon...

Tout en travaillant, Dalkey parlait sans discontinuer. J'aimais l'écouter, savourer certaines expressions que j'avais entendues dans la bouche de mes parents. Il y avait quelque chose de satisfaisant à préparer le vaisseau pour le décollage, à charger à bord les provisions, le supplément de carburant Aruba, l'huile pour les moteurs, les rouleaux de soie des doreurs pour réparer les ballonnets en cas de besoin — et cela en sachant que le départ était proche.

Tandis que je hissais à bord des caisses de pièces détachées, Kami Sherpa vint m'aider, et nous nous présentâmes. Mince, les yeux noirs et graves, il avait les cheveux noirs coupés court ; l'ombre d'une moustache ornait sa lèvre supérieure. Je lui trouvais l'air encore plus jeune que moi, mais en le regardant soulever les caisses je compris qu'il avait des muscles en feralu. Et il n'était pas même essoufflé par l'effort !

— Vous travaillez pour Slater depuis longtemps ? demandai-je.

– Deux ans.

– Et moi, deux jours, dit un autre, venu nous rejoindre.

Kami Sherpa passa affectueusement un bras autour de ses épaules :

– Voici Ang Jeta, mon cousin. J'ai parlé de lui au capitaine.

– J'en avais assez de regarder les montagnes, déclara le cousin aux yeux rieurs.

Il paraissait plus âgé que Kami et avait le visage plus buriné. Je remarquai qu'il lui manquait un doigt à chaque main. Les engelures, sans doute.

Je rencontrai le dernier membre de l'équipage, Jangbu Sherpa, tandis que nous achevions de remplir la dernière citerne d'eau potable. Slater avait beaucoup de chance ; les Sherpas étaient très demandés pour guider les vaisseaux à travers le globe dans les cieux aux courants parfois traîtres. Leurs talents de pilotes et de navigateurs les avaient rendus légendaires.

La seule personne que je n'avais pas encore vue était Mme Ram, la cuisinière, dont on m'avait dit qu'il valait mieux la laisser tranquille jusqu'à ce que sa cuisine soit en ordre. J'en déduisis que Vlad n'était pas le seul cuisinier volant à avoir un tempérament emporté.

Slater s'approcha de moi alors que j'enroulais le tuyau d'eau :

– Votre Gitane est en retard. J'ai dû graisser quelques pattes pour pouvoir décoller de bonne heure, et je ne veux pas rater le créneau. On arrive pour me remorquer.

Je vis effectivement un engin motorisé équipé d'une grue de remorquage s'avancer vers le nez du *Sagarmatha*. Dans un hangar de cette taille, les horaires des entrées et des sorties d'aérostats devaient être scrupuleusement respectés.

— Si nous ne sommes pas prêts, nous n'aurons pas d'autre occasion avant demain matin. Je ne peux pas me permettre de l'attendre. Montez sur les passerelles piétonnes pour voir si vous l'apercevez.

— C'est justement ce que j'allais faire, dis-je.

Je gravis les deux cent cinquante marches. Éclairé par de grandes lampes au tungstène fixées au plafond, l'héliodrome était plus lumineux que cette triste journée parisienne. Par les vastes portes du hangar, des aérostats entraient et sortaient, tractés par des engins de remorquage. Sitôt sur la passerelle, je gagnai le centre du port pour observer les allées et venues. Nadira habitant rue Zeppelin, je portai mon regard vers l'entrée est, par laquelle elle était susceptible d'arriver.

Un guide muni d'un parapluie rouge vif y rassemblait un groupe de touristes pour la visite. Pas le moindre signe de Nadira.

Je continuai à marcher dans l'espoir qu'elle paraîtrait bientôt. Au sol, un dirigeable impressionnant retint mon attention. Tout en longueur, il avait quelque chose de militaire, et pourtant je ne distinguais aucune inscription sur ses flancs. L'équipage qui s'affairait autour ne portait pas d'uniforme.

Deux hommes émergèrent de la trappe et s'arrêtèrent pour discuter au pied de la passerelle de bord. Je reconnus aussitôt le colosse barbu au poil roux : John Rath !

Vite, je tournai le dos. J'avais l'impression qu'une douzaine de spots étaient braqués sur moi. Et s'ils levaient la tête ? Après avoir laissé échapper mon souffle, je jetai un rapide coup d'œil au plafond. Je m'inquiétais à tort. Étant donné la puissance de l'éclairage, je n'étais qu'une silhouette noire pour les gens d'en bas.

J'étais donc libre d'observer John Rath, qui parlait toujours. Maigre, d'apparence fragile, son interlocuteur semblait assez âgé. Vêtu d'un manteau en poil de chameau, il était l'image même du monsieur respectable. Que diable fabriquait-il avec un coquin comme John Rath ?

Inquiet, je reportai mon attention sur l'entrée est. Nadira apparut au même moment, dans son manteau de cuir, avec un gros sac à dos sur l'épaule. Elle se dirigea vers l'escalier qui menait aux passerelles piétonnes ; puis, voyant qu'elles étaient encombrées de touristes et de badauds, elle changea de cap.

L'estomac noué, je la vis s'engager sur une voie qui, dans quelques secondes, l'amènerait sous le nez de John Rath. Je n'osais pas crier, de crainte d'attirer l'attention. Figé d'horreur, je ne respirais même plus tandis qu'elle passait devant le mât de Rath, puis devant les deux hommes, à moins de trois mètres d'eux. Elle ne remarqua pas John Rath, qui ne la remarqua pas davantage. Ouf ! Nous l'avions échappé belle !

Je commençais à respirer quand une vitre s'ouvrit soudain dans le poste de pilotage, jetant un éclat de lumière réfléchie. L'un des hommes de Rath se mit à hurler en montrant Nadira du doigt. Rath et le vieux monsieur pivotèrent sur-le-champ.

Nadira prit ses jambes à son cou, filant entre les mâts, les rampes, les espaces de maintenance, si vite que les gens et les engins motorisés s'écartaient sur son passage. Rath et deux de ses sbires couraient dans son sillage, le pistolet au poing.

— Gitane de malheur ! Voleuse ! Arrêtez la ! s'époumonait John Rath.

Je la perdis de vue, puis la vis bondir par-dessus un bras de remorquage. Elle avait de l'avance, mais les pirates la poursuivaient toujours. Je me mis à courir à mon tour pour me trouver à la hauteur du *Sagarmatha*. J'allais plus vite que Nadira, car aucun obstacle ne me barrait la route. Lorsque je fus en surplomb du vaisseau, je hurlai à Slater :

— Il faut partir ! Tout de suite !

Main en visière pour se protéger de la lumière, il leva la tête vers moi, comprit d'instinct ce qui se passait et se mit à donner des ordres, que l'équipage exécuta au pas de course.

Agrippant la rampe, je soulevai les pieds et me laissai glisser sur toute la longueur de l'escalier en colimaçon. Quatorze étages ! Je tournais à une allure vertigineuse, mes mains me brûlaient. Puis je sautai à terre et, le souffle court, me précipitai vers la passerelle du *Sagarmatha*.

— John Rath, haletai-je. Ils poursuivent Nadira.

— Ils sont combien ? s'enquit Slater.

— Trois.

— Elle s'en tirera ?

— Elle devrait.

— Armés ?

— Oui.

Slater se tourna vers le chauffeur de l'engin, qui était sur le point de fixer les câbles de proue du vaisseau au bras de traction.

— Arrêtez tout ! lui cria-t-il.

— Vous ne voulez plus qu'on vous remorque ? demanda l'autre avec humeur.

Sans prendre la peine de répondre, Slater pivota vers le poste de pilotage.

— Dorje ! Lancez les moteurs ! hurla-t-il encore, les mains en porte-voix.

— Vous ne pouvez pas faire tourner les hélices ici ! protesta le conducteur d'engin.

— Difficile de voler sans, répondit Slater.

— Monsieur, on ne vole pas dans l'héliodrome, c'est interdit ! Je ferai un rapport au capitaine de port !

Des coups de feu résonnèrent au loin.

— Mettez donc *ça* dans votre rapport pendant que vous y êtes ! dit Slater. Et maintenant, si vous voulez bien m'excuser, je dois me préparer à un départ précipité.

Cruse, libérez les câbles de poupe et de flanc. Dès que Nadira est à bord, remontez-moi ça et fermez la trappe !

Il s'élançait déjà vers la passerelle.

— Et le câble de proue ? demandai-je à son dos, voyant que la grosse corde était toujours attachée.

— Système automatique. Je peux le libérer depuis la cabine.

Par chance, les câbles d'amarrage n'étaient pas nombreux. À l'abri de l'héliodrome, il suffisait de peu pour retenir un vaisseau. Frénétique, je m'escrimai sur les nœuds. Un bourdonnement sourd et satisfaisant de machinerie bien huilée se fit entendre ; les puissantes hélices de l'appareil se mirent à tourner dans une lente accélération.

Nadira jaillit alors comme un diable d'une boîte à trois ancrages de notre vaisseau, sautant par-dessus les sacs de marchandises et bidons d'Aruba, s'accrochant aux câbles d'amarrage pour se propulser. Une vraie sportive ! Attrapant un tuyau d'eau sous pression, elle l'arracha de son collier. Tel un cobra furieux, la chose se dressa en ondulant, crachant un puissant geyser qui aspergeait tout alentour et semait un vent de panique parmi les pirates.

— Vite ! m'écriai-je sans nécessité, étant donné qu'elle courait à plein régime.

J'entendis un cliquetis métallique, et le câble de proue se libéra. Rien ne retenait plus le *Sagarmatha*, qui flottait, calme comme un mirage, suspendu dans l'attente du départ. Un autre coup de feu claqua. Dans la seconde, la balle vint ricocher contre l'exosquelette de feralu, juste au-dessus de ma tête.

Nadira se jeta sur la passerelle. Nous nous hissâmes tous deux à bord, nous soutenant l'un l'autre. Nous n'étions pas en haut que les ballasts s'ouvraient, répandant à grand bruit une cascade d'eau. Le dirigeable s'élevait. En hâte, je gagnai la roue pour remonter l'échelle et fermer la trappe. En me retournant, je manquai de heurter Miss Simpkins.

— Nous partons déjà ? demanda-t-elle, affolée.

— Oui.

— Mais il faut que je poste ces lettres ! s'exclama-t-elle en brandissant une liasse d'enveloppes.

— Elles attendront.

Le nez du dirigeable se souleva ; je le sentis à mon estomac. Je souris. Avec un petit cri étouffé, Miss Simpkins se retint à la main courante. Puis elle aperçut Nadira, échevelée et encore haletante de sa course.

— Et celle-ci, d'où sort-elle ?

— C'est Nadira.

— Je n'imaginais pas qu'il y aurait tant de Sherpas à bord !

— Je ne suis pas sherpa, je suis *gitane* !

— Oh, mon Dieu ! s'exclama le chaperon.

Kate déboula dans le couloir, les joues en feu.

— Nous décollons ? s'enquit-elle.

— Oui. C'est imminent !

Les moteurs allaient *crescendo* ; leurs vibrations sourdes se répandaient dans mes jambes et jusque dans mon torse tandis que je fonçais vers le poste de pilotage et en dévalais l'échelle.

Par les vitres teintées qui entouraient le cockpit, on voyait l'étendue du vaste héliodrome. Nous étions à quarante pieds du sol, bien au-dessous du réseau de passerelles métalliques. Au fond se trouvait la porte du hangar qui nous ouvrirait les cieux. Hélas, la voie était fort encombrée. Face à nous, un tanker norvégien manœuvrait vers son mât d'amarrage et, devant lui, un engin remorquait un vaisseau postal hollandais en travers de notre route.

— Il y a du monde, aujourd'hui, grommela Slater.

En bas, sur notre gauche, John Rath et ses hommes, poing levé, faisaient feu. Une balle grinça contre une vitre, rayant le verre, heureusement sans le briser. Slater avait dû le faire renforcer.

— Ils vont finir par blesser quelqu'un s'ils continuent. Cruse, répliquez, je vous prie.

Il décrocha un pistolet du mur et me le lança. Le poids de l'acier dans ma main me souleva le cœur :

— Je ne pense pas...

— Vous avez raison, c'est une perte de temps. Nous sommes partis. Plein pot droit devant !

Le *Sagamartha* bondit comme un chat sauvage et fonça sur le tanker norvégien. Craignant qu'il ne l'emboutisse, je retins mon souffle.

– Encore quelques pieds, Jangbu, s'il vous plaît.

Posté au gouvernail de profondeur, Jangbu donna un petit coup à la roue, et le dirigeable sauta de justesse pardessus le tanker, qui protesta par un puissant coup de klaxon. Des sonneries d'alarme se déclenchèrent dans le port. Je songeai que ce numéro de voltige nous vaudrait à coup sûr une peine de prison... si nous survivions plus de quelques secondes. Nous chargions maintenant droit sur le vaisseau postal hollandais qui flottait en hauteur cependant qu'on le remorquait. À cette vitesse, nous n'avions aucune chance de monter suffisamment pour le survoler.

– Mince alors, dit Slater. Essayons de passer dessous.

L'équipage réagit instantanément. Le *Sagarmatha* plongea, rasant presque le sol, dispersant les équipes de maintenance. Le cockpit n'était pas à plus de quinze pieds. Trop ébranlé pour fermer les yeux, je regardai diminuer la distance qui nous séparait de l'obstacle. Soudain, nous fûmes dessous sans que je comprenne comment nous avions réussi.

– Là ! hurlai-je en pointant le doigt sur un camion-citerne de carburant Aruba qui nous barrait la route.

Dorje tira légèrement sur la roue de direction, et, tel un requin attiré par l'odeur du sang, le *Sagarmatha* vira à tribord, contournant le camion-citerne sans dommage à bâbord.

– Les portes ! m'écriai-je, fou de joie.

– Contrôlez-vous, Cruse ! me réprimanda Slater. Inutile de vous exciter comme ça.

Pourtant, il y avait de quoi. Un immense paquebot venait d'apparaître, remorqué lui aussi. Encore quelques instants, et il nous bloquerait la sortie, aussi inamovible que la grande muraille de Chine.

Hal Salter me regarda :

— Machine arrière plein pot, Cruse ?

— Plein pot en avant, oui ! hurlai-je, sidéré par ma propre audace.

— Précisément mon opinion, répondit-il en actionnant les manettes.

Nous atteignîmes les portes au moment où le nez du paquebot s'y engageait. Les alarmes résonnaient de partout. Souriant, Slater fredonnait une chanson des marins du ciel. Le *Sagarmatha* pivota légèrement à tribord, et je me raidis dans l'attente du choc, du froissement de métal strident, de l'implosion sourde de la coque.

Et soudain nous fûmes dehors, nous montions en flèche au-dessus de l'aéroport, louvoyant pour éviter les aérostats qui arrivaient. Puis, dans une nouvelle pointe de vitesse enivrante, nous gagnâmes une étendue de ciel dégagé, enfin libres de prendre encore de l'altitude et de quitter Paris.

7

À bord du « Sagarmatha »

Si l'*Aurora* flottait dans les airs comme un nuage, sur le *Sagarmatha* j'avais l'impression de chevaucher la tempête. Certes, il était stable, et son vol, fluide, mais on sentait sa vitesse, les soudaines accélérations de ses moteurs, le moindre mouvement de roulis ou de tangage. J'en aurais hurlé de plaisir.

Slater s'en aperçut et dit avec un sourire satisfait :

— Ce vaisseau vous plaît, Cruse, avouez.

— Il est très vif, répondis-je, agacé par sa morgue.

À l'évidence, le propriétaire de ce superbe aérostat était un capitaine compétent. Un peu trop content de lui cependant. Je me demandai quel effet cela faisait d'être aussi sûr de soi, de sa place dans le monde.

— Rath avait un dirigeable au port, remarquai-je. Il avait l'air rapide. Ils risquent de nous donner la chasse.

— Le temps qu'ils larguent les amarres, nous serons déjà loin.

Il se tourna vers Jangbu et ajouta :

— Le ciel est bien nuageux au-dessus de la Hollande. Cachons-nous là pour le moment.

Puis, de nouveau à mon intention :

— À présent, il faut que nous parlions. Dorje ? J'ai besoin de vous.

Dorje laissa le gouvernail à Dalkey, apparu dans le poste de commande quelques minutes plus tôt pour prendre son service.

Slater nous conduisit dans la petite salle de radio et de navigation, située à l'arrière du pont.

— Bien. Voyons un peu où nous allons.

Ayant poussé vers moi un papier et un crayon, il m'observait avec un intérêt qui n'était pas sans me rappeler ma triste expérience au Ritz avec John Rath. Un frisson d'incertitude rampa le long de mon dos : les connaissais-je suffisamment, lui et ses hommes ? Un regard à Dorje me rassura. Comment ne pas avoir confiance en lui ? Je notai sur la feuille les coordonnées de l'*Hyperion*.

Après avoir jeté un coup d'œil sur les chiffres, Dorje tira un long rouleau de parchemin d'un des nombreux casiers étiquetés avec soin, puis il le déroula sur la table de navigation. En une fraction de seconde, il avait localisé l'endroit sur la carte et l'effleurait de son compas à pointes sèches.

– Un coin intéressant, commenta-t-il.

– Le Poing du Diable, déclara Slater.

– Nous lui avons échappé de justesse, intervins-je.

– À quelle altitude volait l'*Hyperion* ? s'enquit Dorje.

– Vingt mille pieds.

– Ce qui explique qu'il ait tenu le coup aussi longtemps.

Je compris et acquiesçai d'un hochement de tête :

– Oui, il se trouve au-dessus des intempéries.

– À cette hauteur-là, il peut continuer à dériver pendant une éternité.

Dorje sortit une deuxième carte de ses casiers. Tracée sur une sorte de papier translucide aussi fin qu'une pelure d'oignon, elle était ornée d'une multitude de courbes et de symboles, dont certains m'étaient familiers – des notations météorologiques. Dorje l'étala sur la première, de sorte que, grâce à la transparence, on voyait les deux à la fois.

– Sa direction ?

– Sud-sud-ouest.

– Vitesse ?

– Environ trente nœuds aériens. C'est une estimation.

Dorje tendit de nouveau la main vers ses casiers pour y prendre d'autres rouleaux de papier pelure.

– J'ai besoin de temps, dit-il.

– Venez, Cruse. Laissons Dorje travailler tranquille.

Nous regagnâmes le pont, où Slater donna quelques consignes à Jangbu et Dalkey avant de m'entraîner vers l'échelle.

— Il est vraiment capable de calculer la position de l'épave ? demandai-je tout en montant.

— S'il n'y arrive pas, je doute qu'un autre y parvienne. Il connaît bien les vents. Surtout ceux de cette région. Il prend en compte leur altitude, le moment de l'année, les alignements planétaires. Même avec leur nouveau calculateur, leur machine de Turing, ces messieurs de Londres ne sont pas en mesure de définir les conditions météorologiques aussi précisément que Dorje. Et maintenant allons dîner.

Kate, Miss Simpkins et Nadira attendaient au salon. La gouvernante me parut un tantinet patraque ; en revanche, l'ascension soutenue du *Saga* ne semblait pas affecter les deux autres. Une odeur merveilleusement appétissante s'échappait de la cuisine, et mon estomac jubilait d'avance.

— Si nous passions à table, mesdames ? suggéra Slater.

— Pourquoi pas, en effet, murmura Miss Simpkins, qui se leva à grand-peine.

Slater lui offrit son bras et l'escorta jusqu'à la salle à manger. Croyant voir un soupçon de couleur monter aux joues du chaperon, je repensai aux paroles de Kate concernant son penchant pour les « galopins ».

À regarder Slater avec ses beaux vêtements, ses cheveux lustrés, son sourire facile, je me sentais insignifiant. Je n'imaginais pas porter un jour une telle tenue avec autant d'aisance, avoir cette assurance. Je voulais ses bottes, son blouson. Je voulais son dirigeable. Ma tête bourdonnait de mille pensées envieuses.

– Rassurez-vous, Miss Simpkins, dès demain, vous aurez le pied plus aérien, disait-il. Tenez, pendant que j'y suis, je vous donne les horaires du bord. Petit déjeuner entre sept et huit heures, déjeuner de midi à une heure. Nous dînons généralement à six heures et demie. Pas une heure très chic pour des Parisiennes, j'en conviens, mais, ici, nous nous couchons tôt et nous levons de bon matin. En dehors des repas, vous pouvez demander un en-cas à Mme Ram, qui s'empressera sans doute de vous satisfaire. Je vous en prie, mesdames, asseyez-vous.

Il tira une chaise pour Miss Simpkins. Ne voulant pas être de reste, je m'arrangeai pour atteindre celle de Kate avant lui. Nos regards se croisèrent. Ses lèvres se retroussèrent brièvement en un rictus – amusé ou irrité, je n'en savais trop rien.

J'allai jusqu'au passe-plat chercher le repas. Là, je rencontrai Mme Ram. M'attendant à voir une maîtresse femme aux puissants avant-bras, je m'étonnai de sa petite taille. Ses épaules arrivaient tout juste à la hauteur de l'ouverture de service.

– Comment allez-vous, madame Ram ? Je m'appelle Matt Cruse.

Un pli soucieux lui barra le front :

– Vous avez besoin de grossir.

– Je ne demande pas mieux ! Ça sent fameusement bon.

Elle me répondit d'un sourire radieux. Je pris deux assiettes garnies d'un curry de Katmandou avec de fines tranches d'agneau, du yaourt, du piment frais, du gingembre et un soupçon d'ail, que je déposai devant Miss Simpkins et Kate. Raide comme un piquet sur sa chaise, la gouvernante releva le nez comme pour accroître la distance entre elle et la nourriture.

Je m'apprêtais à repartir quand Slater me fit signe de m'asseoir et alla lui-même au passe-plat pour nous servir, Nadira et moi.

— Mme Ram est une perle, déclara-t-il en revenant avec sa propre assiette. Elle est aussi la tante de Dorje. Je l'ai engagée au Népal il y a deux ans, et je ne le regrette pas. Jamais je n'ai été aussi bien nourri.

Il sortit d'un buffet une bouteille d'aspect vénérable et la déboucha prestement.

— Un petit vin que je gardais en réserve pour une grande occasion. J'aime commencer un voyage en portant un toast.

Il remplit nos verres, puis le sien, et le leva.

— À une entreprise lucrative ! dit-il.

Et moi de répondre en écho :

— À une entreprise lucrative !

— Et productive pour la science, enchaîna Kate en me regardant d'un œil sévère.

Nous trinquâmes et bûmes. Je fus heureux de constater que le vin n'était pas spécialement bon. Au cours de mes années sur l'*Aurora*, le sommelier m'avait appris à apprécier les grands crus. Tout n'était donc pas parfait dans le petit monde aérien d'Hal Slater ! Ragaillardi, j'attaquai mon plat avec enthousiasme.

– C'est beaucoup trop épicé, minauda Miss Simpkins en posant sa fourchette. Je ne peux pas manger ça. N'y touchez pas, Kate.

– Marjorie, vous exagérez. C'est délicieux !

– Cette cuisine n'est pas saine. Elle gâtera votre digestion. Vous auriez du jambon cuit, capitaine ?

– Je laisse l'intendance entre les mains de Mme Ram, et je doute qu'elle connaisse le rosbif et le Yorkshire pudding.

– Un peu de gruau, peut-être ?

– Du gruau ? s'écria Mme Ram depuis la cuisine. C'est quoi, ce truc ?

– Comment tiendrai-je tout le voyage dans ces conditions ? lâcha alors Miss Simpkins d'une voix mourante.

– Goûtez donc, lui dit Nadira.

– Bien sûr, cela convient à votre palais de Gitane, commenta la gouvernante, pincée.

En guise de réponse, Nadira la fixa d'un œil farouche jusqu'à ce que Miss Simpkins baisse le nez. Le dîner s'annonçait tendu.

– Ce plat est excellent, risquai-je timidement.

– Excellent ! confirma Kate.

Miss Simpkins renifla avec humeur :

– Nous aurons tous le mal des Gitans.

– Le mal des Gitans ? De quoi diable parlez-vous ? s'enquit Nadira sans essayer de cacher son mépris.

– De ce qu'attrapent les touristes en Égypte lorsqu'ils ont l'imprudence de consommer des produits locaux.

— Miss Simpkins, m'interposai-je, nous venons de quitter Paris, et toutes nos provisions en viennent.

— Quoi qu'il en soit, il y a là des épices, et Dieu sait quoi encore.

— Marjorie, je vous en prie, intervint Kate, vous êtes vexante, à la fin.

La gouvernante prit un air si lugubre que j'eus presque pitié d'elle.

— Miss Simpkins, dit alors Slater, conciliant, je vous assure qu'il n'y a jamais eu le moindre mal des Gitans à bord du *Saga*.

— Sans doute.

Dédaignant sa fourchette, elle prit un morceau de pain dans la corbeille.

Nous mangeâmes en silence. Je laissai mes yeux dériver vers les murs, où étaient accrochées des gravures représentant des vaisseaux aériens célèbres – le *Polarys*, la *Marie-Céleste*. Monté dans un cadre qui couvrait toute la longueur d'un panneau, il y avait un morceau d'enveloppe d'aérostat portant le nom de *Trident*.

Slater surprit mon regard et déclara :

— Mon premier dirigeable. Un rafiot innommable. Mais il m'a sauvé la vie et permis d'acquérir ce vaisseau. L'oublier aurait été ingrat.

Manifestement, il me tendait une perche pour que je l'interroge sur l'aventure ; or je n'avais pas envie de lui fournir une occasion de se vanter.

— Hmm, fis-je, laconique.

— Vous piquez ma curiosité, dit Kate. Je devine derrière cela un récit passionnant !

Dépité, je fixai la cloison droit devant moi.

Slater eut un petit geste de la main :

— Non, non. Vieilles histoires de guerre que tout ça. Tous les marins du ciel en ont, n'est-ce pas, Cruse ? Je ne vais pas vous ennuyer avec les miennes.

— Il faut absolument que vous nous racontiez ! J'insiste, monsieur Slater.

— Appelez moi Hal, je vous en prie. À entendre de charmantes jeunes personnes comme vous autres me donner du « monsieur », j'ai l'impression d'être un ancêtre.

— Hal, s'il vous plaît, racontez-nous !

Sans se faire prier davantage, il se lança dans son récit :

— C'était un tacot épouvantable, qui tenait l'air comme une enclume ou presque. Je n'en étais même pas propriétaire. Il appartenait à un truand qui le louait pour le double de sa valeur. Je n'avais, hélas, pas les moyens de m'offrir mieux. Avec, j'ai fait un peu de fret, un peu de récupération, des petits boulots, à peine de quoi couvrir mes frais. Vous vous souvenez de l'ouragan Kate ?

— Il s'appelait vraiment comme ça ? s'enquit Kate, aux anges.

— Spécifiquement en votre honneur, plaisantai-je.

Kate ne se retourna pas, ne se donna même pas le mal de rire, occupée qu'elle était de briller comme un soleil devant Slater.

– L'ouragan Kate ! s'exclama celui-ci. Absolument. Et quelle célébrité ! Il a soufflé sur toute la côte Est des Amériques. Je savais qu'il y aurait des vaisseaux en péril s'ils étaient pris dans la tourmente. Alors, je suis sorti dans mon zeppelin de plomb.

– Vous êtes sortis dans un ouragan ? lâcha Kate, les yeux écarquillés.

– Oh, j'avais faim, répondit Slater avec un sourire de loup. Il me fallait devenir quelqu'un, et vite. J'aurais pu y rester, c'était terrible. En toute logique, je devrais être mort.

Il but une gorgée de vin pour nous laisser le temps de nous émerveiller de sa folle audace :

– Or, il se trouve que j'ai eu une chance de damné. Je suis tombé sur un vaisseau postal en détresse, l'enveloppe déchirée, la dérive arrachée. Il descendait en une lente spirale vers la mer. Son capitaine, au désespoir, n'a pas craché sur l'aide que je lui offrais. J'ai arrimé l'épave en perdition à mon vaisseau pour la remorquer jusqu'à la côte. Par deux fois, nous avons manqué de boire un bouillon. Mais nous en sommes sortis. Le Tribunal du ciel m'a accordé vingt-cinq pour cent de la valeur de l'aérostat et de sa cargaison en récompense pour le sauvetage. Et, comme par hasard, il transportait un chargement d'or du Yukon. Suffisamment pour que je puisse faire construire mon propre dirigeable.

Je reconnus que c'était une belle histoire. Pendant le récit, Slater n'avait regardé que Kate. Fascinée, elle avait bu ses paroles et soupiré de bonheur tout du long. J'en aurais rongé le bord de mon verre. Slater n'était pas le seul à avoir des aventures à raconter. Le problème, c'est que je ne voyais pas comment passer aux miennes sans avoir l'air de vouloir lui prendre la vedette. Je jetai un coup d'œil de biais vers Kate dans l'espoir qu'elle volerait à mon secours.

— Et vos histoires de guerre *à vous* ? me demanda alors Nadira. Ce devait être quelque chose, de croiser le fer avec Vikram Szpirglas !

Surpris, je me retournai, débordant de gratitude.

Slater secoua la tête :

— Ah, je compatis ! Vous devez en avoir soupé de rabâcher ça, depuis le temps !

— N'empêche. J'aimerais bien entendre sa version des événements, persista Nadira. Je ne connais que les rumeurs qui circulent ; quant aux articles de presse, je me demande toujours s'ils ne sont pas enjolivés par les plumitifs pour faire sensation.

— C'est vrai, commenta gravement Slater. De nos jours, mieux vaut se méfier de ce qu'on lit.

— Eh bien, j'ignore ce que disaient les journaux, mais..., commençai-je.

— À ce que j'ai cru comprendre, reprit Nadira, Szpirglas était un homme puissant et sans pitié. J'ai du mal à imaginer comment vous avez eu raison de lui, sauf si vous étiez armé d'un pistolet.

— Je n'avais pas de pistolet.

Prêt à fanfaronner pour impressionner Nadira, je ne pouvais cependant pas mentir, et je craignais que mon récit ne déçoive. Il n'était pas si glorieux.

– Alors ? Comment ça s'est passé ? me pressa la Gitane.

Il y avait dans ses questions une intensité qui dépassait la simple curiosité.

– Eh bien, il venait d'abattre notre ami Bruce Lunardi, et il se précipitait vers moi, pistolet au poing.

– Vous devriez commencer par leur expliquer comment nous nous sommes débarrassés des autres pirates, intervint Kate, car...

– C'est Szpirglas qui m'intéresse, la coupa Nadira.

– Il m'a poursuivi jusque sur la passerelle axiale. J'ai réussi à enrayer son pistolet en lui balançant un seau de colle à rapiécer, mais il lui restait son couteau, et ce bougre de pirate avait l'air mauvais.

Slater émit un petit rire. Les autres me dévoraient des yeux.

– Je suis sorti sur le dos du vaisseau par le nid-de-pie arrière. Je me dirigeais vers le sas avant quand, à mi-parcours, un oiseau-chat a surgi devant moi, me barrant le passage.

– Un oiseau-chat ?

– Vous n'avez pas lu les articles sur eux ? lança Kate, indignée. C'est une espèce inconnue de mammifères volants que j'ai – enfin, que Matt et moi avons découverte au-dessus du Pacifique. L'un d'eux a pénétré à bord de l'*Aurora*.

– J'ai dû en entendre parler, dit Nadira, que la chose ne passionnait visiblement pas. Continuez, Matt.

– N'osant pas m'approcher davantage de la créature, je me suis retourné au moment ou Szpirglas sortait par l'autre sas. J'étais pris entre un carnivore meurtrier et un pirate plus dangereux encore.

Content de moi, je marquai une pause.

– Et vous n'aviez pas d'arme ? demanda Hal.

– Rien.

– Pourquoi ne pas avoir fait une descente en rappel le long d'un flanc ? demanda à son tour Nadira.

– Il n'y avait pas de câble à portée de main. Szpirglas se rapprochait, couteau tiré. J'étais coincé. Il m'a empoigné, jeté par-dessus bord, et je me suis envolé.

– Vous voulez dire que vous êtes tombé, rectifia Nadira.

– Voler, tomber, je ne sais pas trop ; toujours est-il que je me suis écrasé sur l'aileron de queue. J'étais bien sonné, à plat ventre ; je m'accrochai de toute mon âme à la dérive de profondeur. Et Szpirglas descendait vers moi. Pour m'achever.

Nadira attendait la suite, sans l'expression lumineuse et admirative de Kate cependant. L'intensité brûlante de son regard me déstabilisait.

– Il est descendu et s'est mis à me donner des coups de bottes sur les doigts pour m'obliger à lâcher prise.

– Moche, commenta Hal.

– Et puis, j'ai réussi à le déséquilibrer d'une bonne ruade, et il a glissé le long de l'aileron.

Je m'interrompis, au regret de ne pas pouvoir arrêter là mon récit, en concluant sur un triomphe, un éclair de génie. Car Kate connaissait déjà la fin.

— Malheureusement, Szpirglas s'est rétabli, et il est revenu à la charge. À son regard, j'ai compris qu'il allait me défoncer le crâne avec ses bottes aux bouts renforcés de métal. Au même moment, une ombre lui a effleuré l'épaule. Une troupe d'oiseaux-chats survolait l'*Aurora*, et l'un d'eux venait de le bousculer. Cette fois, il est tombé pour de bon.

— Simplement tombé ? s'enquit Nadira.

Je fis oui de la tête.

— Vous ne l'avez donc pas vraiment tué.

— Je lui ai survécu. J'ai eu de la chance.

— C'était lâche de sa part, commenta-t-elle. On ne s'acharne pas comme ça sur un jeune garçon.

Vexé de m'entendre traiter de la sorte, je constatai cependant que ses yeux avaient perdu toute dureté. Loin d'être déçue par mon récit, elle paraissait étrangement soulagée.

— Eh bien, on peut dire que les journaux ont fait du bon boulot, remarqua Hal. Ils vous ont présenté comme un véritable Hercule ! C'est toujours bon d'avoir un tueur de pirates à son bord. Au passage, vous auriez pu empêcher John Rath de nous tirer dessus.

Il se tourna vers Nadira pour ajouter :

— Vos petits camarades amateurs de coups de feu m'auront rendu impopulaire à l'héliodrome.

– Je suppose qu'on les a arrêtés, dis-je.

– Ne comptez pas là-dessus. Mais assez de ces histoires de pirates ! Mesdames, j'espère que vous êtes satisfaites de votre cabine.

– C'est parfait, merci, répondit Kate.

– De fait, intervint Miss Simpkins, je me demandais si vous n'en auriez pas deux attenantes.

– Il paraît que je ronfle, reprit Kate. Elle craint que je ne la prive de son sommeil.

– Assurez-vous qu'elle dort sur le côté, conseilla Nadira à la gouvernante. En général, une bonne bourrade règle le problème.

– Je n'en doute pas, rétorqua Kate, outrée. Une bonne bourrade, et je serai réveillée, c'est magique. Quoi qu'il en soit, je ne ronfle pas.

Sans ouvrir la bouche, son chaperon émit un bref chantonnement en guise de commentaire.

– Je vous offrirais volontiers de partager ma cabine, Miss Simpkins, proposa Slater avec un sourire canaille. Mais il paraît que je parle en dormant et que je ne suis pas toujours très poli.

– Il est hors de question que je me sépare de Mlle de Vries, murmura-t-elle, rouge comme une pivoine.

– Je vous comprends. Cruse, vous partagerez la cabine de Dorje, à tribord, et Nadira, celle de Mme Ram, à bâbord. Il y a des toilettes de chaque côté, et une douche à tribord, une seule, désolé. Nous serons un peu à l'étroit, ce qui ne nuira pas trop à notre confort tant que nous changeons de chaussettes quotidiennement. Et nous devrions atteindre l'*Hyperion* sans tarder.

N'ayant pas l'habitude de voyager comme passager, je me sentais tout drôle, et je n'aimais pas cela.

— Si vous avez besoin d'un coup de main sur le vaisseau...

Slater faisait déjà non de la tête :

— Nous sommes rodés, mon équipage et moi. Nous travaillerons mieux sans avoir à former un apprenti.

Mon poil se hérissa :

— J'ai servi trois ans...

— Merci. Nous n'avons besoin de personne.

Craignant de me ridiculiser, je n'insistai pas. Je sentis le rouge me monter aux joues. « Pourvu que personne n'en remarque rien ! » songeai-je, confus.

— Je pense que le salon satisfera vos exigences, poursuivait Slater. Vous êtes, bien sûr, libres d'en disposer à votre guise. Ce voyage devrait être assez exceptionnel.

— En compagnie fort disparate, observa Miss Simpkins en regardant Nadira.

— Eh bien, moi, je me réjouis que vous soyez gitane, je trouve ça fascinant, déclara alors Kate.

— Fascinant, hein ? répondit fraîchement Nadira.

Je bus une gorgée d'eau pour pouvoir avaler la bouchée avec laquelle je m'étranglais.

— Tout à fait. Vous êtes la première que je rencontre.

— Bah ! Vous en connaissez une, vous connaissez les autres.

— Je voulais juste dire que je suis curieuse de vos coutumes et traditions, bredouilla Kate, voyant qu'elle avait blessé Nadira.

Celle-ci ne pipa mot. Je savais que Kate n'avait pas de préjugés à l'encontre des Gitans et s'intéressait réellement au mode de vie de Nadira et des siens — comme elle s'intéressait à toutes sortes de choses. Ne pouvant le deviner, Nadira en avait conclu que, comme beaucoup de gens, Kate voyait les Gitans comme des voleurs et des gamins des rues. Son silence se répandit sur la pièce comme une brume malsaine. Je toussotai, mal à l'aise. Slater, lui, ne paraissait nullement embarrassé, bien au contraire : le spectacle avait l'air de l'amuser. À la place d'honneur en bout de table, plein de bonhomie, il nous regardait tour à tour comme si nous étions de vagues parents excentriques.

La question soudaine de Miss Simpkins tomba comme un cheveu sur la soupe :

— Vous lisez l'avenir ?

Je cessai de mâcher. Kate eut une grimace douloureuse. Je crus un instant que Nadira allait répliquer par une grossièreté, mais elle se contenta de sourire.

— Puis-je voir votre main ? s'enquit-elle poliment.

— Oh, je ne sais pas si je dois...

— Voyons, Marjorie, elle va vous lire les lignes ! dit Kate.

La gouvernante tendit la main à contrecœur. Nadira l'étudia avec attention, l'effleura ici et là, puis fronça les sourcils :

– J'ai peur que ce ne soit pas une bonne idée.

– Pardon ?

Nadira replia les doigts de Miss Simpkins sur sa paume :

– C'est très flou.

– Que voyez-vous ?

– Je préfère ne rien dire.

– Il le faut ! Parlez, ma fille !

Avec un soupir résigné, Nadira rouvrit la main de la gouvernante :

– Je vois... Je vois que vous serez esclave des classes riches et oisives. Vous veillerez sur leurs enfants gâtés. Jamais vous ne vous libérerez des contraintes et des chaînes d'un labeur inutile et de l'ignorance.

Miss Simpkins lui retira sa main d'un geste brusque, comme si elle était prise dans la gueule d'un fauve.

– Vous n'êtes qu'une coquine et une impertinente !

Feignant la surprise, Nadira écarquilla les yeux :

– Votre sort ne vous convient-il pas ?

Dans un fracas de vaisselle, Miss Simpkins recula sa chaise, se leva et quitta la pièce.

Reprenant sa fourchette, Nadira se remit à manger :

– Il y a d'autres amateurs de prédictions ?

– C'était vraiment écrit dans sa main ? demandai-je.

– Qu'est-ce que j'en sais ? Ces lignes se ressemblent toutes à s'y méprendre, je n'y connais rien.

J'éclatai de rire, bientôt imité par Slater et par Kate.

– Et l'enfant gâté des riches oisifs, c'était moi, j'imagine, commenta cette dernière avec gentillesse.

– Tous les Gitans ne lisent pas l'avenir, expliqua Nadira. La famille de ma mère travaille le métal depuis des générations. Les siens ont contribué à construire la plupart des gratte-ciel d'Europa.

– C'est vrai ? fit Slater, visiblement étonné et curieux d'en apprendre davantage.

– Oui. Dès qu'il y avait un chantier, nous partions en roulotte. Les hommes soudaient les poutrelles, là-haut. J'ai grandi sur les chantiers. Les bâtiments en construction étaient nos terrains de jeu.

Admiratif, je hochai la tête :

– C'est donc pour cela que vous étiez aussi à l'aise quand vous sautiez d'un toit à l'autre !

– Bah, ce n'était pas grand-chose.

La porte du carré s'ouvrit sur Dorje, qui entra, souriant, une carte roulée sous le bras. Slater se tourna vers lui :

– Vous avez de bonnes nouvelles, Dorje, si je ne m'abuse.

Nous débarrassâmes la table pour y étaler la carte.

– Il a beaucoup dérivé, commença Dorje.

Je mis quelques instants à comprendre que j'avais sous les yeux la côte Sud de l'Australie et la vaste étendue de mer qui se fondait dans l'Antarctique. Dorje avait noté au crayon le parcours théorique de l'*Hyperion*.

– Le Poing du Diable ne l'aura pas gardé, expliqua le lieutenant. Il l'aura poussé vers le sud-est, et, de là, les alizés l'auront emporté vers le pôle.

– Dorje est le meilleur navigateur de cet hémisphère et de tous les autres, déclara fièrement Slater en gratifiant le Sherpa d'une bourrade affectueuse.

– Nous devrions retrouver l'*Hyperion* ici, dit encore Dorje en posant la pointe de son crayon sur la carte.

– Ça fait un bout de chemin, observa Nadira.

– L'hémisphère Sud..., dit Kate. Au moins, là-bas, ce sera l'été.

– Pas là où nous allons, répondit Slater. C'est l'endroit le plus froid de la planète. Nous mettons le cap sur Skyberia – la Sibérie du ciel.

8

Skyberia

Skyberia était le nom donné par les aéronautes aux espaces célestes situés au-dessus des régions polaires. Dans cette Sibérie du ciel, le froid intense arrêtait les montres – et même les cœurs. L'*Hyperion* avait été, à ce qu'il semblait, entraîné dans sa dérive de vaisseau fantôme vers l'Antarctique, où, malgré le printemps, le souffle gelé du continent de glace monterait jusqu'à nous dans les airs. Je me souvenais encore du froid qui avait envahi le poste de commande du *Floatsam* tandis que nous nous élevions vers l'*Hyperion*, et ce n'était rien en comparaison de ce qui nous attendait.

La première nuit à bord du *Sagarmatha*, je sombrai dans le sommeil sitôt la tête posée sur l'oreiller ; je m'y enfonçai comme un plomb, épuisé par l'agitation et les émotions de la journée. Je ne m'éveillai qu'une fois, au petit matin, seul dans la cabine. Dorje était de service. Je lui savais gré de partager son espace avec moi car, en tant que premier lieutenant, il était habitué à avoir ses quartiers privés. La cabine ressemblait à celle que j'occupais à bord de l'*Aurora* : deux couchettes, un petit lavabo, une commode qui servait aussi de bureau. Qu'il était bon de reprendre les airs, de sentir les odeurs familières de toile et de carburant Aruba, de retrouver le parfum de mangue caractéristique de l'hydrium ! En me retournant vers la cloison pour regarder par mon hublot, je vis passer les lumières et les clochers de Prague, puis je me rendormis, heureux.

Avant le petit déjeuner, Slater nous réunit au salon. En dehors de M. Dalkey et de Jangbu, qui étaient aux commandes de l'appareil, il ne manquait personne. Dans un coin de la pièce, Dorje et Kami achevaient de construire un petit temple de pierre ; ils accrochèrent au-dessus des drapeaux de prière colorés, la plupart ornés d'une figure de cheval ailé.

— C'est un *chorten*, expliqua Dorje, un autel pour honorer les dieux. Les cieux vers lesquels nous faisons route sont un lieu aussi réel que le mont Everest lui-même. Des divinités y chevauchent le vent ; les ignorer serait de l'inconscience. Avant d'entamer notre ascension, nous devons leur demander la permission de briser les limites du ciel.

— Balivernes et superstitions de Sherpas, souffla Miss Simpkins à Kate, assez fort pour que je l'entende.

Kate plissa le front d'un air réprobateur, comme agacée par le jappement d'un chien, et s'écarta de son chaperon.

Dorje alluma de l'encens et quelques brins de genièvre. Une douce fumée se répandit dans l'air.

— Pour nous porter chance et nous purifier, expliqua encore le lieutenant. Il est de règle qu'un saint homme préside la *puja*. En l'absence de lama, je ferai de mon mieux.

Il s'assit devant le *chorten*, ouvrit un mince volume relié à la main, aux pages épaisses et grossières. Comme les autres Sherpas, je m'assis sur le sol.

Kate m'imita. Miss Simpkins, quant à elle, prit place dans un fauteuil au fond de la pièce.

Nadira s'installa à ma gauche. Ses cheveux, encore humides de la douche, exhalaient un entêtant parfum de santal. Elle portait une jupe longue aux couleurs vives et un simple chemisier blanc. Elle était si près que, lorsqu'elle replia les jambes pour se mettre en tailleur, son genou toucha le mien. Gêné, je fus tenté de m'écarter ; je n'en fis rien de crainte de la froisser.

— Bonjour, murmura-t-elle.

Tout en lisant l'ancien texte tibétain, Dorje frappait rythmiquement un petit tambour. Slater prit un grand bol rempli de riz, en préleva une pincée du bout des doigts, jeta les grains en l'air, puis passa le bol à Mme Ram, qui répéta le geste. Quand le bol arriva à moi, Kami me dit à voix basse :

— C'est une offrande aux dieux pour que la chance nous accompagne pendant notre voyage.

Après avoir lancé une pincée de riz, je tendis le bol à Kate, qui s'en empara avec son enthousiasme habituel.

— Doucement ! articulai-je en silence quand elle plongea la main dans le riz.

Trop tard. Une grosse poignée de grains volait déjà pour retomber en pluie sur l'assistance et le sol. Dorje ne s'interrompit pas dans sa lecture, mais Slater haussa un sourcil.

— Pardon, murmura-t-elle.

Amusé, Ang Jeta émit un gloussement et rassura Kate d'un signe de tête. Bien qu'attentifs à la cérémonie, les Sherpas semblaient parfaitement détendus. Immobile, les yeux clos, Mme Ram était l'image même de la sérénité. Nadira appréciait, elle aussi, et, en l'observant à diverses reprises, je crus voir ses lèvres remuer, comme si elle priait avec Dorje. Le santal, le genièvre, l'encens, le battement du tambour... On se serait cru dans les contreforts de l'Everest. Je ne comprenais pas le tibétain, mais les sonorités de la langue me plaisaient, et j'aimais la gravité solennelle avec laquelle Dorje accomplissait le rituel. À regarder ses mouvements lents et précis, je me sentais calme, il me semblait qu'une divinité de paix veillait sur nous et nous protégeait dans notre voyage vers les hautes régions du ciel.

La cérémonie terminée, Dorje se leva et se tourna vers Slater :

— Nous pouvons commencer l'ascension.

— J'espère que quelqu'un va balayer ça, observa Miss

Simpkins d'un ton pincé en louchant sur les grains de riz épars.

Avec autant de convives, le petit déjeuner fut fort animé. C'était le repas de fête suivant la *puja* ; on y servait des mets que je n'avais jamais goûtés. Miss Simpkins chipotait. Le brouhaha, la gaieté, le flux mêlé de l'anglais et du sherpa me réjouissaient ; j'étais heureux de faire plus ample connaissance avec Kami et Ang Jeta. De son côté, Kate les étourdissait de questions sur leur terre natale, le sens de leurs noms, les origines de leur langue... Dalkey nous rejoignit à la fin de son service et nous raconta une histoire à dormir debout. Toute la tablée s'esclaffa – y compris Miss Simpkins, qui fit mine de tousser. J'eus un pincement de regret quand l'équipage se retira pour vaquer à ses occupations.

Malgré le confort du salon et la vue spectaculaire qu'offraient les panneaux vitrés du sol, le rôle de passager ne me convenait guère ; je n'y étais pas habitué. J'aurais préféré avoir devant moi la proue du vaisseau fendant le vent ; je voulais me rendre utile, participer à la vie du bord. Selon les calculs de Dorje, il nous faudrait au moins quatre jours de voyage pour rejoindre l'*Hyperion* et l'intercepter. Le temps me paraîtrait long si je devais rester confiné dans une seule pièce.

Kate, elle, s'en accommodait fort bien. Elle disait avoir une longue liste de lectures et des expériences à effectuer ; en l'espace de quelques minutes, elle avait colonisé un coin du salon pour y installer son laboratoire personnel.

— Vous avez emporté un microscope ? m'étonnai-je en la regardant déballer ses caisses de matériel.

— Un tout petit, hélas ! J'étais obligée de voyager léger.

Après s'être assurée que brindilles de genièvre et encens ne fumaient plus, Miss Simpkins s'assit avec un roman, alternant la lecture et les travaux d'aiguille. Étendue sur le sol parmi les coussins, Nadira semblait satisfaite ; elle feuilletait journaux et magazines, passait une grande partie du temps à regarder défiler le paysage de maquis des Balkans qui, peu a peu, cédait la place aux déserts d'Arabie. Le spectacle méritait certes qu'on s'y intéresse, mais j'étais trop nerveux pour tenir en place. Des bruits domestiques me parvenaient de la cuisine, où Mme Ram hachait, coupait, touillait, remuait des casseroles.

Je fis le tour du salon dans un sens, puis dans l'autre, m'arrêtant pour examiner les nombreuses photos encadrées. Il y en avait une série passionnante sur la construction du *Sagarmatha*, que parachevait un cliché de Slater en grande tenue devant le poste de pilotage flambant neuf, une bouteille de champagne à la main, prêt à baptiser le vaisseau.

Il y avait aussi de nombreuses vues de l'Himalaya, dont certaines prises depuis un navire aérien. Sur l'une d'elles, on voyait Slater assis sur un rocher dans de chauds vêtements d'alpiniste avec, en fond, une toile de tente qui godaillait. Près de lui, sur un rocher plus petit, était installé Dorje, un bras sur le genou de Slater, qui le dominait de sa taille et lui entourait les épaules. Sans doute était-ce pendant leur ascension de l'Everest. Les deux hommes souriaient à l'objectif. Le fait que Dorje fût beaucoup plus bas que Slater me contrariait. Sur ce cliché, il avait l'air d'un serviteur humblement accroupi aux pieds de son seigneur et maître.

– Un brin écœurant, n'est-ce pas ? commenta Kate à mon côté. Le portrait du héros conquérant !

Je remarquai toutefois que son regard avait dérivé vers la photo de Slater, torse nu, à dos d'éléphant.

– Vous ne disiez pas cela hier soir. « Oh, Hal, racontez-moi vos fascinantes aventures ! »

Kate pinça les narines et releva le menton :

– Je m'efforçais d'être polie. D'entretenir la conversation. Au cas où vous ne vous en seriez pas aperçu, il y avait un soupçon de tension à table.

La pièce était assez grande pour que nous puissions discuter sans risque d'être entendus si nous parlions bas. La présence de Nadira et de Miss Simpkins me gênait cependant, et Kate ne manquerait pas de hausser le ton si nous nous disputions. La discrétion n'était pas son fort.

– Désolé, murmurai-je. Je suis grognon. J'ai l'impression d'être enfermé dans une cellule de prison.

– Du moins est-ce une prison de luxe.

– Et je dois reconnaître que certains détenus ne manquent pas de charme.

Le commentaire la fit sourire :

— Essayez donc de partager une cabine avec Marjorie !

— Qui occupe la couchette du haut ?

— Moi. Elle a peur d'être prise d'une envie pressante pendant la nuit et de se briser la nuque en descendant l'échelle. Je lui ai dit que cela ne risquait pas, sauf si je graissais les barreaux.

— J'imagine que ça l'a rassurée.

— Vous paraissez bien agité, Matt. Vous avez le regard fureteur et inquiet. Vous prétendez pourtant être plus heureux en vol.

— Certes. Mais j'ai la déplaisante impression d'être un bagage.

— Pourquoi ne pas étudier un peu ?

Je pensais aux manuels que j'avais emportés, aux lignes de chiffres qui s'y chamaillaient...

— Je m'y mettrai plus tard.

— Hou-hou, vous deux, dans le coin ! chantonna Miss Simpkins.

Nous nous retournâmes ; elle nous observait par-dessus sa couture :

— Vous êtes dans un salon, et on ne fait pas de messes basses en bonne société, ce n'est pas poli. Vous devriez le savoir, Kate.

Cette dernière coula vers moi un regard lourd d'exaspération.

— Je m'efforce de tenir ma langue, me souffla-t-elle.

— Surtout, ne la lâchez pas, plaisantai-je.

— Nadira et moi aimerions peut-être participer à votre conversation, reprit Miss Simpkins d'un ton badin.

— Pas moi, dit Nadira. Les amoureux ont besoin d'être seuls.

— Amoureux ! Doux Jésus ! s'exclama Miss Simpkins avec un rire grêle. Dieu merci, ils ne le sont pas.

Nadira m'adressa un sourire. Il y avait tant de complicité dans son regard que j'en fus intrigué. Vaguement coupable, je baissai les yeux.

— J'étais en route pour la cabine de pilotage, dis-je en manière d'excuse.

J'avais compris qu'à bord du *Saga* il me serait quasi impossible d'avoir une conversation en privé avec Kate — et plus encore de lui voler un baiser. Je me demandais même si, en embarquant avec nous, Miss Simpkins ne s'était pas donné pour mission de m'éloigner de Kate.

Sitôt sorti du salon, je laissai échapper un long soupir de soulagement, puis enfilai le couloir et descendis l'échelle du poste de commande. À la gouverne de profondeur, Jangbu me sourit. En revanche, Slater, qui tenait le gouvernail, n'eut pas l'air ravi de mon intrusion.

— Que puis-je pour vous ? s'enquit-il.

— Je voulais juste changer de décor, si cela ne vous ennuie pas.

— Tant que nous ne sommes pas trop occupés.

— Vous avez prévu une ascension graduelle, je présume.

– Exact. J'ai calculé en sorte que nous soyons à vingt mille pieds au moment où nous rejoindrons l'*Hyperion*. Quatre mille pieds par jour, rien de brutal, pour que nos corps aient le temps de s'acclimater. Sur un paquebot du ciel comme l'*Aurora*, vous voliez à deux ou trois mille pieds, pas beaucoup plus. J'espère que vous êtes en forme ! L'altitude, ce n'est pas rien. Passé dix mille pieds, on commence à le sentir.

Cette manière qu'il avait de s'adresser à moi comme à un élève me hérissait ; j'étais pris d'une envie de mordre.

– Pourquoi ne pas pressuriser les quartiers de l'équipage ? demandai-je.

– Sans intérêt. Si nous devons aborder l'*Hyperion*, il faut que nos corps soient en état de fonctionner à vingt mille pieds. Après un voyage confortable dans une cabine pressurisée, nous ne tiendrions pas cinq minutes en sortant par la trappe dans un air aussi pauvre que le dernier des mendiants.

Bien sûr, il avait raison ! Regrettant d'avoir voulu jouer les malins, je résolus de me taire pour éviter qu'il me corrige.

– Ne vous inquiétez pas, ajouta-t-il. Les cabines sont chauffées et, à mesure que nous montons, je fournirai un petit supplément d'oxygène. Pas trop. Il ne faut pas que vous deveniez dépendants.

Mieux valait que je reste à l'écart du poste de pilotage quand Slater était de quart ! Préférant apprendre par les livres, je sortis mes manuels de mon sac dès que j'eus regagné ma cabine.

Durant les trente-six heures qui suivirent, j'adoptai l'attitude du passager satisfait ; au fond, cela n'avait rien de désagréable. Les repas étaient excellents ; j'étudiais pour mes examens ; par les vitres du sol, je vis défiler la Perse, puis l'Inde ; j'aperçus Madras avant que les rides bleues de l'océan Indien n'occupent tout le paysage. Nous ne reverrions plus la terre avant d'atteindre la côte nord-ouest de l'Australie.

Parfois, je distinguais les silhouettes élégantes d'autres aérostats, beaucoup plus bas que nous, qui volions à une hauteur très supérieure aux altitudes de croisière habituelles. Des cirrus effilochés et des nimbus, plus denses, cachaient souvent la vue. Malgré la température extérieure proche de zéro, il faisait bon dans les cabines chauffées. Jusqu'ici, personne n'avait encore éprouvé le moindre symptôme du mal dit « des sommets », pas même Miss Simpkins, qui serait à mon avis la première à s'en plaindre. Le programme d'adaptation prévu par Slater s'avérait efficace.

Occupée du matin au soir, Kate était d'excellente humeur malgré la proximité constante de son chaperon. Aux repas, elle bombardait Slater de questions sur notre vitesse, nos coordonnées, la météo, l'état des moteurs, la capacité des soutes. Un vrai petit marin des cieux. À présent qu'elle avait son brevet de pilote d'ornithoptère, ces détails l'intéressaient sans doute davantage que par le passé.

Le troisième jour, en milieu de matinée, pour me changer de mes études, je m'étais accordé une récréation et feuilletais un journal parisien dans l'espoir d'améliorer mon français. Kate était en train d'installer son appareil photo sur un trépied, objectif dirigé vers le panneau vitré du sol, pour prendre des clichés de curiosités éventuelles. Nadira ne tenait pas en place et tournait comme un ours en cage tandis que je peinais à déchiffrer un article sur le Consortium Aruba dont un mot sur trois m'échappait. Ayant effectué des forages dans les mers du Sud, ils avaient apparemment découvert un gisement considérable et dépensaient maintenant des milliards pour extraire le carburant. Ensuite, la langue devenait trop compliquée pour moi, je ne parvenais plus à suivre. Je jetai un coup d'œil sur la photo – l'habituelle rangée de messieurs arrogants en costume et haut-de-forme, avec cet air repu de qui sort d'un plantureux banquet.

– Je crois l'avoir déjà vu, dit Nadira en passant derrière moi.

Puis, pointant le doigt vers le cliché, elle ajouta :

– Lui. Le vieux malingre aux sourcils épais. Il parlait avec Rath à l'héliodrome.

– Vraiment ? Le type maigre qui portait un manteau en poil de chameau ?

Elle fit oui de la tête :

– Je me souviens de ces sourcils.

– Qui est-ce ? s'enquit Kate, venue nous rejoindre.

Je lus la légende :

– Ce serait George Barton, l'un des dirigeants du Consortium Aruba.

Miss Simpkins leva le nez de sa couture :

— J'imagine assez mal qu'un gentleman du Consortium Aruba puisse s'acoquiner avec les John Rath de ce monde.

— Moi aussi, renchérit Kate. La photo n'est pas très nette. Vous êtes sûre de le reconnaître, Nadira ?

Celle-ci scruta le cliché pendant un long moment :

— Je n'en jurerais pas. Pourtant, ces sourcils fournis...

— C'est très à la mode en ce moment, observa Kate. Tous les vieux richards en ont. Plus les sourcils sont broussailleux, mieux c'est.

— La plupart du temps, ce sont des postiches, marmonna Miss Simpkins.

— Ah ! En fait, je l'ai tout juste entrevu, conclut Nadira.

Lassée de cette discussion, Kate regagna son installation photographique. Miss Simpkins reprit son ouvrage, et Nadira s'assit avec un journal. Que Rath ait des rapports avec le Consortium Aruba semblait fort improbable ; pourtant, ne m'avait-il pas dit au Ritz qu'il travaillait pour des gens parmi les plus respectables à Paris ? Pure invention, sans doute.

— Nous n'avons pas encore vu d'oiseau-chat, remarqua Kate au bout d'un moment. Cela ne vous étonne pas, Matt ?

— Pas spécialement, non. J'ai volé pendant trois ans sans en voir un seul. Et puis, ils ne vivent peut-être pas dans cette région du ciel.

– J'espère bien que non ! se récria Miss Simpkins. Des créatures abominables, si vous voulez mon opinion.

Aussi indifférente aux paroles de son chaperon qu'au glouglou d'un robinet qui fuit, Kate poursuivit :

– J'aimerais bien en voir quelques-uns. Ces derniers mois, j'ai réfléchi à une petite hypothèse de travail.

Elle me tendait une perche pour que je l'interroge.

– Laquelle ?

– Eh bien, comme nous le savons, la mer grouille de vie. Pourquoi n'en irait-il pas de même du ciel ?

– Aux dernières nouvelles, il manquait de poissons, dit Nadira sans relever les yeux de son journal.

– Certes, mais, si un grand prédateur comme le chat des nuages peut vivre dans le ciel, il doit exister d'autres créatures aériennes.

– Les chats des nuages trouvent leurs proies au niveau de la mer, observai-je. Ils se nourrissent principalement d'oiseaux et de poissons.

– Parce que c'est là que nous les avons vus. Poissons et oiseaux ne constituent peut-être qu'une part de leur alimentation.

Elle marqua une pause lourde de sens avant de conclure :

– Le ciel pourrait se révéler plus riche de surprises que nous ne l'imaginons. Surtout à très haute altitude.

Un an plus tôt, je l'aurais contredite sans hésitation. Durant toutes mes années passées à observer le ciel, je n'y avais détecté aucun signe de vie en dehors des courageux oiseaux marins. Depuis, nous avions découvert ensemble l'existence de l'oiseau-chat, et je me méfiais des affirmations catégoriques. Cependant, avec Kate, j'estimais préférable d'argumenter, ne serait-ce que pour ne pas perdre la main. Elle avait la passion des débats, et je voulais qu'elle me croie brillant.

— Il fait un froid terrible, là-haut, lui rappelai-je. Si on appelle ces régions Skyberia, il y a sans doute une raison. De plus, on y manque d'oxygène. Et d'eau aussi. Tous les êtres vivants ont besoin d'eau.

— Certes, mais pensez aux grands fonds marins. Bien sûr, il n'y gèle pas. Il n'empêche que c'est un milieu encore moins hospitalier que le ciel. Vous n'êtes pas sans connaître les explorations sous-marines récentes de Girard avec sa bathysphère, et les trouvailles qu'il en a rapportées.

Je me souvins des articles et photos dans les magazines, de l'intrépide Français en costume de bain rayé près de son curieux sous-marin sphérique dont la coque métallique épaisse de plusieurs pieds, les hublots renforcés, les lampes et les moteurs protégés permettaient l'immersion dans les noirs abysses.

— Il a fait des découvertes que personne n'aurait imaginées, poursuivit Kate, dont un poisson avec des crocs qui vit à une profondeur de seize mille pieds. Alors que la pression y est de sept mille livres par pouce carré. Incroyable ! De quoi vous aplatir comme une crêpe. Girard a trouvé des araignées de mer à quatre mille pieds sous la surface, à une profondeur où il n'y a ni lumière ni oxygène. Je ne vois donc pas pourquoi on ne trouverait pas des créatures aériennes à très haute altitude. Elles se seront adaptées pour survivre, par des moyens auxquels nous n'avons pas songé.

– Fascinant, commentai-je.

– Hmm, fit Nadira derrière son journal.

– J'espère que Grunel a rassemblé des spécimens intéressants à bord de l'*Hyperion*. Cela m'aiderait beaucoup dans mes recherches, reprit Kate. Et supposons qu'il y ait un oiseau-chat. Ce serait une preuve de plus. Ces vieux bonzes de la Société zoologique y réfléchiraient à deux fois avant de m'accuser d'avoir mélangé des os d'albatros et de panthère !

Nadira releva les yeux de sa lecture :

– Vous risquez votre vie pour un drôle de butin.

– Pour ce qui est de l'argent l'argent, j'ai ce qu'il faut, dit Kate d'un ton d'excuse. Non que je l'aie mérité. J'ai tiré le gros lot, voilà tout.

– Si ma mémoire est bonne, on ne m'a pas invitée à la loterie, ironisa Nadira.

– Mouais, je l'ai ratée aussi, dis-je en riant. Quand vous aurez rapporté la fortune, que comptez-vous en faire, Nadira ?

Elle demeura un moment silencieuse, et je craignis d'avoir commis une indiscrétion.

– Je tiens à acquérir mon indépendance.

– Vous voulez dire que vous quitteriez votre famille ?

– Je croyais votre communauté très liée, très soli-
daire, intervint Kate.

– Il n'y a pas qu'une communauté, mais quatre
nations de Roms : les Kalderashs, les Machacajas, les
Lovaris et les Churaris, ainsi qu'une douzaine d'autres
groupes. Tous sont différents.

– Je vois, lâcha Kate, penaude.

– De toute façon, reprit Nadira, ceux de mon peuple
ne me considèrent même pas comme une Rom.

– Pourquoi cela ?

– Parce que ma mère a épousé un *gadjo*. Un étranger.
Et, si le père n'est pas rom, les enfants ne le sont pas non
plus. Ma mère était jugée impure.

– Ce devait être pénible pour vous dans ce contexte.

– Si le travail n'avait pas éloigné mon père pendant
de longues périodes, notre vie aurait été bien pire. Il a
commencé dans le commerce aérien. Puis il est entré au
service de John Rath pour effectuer des tâches plus...
discutables. Lorsqu'il nous a quittées, ma mère s'est
remariée avec un Rom, mais nous étions toujours consi-
dérées comme des parias. C'est pourquoi elle est si
pressée de me marier. Elle sait qu'il n'y aura pas beaucoup d'amateurs pour une sang-mêlé.

Belle comme l'était Nadira, cela semblait absurde.

– N'avez-vous pas votre mot à dire ? demanda Kate.

– Non.

– Le bon sens même, déclara Miss Simpkins en levant
les yeux de sa couture. On ne laisse pas une décision

aussi importante que le mariage entre les mains des jeunes !

— Ma mère partage votre opinion. D'ailleurs, je suis fiancée.

— Fiancée ? répétai-je avec un pincement au cœur.

— Je me marie dans trois jours.

— Pas possible ! s'exclama Kate.

— En effet, puisque je ne serai pas là, répondit Nadira avec un sourire espiègle.

— Vous vous êtes enfuie ? soufflai-je, aussi surpris qu'admiratif.

— C'est une honte ! commenta Miss Simpkins, scandalisée.

Toutefois, elle avait posé son ouvrage et se penchait en avant pour mieux suivre la conversation.

— Si vous voyiez l'homme qu'on me destine, poursuivit la jeune fille, vous fuiriez vous aussi. Il a les dents gâtées, et il est assez vieux pour être mon grand-père.

— Je compatis, soupira Kate.

— Si je ne me marie pas, si je ne deviens pas épouse et mère, il n'y a pas d'avenir pour moi parmi les miens. Voilà pourquoi j'ai besoin de l'or de M. Grunel.

À l'évidence, si elle quittait sa famille pour vivre sa vie, il lui faudrait de l'argent, beaucoup. Jeune et célibataire, elle aurait du mal à trouver un logement, un emploi respectable. D'autant plus qu'elle était gitane.

— Votre conduite me semble fort irréfléchie. Vous êtes une demoiselle bien hardie, remarqua Miss Simpkins.

— Je pensais m'installer à Paris, reprit Nadira, acheter un appartement agréable sur les quais. Nous serons peut-être voisines.

Miss Simpkins se recala sur son siège et reprit son aiguille avec une ardeur renouvelée.

Nadira se tourna vers moi :

— Et vous ? Que ferez-vous avec votre part du butin ?

— J'achèterai un uniforme neuf, déclarai-je sans hésiter.

Elle rit.

— Et ensuite ?

— Cela dépendra de ce qui reste, non ?

— Oh, il en restera plus que vous ne pourrez en dépenser, répondit-elle, l'œil brillant.

— En ce cas, j'achèterai une maison pour ma mère et mes sœurs. Une superbe maison dans les collines de Point Grey, avec vue sur l'eau et sur les montagnes. Ma mère n'aura plus besoin de travailler. Je la ferai soigner par un médecin éminent pour qu'elle guérisse de ses rhumatismes. J'engagerai une domestique pour l'aider à tenir la maison. Elles n'auront plus à confectionner leurs vêtements. Je leur offrirai même une voiture dernier cri si elles en ont envie !

— Vous ne désirez donc rien pour vous ?

— Seulement continuer à voler.

Je mentais : je voulais bien davantage. Mes désirs étaient tels que j'en avais honte. Je ne rêvais plus que d'argent. Je voulais des vêtements comme ceux que portait Hal Slater, dans lesquels je n'aurais plus l'air d'un gamin, mais d'un homme. Riche, je n'aurais plus à subir les regards agacés de Miss Simpkins, ses remarques blessantes sur ma modeste condition. Je ne supporterais plus en permanence l'humiliation de voir Kate payer pour moi. Si j'échouais à mes examens, si je n'obtenais pas le diplôme de l'Académie, je pourrais acheter mon propre aérostat, avec un équipage qui m'appellerait capitaine. Tel le génie de la lampe, l'argent réaliserait tous mes vœux d'avenir.

9

Zoologie aérienne

Plus tard dans l'après-midi, concentré sur mon cahier de physique, je tentais, sans réel succès, d'apprivoiser les équations pour qu'elles dansent comme des singes savants. Tandis que, pour la troisième fois, je gommais mes griffonnages, Kate entra soudain au salon, les cheveux en désordre, rouge et contente d'elle. Tenant un flacon de verre à deux mains, elle se dirigea vers sa table.

– Qu'est-ce que vous avez là ? m'enquis-je.

– Pas grand-chose. Quelques spécimens.

Miss Simpkins releva aussitôt les yeux de sa lecture :

– Comment cela, des spécimens ? Que voulez-vous dire ?

Kate s'assit et entreprit d'examiner le contenu du flacon à la loupe.

— Ce voyage est pour moi l'occasion idéale de tester ma théorie. J'ai donc posé un filet.

— Un filet ? m'étonnai-je.

— Juste devant mon hublot. J'ai attendu une demi-heure, et récolté ainsi mes premiers échantillons.

— Peut-on savoir ce que vous avez dans ce flacon, Kate ? s'impatienta Miss Simpkins.

— Venez voir ! proposa Kate, aux anges.

Le chaperon se garda bien d'approcher ; Nadira et moi n'attendions que cela. Penchées sur le flacon, nos têtes étaient si proches qu'elles se touchaient presque. Pas besoin de loupe pour voir que de petites créatures s'agitaient à l'intérieur.

— Des araignées ? demandai-je, non sans surprise.

— Oui, me répondit Kate. Celles du fond sont encore engourdies par le froid, mais les autres ont l'air en bonne forme.

Ces bestioles couraient et tournaient en rond dans leur bocal. Certaines me semblaient familières, d'autres moins, comme ces étranges créatures au corps minuscule, aux pattes fragiles et d'une longueur inhabituelle.

— Elles ne vivent pas en altitude, observa Nadira. C'est le vent qui les emporte.

— Pour certaines, oui. Ce qui, en soi, est déjà passionnant. Elles sont assez légères pour que le souffle de l'air les fasse voyager, sur des milliers de kilomètres. Qui sait si elles ne traversent pas les océans pour coloniser de nouveaux continents ? Je crois que personne n'a encore envisagé l'expansion du territoire des insectes sous cet angle. Mais il y en a dans le lot dont l'allure est véritablement curieuse.

Kate tapota le verre pour attirer notre attention sur une araignée que je n'avais pas encore remarquée.

— Aurait-elle des *ailes* ? m'exclamai-je, incrédule.

— Les araignées n'ont pas d'ailes ! objecta Nadira. Ce doit être une autre espèce.

— Je pense que c'est une araignée ailée, déclara Kate. Je n'en jurerais pas. Je ne suis pas spécialiste des arachnides. Quoi qu'il en soit, si c'en est une, personne ne l'a identifiée jusqu'ici. Et regardez-moi ces fascinants insectes !

Elle avait récolté une quantité de créatures bizarres au corps courtaud, trapu, protégé par une carapace articulée, avec plusieurs paires d'ailes à l'aspect solide. Toutes étaient de couleur pâle, discrète, dans les tons argent, gris et blanc. Pour se confondre avec le ciel et les nuages, je suppose : personne n'a envie d'être mangé... Je n'en revenais pas que des insectes volent à de telles altitudes, portés par les puissants courants des vents.

— Vous savez ce que sont ces bestioles, Kate ?

— Non, Matt. Mais j'ai hâte d'en disséquer quelques-unes.

— Kate, je vous interdit de les couper en morceaux ! s'écria Miss Simpkins.

— Il le faut pourtant.

— Pas dans notre cabine, en tout cas !

– Je doute fort qu'elles s'échappent.

Kate m'adressa un sourire de biais avant d'ajouter :

– Je reconnais cependant que celle-ci a des mandibules inquiétantes.

– Je tiens à ce que ces bêtes restent dans leur bouteille !

Ignorant son chaperon, Kate poursuivit :

– C'est passionnant ! Il y a peut-être toute une zoologie aérienne à découvrir.

– Ce ne sont jamais que des insectes, commenta Nadira.

– Pas n'importe quels insectes. La plupart de ceux que nous connaissons sont très sensibles au froid. Mes spécimens sont différents. Regardez comme ils sont actifs. Et pourtant la température extérieure est inférieure à zéro.

– Vous avez raison, dis-je. Ils devraient être congelés.

– Je pense qu'ils sécrètent une sorte d'antigel naturel.

– Comme l'éthylène glycol ?

Je n'étais pas peu fier d'avoir retenu ce détail appris en cours. Kate en fut si impressionnée qu'elle s'interrompit et haussa un sourcil. Encouragé, je continuais :

– Cette substance chimique, inventée par le Français Charles Wurtz, empêche les liquides de geler.

– Ce doit être le même genre de substance, en effet, mais d'origine biologique, produite par l'organisme de ces petites bêtes. C'est d'autant plus intéressant qu'elles vivent à très haute altitude. Ce qui laisse supposer que des animaux de grande taille pourraient y vivre aussi. Des prédateurs.

— Vous croyez ? s'enquit Nadira, dubitative.

— Réfléchissez ! De quoi se nourrit la baleine bleue ? De plancton, de krill. En ce monde, les créatures les plus infimes rendent possible l'existence des géants.

Les paroles de Kate me donnèrent le frisson. Elle avait le don d'orienter vos pensées dans des directions aussi nouvelles qu'inattendues. Un être gigantesque, de la taille d'une baleine flottant à travers le ciel ? Chapeau !

— Et maintenant, si vous le voulez bien, j'ai du travail. Classification et tout ça.

Nadira et moi échangeâmes un regard amusé. Nous étions congédiés. Kate se concentrait déjà sur ses croquis et ses notes, indifférente à ce qui l'entourait.

Un coup d'œil sur l'horloge m'informa qu'il restait une heure avant le dîner. Nous retournâmes à nos lectures respectives dans un silence studieux. Prise par l'action de son roman, Miss Simpkins laissait de temps à autre échapper un petit cri ou un bref gloussement.

— Palpitant, Marjorie ? s'enquit Kate à la vingtième exclamation.

Miss Simpkins ignora la remarque, à moins que, dans son excitation, elle n'ait rien entendu. Elle tourna fiévreusement la page et gloussa de nouveau.

— C'est un bon livre, Marjorie ? insista Kate, exaspérée.

— Pardon ? Oh, excellent.

— Ah oui ? De quoi parle-t-il ?

Miss Simpkins posa le volume sur ses genoux et considéra Kate avec sévérité :

– D'une idylle mal avisée entre une jeune héritière têtue et un garçon d'écurie.

– Captivant, en effet. Cela se termine comment ?

– Dans la douleur, la tragédie et la *mort*.

Ses yeux balayèrent distraitement la pièce pour s'arrêter sur moi.

– Il faudra que je le lise quand vous l'aurez fini, dit Kate d'un ton enjoué. J'adore les histoires de garçons d'écurie !

– Ce ne sont pas des lectures convenables pour une jeune fille de votre âge, déclara sèchement Miss Simpkins avant de replonger dans son livre.

J'avais à peine eu le temps de reporter mon attention sur mon sévère manuel que la porte s'ouvrit, laissant entrer Slater.

– Vous êtes bien sérieux aujourd'hui, remarqua-t-il.

Sans lever les yeux de mes exercices, je l'observai du coin de l'œil tandis qu'il s'avançait vers moi, le torse bombé, le menton haut, véritable figure de proue pour vaisseau d'apparat. Il se pencha pour voir ce que je faisais et lâcha dans éclat de rire :

– Sottises que tout cela !

– Des sottises qu'il me faut apprendre.

– Je vous assure que c'est inutile.

– Pas si je veux obtenir le diplôme de l'Académie.

Slater renifla avec mépris :

– Je parie qu'ils vous enseignent encore le code Morse.

– Pour ne rien vous cacher, oui.

– C'est ce que je disais. Aussi utile qu'une langue morte. Dorje l'a appris au Népal du temps où on employait encore le télégraphe.

Pour une raison inexplicable, j'étais assez doué en morse. Force m'était cependant de reconnaître que Slater avait raison. De nos jours, aucun vaisseau ne s'en servait plus.

– J'ai l'impression que vous avez surtout gommé, poursuivit-il. Je pourrais peut-être vous donner un coup de main.

– Ça ira, je vous remercie.

Si j'avais des doutes sur ses capacités à débrouiller ces impossibles calculs, je préférais malgré tout ne pas prendre le risque qu'il m'humilie devant Kate.

– Comme vous voudrez. Et n'oubliez pas que, pour voler, vous n'avez pas besoin de ce diplôme de l'Académie.

Il ouvrit grands les bras avant d'ajouter :

– Regardez-moi ! Pas de bout de papier, et je suis capitaine, mon garçon.

Je ne supportais pas qu'il m'appelle « mon garçon ». L'expression n'avait rien d'affectueux dans sa bouche ; elle ne visait qu'à me remettre à ma place. Cela me crispait d'autant qu'il n'était pas beaucoup plus âgé que moi.

– Bon, reprit Slater. Je viens vous annoncer que nous avons franchi l'équateur, ce qui me met toujours d'humeur à la fête.

Il alla jusqu'au gramophone, choisit un disque dans sa collection, le posa sur le plateau et remonta le mécanisme avec la manivelle.

— Miss Simpkins, me feriez-vous l'honneur de m'accorder cette danse ?

Le chaperon de Kate s'empourpra du cou à la racine des cheveux. Je crus d'abord qu'elle refuserait en marmonnant une vague excuse ; je me trompais.

— Pourquoi pas ? minauda-t-elle. Un peu d'exercice me sera salutaire.

— Si je ne suis à vos yeux qu'un exercice salutaire, il me faudra trouver une partenaire plus enthousiaste.

Sourire aux lèvres, il lui prit la main et l'attira au centre de la pièce tandis qu'une valse entraînante montait du pavillon de l'appareil.

Je dois avouer que Slater dansait bien. Et Miss Simpkins aussi. Dans les bras de Slater, je la voyais pour la première fois non plus comme l'exaspérant chaperon de Kate, mais comme une jeune femme, à peine plus vieille que lui. La danse la rendait gracieuse et jolie. Elle souriait. Ses cheveux reflétaient la lumière. La métamorphose tenait du miracle.

À la fin du morceau, Kate applaudit et s'exclama :

— Superbe, Marjorie. Hal, mes compliments !

Lorsque le gramophone entama une autre valse, elle se tourna vers moi :

— Venez, Matt !

— Vous allez devoir m'apprendre, murmurai-je tandis qu'elle s'avançait, les bras tendus.

– Vous prendrez le coup en un clin d'œil.

J'étais enchanté de ce prétexte de la tenir contre moi.

– Pas de valse en carré. Position de départ, pieds joints. C'est parti. Avancez le pied gauche. Maintenant, pied droit en avant vers la droite et ramenez le pied gauche. Bien. On inverse : reculez le pied droit, pied gauche en arrière vers la gauche et ramenez le pied droit. Vous saisissez ? Un, deux, trois. Un, deux, trois. Rien de plus facile.

Nous dansâmes – plus ou moins. Tandis que Slater valsait avec Miss Simpkins tout autour du salon sans effort apparent, je trébuchais, tanguais, marchais sur les pieds de Kate et me cognais dans les meubles. Raide comme un automate rouillé, j'avais l'air d'un sot.

– Aïe ! protesta de nouveau Kate.

– Désolé...

– La prochaine fois, marchez sur l'autre si cela ne vous ennuie pas.

– Je suis censé conduire, non ?

– Alors, conduisez !

– J'essaie.

Je la serrai plus fort en comptant dans ma tête. J'observais Hal Slater pour tenter de l'imiter. La musique s'ingéniait à me contrarier. Que faire de tous ces temps ? Je n'avais pas assez de pas.

– Eh bien, c'était très... vigoureux, déclara Kate quand la valse prit fin. Merci.

– Je commence à prendre le rythme, mentis-je.

En guise de commentaire, Kate se contenta d'un « Hmm... ».

— Je suis tout essoufflée, fit Miss Simpkins, rayonnante.

— C'est l'altitude, répondit Slater. Je vais mettre un peu plus d'oxygène pour que nous puissions continuer à danser. Avec trois charmantes jeunes femmes à bord, il serait dommage de ne pas en profiter.

Il alla jusqu'à un robinet de laiton situé près de la porte et lui donna un demi-tour. À l'ouverture des valves, j'entendis le léger sifflement de l'oxygène invisible, qui s'infiltrait maintenant dans la pièce par les grilles de ventilation.

— J'offre ce cadeau pour la soirée. Surtout, ne vous y habituez pas ! lança-t-il, jovial. Mademoiselle de Vries, m'accorderez-vous cette danse ?

Je n'aimais pas la voir dans ses bras. Nos corps étaient-ils aussi proches quand nous dansions ? Elle semblait soudain différente, plus mûre ; je la reconnaissais à peine. Slater conduisait avec assurance, et les mouvements de Kate s'accordaient aux siens tandis qu'ils flottaient à travers le salon. Ils allaient bien ensemble. Elle riait, levait la tête vers lui en souriant, et j'étais malheureux, malheureux comme les pierres, incapable de détacher mon regard de ce spectacle douloureux. Comme lorsqu'on pose les doigts sur une surface gelée et qu'ils y restent collés, je ne parvenais pas à m'en arracher, et la cruelle morsure du froid me brûlait sans merci.

J'invitai Nadira à danser.

— Promettez-moi de ne pas me tuer, dit-elle.

— J'étais si mauvais que ça ?

— Vous avez besoin de vous entraîner un peu.

Elle mit sa main dans la mienne, et j'enlaçai sa taille. La sensation me surprit. Avec Kate, j'étais conscient de l'épaisseur des vêtements, de leur rigidité ; avec Nadira, je devinais la peau sous l'étoffe. Gêné, je toussotai et me concentrai sur la danse. Je regardais par-dessus son épaule en m'efforçant de ne pas penser à sa gorge, à son visage, à ses cheveux si près de moi, à la courbe tiède et souple de ses reins. Un, deux, trois. Un, deux, trois. Glissant élégamment, Kate et Slater croisèrent notre chemin ; ils riaient, bavardaient, et, dans leur sillage, je me sentis comme une chaloupe ballottée par les remous.

— Vous vous en tirez bien pour un débutant, remarqua Nadira quand j'eus repris le rythme.

— Vrai ?

Elle hocha la tête :

— Quand on saute d'un toit à l'autre, danser n'est qu'un jeu d'enfant.

Je ne pus m'empêcher de sourire. Kate et Slater enchaînèrent sur la valse suivante ; je continuai également avec Nadira. Illusion ou euphorie due à l'oxygène, il me semblait que j'évoluais facilement.

Nous virevoltions, et le tourbillon des sensations me tournait la tête. Je respirais le parfum de santal des cheveux de Nadira. En voyant Kate et Slater enlacés, je

sentais la brûlure glacée de la jalousie. La musique
s'accéléra, nos pas aussi. M. Dalkey et Kami nous rejoi-
gnirent ; de nouveau, Miss Simpkins dansa. Slater
appela Mme Ram à la rescousse. Bien que solidement
bâti, Dalkey faisait preuve d'une agilité surprenante.
Pour avoir davantage de place, nous poussâmes les
meubles. Entre les danses, nous changions de partenaire,
mais j'étais toujours trop loin de Kate pour l'inviter avant
que la musique reprenne. Je dansai avec Mme Ram, et
même avec Miss Simpkins. Puis je dansai une fois
encore avec Nadira. Je me sentais plus léger, mes pieds
étaient moins gauches, plus rapides et plus sûrs. Riant, le
feu aux joues, nous n'avions pas le temps de souffler
entre les morceaux que Slater remontait déjà l'appareil.

– Ah ! Voici quelque chose qui devrait vous plaire,
lança-t-il à Nadira en posant un disque sur le plateau.

Des sonorités différentes emplirent soudain la pièce.
La plainte aiguë d'une clarinette s'insinuait entre les
guitares et les claquements de mains.

Slater avait raison. Les yeux brillants, Nadira se mit à
danser seule. J'avais vu le flamenco à Séville, la danse
du ventre à Constantinople, or elle mêlait les deux dans
un style gitan très exotique. Ses bras levés avaient la
grâce souple de jeunes branches, ses doigts caressaient
l'air. Elle tapait des pieds en pivotant lentement sur elle-
même. Ses bracelets scintillaient, tintaient au rythme de
ses mouvements. Ses hanches oscillaient tandis qu'altière,
radieuse, elle nous offrait son sourire éclatant.

– C'est fort inconvenant, commenta Miss Simpkins, qui, comme nous tous, ne la quittait pas des yeux.

Nous étions fascinés. Je craignis un instant que Kate me surprenne à dévisager la Gitane, puis cessai de culpabiliser – tant pis pour elle ! Tout en dansant, Nadira me fixait. La musique flottait dans l'air, aussi enivrante qu'un parfum d'encens.

Slater finit par se lever pour s'essayer à cette danse, aussitôt suivi par Kate. Sans s'interrompre, Nadira leur montrait comment faire. Kami et Mme Ram se joignirent à eux. De l'index, Nadira me fit signe d'approcher. Comme magnétisé, j'obéis et tentai d'accorder mes mouvements aux siens. La musique se fit bondissante, puis je compris que l'aiguille du phono sautait – sans doute sous l'effet de nos pieds qui martelaient le sol en cadence.

J'en serais resté à cette explication si le vaisseau n'avait eu un curieux hoquet. Je cherchai les yeux de Slater ; tout à sa danse, il ne remarqua rien. L'aiguille cessa de sauter, et la musique reprit son cours. C'est alors qu'un second frisson parcourut l'aérostat. Ce n'était pas une bourrasque ; la secousse aurait été plus violente. La légèreté même du tremblement mit mes sens en alerte.

– Qu'est-ce qui vous arrive ? s'enquit Nadira.

Je m'étais arrêté de danser.

– Vous avez perçu cela ? demandai-je à Slater.

Il fit non de la tête.

– Il y a quelque chose d'anormal.

— Voyons, Cruse, tout va bien ! Vous nous gâchez le plaisir.

La porte s'ouvrit alors sur Dorje, qui vint lui parler à l'oreille. Slater opina du chef.

— Je vous prie de m'excuser, dit-il.

Puis il appela :

— Monsieur Dalkey, Kami Sherpa !

Ils sortirent, et je leur emboîtai le pas.

— Que se passe-t-il ? insistai-je.

En me voyant derrière eux sur la passerelle de carène, Slater fonça les sourcils :

— Retournez au salon, je vous prie.

— C'est le gouvernail, n'est-ce pas ?

— Apparemment, il est bloqué. Rien de grave pour le moment, mais le problème sera sérieux quand nous aurons besoin de manœuvrer. J'envoie Dalkey et Kami dehors pour qu'ils règlent ça.

— Je vais avec eux.

— Ce ne sera pas nécessaire.

De son point de vue, peut-être ; pas du mien. Sans mettre en doute les compétences de son équipage, je tenais à prouver que je n'étais pas un gamin, que je pouvais me rendre utile. Aussi sot que cela paraisse, cela me tenait à cœur.

— Et s'ils ont besoin d'un coup de main ? Je n'ai pas le vertige.

— Vous nous ralentirez.

— Je sais me débrouiller tout seul sur le dos d'un aérostat.

222

— À douze mille pieds ?

— J'ai déjà travaillé à cette altitude, mentis-je.

— Chercheriez-vous à impressionner Mlle de Vries ?

— Elle m'a vu faire des choses plus difficiles que d'inspecter un gouvernail.

Nous avions atteint des casiers de matériel. Déjà, Dalkey et Kami enfilaient des blousons, attachaient à leur taille des ceintures porte-outils.

— C'est une charmante jeune personne, continua Slater. L'œil d'une femme est toujours attiré par un homme de bien et de talent.

Il haussait un sourcil, comme pour me signifier qu'elle s'intéressait à lui, ce qui n'avait rien d'impossible.

— Eh bien, soit, dit-il encore. Ravi de vous contenter. Passez un blouson. Les lunettes et les gants sont là. Les bottes aussi. Et n'oubliez pas le harnais de sécurité.

— Merci, murmurai-je en plongeant dans le casier pour m'équiper.

— Un mot d'avertissement, cependant. Votre Kate, savez-vous ce que je vois quand je la regarde ? Un joli minois et un cœur d'acier. Elle a de la suite dans les idées ; elle arrivera à ses fins quoi qu'il en coûte, et je plains le malheureux qui se trouvera en travers de son chemin.

— En ce cas, restez à l'écart, dis-je.

Il partit d'un grand éclat de rire et me gratifia d'une claque sur l'épaule.

Le sang me monta au visage ; mes doigts tremblaient sous l'effet de la colère tandis que j'attachais le harnais.

Emboîtant le pas à Dalkey et Kami, je me précipitai vers l'échelle menant au nid-de-pie. Les propos de Slater ne portaient pas à conséquence, ce n'étaient que des paroles en l'air, et pourtant elles me rongeaient déjà. J'avais hâte d'être dehors, sur le dos du vaisseau, où le froid et le vent me nettoieraient l'esprit.

Je sortis en abaissant les lunettes sur mes yeux. Le mercure du thermomètre fixé à la trappe en forme de dôme était juste au-dessus du zéro. Le soleil, éblouissant, se reflétait sur la peau argentée du *Sagarmatha*. Dans mon blouson doublé de laine, je ne sentais pas le froid. Le vent était plus léger que je ne m'y attendais. À croupetons, j'accrochais mon filin au rail de sécurité qui courait tout le long du dirigeable. Devant moi, Dalkey et Kami étaient en route vers l'aileron de queue, qui dominait la coque de dix pieds.

Jamais je n'étais sorti d'un vaisseau à cette altitude. En bas, j'apercevais l'océan Indien entre les nuages. La vue n'éveillait en moi ni vertige ni sentiment de danger. Comme toujours quand j'étais dans le ciel, la vaste étendue bleue avec ses nuées me semblait accueillante. J'y étais dans mon élément, plus à l'aise qu'au sol.

Le gouvernail était fixé à l'arrière de l'aileron. Pour l'atteindre, il nous fallait longer cet aileron en file indienne et descendre la pente jusqu'à la poupe. Dalkey et Kami avançaient maintenant avec précaution. Je donnai du mou à mon filin et marchai avec assurance grâce aux semelles de caoutchouc.

À quelque distance de la poupe, je vis une sorte de corde frapper contre la coque. Je crus d'abord que quelque chose s'était arraché – un câble d'amarrage ou, plus ennuyeux, une attache du gouvernail. Soulevé par le vent, le cordage tremblota, puis cingla de nouveau l'enveloppe du vaisseau.

Dalkey attendit qu'il ne bouge plus, puis il s'en approcha pour l'agripper et le fixer. Il ne l'avait pas touché que le câble remontait haut dans les airs, décrivant des cercles rapides. Il revint frapper Dalkey au visage et au torse. Son cri de douleur me parvint malgré le vent. Le coup l'avait mis à genoux, il glissait. Par chance, il saisit le rail pour arrêter sa chute. Je m'aperçus alors qu'il avait négligé d'y accrocher son filin.

Kami se précipita pour porter secours à son compagnon. Dalkey se relevait déjà en faisant signe qu'il allait bien. Un bourrelet livide lui barrait le côté gauche du visage.

– Votre filin ! hurlai-je. Attachez-vous !

Il n'en tint pas compte ; peut-être ne m'avait-il pas entendu. À moins qu'il se dispensât de cette précaution tant il était sûr de lui. Bien décidé à remettre le câble vagabond en place, il fit un pas en avant, tendit la main...

Et voilà qu'il y avait trois câbles au lieu d'un !

Ils tournoyèrent brièvement, puis reculèrent en s'incurvant avec un ensemble digne d'une attaque concertée et ils s'abattirent soudain comme autant de fouets sur Dalkey, qui leva les bras pour se protéger. L'un des câbles l'atteignit au dos, un autre au ventre. Son blouson et sa chemise parurent exploser. Des flammes lui sortirent des yeux, firent fondre ses lunettes. Tel un pantin tiré par des ficelles, son corps désarticulé bondit à dix pieds au-dessus de nous. Tout cela en une fraction de seconde. Puis Dalkey plongea dans le vide pour disparaître.

Horrifié, je compris qu'il avait été électrocuté : ces câbles sectionnés appartenaient sans doute aux circuits de haute tension du vaisseau. Mais, tandis qu'ils remontaient en décrivant une courbe vers la pointe du gouvernail, je découvris enfin leur nature.

Ce n'étaient pas des câbles, mais des tentacules.

Derrière l'aileron de l'aérostat flottait une créature gigantesque évoquant un calmar. Constitué d'un sac presque transparent, dont l'enveloppe palpitait, son corps aurait pu passer pour un ballon-sonde sans la masse verte et bleue des intestins contenus dans sa partie inférieure, gélatineuse. Une foule de tentacules s'y attachaient, dont certains s'étaient pris dans le mécanisme du gouvernail. La poche s'enflait, se contractait, pour s'enfler encore comme au rythme d'une respiration ; l'animal fouettait la coque dans une tentative désespérée de se libérer.

Je hurlai pour prévenir Kami, qui reculait déjà – lui aussi avait vu le monstre. Afin de lui faciliter la retraite, je m'écartai vivement. Quelle était la portée de ces dangereux appendices ? Cinq se dressaient au-dessus de nous, dardant dans l'air leurs pointes frémissantes comme pour détecter une proie.

— Attention ! m'écriai-je.

Pour gagner en mobilité, Kami détacha son filin de sécurité et sauta. Deux tentacules s'abattirent sur lui, dont un manqua sa cible. L'autre le frappa aux chevilles. Dans un crépitement, des étincelles jaillirent des pieds de Kami. Grimaçant de douleur, il perdit l'équilibre et se mit à rouler tandis que ses mains gourdes cherchaient désespérément à se cramponner à quelque chose. Je m'élançai vers lui tandis qu'il glissait sur le flanc du vaisseau. Trop tard ! Kami était déjà passé par-dessus bord et atterrissait lourdement sur l'aileron horizontal. Dans son présent état de faiblesse, je craignais qu'un coup de vent ne l'emporte.

Retenu par mon filin, je descendis en rappel à sa suite. Là-haut, le monstre aérien se débattait toujours pour se dégager. Par chance, j'étais hors de portée. À douze mille pieds, je commençais à sentir les effets de l'air raréfié. J'étais à bout de souffle et j'avais les muscles en coton. Parvenu à mi-chemin de Kami, j'atteignis le bout du filin. Impossible d'aller plus loin. Je le dégrafai de mon harnais pour le laisser pendre et entrepris de descendre par mes propres moyens. Si Slater n'avait fait renforcer l'enveloppe de l'aérostat par un filet de feralu qui offrait de bonnes prises, jamais je n'aurais réussi.

Une bourrasque soudaine m'obligea à me plaquer contre la coque. L'alerte passée, je repris ma descente. Sitôt sur l'aileron, je m'accroupis auprès de Kami. Voyant qu'il était conscient, je lui demandai :

— Vous pourrez remonter ?

— Je ne sens plus mes jambes.

Avec un long soupir, je déclarai :

— Bon. Je vais vous encorder, et vous vous aiderez de vos mains pendant que je vous hisserai.

Il hocha la tête d'un air las. Sans perdre une seconde, j'accrochai son filin à mon harnais et remontai aussi vite que j'en étais capable. À mi-parcours, j'attrapai le bout de mon propre filin pour l'attacher à celui de Kami, désormais relié par un filin unique au rail de sécurité. Tout en gardant un œil sur les tentacules de la créature, je repris prudemment mon ascension — un faux pas, et plus rien ne retiendrait ma chute. J'arrivai en haut épuisé.

Je testai la solidité du filin, et je l'enroulai deux fois autour d'un winch d'amarrage pour remonter Kami. Heureusement, il ne pesait pas bien lourd. Hors d'atteinte du monstre, je le surveillais cependant ; craignant qu'il ne se dégage d'un moment à l'autre, j'actionnai la manivelle, la tournai à deux mains tout en suivant les lents et pénibles progrès de Kami. Il tentait bien de m'aider, mais n'en avait plus la force. Lorsque enfin je l'eus hissé près de moi, j'étais en nage et tremblais de fatigue.

Je me demandais comment ramener Kami jusqu'au nid-de-pie quand Slater émergea de la trappe. Nous voyant tous deux recroquevillés près du rail, il se précipita vers nous.

— Qu'est-ce qui se passe ? rugit-il contre le vent. Où est Dalkey ?

– Passé par-dessus bord ! hurlai-je en retour. Il y a une bête prise dans le gouvernail !

– Nom d'un pétard ! s'exclama Slater en fixant l'animal qui se démenait derrière l'aileron de queue.

Soudain, son corps s'allongea, l'enveloppe gélatineuse de sa partie inférieure eut une violente contraction. Deux tentacules fouettèrent l'air, et l'animal, libéré, prit de la hauteur. Bientôt, nous l'avions distancé. J'en fus liquéfié de soulagement.

– Ramenons Kami à l'intérieur, dit Slater.

Nous le prîmes chacun d'un côté pour le porter jusqu'au nid-de-pie. À peine avions-nous fait trois pas que j'aperçus de vagues taches vertes et bleues droit devant nous. Croyant à une hallucination, je clignai des paupières. Hélas, mes yeux ne m'avaient pas trompé : une colonie de poches translucides en forme de calmars flottaient à notre rencontre, palpitant et ondoyant.

– Regardez ! m'écriai-je.

Slater les vit aussi, et nous pressâmes l'allure pour gagner la trappe au plus vite. Poussées par le vent, les créatures arrivaient sur nous. Elle ne se contentaient pas de se laisser dériver, elles se propulsaient en ouvrant et contractant leur manteau membraneux. Le corps à un angle bizarre, elles fendaient le ciel, s'aidant de leur immense traîne de tentacules.

Chancelants, haletants, nous parvînmes à la trappe.

– Dedans ! m'ordonna Slater.

– Kami d'abord !

Une première créature passa à une dizaine de pieds au-dessus de nos têtes. Je sentis un déplacement d'air tiède et humide au léger parfum de mangue. D'autres suivaient, dont beaucoup à moindre altitude que la première.

Slater hissa Kami sur son dos et s'engouffra avec lui dans le nid-de-pie. Il me fallait attendre qu'il descende quelques barreaux de l'échelle pour entrer à mon tour. Mon cœur battait à se rompre. Du coin de l'œil, je perçus un mouvement et me baissai, évitant de justesse un gros tentacule charnu qui fouetta le vide à deux doigts de mon nez. Relevant la tête, j'en vis un autre, j'aperçus un bec et, derrière, à travers la poche transparente, dans la masse grouillante des entrailles, une chose à moitié digérée avec des restes de fourrure. L'un des tentacules effleura l'aérostat, se souleva et s'enroula pour revenir me prendre.

Je me jetai dans le nid-de-pie tandis que l'appendice claquait contre le dôme de verre de la trappe ouverte. Je l'aurais bien fermée, mais il restait là et m'en empêchait. Sa pointe vibrait. Il n'avait qu'à se tendre pour me saisir. Je baignais dans une odeur de viande avariée qui me donnait la nausée.

Agrippant le tube de communication, je hurlai dans l'embout :

— Descente immédiate de cinq cent pieds !

Un second tentacule vint se positionner près du premier au-dessus de la trappe – à croire qu'ils communiquaient. Ensemble, ils plongèrent vers moi.

Le vaisseau perdit soudain de l'altitude, les laissant suspendus dans le vide.

Étourdi par cette brusque chute, je vis les dangereuses créatures rétrécir à mesure que nous nous éloignions ; je regardais les étincelles électriques qui jaillissaient de leurs tentacules. Puis je refermai la trappe et descendis l'échelle.

— Faire demi-tour ou continuer : telle est la décision qu'il nous faut prendre, déclara Slater.

Assemblés autour de la table ce soir-là, nous étions d'humeur morose. Même dans mes pires cauchemars, je n'avais jamais vu un homme mourir de manière aussi atroce que M. Dalkey. J'avais encore dans les narines l'odeur épouvantable de sa chair brûlée, du plastique fondu de ses lunettes. Je n'oublierais pas de sitôt ce spectacle d'horreur.

— Kami a eu beaucoup de chance, dit Dorje. Il s'en tire avec quelques brûlures superficielles aux jambes, et une petite blessure au pied, là où le courant est passé. Le feu l'a cautérisée sur-le-champ, et je ne pense pas qu'il y ait de risque d'infection. Apparemment, il recommence à sentir ses jambes.

— S'il a besoin de soins médicaux, nous devrions rentrer, dit Kate.

Du regard, elle fit le tour de l'assistance en quête de soutien. Nadira fixait la table en silence. Les yeux de Kate s'arrêtèrent sur moi.

— Elle a raison, déclarai-je.

Il m'en coûtait pourtant de renoncer en si bon chemin, alors que nous avions investi tant d'espoir dans l'aventure. Je ne tenais pas à faire marche arrière et rater l'occasion de ramener l'*Hyperion*.

— Votre avis, Dorje ? demanda Slater.

— Kami affirme qu'il va bien. Il ne veut pas que nous rentrions.

— Pensez-vous que ce serait mieux pour lui ?

Dorje prit le temps de réfléchir. Je savais que les Sherpas étaient fiers ; jaloux de leur réputation, ils cachaient le moindre signe de faiblesse par crainte que la chose ne s'ébruite et ne leur coûte des emplois.

— Je ne pense pas qu'un médecin l'aide à guérir plus vite, déclara enfin Dorje.

Slater hocha gravement la tête. La tension se lisait sur son visage :

— Ce voyage nous a déjà coûté la vie d'un homme.

— M. Dalkey a disparu, dit Dorje. Rien ne nous le rendra. Mais un bon butin pourvoira aux besoins de sa famille et apportera aux siens un peu de réconfort.

— M. Dalkey était marié ? s'enquit Miss Simpkins.

— Et père de trois enfants, répondit Slater.

— C'est affreux, souffla Kate.

Slater se passa la main sur le front. Ses yeux exprimaient une souffrance contenue, et je compris alors à quel point il était attaché à ses hommes. Aujourd'hui, il en avait perdu un, et il devrait annoncer la terrible nouvelle à la famille. Les images de la mort de Dalkey me revinrent en un éclair, et je crus que j'allais vomir. Après quelques respirations profondes, les spasmes douloureux de mon estomac se calmèrent.

– Alors, nous continuons. Et nous arracherons la victoire, déclara Slater d'un ton de détermination farouche. Je manque de bras, Cruse. Vous cherchiez du travail ?

– Oui.

– En ce cas, bienvenue au sein de l'équipage.

10

Perturbation

Là-haut, dans le nid-de-pie, j'étais l'œil du vaisseau, comme je l'avais été si souvent à bord de l'*Aurora*. Malgré les fils chauffants sertis dans le verre du dôme d'observation, de petites plaques de givre scintillaient à l'intérieur, délicate dentelle de cristaux que j'ôtai au grattoir avant de resserrer les pans de mon blouson doublé de laine.

En bas, l'Australie vivait un été torride tandis qu'ici, seize mille pieds plus haut, le thermomètre était tombé à moins quinze. J'avais les pieds gelés, et pourtant je portais deux paires de chaussettes. Je serrais et desserrais les poings pour éviter que mes mains gantées s'engourdissent ; je pensais à ma mère, à ses doigts enflés, déformés par les rhumatismes. Avec de l'argent, tout s'arrangerait. J'imaginais les trésors de l'*Hyperion*. Je me voyais plonger le bras jusqu'au coude dans un coffre rempli d'or dont le contact me réchaufferait les mains et guérirait celles de ma mère à la façon d'une fontaine miraculeuse. Craignant toujours qu'on nous dérobe notre butin, je scrutais les cieux, guettant l'apparition d'aérostats banalisés, de n'importe quel navire des airs.

Au loin, j'aperçus une brève gerbe d'étincelles. Je crus à un orage, puis je compris qu'il s'agissait d'une colonie de ces étranges calmars volants. Aussitôt, j'en informai Dorje, de quart au poste de commande. Comme les bêtes demeuraient à distance, nous gardâmes le cap.

Si la mort de Dalkey avait ébranlé Kate, elle ne se remettait pas d'avoir manqué notre première rencontre avec ces créatures. Son excitation se comprenait – à une telle altitude, l'espèce n'avait encore été vue par personne. Je préférais cependant ne pas m'attarder sur ce sujet, qui ravivait en moi les images toutes fraîches de la fin atroce de notre compagnon. Dévorée de curiosité, Kate se contenait à grand-peine, mais avait la bonté de ne pas m'importuner.

J'étais heureux de m'occuper, ravi de mes nouvelles responsabilités à bord tout en regrettant de les devoir à la disparition d'un homme. Avec Kami Sherpa cloué au lit, il y avait beaucoup à faire, et Hal me confiait souvent le rôle de guetteur dans le nid-de-pie. Certaines tâches de voilerie effectuées par Dalkey m'incombaient aussi à présent ; j'inspectais les gréements, les ballonnets, les valves. Slater me laissa même une fois le quart du navigateur.

Retrouver le rythme du travail à bord me calmait. J'étais également soulagé que mes activités m'éloignent de Kate et de Nadira.

À regarder Hal faire valser Kate autour du salon, j'avais eu l'impression que, dans un tourbillon, il était capable de l'enlever à jamais. Avant notre départ, elle m'avait affirmé que seul le vaisseau de Hal l'intéressait. Je voyais bien, hélas, que le capitaine lui plaisait. En sa présence, elle n'était plus la même ; elle ne cessait de remonter ses cheveux, riait plus que de coutume. Je ne me doutais pas que la jalousie puisse être si douloureuse. Pourtant, dans le même temps, je brûlais d'envie de contempler Nadira, de sentir ses yeux sur moi. J'aimais à me souvenir de la douceur de son corsage sous ma main tandis que nous dansions.

J'étais partagé, et le supportais mal. Je m'en voulais. Si seulement Baz avait été là ! Il s'y connaissait ; il m'aurait aidé à démêler tout ça. À l'évidence, mon cœur avait quelque chose de perverti. Comment expliquer autrement que j'adore Kate tout en désirant Nadira ? Quand je n'étais pas de quart, je restais dans ma cabine plutôt que de me joindre au groupe dans le salon. Aux repas, je mangeais à toute allure et trouvais un prétexte pour m'esquiver.

Pensif, je me tournai vers l'est. L'aube arrivait, promesse toujours tenue. Bientôt, le soleil poindrait sur l'horizon et rendrait ses couleurs au ciel sans nuage, prélude à une nouvelle journée de vol paisible sur le *Sagarmatha*. Des pas sur l'échelle me firent sursauter. J'étais encore de quart pour deux heures et n'attendais pas de relève. Baissant les yeux, je vis Nadira monter vers le nid-de-pie.

— Bonjour, dit-elle en prenant pied sur la plate-forme.

Elle était un peu essoufflée par l'effort – un effet de l'air raréfié des hauteurs.

— Vous êtes bien matinale, fis-je.

— Dès que Mme Ram se réveille, elle se met à chantonner, et je ne peux plus me rendormir. J'espérais voir le soleil se lever.

— Vous ne devriez pas être ici.

— Pourquoi ?

— Je suis de guet, censé concentrer toute mon attention sur le ciel.

— Faites comme si je n'étais pas là.

Nous sourîmes tous deux, car le nid-de-pie n'était guère plus grand qu'une cabine téléphonique.

— Je peux rester regarder le lever du soleil ? Après, je m'en vais, je vous le jure.

Avec un bref hochement de tête, je me remis à scruter les cieux en souhaitant de toutes mes forces que le soleil se dépêche. Je ne pouvais pas plus ignorer Nadira que si elle était un pilier de feu. Du coin de l'œil, je la voyais observer l'horizon en silence.

Kate, elle, aurait parlé.

Elle m'aurait bombardé de remarques, dit tout ce qui lui traversait l'esprit. Elle m'aurait exaspéré et fait rire. Il était impossible d'endiguer le flot de ses paroles. J'adorais l'écouter, baigner dans l'énergie de son discours qui, à elle seule, aurait suffi à éclairer Paris. Mes sentiments pour Kate étaient si forts qu'ils me dépassaient. Près d'elle, je débordais de bonheur, j'étais pris dans une tornade de panique et de désirs mêlés. Je voulais lui parler, la contredire, la toucher, l'embrasser. Je voulais la fuir. C'était épuisant.

Le soleil prenait son temps.

— Vous devez vous plaire ici, dit Nadira. Ne serait-ce que pour la vue.

— Je préfère cela à mes manuels. De loin.

Quelques instants passèrent en silence.

— Je ne sais pas lire l'avenir, mais je me débrouille pas mal avec les chiffres. Je pourrais peut-être vous aider.

Penché sur mes livres et mes cahiers, je m'étais efforcé de cacher mes difficultés aux autres, tout en jurant et pestant pour moi-même. Nadira avait dû m'observer attentivement, remarquer mes griffonnages et mes ratures. Si Kate s'était proposée pour me donner un coup de main, j'aurais décliné l'offre, affirmé que je m'en tirais très bien tout seul, merci. Elle était si brillante que je me sentais condamné à traîner derrière elle. Voler était mon fief, et mon orgueil se rebellait à l'idée qu'elle me dame le pion dans ma spécialité.

Curieusement, je n'éprouvais pas ce sentiment de compétition avec Nadira, peut-être parce que je la connaissais mal, ou alors parce que je la considérais comme une égale. Mieux encore, si elle m'aidait, Kate ne saurait rien de mes problèmes en mathématiques.

– Ce sont des choses compliquées, dis-je.

– En cafouillant à deux, nous devrions y arriver. Mon père m'instruisait quand il était à la maison. C'était un bon professeur. Par la suite, j'ai beaucoup appris par moi-même.

– Eh bien, d'accord. Je vous remercie. C'est très généreux de votre part.

– Les garçons d'écurie comme nous ont intérêt à se soutenir.

Je ne pus m'empêcher de rire, et pourtant j'étais triste. L'avertissement sévère de Miss Simpkins à Kate me revint en mémoire.

– Oh, voilà le soleil ! s'exclama Nadira, le visage éclairé par la lumière de l'aube.

Je m'obligeai à regarder ailleurs.

– Oui, c'est superbe. Il est temps que vous songiez à redescendre.

Elle se tourna vers moi. Le parfum de ses cheveux m'envoûtait. Nous étions aussi près l'un de l'autre que lorsque nous dansions.

– C'est le jour de mon mariage aujourd'hui, dit-elle encore.

– C'est vrai.

Elle me sourit :

— Vous ne voulez pas embrasser la mariée ?

Pensant qu'il s'agissait d'une plaisanterie, je m'abstins de répondre et demeurai immobile. Elle se pencha vers moi, appliqua sa bouche sur la mienne. Elle avait un goût délicieux – goût de sommeil, de curry et de raisins secs. Nos deux nez se touchaient. Ses mains se posèrent sur mes épaules. Impossible de ne pas lui rendre son baiser, je ne tenais pas à la vexer. Ce n'était pas ma faute, après tout, c'est elle qui avait commencé. Nos corps se pressaient l'un contre l'autre, je caressais ses cheveux, son visage. Mon cœur en oublia de battre, puis se reprit et s'affola comme un petit animal coupable. Nos lèvres se détachèrent ; haletants, nous cherchions l'air, et, lorsqu'elle releva la tête, je reculai d'un pas, toussotai en me grattant le cou.

— Vous avez l'air tout malheureux, dit-elle.

— Excusez-moi. Je n'aurais pas dû.

— Pourquoi ? C'est moi qui suis fiancée.

— Oui, seulement, Kate et moi...

Je m'interrompis aussitôt, conscient que toute déclaration de ma part serait présomptueuse. Je n'étais pas sûr des sentiments de Kate à mon égard. Miss Simpkins ne nous considérait pas comme des amoureux, et il en allait peut-être de même pour Kate. Hal m'avait presque convaincu qu'il était l'objet de ses désirs. L'esprit confus, désemparé, je restai muet et agitai la tête.

C'est alors que, pour la seconde fois ce matin-là, j'entendis des pas au bas de l'échelle. Surpris, je regardai dans le puits et vis Kate qui montait vers le nid-de-pie.

– Oh, non ! soupirai-je.

– Dois-je me sauver ? murmura Nadira en haussant un sourcil facétieux.

Ignorant la question, je songeai un instant à me jeter dans le vide par la trappe.

– J'ai eu l'idée de passer vous dire bonjour, me lança Kate depuis l'échelle. J'ai l'impression que nous ne nous sommes pas vus depuis des lustres !

Sa tête apparut au bord de la plate-forme. Ses yeux allèrent de moi à Nadira, et elle sourit :

– Oh, bonjour ! Vous êtes venue aussi admirer le lever du soleil ?

– Nadira ne pouvait pas dormir, expliquai-je.

Essoufflée par l'effort, Kate avait les joues en feu. Elle me tendit la main, et je l'aidai à se hisser sur la plate-forme.

– C'est plus spacieux qu'on ne l'imagine, ici, observa-t-elle.

En réalité, il y avait à peine assez de place pour deux. Tenir à trois relevait de la gageure. Nous étions serrés, épaule contre épaule. Malgré la température polaire du dehors, je commençais à transpirer. Kate se taisait, reprenant son souffle.

– Le lever de soleil, dit Nadira, vous l'avez raté.

– Ah oui ? Quel dommage ! J'ai la fâcheuse habitude de me réveiller tard. Matt pourrait vous en parler. Vous vous souvenez de notre tentative d'évasion au village des pirates ?

La gorge nouée, la bouche sèche, je m'obligeai à rire tandis que Kate poursuivait :

– Ce devait être spectaculaire, ici. Le spectacle de l'aube, j'entends.

– Merveilleux, répondit Nadira.

– Je me réjouis que nous ayons eu la même idée, reprit Kate. Comme c'est amusant ! Et quelle vue ! Je comprends que vous nous évitiez, Matt.

– Je ne vous évite pas. Je suis occupé. Et, si cela ne vous ennuie pas, toutes les deux, il vaudrait mieux que vous redescendiez.

– Mais je viens juste d'arriver ! protesta Kate.

– Si Slater découvre que j'ai de la compagnie, il sera furieux.

– Oh, Hal ne vous en voudra pas, déclara Kate d'un ton qui sous-entendait une grande familiarité entre eux. À vrai dire, j'espérais une petite conversation avec vous à propos des créatures flottantes que vous avez rencontrées. Je ne vous ai pratiquement pas revu depuis. Je veux un récit détaillé. J'ai même apporté un carnet.

– Voilà qui m'étonne !

Elle n'était donc montée que pour me soutirer des renseignements scientifiques ; une fois de plus, elle ne voyait que mon utilité.

– Je vous raconterai ça ce soir, quand j'aurai terminé mon service. Franchement, vous n'êtes pas raisonnables, mesdemoiselles. J'ai du mal à faire mon travail de guetteur avec autant de monde ici.

– Il est vrai que la vitre est un peu embuée.

Kate sortit son mouchoir, l'essuya et reprit :

– Là. C'est mieux, non ?

– Beaucoup. Je vous remercie.

– Puisque Matt n'apprécie pas notre présence dans le nid-de-pie..., dit Nadira.

– La compagnie de deux jeunes filles vous trouble, monsieur Cruse ?

– J'en suis tout chamboulé.

– Laissons-le, Nadira. Venez.

– Bonne idée. Allons déjeuner.

Je les regardai descendre, l'une derrière l'autre ; elles bavardaient aimablement tandis que je restais seul, en proie à la plus vive confusion.

– ... Et des tentacules d'au moins dix pieds de long, pérorait Hal à mon arrivée.

Mon quart de l'après-midi terminé, j'étais venu au salon dans l'intention de manger un morceau. J'y trouvai Hal et Kate, assis côte à côte sur le canapé. Hal avait sur les genoux l'un des grands cahiers d'esquisses de Kate, sur lequel il dessinait la créature aérienne qui avait tué Dalkey. Installées près de la cheminée avec ses bûches électriques, Miss Simpkins et Nadira étaient occupées, l'une à coudre, l'autre à lire.

– Vous avez un fameux coup de crayon, remarqua Kate. Que de talents en un seul homme !

Puis elle m'aperçut et ajouta :

– Ah, bonjour, Matt ! Hal me parlait de cet être fascinant.

Et elle reporta aussitôt son attention sur lui :

– Combien de tentacules avait-il exactement ?

– Huit, je crois. C'est cela, non, Cruse ?

– Je n'en sais trop rien. Pas facile de les compter quand ils s'agitent au-dessus de votre tête.

– Et que des étincelles jaillissent de leur extrémité ! renchérit Hal.

– Tous ne sont pas porteurs de courant, observai-je. Dalkey a d'abord été frappé au visage sans pour autant être électrocuté.

– Hmm, fit Kate, qui n'avait pas l'air très impressionnée.

Elle s'intéressa de nouveau au dessin de Hal :

– Oh, c'est merveilleux ! Grand merci ! Et maintenant décrivez-moi cette structure en forme de ballon qui compose la partie supérieure de l'animal.

Tout en l'écoutant, elle prenait des notes sur son carnet. Je dois avouer que Slater était bon conteur et qu'il avait l'œil pour les détails. Pourtant, il avait à peine entrevu ces bêtes que j'avais eu le temps d'observer. Suspendue à ses lèvres, Kate se concentrait, l'interrompait pour lui demander des précisions. Quand nous avions trouvé le squelette de l'oiseau-chat, nous discutions ainsi, elle et moi. Je me sentais détrôné.

– Vous aviez déjà vu des créatures de ce genre, Hal ? s'enquit-elle.

– Jamais.

Kate sourit :

— C'est une découverte extraordinaire, vous savez. Quelle curieuse bestiole ! Elle rassemble les caractéristiques de divers animaux aquatiques. Le calmar, la méduse et l'anguille électrique d'Amérique du Sud. Pourtant, elle vit dans l'air, et non dans l'eau. Imaginez, elle vole !

— En tout cas, elle flotte. Je suppose qu'elle se laisse porter par le vent. Elle paraissait assez légère.

— Non. Elle contient de l'hydrium, affirmai-je.

— Pardon ? dit Kate en relevant les yeux de son carnet.

— De l'hydrium. Il y en avait une juste au-dessus de moi, et...

— Vous n'exagérez pas un peu, Cruse ? On extrait l'hydrium du sous-sol, et vous prétendez que cette bête produit son propre gaz porteur ?

— Elle sentait la mangue.

Comme s'il était trop poli pour souligner l'absurdité de la chose, il pinça les lèvres, se tourna vers Kate, et entreprit de lui expliquer comment la créature se déplaçait en contractant et dilatant la membrane de son manteau. Kate hochait la tête, notait.

— N'oubliez pas de mentionner le bec, lançai-je.

Kate m'ignora et demanda à Hal :

— Parce qu'elle avait un bec ?

— Absolument, répondit-il. Un bec acéré, comme le calmar.

S'il le savait, c'est parce que je le lui avais dit.

Contrairement à moi, il ne s'était pas trouvé sous cette horrible gueule prête à le mettre en pièces. Je voyais bien cependant que c'était son heure de gloire, et je n'avais pas envie de rester avec eux pour tenter de lui voler la vedette. Je me rendis à la cuisine, demandai un en-cas à Mme Ram ; puis, avec mon assiette, j'allai m'installer à la grande table pour manger, seul dans mon coin, malheureux comme les pierres. Dans le salon voisin, ils discutaient toujours avec animation.

— Il faut lui donner un nom, dit Kate.

— Naturellement, répondit Hal. Je vous en laisse l'honneur.

— Cet honneur vous revient de droit puisque vous êtes le premier à l'avoir repérée.

— J'insiste.

— C'est très galant à vous. Merci.

Elle réfléchit un moment.

— J'y suis. Ouranozoaire. Animal du ciel.

— Bravo !

Je regrettais de ne pas m'être esquivé pour de bon. À l'évidence, pendant ces deux jours où j'avais travaillé dur sur l'aérostat d'Hal, Kate et lui avaient passé beaucoup de temps ensemble. Chaque regard qu'elle posait sur lui, chaque parole aimable m'étaient un poison. C'était plus que je n'en pouvais supporter.

Quittant le salon, Nadira vint à ma table et s'assit face à moi :

— Je ne vous ennuie pas ?

– Bien sûr que non, dis-je, la bouche soudain sèche.

C'étaient les premières paroles que nous échangions depuis l'incident du nid-de-pie. En effet, pour alléger mes remords, je préférais voir ce baiser comme un simple incident.

Elle se pencha, baissa la voix :

– Je me demandais si vous auriez toujours envie de faire des maths avec moi.

Je souris en voyant qu'elle avait discrètement apporté un de mes manuels dans la salle à manger.

– C'est vraiment gentil. Vous êtes sûre ?

De l'index, elle tapota la couverture du livre :

– J'ai regardé ça, et retrouvé l'endroit où vous en étiez.

– Une horreur.

– Épouvantable. Mais je crois avoir compris.

– Vrai ?

– Cela m'a pris deux bonnes heures. Une occupation comme une autre... Il n'y a pas grand-chose à faire ici.

Après avoir rapporté mon assiette et mes couverts à la cuisine, je remerciai Mme Ram et revins m'asseoir près de Nadira. De ma place, je ne voyais plus Hal et Kate. Une excellente chose. J'en avais assez, de leurs bavardages, et je ne tenais pas à ce qu'ils s'aperçoivent que j'avais besoin d'aide pour mes études. En revanche, Miss Simpkins avait vue sur nous depuis son fauteuil, et elle levait de temps en temps les yeux de son ouvrage pour nous épier. Elle irait sans doute raconter à Kate que je lui préférais maintenant la compagnie d'une Gitane.

Nadira rapprocha sa chaise, et nous nous penchâmes sur le manuel. Nos visages se touchaient presque. Elle sentait bon. Je dus faire un effort pour me concentrer sur la page.

Elle n'avait pas menti en affirmant qu'elle était bonne en maths. Elle était également bon professeur, patiente, claire dans ses explications. J'avais l'impression qu'elle me racontait des histoires avec les nombres, qu'il y avait un début, un milieu et une fin, comme dans un récit. Enfin, tout prenait sens.

– Mon professeur n'explique pas aussi bien, dis-je avec gratitude.

Elle haussa les épaules, mais son plaisir sautait aux yeux :

– On recommencera quand vous voudrez.

Toujours penchés sur le livre, nous nous regardâmes un moment en silence. J'éprouvais une folle envie de la toucher. Pour ne pas succomber à la tentation, je me grattai la joue, me calai contre le dossier de mon siège tout en cherchant un moyen de relancer la conversation.

– Vous avez sans doute des projets pour plus tard, dis-je, quand nous serons de retour à terre.

Elle baissa les yeux vers la table :

– Je ne sais pas. Tout s'est passé si vite – mon départ de chez moi, l'enquête pour vous retrouver... Je n'ai pas de projet précis. J'ai épluché les journaux du salon, histoire de m'informer sur le monde, de voir comment m'y faire une place.

– Quoi que vous entrepreniez, je suis certain que vous réussirez.

Elle sourit de nouveau, sans pourtant parvenir à cacher sa panique. Jamais encore je n'avais lu la peur dans son regard. On n'imagine pas qu'une jeune fille capable de sauter d'un toit à l'autre en évitant les balles puisse avoir peur. Si son foyer et sa famille n'étaient pas des meilleurs, elle n'avait rien connu d'autre et, laissant derrière elle cette sécurité, elle s'était lancée dans une aventure à haut risque. Dans cette situation, n'importe qui s'affolerait et se sentirait seul. J'aurais aimé la rassurer, je cherchais les mots pour le faire quand Hal apparut sous l'arche de communication entre les deux pièces.

– Cruse, venez nous rejoindre. Je ne vous ai pas ménagé aujourd'hui, vous avez trimé comme un esclave. Prenez un peu de repos !

Impossible de refuser ; je passerais pour un goujat, j'aurais l'air de bouder. Je regagnai donc le salon en compagnie de Nadira. Sitôt installé, je m'adressai au chaperon :

– Comment vous sentez-vous, Miss Simpkins ?

– Je tombe en loques, gémit-elle. Je pèle, c'est affreux. Ma peau se déshydrate, avec cet air sec !

D'heure en heure, l'air se raréfiait et devenait plus froid. À ma dernière vérification, la température extérieure était tombée à moins vingt-trois. Le froid polaire engendrait une sécheresse digne des déserts.

– À quoi servent toutes ces crèmes que je vous entends appliquer pendant la nuit ? s'enquit Kate en imitant le bruit d'un pot dont on dévisse le couvercle.

– Seulement quand je me réveille ! se défendit Miss Simpkins.

– À vous tartiner de la sorte, vous devriez être aussi molle et lisse qu'une limace.

– Mes provisions s'épuisent, geignit encore Miss Simpkins. Regardez mes pauvres mains !

Docile, Kate se leva pour les examiner.

– Mince alors ! C'est vrai qu'elles semblent momifiées, déclara-t-elle avec sérieux.

Vexée, Miss Simpkins retira ses mains.

Après ses jérémiades, je m'abstins de remarquer que la sécheresse n'était pas sans effet sur moi. Mes pouces gercés étaient couverts de petites entailles douloureuses. Les yeux me brûlaient, et les coudes me grattaient, surtout la nuit.

– Il fait un froid d'enfer à cette altitude, Miss Simpkins, et je crains que ce soit sans remède, déclara Hal. Il faut boire beaucoup d'eau, et surtout marcher. Le manque d'oxygène rend amorphe, rien de plus normal. On en souffre moins et on s'acclimate mieux si on reste actif.

– J'arrive à peine à traverser la pièce sans souffler comme un phoque, se lamenta Miss Simpkins.

– Veillez à marcher deux fois par jour pendant au moins vingt minutes, davantage si vous le pouvez. Ne laissez pas vos forces s'amoindrir. Au cours de ce voyage, le ciel lui-même sera notre adversaire le plus redoutable.

Miss Simpkins était affectée d'une toux sèche. Kate et Nadira se plaignaient parfois de maux de tête. C'en était fini des soirées dansantes. La veille, nous avions franchi le palier des quatorze mille pieds. Au moment où je prenais mon service, mon cœur battait plus vite et plus fort que d'ordinaire ; le seul fait de grimper l'échelle jusqu'au nid-de-pie m'avait mis hors d'haleine. J'avais eu de légers étourdissements pendant la journée et passé une mauvaise nuit. Fort heureusement, à mon réveil ce matin, tout était rentré dans l'ordre. Mon corps s'était accoutumé à notre nouvelle altitude.

— Vous ne souffrez pas du manque d'oxygène, Hal ? s'enquit Kate.

Il balaya la question d'un geste de la main :

— Je suis habitué. J'aurais dû naître sherpa. Deux mille pieds ou vingt mille, pour moi, c'est la même chose.

Et, comme pour le prouver, il ajouta :

— D'ailleurs, j'ai envie d'un cigare.

— Oh, vous y tenez vraiment ? minauda Miss Simpkins en toussotant.

— J'ai bien peur que oui. Un cigare, Cruse ?

— Ce n'est pas de refus, merci.

— Matt, voyons ! Vous ne fumez pas ! se récria Kate.

— C'est que vous ne m'avez jamais vu fumer, répliquai-je avec un clin d'œil que j'espérais canaille.

Hal coupa le bout d'un cigare, qu'il me tendit.

— Voilà, mon brave.

Depuis qu'il m'employait comme membre d'équipage, il ne m'appelait plus « mon garçon » ou « gamin ». De mon côté, je l'appelais « Hal » sans y avoir été invité. Je n'allais pas lui donner du « Monsieur » comme un élève à son maître alors que Kate le traitait en égal.

Je pense qu'il était satisfait de mon travail. Dorje m'avait confié que mes efforts pour secourir Kami Sherpa sur le dos de l'aérostat l'avaient impressionné. Naturellement, Hal s'était bien gardé de me le dire. Je n'avais eu droit qu'à une bourrade, accompagnée d'un : « Bon boulot, Cruse. »

Le bonhomme m'horripilait parfois, mais force m'était de reconnaître qu'il était un excellent capitaine et savait tenir ses hommes, avec autant de panache que de bonne humeur, comme si tout cela n'était qu'un jeu. J'avoue que j'avais de la sympathie pour lui. Tout en le détestant, car son estime pour moi ne l'empêchait pas de flirter avec Kate.

Pour me donner le temps de voir Hal allumer le sien, je roulai le cigare entre mes doigt, le reniflai en connaisseur ; enfin, je l'allumai et m'abandonnai contre le dossier de mon fauteuil avec un soupir d'aise. Je ne vous cache pas que Kate avait raison : si j'avais un jour fumé une cigarette et trouvé cela infect, je n'avais jamais goûté au cigare, qui se révéla pire encore. Dès la première bouffée, j'eus l'impression qu'une mouffette m'avait aspergé la langue et le palais ; à la troisième, la mouffette s'était installée dans ma bouche avec tous ses amis pour y passer la nuit. Combien de temps allais-je devoir tenir ainsi ? J'appréciais cependant le geste, le contact du cigare entre mes doigts, et je me demandais si cela me donnait l'allure d'un homme du monde.

— Mesdames ? proposa Hal, facétieux, en leur tendant **la boîte.**

À ma grande surprise, Nadira se leva. Elle accepta le briquet que lui offrait Hall, fit jaillir la flamme et alluma le cigare. Miss Simpkins la dévisageait, horrifiée. Hal et moi la regardions avec fascination. Pensive, Nadira tira quelques bouffées, puis elle souffla une série de ronds de fumée parfaits.

— Je crois que je vais vomir, murmura Miss Simpkins.

— Vous fumez depuis longtemps ? demanda Kate, curieuse.

— Mmm..., fit Nadira.

— C'est... une tradition ? insista Kate.

— Vous voulez dire, un truc gitan ? Non. C'est que les hommes ont l'air d'y prendre tant de plaisir que je trouve dommage de rater ça. Vous voulez essayer ?

— D'accord, répondit Kate, presque sans hésiter.

— Pas question ! protesta Miss Simpkins. Que dira votre mère ?

— Rien, si personne ne moucharde.

Kate prit le cigare de Nadira, tira une bouffée, puis elle grimaça et déclara :

— Finalement, ce n'est pas déplaisant.

— Menteuse ! souffla Nadira.

— Le goût est intéressant, poursuivit Kate, qui aspira bravement une seconde bouffée.

— Rendez-le-moi avant d'être malade, dit Nadira, et Kate lui tendit le cigare.

— Dieu, que c'est amusant ! commenta Hal.

Kate avait viré au vert pomme.

— Excusez-moi, bredouilla-t-elle en se levant brusquement.

Tandis qu'elle sortait, je me levai pour l'accompagner. Miss Simpkins me retint :

— Ne bougez pas, je m'occupe d'elle. A-t-on idée d'être aussi sotte !

Alors qu'elle se précipitait derrière Kate, Hal se tourna vers Nadira et moi.

— Il vaut mieux laisser les cigares à des vagabonds comme nous, pas vrai ? commenta-t-il avec un clin d'œil complice.

Confortablement installés dans nos fauteuils après une rude journée de travail, nous aurions soudain pu passer pour des égaux. Hal souffla la fumée et se mit à chanter :

> *Ohé, garçon, prends la barre,*
> *Loin de la terre et des soucis.*
> *Le vent te raconte l'histoire*
> *De ces marins couverts de gloire*
> *Et dans le ciel tu le suis.*

Il me regardait, semblait attendre quelque chose. Je connaissais ce chant des marins du ciel et m'empressai d'entonner le deuxième couplet, trop heureux d'avoir trouvé une excuse pour ne plus fumer.

Vers les rives lointaines
Que tu rêves tant d'explorer
Et qui sont déjà ton domaine,
Va tout droit sans fuir la peine
Et sois fier de naviguer [1].

Hal hocha la tête avec approbation, et, tandis qu'en chœur nous attaquions le troisième couplet, Nadira se joignit à nous. Hal se mit à taper du pied. Nadira et moi frappions en rythme dans nos mains. Nous étions des aventuriers, nous prenions des risques, enfreignions les règles, triomphions des obstacles jetés sur notre chemin par la bonne société. Ce matin, Nadira m'avait embrassé. Et je l'avais embrassée en retour. L'avais-je rêvé ?

Chantant toujours à pleine voix, Hal se leva, alla au bar et remplit trois verres de porto. Il les rapportait quand Jangbu Sherpa entra au salon.

— Un problème ? lui cria Hal pour se faire entendre par-dessus notre tapage.

— Nous recevons un signal bizarre, répondit Jangbu.

— Appel de détresse ?

Nadira et moi cessâmes de chanter.

---

1. Légère adaptation de « Garçon, prends la barre » — comme l'original adapte un chant de marin traditionnel anglais.

— Non. Ce n'est pas la bonne fréquence. Ce truc est à la limite de la bande passante. Nous sommes tombés dessus par hasard. Il n'y a pas de message. Juste une impulsion répétée toutes les deux secondes.

Tranquille comme Baptiste, Hal tira sur son cigare :

— À votre avis, Cruse ?

— Ce n'est pas un appel de détresse. On dirait plutôt une radiobalise.

— Probablement un écho qui nous parvient d'en bas, de quelque part en Australie.

— Le signal est trop fort pour ça, objecta Jangbu.

— D'un autre vaisseau, alors.

— De *notre* vaisseau, dit Jangbu.

Hal se taisait.

— Il n'y a pas d'autre aérostat en vue, poursuivit Jangbu. Le signal est très fort. Il ne peut venir que de chez nous.

Pendant quelques instants, Hal demeura immobile, les traits figés en un masque. Enfin, il écrasa posément son cigare, se tourna vers Nadira et dit avec un calme redoutable :

— Où est l'émetteur ?

Elle parut surprise :

— Quel émetteur ? Je ne comprends pas.

— Où est-il ? rugit Hal.

Avec un temps de retard, je compris son raisonnement :

— Vous croyez que c'est elle ? Qu'elle l'a apporté à bord ?

– Évidemment. Pour que John Rath nous suive.

– Ce n'est pas vrai ! s'écria Nadira.

– Jamais je n'aurais dû vous laisser embarquer ! Dites-moi où vous l'avez caché.

Terrorisée, Nadira écarquillait les yeux :

– Mais je ne sais rien ! Ce n'est pas moi, je vous le jure !

– Sale Gitane menteuse !

Il lui agrippa le bras sans ménagement.

– Hal, je vous en prie ! m'exclamai-je en me levant. Rien ne prouve qu'elle soit coupable !

– Allons donc ! Elle est de mèche avec ces filous.

Il entraîna Nadira vers la porte :

– Vous allez venir avec moi. Et, si vous ne nous dites pas où est l'émetteur, nous fouillerons votre cabine et tous vos bagages.

– Ce n'est pas juste, Hal ! protestai-je.

– Du balai ! aboya-t-il en m'écartant de son chemin, et en tirant Nadira derrière lui.

Je restai seul au salon, tétanisé. Hal pouvait avoir raison, j'en étais conscient. D'instinct, j'avais fait confiance à Nadira, dont, en réalité, nous ne savions pas grand-chose. À l'évidence, elle avait ses secrets, noirs pour certains, peut-être. Mais de là à être en cheville avec des pirates ? Cela semblait excessif, et par trop malfaisant. Restait une question : qui d'autre avait pu apporter une radiobalise sur le *Sagarmatha* ?

Ils avaient fouillé ma chambre.

À Paris, depuis la cour de l'Académie, j'avais bien aperçu un mouvement à ma fenêtre ! Je n'avais pas rêvé.

Je fonçai jusqu'à ma cabine. Là, je sortis mon sac de dessous le lit, l'ouvris et en renversai le contenu sur le sol avant d'inspecter chaque objet, chaque vêtement, feuilletant les livres, tâtant les poches. Rien.

Par acquit de conscience, je regardai au fond du sac. Il était vide.

Curieusement, pourtant, je le trouvais lourd. Je me souvins que son poids m'avait frappé quand je l'avais hissé sur mon dos avant de quitter Paris. La mort dans l'âme, j'ouvris mon canif et entaillai le fond capitonné du sac. En glissant la main entre les couches de tissu, je sentis un mince losange de métal, que je parvins à extraire. Malgré sa petite taille, il n'était pas léger. D'un coin sortait une longue antenne flexible, dont le reste était encore enfoui. Je tirai dessus, et je tirai encore. Il y en avait une fameuse longueur, qu'on avait ingénieusement glissée dans la doublure, ce qui transformait mon sac en émetteur géant, donnait à l'infernal signal suffisamment de puissance pour parcourir des miles et des miles à travers le ciel. Incapable de dégager le bout de l'antenne pris dans les fibres, j'y renonçai et, laissant tout en plan, je sprintai le long du couloir.

Quand je fis irruption dans la cabine de Nadira, Hal et Jangbu farfouillaient dans ses affaires.

— Et ça, hein ? Qu'est-ce que c'est ? gronda Hal en brandissant un mince étui d'argent.

– Rendez-le-moi ! C'est personnel !

– C'est ça, oui !

– Hal, attendez ! m'écriai-je.

Il ouvrit l'étui – un cadre articulé qui contenait la photo d'un homme et d'une femme en tenue de mariage.

– Je l'ai trouvé, Hal. L'émetteur. Il était dans mon sac.

– Vous en êtes sûr ?

Nadira tenta de reprendre son étui à Hal. Dans sa hâte, elle le fit tomber, et je me baissai pour le ramasser. Mes yeux se posèrent de nouveau sur la photo. La femme était à l'évidence la mère de Nadira. Et, avant qu'on m'arrache l'objet des mains, j'eus tout juste le temps de reconnaître l'homme. Le père de Nadira.

C'était Vikram Szpirglas.

11

Le bas du monde

— Vous n'allez tout de même pas l'enfermer ! m'indignai-je.

— Je ne veux pas qu'elle fouine sur mon vaisseau, répliqua Hal. Elle pourrait se rendre dans la salle de radio en catimini et transmettre notre position. Elle pourrait dérégler les moteurs. Elle ne bouge plus d'ici jusqu'à notre retour à Paris.

— Et toc ! renchérit Miss Simpkins.

Nous étions de nouveau au salon, sans Nadira. Plus pâle que d'ordinaire, Kate n'avait cependant plus le teint verdâtre. Installé à la table, Jangbu Sherpa s'escrimait sur la balise avec ses outils pour tenter de l'ouvrir. L'enveloppe de laiton ne comportait ni vis, ni charnière, ni fente d'aucune sorte.

– L'émetteur était dans mon sac, pas dans le sien, insistai-je. Preuve qu'elle ne travaille pas pour Rath, sinon elle l'aurait porté sur elle.

– Elle n'est peut-être pas de mèche avec Rath, mais elle nous a déjà trompés, et je ne tiens pas à ce qu'elle recommence.

– Elle savait que, si elle mentionnait Szpirglas, vous ne l'accepteriez pas à bord.

– À juste titre ! Si cette clé lui vient de Szpirglas, d'autres en connaissent l'existence. Qui vous dit qu'elle n'a pas des alliés douteux ? Nous sommes à moins d'une journée de vol de l'*Hyperion*. Supposons que nous atteignions l'épave, et que Nadira ait une équipe de voyous sur place, prête à nous ravir le butin. Si ça se trouve, elle a déjà transmis les coordonnées à ses complices par radio.

– Vous la soupçonnez du pire, remarquai-je. Pourquoi elle, et pas nous ? Pourquoi ne pas m'enfermer, moi aussi ? Ce truc était dans mon sac, non ?

– J'y ai pensé.

– Pour plus de sûreté, ajoutai-je, vous devriez boucler Kate et Miss Simpkins. Rien ne prouve que nous ne soyons pas tous dans la combine.

– Je proteste ! s'écria le chaperon.

– Ce ne serait que justice, répliquai-je.

– Que d'éloquence pour sa défense ! observa Kate en m'adressant un regard appuyé.

Mon cœur se serra. Parmi toutes les personnes présentes, j'espérais qu'elle au moins me soutiendrait, car elle n'avait pas de préjugés contre les Gitans. Quel jeu jouait-elle maintenant ? Je ne la comprenais plus.

— N'oublions pas que Nadira est la fille d'un pirate notoire, reprit Miss Simpkins.

— Et alors ? Je ne vois pas le rapport.

— Allons, Cruse, ne soyez pas naïf ! intervint Hal.

— Cela atteste un très mauvais lignage, expliqua Miss Simpkins, pincée.

— Nous ne sommes ni des chiens ni des chevaux ! m'emportai-je. Personne ne choisit ses parents. Ce qui compte, c'est ce que nous faisons de notre vie.

Hal demeurait de marbre. Je jetai un regard en direction de Kate, qui se détourna. J'eus l'impression de prendre une gifle.

— C'est une fille de pirate, déclara Hal. Elle a eu tout le temps de subir des influences pernicieuses, d'être corrompue et embrigadée dans des entreprises louches.

— Nous n'avons aucune preuve qu'elle cherche à nous nuire, persistai-je.

— Matt a raison, dit Kate.

Débordant de gratitude, je levai les yeux sur elle, pour constater que toute son attention se concentrait sur Hal.

— Je crois qu'elle veut sa part du butin, poursuivit Kate, qu'elle veut se refaire une vie avec. J'ai de la sympathie pour elle.

— Vraiment ? fis-je, surpris.

— Oui, beaucoup. Elle est très courageuse.

— Vous avez tué son père, reprit Hal à mon intention. À votre place, je surveillerais mes arrières. Elle n'attend peut-être qu'une occasion de vous planter un poignard dans le dos.

Nadira était venue me voir dans le nid-de-pie ce matin. Elle aurait pu me tuer si elle l'avait voulu. Je ne me méfiais pas. Au lieu de cela, elle m'avait embrassé. La fille de l'homme qui avait tenté de me liquider. Je réfléchis un moment à cela pour bien appréhender la chose. J'avais embrassé la fille de Vikram Szpirglas.

— Je ne pense pas qu'elle veuille ma peau, dis-je.

— J'en doute aussi, admit Kate.

Je me souvins alors des nombreuses questions de Nadira sur mon prétendu duel final avec Szpirglas. Elle m'avait interrogé sur chaque détail, chaque coup frappé, chaque parade. Peut-être que sa colère envers moi s'était évaporée quand j'avais avoué qu'il n'était pas mort de ma main.

À cet instant, il y eut un craquement retentissant : Jangbu venait d'ouvrir le boîtier de laiton en deux. Dedans, il y avait le plus petit émetteur que j'eusse jamais vu. Un objet ingénieux dont les composantes minuscules s'encastraient les unes dans les autres sans que la moindre place soit perdue.

— Je coupe le jus ? s'enquit Jangbu en pointant son burin sur la batterie.

— Non. Pas encore, répondit Hal.

Il plissa le front, pensif, puis ajouta après une pause :

— Nous allons changer de cap. Pas trop, afin de ne pas éveiller les soupçons. Il n'y a pas de lune ce soir. Nous éteindrons nos feux de vol au cas où ils seraient plus près de nous que je ne pense. Et, là, nous ferons taire la balise. Sans le signal, ils perdront notre trace. Nous reprendrons ensuite notre cap d'origine, et nous serons débarrassés d'eux. Allez prévenir Dorje, je vous prie.

Quand Jangbu eut quitté la pièce, Hal jeta un regard de dégoût sur l'émetteur et l'énorme sac de nœuds de son antenne.

— Voilà un joujou coûteux, remarqua-t-il. Je me demande quels gadgets futés de ce genre ils ont encore. S'ils nous suivent depuis Paris, ils ont un dirigeable rapide. Et — pourquoi pas ? — prévu pour les hautes altitudes. Ces types ont de l'argent. J'aimerais savoir d'où ils le tiennent.

— Et le vieux monsieur très bien à qui Rath parlait à l'héliodrome ?

Quelques jours plus tôt, j'avais montré à Hal la photo de George Barton dans le journal. Comme Kate, cela ne l'avait pas convaincu. Tous deux se refusaient à admettre que Rath puisse traiter avec le Consortium Aruba.

— Vous m'avez dit que Nadira n'était pas certaine de le reconnaître.

— Non, mais les gens d'Aruba ont de quoi équiper Rath, lui fournir des vaisseaux, des gadgets dernier cri.

Hal réfléchit, puis il fit non de la tête :

— Je ne vois pas le Consortium engager des pirates

pour une chasse au trésor. Ils ont suffisamment d'or liquide sous terre pour s'en contenter.

Sur ce, il se leva pour partir.

– Et Nadira ? Il faut que vous la libériez, dis-je.

– C'est par trop injuste, insista Kate.

Hal hésita un instant :

– Bon, d'accord. Je vous charge de la tenir à l'œil. Et faites bien attention, Cruse. À ce que je connais d'eux, les Gitans sont passionnés et avides de vengeance. Sachez que, si elle vous tue, je récupère votre part du butin.

Hal se rendit au poste de commandement pour veiller à notre changement de cap. En chemin, il dut déverrouiller la cabine de Nadira, car elle nous rejoignit au salon quelques minutes plus tard.

Kate la salua joyeusement, comme s'il ne s'était rien passé. Nadira alla jusqu'au bar, prit le verre de porto qu'Hal lui avait versé un peu plus tôt et le vida d'un trait. Nous l'observions en silence, y compris Miss Simpkins, qui faisait semblant de lire et l'épiait par-dessus son roman.

– Bande de chiens galeux ! lança la Gitane. Pas de salades avec moi, ou je vous fais sauter le caisson avec mon flingue.

Personne ne pipait mot. Puis Nadira sourit, et j'éclatai de rire, imité par Kate.

– Quelle vulgarité ! marmonna Miss Simpkins avant de reprendre sa lecture.

— Je vous conseille de vous y habituer. Puisque je suis la fille de Szpirglas, dorénavant, je parle comme ça.

— Les jurons vont pleuvoir, dis-je.

— Il jurait beaucoup ? s'enquit-elle.

— Non. Pas vraiment.

Elle hocha la tête :

— Si j'ai bien compris, c'est à vous deux que je dois ma libération.

— Surtout à Kate. Elle s'est lancée dans une tirade bouleversante. Hal en était ému aux larmes.

Nadira haussa un sourcil ironique.

— Il m'a dit qu'il me jetterait par-dessus bord s'il me surprenait à fureter.

— Bah. Il est un peu tendu...

Elle émit un reniflement de dérision et s'assit. J'avais beau l'examiner, chercher des ressemblances avec Szpirglas, je n'en voyais aucune. La forme de ses yeux, de ses lèvres, de ses mains n'avait rien de commun avec lui. Pourtant, il était son père ; ma tête me serinait son nom, je sentais le poids de sa présence fantôme.

— Je suis désolé pour votre père, murmurai-je.

— Ce n'est pas votre faute. Il a choisi une très mauvaise vie.

— C'est le moins qu'on puisse dire, grommela Miss Simpkins de derrière son roman.

Dans l'espoir de réconforter Nadira, je repris :

— Je ne pense pas qu'il ait eu l'intention de devenir assassin. C'était un voleur. Il tuait ceux qui se mettaient en travers de son chemin – par nécessité, et non par plaisir, à ce qu'il m'a confié.

– Après quoi, il a essayé de vous trucider.

– Eh bien... oui.

– Au temps pour les belles paroles, remarqua Nadira.

– Il y avait sans doute du bon en lui, comme en chacun de nous, dit Kate avec gentillesse.

– Absolument, renchéris-je.

Des images me revinrent – de Szpirglas prenant son fils dans ses bras ou lui racontant des histoires. Malgré l'envie que j'en avais, je ne pouvais en parler à Nadira, par crainte de lui faire encore de la peine. Elle ignorait probablement que son père avait eu d'autres femmes, d'autres enfants.

– Il n'était pas mauvais père, déclara-t-elle au bout d'un moment. Du moins, quand il était là.

– À ce que vous m'avez dit, il vous a appris à compter.

– Et à lire. La famille de ma mère n'en était pas capable et n'en voyait pas l'intérêt. Pour lui, en revanche, c'était important. Il affirmait que les livres contenaient tout un monde. Un monde qu'il m'a ouvert, ce dont je lui suis reconnaissante.

– Après son départ, il est revenu vous rendre visite de temps en temps ? s'enquit Kate.

– Jamais. La famille de ma mère l'aurait lynché s'il s'était avisé de le faire. Je pense qu'il est parti à cause d'eux, qu'ils l'ont plus ou moins chassé. Ils ne sont pas très accueillants...

– Le lynchage est un argument très dissuasif.

Cette remarque valut à Kate un sourire de Nadira.

– Ma mère prétend qu'il a eu d'autres épouses. Peut-être d'autres enfants.

Je m'abstins de commenter. Kate se taisait aussi.

Miss Simpkins leva le nez de son roman :

– En tout cas, il a un fils. Voyons, Kate, comment s'appelait ce garçon ? Vous savez bien !

Kate foudroya son chaperon du regard.

– Theodore, murmura-t-elle.

– Où cela ? demanda Nadira après un silence.

– Dans le Pacifique. Sur l'île qui leur servait de repaire, expliquai-je. L'enfant est aujourd'hui dans un orphelinat. La police du ciel a refusé de me donner l'adresse.

– Quel âge avait-il ?

– Il doit avoir six ans maintenant.

Elle hocha la tête. Ses traits ne trahissaient pas la moindre émotion.

– Je parie que ce n'est pas votre seul demi-frère, ironisa Miss Simpkins.

Nadira ne releva pas :

– Et la mère de l'enfant ?

– Selon Szpirglas, elle serait morte, dis-je.

– Femme de forban ne vit pas longtemps, marmonna Miss Simpkins.

Sa rime à deux sous la fit rire, et son rire se mua en une quinte de toux.

— Marjorie, je n'aime pas vous entendre tousser de la sorte. Vous devriez vous mettre au lit et dormir le plus longtemps possible.

— C'est vrai. Je me sens bien fatiguée. L'air raréfié ne me réussit pas.

— Eh bien, allez vous reposer. Je promets de ne pas vous réveiller quand je vous rejoindrai.

— Bon. Ne veillez pas trop tard.

Nous regardâmes Miss Simpkins sortir, et, lorsqu'elle eut quitté la pièce, je félicitai Kate :

— C'était finement joué.

— Cette femme est un phénomène, n'est-ce pas ? Un jour, elle aura sa statue de cire au musée de Madame Tussaud.

— Dans la chambre des horreurs, enchaînai-je.

Kate éclata de rire. Je lui souris, réalisant à quel point elle m'avait manqué. Un sourire naquit sur ses lèvres, s'effaça aussitôt, et ses yeux perdirent leur chaleur. À peine renoué, le lien fragile s'était rompu.

Nous discutâmes un moment tous les trois, mais le cœur n'y était pas, nous étions mal à l'aise. Je sentis le *Saga* changer de direction ; Hal venait d'effectuer sa manœuvre rusée pour semer nos poursuivants. Bientôt, nous commençâmes à bâiller et à nous dire qu'il serait temps de se coucher.

Chacun se dirigea vers sa cabine. Pendant quelques instants, je restai seul avec Kate dans le couloir. Elle me battait froid. Je cherchais des paroles propres à briser la glace. Peut-être m'en voulait-elle d'être resté à l'écart avec Nadira ? Ou alors – j'en étais malade ! – elle avait surpris notre baiser dans le nid-de-pie... Tenté de lui faire des excuses, je n'osais pas mentionner l'incident au cas où elle n'aurait rien vu. Ce serait ouvrir la boîte de Pandore, m'exposer aux pires ennuis.

— Vous êtes fâchée contre moi ?

— Pourquoi diable serais-je fâchée ? répondit-elle en me dévisageant d'un drôle d'air.

Elle paraissait surprise. J'en conclus qu'elle ignorait tout du baiser. Kate n'aurait pas menti, elle était beaucoup trop directe pour cela. Au lieu d'en être soulagé, je n'en éprouvai que déception. Puisqu'elle n'était pas fâchée, il n'y avait qu'une explication possible à sa conduite.

Nous étions plantés là, face à face. Je brûlais de lui demander si elle me préférait Hal, chose que mon amour-propre ne me permettait pas. Je n'allais pas mendier le réconfort comme un gamin des rues réclame une pièce à une jolie femme riche !

— Ah, dis-je enfin. J'ai cru que je vous avais contrariée.

— Pas du tout.

— Du tout, du tout ? Pas même un tout petit peu ?

— Pas le moins du monde.

— C'est vrai ?

Elle me gratifia de son sourire le plus poli :

— Je suis épuisée. Bonne nuit.

— Bonne nuit, alors.

Une fois dans ma cabine, je me lavai le visage. Jamais conversation ne m'avait été plus pénible que celle-ci. Dans le miroir au-dessus du lavabo, j'examinai mon reflet. Quand me renverrait-il l'image d'un homme ?

Les lumières s'éteignirent brusquement. Hal avait plongé le *Sagarmatha* dans les ténèbres. Sous couvert de la nuit, il réduirait l'émetteur en miettes. Nos poursuivants perdraient le signal de la balise et n'auraient plus pour guide que notre sillage fantomatique.

Quelques minutes plus tard, alors que je me glissais sous les couvertures, j'entendis le bourdonnement des six puissants moteurs s'intensifier. Le *Saga* vira de nouveau. Hal remettait le cap dans la bonne direction.

J'aurais aimé connaître la mienne.

Le lendemain matin, Hal posta des vigies supplémentaires. À présent que nous approchions du point de rendez-vous, il ne tenait pas à passer près de l'*Hyperion* sans que nous le remarquions. Depuis le poste de pilotage, Hal et Dorje scrutaient le ciel droit devant eux. De nouveau sur pied, bien que ralenti dans ses mouvements, Kami faisait le guet sur le pont de tribord et moi, sur celui de bâbord. Le temps était idéal, le ciel clair et sans nuage. À vingt mille pieds d'altitude, nous voyions en bas les côtes blanches de l'Antarctique.

Pas trace du vaisseau de Rath, un soulagement pour moi. La feinte imaginée par Hal semblait avoir atteint le but visé et égaré nos poursuivants, qui voguaient maintenant dans une autre direction, à des centaines de miles de nous.

Hélas, il n'y avait pas le moindre signe de l'*Hyperion*, non plus.

À chaque minute, la tension s'accroissait dans le poste de commande. De plus en plus souvent, Hal décrochait le tube de communication pour demander un rapport à Ang Jeta, de quart dans le nid-de-pie. Et la même réponse tombait avec une régularité d'horloge : « Rien devant, rien derrière. »

Deux heures après avoir dépassé le point de rendez-vous présumé, Hal se tourna vers moi :

— Ces coordonnées que vous m'avez fournies, Cruse, vous en êtes sûr ?

— Jamais je n'oublierai ces chiffres.

— N'empêche que les chiffres vous posent des problèmes en classe, hein ?

— Ce n'est pas la même chose ! protestai-je, indigné.

— Alors, où est passé ce fichu dirigeable ?

Hal gardait les yeux fixés sur moi, ce qui n'avait rien d'agréable. Refusant de me laisser intimider, je soutins son regard.

— Mes calculs étaient peut-être erronés, suggéra Dorje.

— Allons donc ! Vous ne vous êtes pas trompé une seule fois de votre vie !

— J'aimerais tout de même vérifier. Maintenez le cap pour le moment.

Dorje gagna la salle de navigation. Je l'entendis sortir ses rouleaux, étaler ses cartes sur la table.

— Et si on nous avait coiffés au poteau ? lança Jangbu, au gouvernail.

— J'en doute, répliqua Hal. Il n'y a dans le monde qu'une poignée d'aérostats capables de voler à ces altitudes. Avant de partir, j'ai vérifié la position des autres brise-ciel. Ils sont tous en mission au long cours. Je les vois mal chercher l'*Hyperion* dans la foulée.

— Je croyais que votre vaisseau était le seul à pouvoir effectuer des tâches à de telles hauteurs, intervins-je. C'est ce que vous m'avez dit !

— Hmm. Petite exagération. Il y en a plusieurs.

— Combien ?

— Environ une douzaine. Un peu plus peut-être. Mais ils n'ont pas les coordonnées, n'est-ce pas ? Ces coordonnées d'une précision sidérante que vous nous avez fournies.

Hal nous garda à nos postes jusque tard dans l'après-midi. Quand Dorje ressortit enfin de la salle de navigation, tous les regards convergèrent sur lui.

— Je n'avais pas pris en compte certains facteurs tenant à notre proximité de l'Antarctique, déclara-t-il. L'air froid se déplace telle une avalanche dans cette région. Il faut de puissants moteurs pour traverser ces vents de face. Aucun aérostat à la dérive n'y parviendrait. L'*Hyperion* aura changé de cap. Orientez-nous est-nord-est, et nous devrions le retrouver.

Enfermé dans le nid-de-pie, les mains et les pieds engourdis par le froid, je sondais la vaste étendue de ciel nocturne. Il était trois heures et demie du matin. Avec les étoiles et un maigre premier quartier de lune pour seul éclairage, il serait presque impossible de repérer le vaisseau fantôme. Par chance, selon les estimations de Dorje, nous ne croiserions pas l'*Hyperion* avant midi au plus tôt. Ce qui expliquait sans doute que Hal m'ait confié ce quart. Pour lui, c'était ma faute si nous n'avions pas encore retrouvé l'épave.

Tout navire reflète l'état d'esprit du capitaine, et l'humeur orageuse de Hal pesait sur le *Sagarmatha*, à l'ambiance d'ordinaire si agréable. La déception le rendait mauvais.

Nous survolions l'extrémité du monde. Un peu plus tôt pendant mon quart, Hal m'avait appelé pour me prévenir qu'une tempête menaçait sur la dorsale antarctique. Je pensais qu'à cette altitude nous n'en serions pas affectés, et voilà que, soudain, des pans entiers de ciel parsemé d'étoiles disparaissaient à l'horizon. Le brouillard nous enveloppait rapidement, masse blanche rendue aveuglante par la lumière diffractée de nos feux de vol.

— Nid de pie au rapport, lançai-je dans l'embout.

— Je sais, répondit la voix de Hal. Quelques éclaboussures de la perturbation qui sévit en bas. Nous en serons sortis sous peu.

Le *Sagarmatha* frissonnait dans les turbulences. Au-delà du dôme d'observation, le ciel s'ouvrait et se refermait au gré des nuages. Tout à coup, ils se firent si denses que c'en fut fini des trouées de ciel piqué d'étoiles. Les feux du vaisseau palpitaient contre la blancheur au rythme de mon cœur.

— Nid de pie. Visibilité nulle. Je ne distingue que du blanc. On peut monter ?

— Inutile, répondit Hal. C'est l'affaire d'une minute ou deux.

La situation ne me disait rien qui vaille. Je sentis l'accélération – Hal voulait sans doute traverser au plus vite la zone aveugle. Je me surpris à compter les secondes. Il avait vu juste, cela ne dura pas. Bientôt, les nuages s'effilochèrent, et les trouées reparurent. Nuage blanc, ciel noir, nuage blanc, et nous franchîmes les derniers cirrus pour rejoindre l'espace ouvert.

À tribord, une muraille de ténèbres fonçait vers nous. Portant l'embout du tube à ma bouche, je hurlai :

— Vaisseau à trois heures ! Trajectoire de collision !

J'entendis à l'autre bout Hal aboyer ses ordres à l'équipage et regardai avec horreur l'énorme navire des airs qui venait nous emboutir. Sa noirceur menaçante engloutissait le ciel à mesure qu'il approchait. Je vis les plaques de glace qui luisaient sur ses flancs, soulignaient ses membrures, je vis sa peau grêlée. Nous lâchâmes du lest si vite qu'un cri s'échappa de ma gorge. Nos moteurs rugirent. Le nez du *Saga* se redressa brusquement tandis que nous virions à tribord. Déséquilibré, je perdis un instant l'autre vaisseau de vue, puis j'entendis une plainte sinistre, le gémissement des bassons de l'orchestre de Satan tandis qu'il passait au-dessous de nous.

Et ce fut le choc. Qui me projeta contre la trappe. Mon visage heurta le métal, la douleur m'aveugla. Le goût du sang emplit ma bouche. Je m'ébrouai mentalement, rassemblai mes esprits. Par la vitre du dôme, j'aperçus le dirigeable qui, poussé par le vent, filait en diagonale à travers le ciel.

Les échanges précipités du poste de pilotage me parvenaient par le tube.

— Nous avons perdu les moteurs deux et trois à bâbord !

— Le vaisseau les aura percutés au passage.

Voix de Hal :

— Jangbu, retournez voir l'étendue exacte des dégâts. Que tout le personnel disponible s'occupe de réparer. État des ballonnets ?

— Hermétiques. Aucune fuite.

— Gouvernail et volets de profondeur ? s'enquit Dorje.

— Apparemment indemnes.

— Dieu merci ! Braquez les projecteurs sur lui et manœuvrez de manière à le suivre. Cruse !

— Présent.

— Pas de casse là-haut ?

— Je ne crois pas.

— Et vous, ça va ?

– Oui.

J'inspectai de la langue ma bouche meurtrie. Je m'étais cassé une dent et mordu l'intérieur de la joue. Mon crâne était intact, en dehors d'une bosse près de la tempe. Bien fait pour moi. J'aurais dû voir arriver le navire. Quelle piètre vigie je faisais !

– J'aurais aimé être prévenu plus tôt, remarqua Hal.

Mortifié, je m'abstins de répondre.

– Nous étions dans les nuages, objecta Dorje.

– Les nuages ! Des plumets de cirrus, rien de plus.

Il est vrai qu'ils se dissipaient, mais les brèves trouées de ciel clair ne m'avaient pas permis de repérer le dirigeable aussi noir que la nuit. Je ne somnolais pas. J'étais vigilant, et ma vision était nette. J'avais fait le maximum, et ce n'était pas assez.

– Du poste de pilotage, nous n'avons rien vu non plus, dit encore Dorje.

– Ne lui cherchez pas d'excuses, rétorqua Hal. C'était son quart, et nous avons perdu deux moteurs.

À la proue du *Saga*, deux puissants projecteurs trouèrent l'obscurité, et leurs rayons jumeaux vinrent bientôt se poser sur le mystérieux vaisseau. Sur son flanc, je pus lire son nom : *Hyperion*.

C'est lui qui nous avait trouvés, et non l'inverse.

12

L'« Hyperion »

Porté par le vent, l'*Hyperion* voguait un peu plus bas que nous, telle une baleine aérienne fendant de son nez l'air glacé. Tandis que Hal manœuvrait pour nous en rapprocher, j'observais l'épave par les vitres du poste de commande. Comme s'il avait deviné notre intention de le harponner, l'*Hyperion* plongeait et virait, se redressait soudain pour nous intimider et nous forcer à fuir sa masse décolorée par le soleil. Excellents marins du ciel, nos hommes d'équipage parvenaient à suivre ses moindres mouvements malgré la perte des deux moteurs. Si nous étions restés à distance prudente tout au long de la nuit, la lumière de l'aube nous permettait maintenant de tenter l'abordage.

– Descendez ! ordonna Hal. Amenez-moi tout près que je puisse l'amarrer.

— Il est énorme ! murmurai-je. Sept cents pieds, au bas mot.

— Sept cent cinquante ; et il sera bientôt à nous.

Du plafond de la cabine, Hal abaissa ce que je pris d'abord pour une sorte de périscope. Entourée de câbles et de fils électriques, la colonne centrale se terminait par un pupitre de commandes couvert de cadrans et de manettes avec, de chaque côté, une barre de laiton mobile à embout de caoutchouc.

Hal saisit les poignées à hauteur de sa poitrine, les poussa toutes deux vers l'avant. Dans un bourdonnement strident, deux bras mécaniques se déplièrent depuis la coque du *Saga*. Minces et d'apparence fragile, telles les pattes antérieures d'une mante religieuse, ils étaient faits de feralu tressé, quasi indestructibles. Leurs jointures saillantes comportaient de puissants amortisseurs, et, tout au bout, un rouleau de câble épais s'attachait à une pince.

— Appelez Dorje, me dit Hal. Prévenez-le que nous sommes prêts à agripper la bête.

Je pris le téléphone du bord pour transmettre le message au poste d'amarrage arrière, situé près de la poupe, où j'imaginais Dorje commandant une paire de bras identiques, qu'il guiderait vers le dos de l'*Hyperion*. Alors que je raccrochais, le *Saga* bondit soudain.

— Tenez-le à l'œil, lança Hal à Jangbu et Ang Jeta, qui se tenait au gouvernail. Il remue, le bougre !

Par la vitre du sol, je voyais les deux bras mécaniques tendus vers l'*Hyperion*. Hal pressa un bouton sur chaque poignée, et les pinces s'ouvrirent au-dessus des taquets d'amarrage de l'épave. Au même moment, le grand dirigeable piqua du nez dans un frisson, laissant les bras suspendus dans le vide.

– Ramenez-nous au contact...

Quelques secondes plus tard, le *Saga* revenait au-dessus de l'*Hyperion*.

– Viens, trésor, viens..., marmonna Hal en crispant les doigts sur les poignées.

– Un petit coup à bâbord... Nous y sommes presque !

Il poussa de toutes ses forces sur les deux poignées.

Les bras se tendirent, pinces béantes comme des gueules de murène devant une proie. Et, à bâbord comme à tribord, les mâchoires métalliques mordirent dans les taquets d'amarrage de l'*Hyperion*.

– On le tient ! s'exclama Hal. Baissez les gaz, accrochez-vous, messieurs. C'est parti pour le traîneau de Nantucket !

Autrefois, quand les baleiniers de Nantucket harponnaient un grand cétacé, ils étaient souvent entraînés par la bête dans une course folle à travers les vagues. Ainsi en allait-il du *Sagarmatha*, désormais accouplé à un vaisseau de six fois sa taille, qui le tirait, roulant et tanguant, dans le ciel glacé. À ce rythme, Miss Simpkins ne tarderait pas à avoir le mal de l'air...

Les bras de couplage étaient aussi solides que souples. Les énormes ressorts des amortisseurs se comprimaient ou se détendaient suivant les soubresauts de l'épave. Un mécanisme permettait également de maintenir l'autre vaisseau à distance : si l'*Hyperion* remontait trop, les bras se bloquaient pour éviter la collision. Restait à espérer que les taquets vétustes ne céderaient pas.

Hal saisit le téléphone, qui sonnait.

— Bon boulot, Dorje, dit-il avant de raccrocher.

Il se tourna vers moi, m'adressa un clin d'œil :

— Cette fois, on le tient.

— Je ne vais pas perdre mon temps à vous mentir, déclara Hal, qui nous avait rassemblés au salon. Le *Saga* a subi des dommages importants, ce qui modifie nos plans. À l'origine, je comptais remorquer l'épave jusqu'à un ancrage sûr et faire valoir nos droits le concernant une fois à terre. Même dans les meilleures conditions, c'est là une tâche délicate. Avec quatre moteurs seulement, nous n'avons pas la puissance nécessaire pour tenter cette opération, ce serait trop risqué. Il va donc nous falloir récupérer en vol ce que nous voulons sur l'*Hyperion*.

Après l'accident de la nuit précédente, j'avais participé à l'inspection des dégâts. L'exosquelette de feralu avait bien protégé le vaisseau : la coque était intacte, et l'enveloppe n'avait guère que quelques accrocs. Aucun des ballonnets ne s'était déchiré. En revanche, comme Hal le craignait, les blocs-moteurs arrière et central à bâbord avaient été défoncés par le choc et pendaient de leur mât de liaison tordu. Nous les avions arrimés solidement ; mais, à notre retour, Hal devrait mettre le brise-ciel en cale sèche pour que des spécialistes effectuent les réparations sur ces machines d'une conception particulière. Leur seule vue me rendait malade. Je me sentais coupable, car j'étais de vigie au moment de la collision. Cela resterait pour moi un échec cuisant, même si l'incident était inévitable.

— La priorité, c'est l'argent, poursuivait Hal. Ce que nous cherchons, c'est l'or, les billets, les bijoux. Pour le reste, nous verrons.

— Ce ne sont pas les termes de notre accord, objecta Kate.

— La donne est modifiée, répliqua Hal. J'ai perdu un membre d'équipage, et la remise en état du vaisseau va me coûter cher.

Voyant qu'elle s'apprêtait à protester, il lui imposa le silence d'un geste :

— Vous vouliez les animaux empaillés, je sais. Nous ne pourrons pas tout emporter. Pour ce qui passe par les échelles et les trappes, nous tenterons le coup. Ce qui ne passera pas restera sur l'épave. Quoi qu'il en soit, je ne vous promets rien. Tout dépendra de la météo et du temps dont nous disposerons. Chaque heure nous est comptée. Plus nous séjournons à cette altitude, plus nous nous affaiblissons, surtout vous autres, qui n'en avez pas l'habitude. Pour l'instant, le vent n'est pas bien fort ; mais, si les choses se gâtent, nous serons peut-être contraints de décrocher le *Saga* de l'*Hyperion*. Affaire de vie ou de mort, est-ce bien clair ?

Kate pinça les narines, et ses yeux se posèrent sur moi. Je me demandais si elle était en colère seulement contre Hal ou si elle m'en voulait aussi. Me jugeait-elle responsable des avaries qui nous handicapaient ? Croyait-elle que j'avais flirté avec Nadira au lieu de faire le guet ?

— Cruse, vous viendrez à bord de l'épave avec Dorje et moi. Les autres ne quittent pas le *Saga*.

— Quoi ? s'écria Nadira, incrédule.

— Je viens aussi, déclara Kate, furieuse. Je n'ai pas fait tout ce chemin pour tricoter des chaussettes au coin du feu !

— Moi, cette activité me convient très bien, dit Miss Simpkins qui, justement, tricotait près de la cheminée.

— Vous êtes deux jeunes femmes entreprenantes et courageuses, déclara Hal, surpris par leur farouche détermination. Comprenez que je m'inquiète avant tout de votre sécurité. Vous n'avez aucune expérience du travail de récupération en vol. C'est pénible, et vous nous ralentirez.

— Kate, je pense que vos parents préféreraient vous savoir ici avec moi. C'est beaucoup trop dangereux ! observa le chaperon.

— Mais il faut que j'examine les spécimens pour décider lesquels je garde ! Désolée d'insister, Hal, je ne renoncerai pas.

— Les portes des soutes ne s'ouvriront pas sans ma clé, intervint Nadira. Et elle restera à mon cou tant que je ne serai pas à bord de l'*Hyperion*.

Les deux filles échangèrent un regard presque complice.

– Dès que vous mettrez le nez hors de la trappe, vous changerez d'avis, affirma Hal.

– Je pense qu'elles sont à la hauteur de la tâche, dis-je à mon tour. Deux paires d'yeux et de bras supplémentaires ne seront pas de trop.

Hal capitula :

– Bon, bon, puisque vous y tenez ! Mais, si vous lambinez, c'est retour au *Saga* sans discussion. J'ai mieux à faire que jouer les nourrices. Je vais demander à Mme Ram d'arranger des combinaisons d'altitude pour vous. Cruse, il est temps de préparer le matériel. Abordage dans une heure !

– Votre combinaison, dit Dorje en me tendant un vêtement de peau d'une seule pièce, blouson et pantalon étant minutieusement cousus ensemble au petit point.

Le cuir était travaillé et souple, doublé de fourrure du capuchon aux talons – une fourrure épaisse, d'une blancheur peu commune.

– C'est de la panthère des neiges d'Himalaya, m'expliqua Dorje. Ne gardez que votre linge de corps et enfilez-la.

– Je n'aurais pas plus chaud avec mes vêtements ?

J'avais vu que, dehors, le thermomètre était tombé au-dessous de moins trente.

— Ils vous encombreraient, dit Hal en dégrafant sa chemise, révélant un torse musclé. Ces combinaisons sont taillées pour être moulantes.

— Portez la fourrure de la panthère à même la peau, et vous aurez la chaleur de l'animal, conclut Dorje.

Nous nous trouvions dans la zone d'embarquement, près de la passerelle de carène, derrière les cabines des passagers. La trappe était encore fermée, et les plinthes électriques rougeoyaient dans leurs vains efforts pour combattre le froid polaire. La coque ne nous protégeait guère plus qu'un voile de gaze. Kami Sherpa vérifiait le bon fonctionnement du treuil qui nous permettrait de descendre sur le dos de l'*Hyperion*, cinquante pieds plus bas. Le matériel était aligné sur le sol pour être réparti dans nos cinq sacs à dos. Les bouteilles d'oxygène et les masques étaient prêts.

En espérant que ni Kate ni Nadira n'arriverait pendant que je me dévêtais, je me débarrassai en hâte de mon pull de laine, de ma chemise et de mon pantalon. Et je me mis à frissonner.

— Il faudrait un peu de chair sur ces os, remarqua Hal.

Je pris ma combinaison et y glissai mes jambes. La caresse de la fourrure me réchauffa sur-le-champ. Passant les bras dans les manches, j'enfilai le haut du vêtement à la fermeture compliquée. Le temps d'attacher les deux rangées d'agrafes, j'avais oublié le froid qui m'avait assailli quelques instants plus tôt. Je sentais la peau de la panthère des neiges contre la mienne ; sa chaleur me pénétrait. J'avais craint que cette combinaison n'entrave mes mouvements – à tort. D'une souplesse extraordinaire, presque élastique, elle moulait mes membres et pliait avec eux comme une seconde peau. Je mis ensuite les bottes, elles aussi doublées de fourrure de panthère, avec une épaisse semelle de caoutchouc vulcanisé qui assurerait une bonne prise sur le dos du vaisseau.

– Gants, dit Hal en m'en jetant une paire.

Sitôt mes mains dedans, je constatai là encore qu'ils ne me gênaient pas. Ils étaient devenus mes doigts !

– Ah, voilà nos belles aventurières. J'avoue que la combinaison d'altitude leur va à ravir.

En levant les yeux, j'eus une fameuse surprise en voyant Kate et Nadira s'avancer dans leur tenue. Leurs chevelures brunes tranchaient sur la fourrure blanche du capuchon. Leurs bottes les grandissaient, et le cuir moulant leur donnait l'allure puissante et souple des grands félins.

– Mme Ram est une habile couturière, remarqua Kate. Marjorie a été très impressionnée par la rapidité avec laquelle elle a effectué les retouches.

– Maintenant, équipons-nous, ordonna Hal. Harnais de sécurité d'abord.

J'aidai Kate à mettre le sien, lui montrai comment attacher les courroies. Je proposai également un coup de main à Nadira, qui déclina l'offre d'un signe de tête. Elle s'en tira fort bien toute seule.

Hal prit une bouteille pour nous la montrer :

– Votre réserve d'oxygène sera dans vos sacs à dos. Il y en a assez pour deux heures. Un demi-tour ouvre la valve. Selon la capacité de votre corps à s'adapter, vous n'en aurez peut-être pas besoin en permanence. Je tiens cependant à ce que vous mettiez vos masques jusqu'à ce que nous soyons à bord de l'*Hyperion*. Je veux que vous soyez en pleine possession de vos moyens sur le dos du vaisseau.

Kate se tourna vers Dorje :

– Vous n'avez jamais recours à l'oxygène ?

– J'emporte une bouteille, mais je ne m'en sers pas, répondit le Sherpa. J'ai grandi à une altitude proche de celle-ci.

– L'Everest culmine à trente mille pieds, précisa Hal. Vingt mille, c'est une promenade de santé.

– Hal a décrété que l'oxygène était bon pour les mauviettes, ironisa Dorje, une lueur moqueuse dans le regard.

– Une fois à bord de l'*Hyperion*, vous pourrez enlever vos masques si vous vous sentez bien. À la moindre défaillance, si vous frissonnez, devenez maladroits, vous les remettez. Si vous avez besoin de vomir, vous l'ôtez, et vous le remettez après. Si vous éprouvez des difficultés respiratoires, si vous êtes pris de migraine, si votre vision se trouble, prévenez-moi. Il vous faudra regagner le *Saga* au plus vite.

Une fois le sac sur mon dos, je m'étonnai que la bouteille d'oxygène soit si légère.

– Gardez vos lunettes jusqu'à ce que nous soyons à l'intérieur, poursuivit Hal. Interdiction d'ôter les capu-

chons et les gants. Votre peau gèlerait en quelques
secondes. Dès que j'en donne le signal, vous rentrez au
bercail. Et pas de discussion ! On ne prend pas de risques
en Sibérie du ciel. J'ignore ce qui nous attend, mais ce
sera sans doute désagréable. Il y aura des cadavres. Nous
ne savons pas ce qui est arrivé à ce vaisseau. Il se peut
qu'il y ait eu une mutinerie, un arraisonnement par des
pirates, une épidémie – un désastre quelconque ayant
entraîné la mort de l'équipage. Sur le dos de l'*Hyperion*,
nous ne serons pas en mesure de communiquer. Je vais
donc vous expliquer comment nous allons procéder.

Et il nous détailla point par point les diverses étapes
de l'abordage avec la rigueur d'un sergent instructeur. Je
cherchai un signe de peur sur le visage des filles. Nadira
était sereine, et Kate, si concentrée qu'elle plissait le
front.

– Mettez vos capuchons, dit Dorje, j'ouvre la trappe.

La douce fourrure m'enveloppa la tête de son écrin.
Le bas du capuchon se boutonnait, ne laissant qu'une
fente pour les yeux, que recouvraient les lunettes. Les
sons ne me parvenaient plus qu'atténués. J'avais hâte
de sortir, car, harnaché de la sorte, je commençais à
transpirer.

Dorje tira sur une manette, et la porte d'embarquement coulissa jusqu'à s'aligner avec la coque. Le froid
s'engouffra à l'intérieur. Bien protégé par ma combinaison, je ne le sentis que sur l'infime partie exposée de
mon visage.

Mon regard se posa aussitôt sur le dos de l'*Hyperion* qui, recouvert de givre, brillait comme une apparition. Je ne comprenais pas par quel miracle il était resté de si longues années dans les airs sans équipage, fouetté et malmené par les bourrasques.

Dorje passa le premier. Il attacha son harnais de sécurité au treuil et s'assit au bord de l'ouverture.

– Prêt ? demanda Kami Sherpa.

Il hocha la tête, puis se lança dans le vide. Le treuil dévidait rapidement son câble tandis que nous observions. Le vent n'était pas très fort ; il ballottait cependant notre compagnon, qui, vu d'où nous étions, semblait se balancer bien au-delà des flancs de l'épave. En approchant du but, il plia les genoux pour se poser gracieusement au beau milieu de la cible. Sitôt à bord, il accrocha son filin de sécurité au rail glacé de l'*Hyperion*, détacha son harnais du câble de treuillage, que Kami Sherpa remonta à son signal.

– Vous vous sentez d'attaque ? demandai-je discrètement à Kate.

– Oui, répondit-elle, tendue.

– Rien ne vous y oblige, vous savez.

– Je pense que l'expérience va me plaire, répliqua-t-elle en hochant vigoureusement la tête.

– Cruse, c'est à vous, dit Hal. Mettez votre masque !

– Alors, rendez-vous en bas !

Plongeant une main dans mon sac à dos, j'ouvris la valve de ma bouteille d'oxygène. Constitué de verre moulé transparent, bordé d'un joint de caoutchouc isolant, le masque recouvrait le nez et la bouche. J'entendis un léger sifflement, puis je l'attachai. Deux secondes plus tard, j'avais la sensation d'étouffer et l'arrachais :

— Je ne veux pas de ce truc !

— Respirez lentement, profondément, me conseilla Hal. Vous vous y habituerez.

— Ça va bien sans. Je n'en ai pas besoin.

— Mettez-le, ou vous restez là.

À contre cœur, je rattachai le masque. Je ne tenais pas à ce que Kate et Nadira croient que j'avais peur de descendre, alors qu'en réalité je mourais d'envie d'évoluer enfin à ciel ouvert. Ma panique était due au seul masque, qui faisait ventouse et me privait du contact de l'air. Ce n'était pas naturel. La claustrophobie m'oppressait. Ravalant mon angoisse, j'inspirai par la bouche. Le mélange gazeux avait un détestable arrière-goût de métal.

Après quelques respirations, l'oxygène fit effet, et mes muscles se détendirent. Je n'aimais pas porter ce masque, mais je le supportais.

— C'est bon ? s'enquit Hal.

Je fis oui de la tête. Kami Sherpa m'aida à accrocher mon harnais au câble du treuil, je m'assis et m'élançai dans...

... le ciel !

À vingt mille pieds, il s'étendait autour de moi à l'infini ! C'était un royaume à part entière, sans rapport avec la terre ou l'océan. Là, au-dessus des nuages, l'espace se riait du monde d'en bas, vaste étendue inexplorée où l'eau n'existait que sous forme de cristaux de glace invisibles, où les vents allaient et venaient telles des marées aériennes secrètes. Je n'étais qu'un grain de poussière, et, un court instant, il me sembla que je n'avais pas le droit d'être là, avec ma combinaison de fourrure et ma bouteille d'oxygène. Pourtant, c'était le lieu de ma naissance. J'étais né plus bas, bien sûr, mais dans le ciel, qui ne pouvait me désavouer. Il était mon élément plus que la terre.

Je descendais.

Je me cognais au vent. Même à travers ma combinaison, je sentais le froid prêt à mordre comme une bête affamée. Sous mes pieds, loin au-dessous de la masse impressionnante de l'*Hyperion*, les nuages blanchis par le soleil glacé semblaient aussi solides que des dunes de sable. J'espérais ne pas croiser les créatures flottantes aux tentacules électriques ou quelque autre animal diabolique non identifié à ce jour. La seule présence de Kate avait le don, me semblait-il, de faire surgir sur notre chemin de nouvelles espèces dont le seul désir était de nous dévorer.

Dorje m'attendait, accroupi, sur le dos de l'épave. À peine avais-je atterri qu'il accrochait mon filin au rail de sécurité. Je détachai le câble de treuillage de mon harnais et fit signe à Kami qu'il pouvait le remonter. Dorje me montra du doigt le nid-de-pie avant. Je me dirigeai de ce côté tandis qu'il restait sur place pour accueillir Kate et Nadira. Hal viendrait en dernier.

Courbé en deux, luttant contre le vent, j'avançai prudemment sur l'enveloppe du vaisseau recouverte de givre granuleux et de plaques verglacées – à croire que de l'eau répandue avait gelé instantanément. Le rail était rongé par la rouille et, sans pour autant détacher mon filin, je me demandais s'il était bien solide, après tant d'années passées à subir les intempéries. Le vent me frappait de plein fouet ; le froid sculptait au burin une barre douloureuse sur mon front. Je n'entendais que le hurlement étouffé du ciel à travers le capuchon et le bruit de mon souffle dans le masque.

J'atteignis le nid-de-pie, dont le dôme d'observation vitré était encroûté de givre. Je tentai de l'ouvrir. Bloqué. Comme Hal avait ordonné que nous entrions au plus vite, je sortis de mon sac un levier, que j'insérai à l'endroit de la serrure et poussai de toutes mes forces. Le verrou céda. Pour agripper le bord de la trappe, je me penchai au-dessus du dôme...

De l'autre côté d'une plaque de glace transparente, un œil me regardait.

Je reculai et poussai un cri, éclaboussant de salive l'intérieur de mon masque et résistant à la tentation de l'arracher. Je m'obligeai à respirer lentement. De la pointe de mon levier, je dégageai la glace.

Dans le nid-de-pie, il y avait un marin du ciel. Le front collé contre la vitre par le gel, il avait les yeux écarquillés, la peau noircie par le soleil et le temps. Son corps était intact et comme rétréci dans son uniforme trop grand. Lèvres entrouvertes, une main flétrie soudée au tube de communication, il semblait sur le point de parler. La mort lui avait coupé la parole.

Par-dessus mon épaule, j'aperçus Kate qui s'avançait vers moi à pas prudents. Derrière elle, Nadira venait d'atterrir sur l'épave. Bientôt, Hal arriverait aussi. Il me fallait ouvrir cette trappe. Ôtant mon masque, je criai tout contre le capuchon de Kate pour qu'elle m'entende :

– Il y a un cadavre !

Du doigt, je lui montrai le nid-de-pie, et elle hocha la tête. Je me penchai de nouveau pour soulever le dôme. Kate joignit ses efforts aux miens. Les charnières grincèrent ; la glace dansait dans l'air. Enfin, nous eûmes raison de la trappe. Le front du marin se décolla de la vitre, et son corps rigide tomba vers l'avant. Son visage heurta le rebord métallique de l'ouverture, et un morceau de joue congelée s'en détacha.

Je jetai un bref regard à Kate pour m'assurer qu'elle tenait le coup ; cependant le masque, les lunettes et le capuchon me cachaient ses traits.

Il nous fallait déplacer le corps, qui bloquait l'accès à l'échelle. D'un bond, je sautai dans le nid-de-pie et m'y employai. La tâche n'était pas facile : le bonhomme était lourd de glace, ses membres étaient tendus et raides. J'imaginais – vision de cauchemar – que, si je le laissais tomber, il se briserait en mille morceaux sous mes yeux.

À mon grand soulagement, Hal me rejoignit. Il prit le cadavre sous les bras, le hissa sur le dos du vaisseau et, avant que je puisse protester, le propulsa sur la coque en une longue glissade qui l'expédia dans l'immensité bleue. Puis, sans plus de formalités, Hal s'engagea sur l'échelle.

Dorje, posté près de la trappe, fit signe à Kate et Nadira de descendre à sa suite. Vint alors mon tour. À l'abri du vent, je sentais moins le froid. La douleur de mon front s'atténua. La lumière du dehors éclairait les minces barreaux et se répandait à l'intérieur, laissant entrevoir les membrures en bois du dirigeable et les flancs de ses énormes ballonnets faits d'une soie des doreurs qu'on n'utilisait plus depuis au moins vingt ans. Je notai que des cordes, et non des câbles de feralu, servaient de tendeurs. L'*Hyperion* était une vénérable antiquité, l'un des premiers grands aérostats à parcourir les cieux. C'était un monument historique à la gloire des artisans qui l'avaient construit et grâce auxquels il flottait toujours dans les airs.

Au-dessus de moi, Dorje referma la trappe. Sans la torche électrique que Hal braquait sur nous, le puits aurait été plongé dans l'obscurité. Le capitaine nous attendait sur la passerelle, avec Kate et Nadira, qui avaient ôté leurs lunettes et leur masque. Je les imitai sitôt en bas. Après avoir respiré l'oxygène, je trouvai l'air raréfié bien maigre. Il ne me fallut cependant pas plus de deux minutes pour me réhabituer. Voyant que

Hal et Dorje respiraient normalement, j'étais bien décidé à ne plus me servir du masque.

— Tout le monde est en forme ? demanda Hal.

Quoique un peu haletantes, Kate et Nadira hochèrent la tête. Dans l'air glacial, nous soufflions de la fumée comme autant de dragons.

— Je n'en reviens pas que vous ayez envoyé cet homme par-dessus bord !

Dans les ténèbres de l'épave, ma voix me parut creuse et grêle.

— Ce n'était plus un homme, mais un glaçon, rétorqua Hal. De plus, il nous gênait. Il est dangereux de s'attarder sur le dos d'un aérostat. Le nid-de-pie devait être dégagé. C'est notre principale voie d'accès, et c'est par là que nous sortirons le butin.

— Le plus humble des humains a droit à un enterrement digne de ce nom, objecta Kate.

— Nous aurions pu le descendre par l'échelle, ajoutai-je.

— En lui sectionnant les deux bras, sans doute. Je n'ai pas de temps à perdre ! Maintenant, mettez votre sentimentalisme en veilleuse et économisez votre souffle.

— Hal a raison, dit Nadira. Il fallait dégager le passage.

Je me tournai vers Dorje en quête de soutien. Il se taisait — soit parce qu'il approuvait Hal, soit parce qu'il était trop loyal pour critiquer son capitaine devant des tiers.

À la lueur de la torche, j'examinai les lieux. Nous étions dans une sorte de canyon bordé des deux côtés par les murs ondoyants des ballonnets luisants de givre, sur la passerelle axiale : c'était le couloir central réservé à l'entretien qui courait sur toute la longueur du vaisseau, de la proue à la poupe. Au-delà du faisceau lumineux, il se prolongeait dans le noir vers les espaces invisibles de l'immense caverne qui nous enveloppait.

– Par ici, dit Hal en descendant une autre échelle, vers la passerelle de carène.

J'ignore si c'était dû aux membrures de bois, à ma combinaison, ou à l'oxygène en bouteille que je portais sur le dos, mais, à chacun de mes pas, lents et précautionneux, j'avais l'impression d'être un plongeur sousmarin. Autour de moi, l'air était aussi froid et lourd qu'une eau polaire.

– Sortez vos torches, ordonna Hal lorsque nous fûmes en bas.

En allumant la mienne, je m'attendais à tout sauf au spectacle qui s'offrait à nos yeux. On se serait cru au milieu d'un naufrage, dans un navire coulé qui aurait gelé au fond de l'océan. Au-dessus de nos têtes, réservoirs et canalisations avaient éclaté, et les liquides qu'ils contenaient – eau, carburant, lubrifiants – s'étaient figés en stalactites huileuses, véritable fantasmagorie de couleurs sous la lumière diffuse de nos lampes. Murs, poutrelles et câbles étaient nappés de givre aux teintes violettes, orange et rouge sang. On aurait dit d'étranges coraux, des anémones de mer. Le carburant Aruba était devenu vert vif en se solidifiant. Il formait des spirales complexes, des arches et des contreforts, comme si une armée de lutins artisans avaient passé des nuits à le sculpter.

Insensible à cette beauté d'un autre monde, Hal déclara :

— Nous commencerons par le poste de pilotage.

Il nous conduisait prudemment tandis que, chemin faisant, Dorje établissait le plan du dirigeable. Nous ne nous arrêtions que pour pousser la porte d'une cabine ici et là. Dans deux d'entre elles, le rayon de ma lampe balaya les silhouettes sombres de marins gelés sur leur couchette, intacts et statufiés comme les habitants de Pompéi après l'éruption du Vésuve.

— Voilà comment j'aimerais partir, dit Hal. Dans mon sommeil.

Quelle qu'en ait été la nature, la catastrophe qui s'était abattue sur l'*Hyperion* quarante ans plus tôt avait frappé pendant la nuit, scellant le sort de l'équipage en quelques brefs instants.

Nous descendîmes l'échelle verglacée qui menait au poste de pilotage.

Recouvertes d'une épaisse couche de givre, les hautes fenêtres laissaient filtrer assez de lumière pour que nous puissions éteindre nos torches. Des coulées d'eau gelée dessinaient des méandres sur les murs et les vitres ; des stalactites pendaient du plafond. Tordus dans des positions improbables, les hommes de bord gisaient au sol, encastrés dans des blocs de glace. Portant toujours sa casquette, le capitaine, soudé à son siège, s'était effondré sur le gouvernail, auquel ses mains s'agrippaient encore. Je remarquai cependant qu'elles ne prolongeaient plus les bras ; un choc lointain les avait sectionnées aux poignets.

— Qu'est-ce qui a bien pu leur arriver ? s'interrogea Kate à voix haute.

Devant cette vision d'horreur, mon esprit pratique prit le dessus, transformant les cadavres en objets pour me permettre de regarder tous ces morts sans en être malade.

Un brusque soubresaut du capitaine m'arracha un cri. Ce n'était en réalité que la roue qui, en tournant, avait ébranlé son corps pétrifié.

— Voilà une bonne nouvelle, dit Dorje, les yeux rivés sur le gouvernail.

— Preuve que le mécanisme fonctionne, ajoutai-je, ravi de m'attacher à des détails concrets.

— C'est déjà ça, commenta Hal. Nous serons en mesure de le diriger sans être à la merci des vents. J'ai promis à Jangbu de mettre à la cape si c'était possible. Cela nous évitera des ennuis pendant le transfert du butin.

— Que signifie « mettre à la cape » ? s'enquit Nadira.

— Amener le vaisseau face au vent et bloquer le gouvernail pour qu'il reste sur place, expliquai-je.

Même avec quatre moteurs sur six, le *Saga* aurait assez de puissance pour empêcher l'*Hyperion* de partir en arrière.

Sans plus de cérémonie, Hal et Dorje se saisirent du capitaine, le décollèrent de son siège et le jetèrent dans un coin.

— Voyons comment il réagit, dit Hal en se mettant aux commandes.

L'*Hyperion*, qui depuis quatre décennies errait au gré des vents, avait retrouvé un timonier. Hal actionna lentement la roue.

— Il répond ! m'exclamai-je.

Sachant qu'au-dessus de nous Jangbu devait aligner les mouvements du *Saga* sur les nôtres, Hal amena doucement l'*Hyperion* dans le vent.

— Là. Ça devrait être bon. Bloquez-le.

Dorje sortit deux cordes de son sac. Je l'aidai à attacher le gouvernail pour qu'il ne bouge plus. L'épave tremblait, prête à virer, mais elle était entravée et retenue par les puissants moteurs du *Sagarmatha*. Si nous dérivions encore un peu, nous n'étions plus poussés dans une course folle à travers le ciel.

— Voilà qui est mieux, déclara Kate.

L'horloge de bord s'était arrêtée à 23 h 48. Le verre de l'altimètre était fêlé ; l'aiguille gelée et immobile indiquait 19 625 pieds.

— Il est monté trop haut, observai-je. C'est ce qui les a tués. Il n'y a eu ni mutinerie ni attaque de pirates. Ils étaient tous à leur poste ou au lit.

— On ne meurt pas à cette altitude, objecta Hal.

— Mais une ascension trop rapide peut être fatale, contrai-je.

— Qu'est-ce qui l'aurait causée ?

— Un courant ascendant. J'ai vécu ça sur le *Floatsam*. Si le navire est passé de deux mille pieds à vingt mille en une minute, ils n'ont rien pu faire.

— Vous voulez dire qu'ils sont morts de froid ? demanda Nadira.

— Non, répondis-je. Ils auront suffoqué avant. Quand on monte à cette vitesse, c'est comme si tout l'air était aspiré de vos poumons. Ils auront perdu connaissance. C'est pour cela qu'ils sont à terre. Seul le capitaine a tenu plus longtemps que les autres.

Dorje approuva d'un hochement de tête.

— Votre théorie n'est pas pour me déplaire, dit Hal. J'espère que vous avez raison : dans ce cas, nous serons les premiers à piller les soutes. Poursuivons.

Un murmure se fit soudain entendre, un bruit de souffle, de respiration humaine.

La surprise nous figea sur place. Mes yeux se posèrent sur les cadavres. Je m'attendais presque à les voir remuer et se dégager de la glace. Pistolet au poing, Hal se tourna vers l'échelle, seule voie d'accès à la cabine. Il n'y avait personne sur les barreaux, personne au-dessus de la trappe.

— Qui va là ? hurla-t-il.

— Niiiiiiiiiiiiiiiidd'ppiiiiiiiiiii..., répondit une voix

— Là ! m'écriai-je en pointant le doigt.

J'avais repéré la source du bruit. Ces murmures inquiétants provenaient d'une grille métallique située sur le côté de la cabine — là où aboutissait le tube de communication avec le nid-de-pie. Dans un frisson, j'imaginai le guetteur portant l'embout à ses lèvres gelées, exhalant ses dernières paroles avant de succomber au froid. Bouche bée, nous fixions la grille.

– ... iiiiiiiiiiiiiiiiiiiiiiiiiiiiiieeeeeee.

La voix se tut, laissant la place à un souffle d'air indistinct.

– C'est le vent qui nous joue des tours, dit Kate.

– Absolument, confirma Hal.

Il y eut quelques toussotements, de petits rires sans conviction.

– Vous avez emporté un pistolet, Hal ? m'étonnai-je.

– Un instrument de négociation. D'autres pourraient débarquer pour faire valoir leurs droits. On ne se méfie jamais assez !

– Venez voir !

Debout devant la table de navigation, Kate examinait la carte à travers la glace qui s'était formée dessus. Parmi les notations à peine lisibles, je parvins à reconnaître le tracé de la Norvège, de la Finlande et de la côte russe.

– Grunel était censé se rendre en Amérique. Qu'est-ce qu'il fabriquait avec des cartes de Scandinavie et de Russie ?

– Bizarre. Mais peu importe, déclara Hal sans prendre la peine de regarder. Il est temps d'explorer les soutes.

Quelques instants plus tard, nous avions remonté l'échelle et suivions la passerelle de carène encroûtée de glace vers l'avant du dirigeable. Évitant les stalactites, nous dépassâmes l'accès au nid-de-pie pour arriver à un petit escalier qui menait au pont des passagers. Hal nous ordonna de continuer et promit que nous reviendrions plus tard. Nous poursuivîmes notre marche, longeant les portes fermées des cuisines, de l'office, des quartiers de l'équipage. Certaines étaient scellées par des cascades d'eau gelée ; les ouvrir ne serait pas une mince affaire.

Les cinq rayons de nos torches perçaient les ténèbres tandis que nous pénétrions dans les entrailles du navire. Les soutes sont en général aménagées au centre du vaisseau, à bâbord et à tribord, afin de répartir le poids de la cargaison. De chaque côté de la passerelle, on avait élevé de solides cloisons. Plus hautes que celles des soutes ordinaires, elles faisaient bien deux étages. Construites non de bois mais de métal renforcé par des rivets, elles semblaient aussi impénétrables que l'armure d'un cuirassé.

Hal s'arrêta soudain. Devant lui, à bâbord, une porte unique couverte de givre mauve luisait doucement. Pas de pancarte ; aucune indication. Au centre de la porte se trouvait une poignée montée sur une plaque de laiton et, sous la poignée, il y avait un trou de serrure cranté de forme circulaire.

— Nous y voici, dit Hal. Le trésor nous attend.

13

Le zoo empaillé

Nadira abaissa son capuchon pour sortir la clé de l'étui qu'elle portait au cou. L'impressionnante porte blindée représentait un défi digne des chambres fortes d'une banque ; qu'elle puisse être piégée ne me surprenait pas. J'imaginai les fils de déclenchement sertis dans le métal. Nadira inséra lentement sa clé dans la serrure, s'interrompit, la retira et se pencha pour examiner le trou.

– Ça ne passe pas. Il y a de la glace à l'intérieur.

Dorje prit dans son sac un petit chalumeau ; il en fit jaillir une flamme bleue, qu'il passa autour de la serrure sans trop l'en approcher. Un filet d'eau se mit à couler du trou, pour geler avant même d'atteindre le sol.

Quand l'eau cessa de couler, Nadira fit une seconde tentative. La clé buta de nouveau, refusant d'aller plus loin. Nadira la tourna légèrement. J'entendis un cliquetis de pièces métalliques, et la clé s'enfonça un peu plus. Je retenais mon souffle. La serrure était comme une série de pièces de puzzle qu'il convenait d'aligner d'une certaine manière. Tournant tantôt à droite, tantôt à gauche, Nadira parvint à enfoncer la clé jusqu'au bout ; là, elle lui donna un lent tour complet dans le sens des aiguilles d'une montre. Le tintement des mécanismes cédant à la magie de cette étrange clé avait quelque chose de musical. Soudain, Nadira poussa un cri aigu : revenue à son point de départ, la clé, arrachée à ses doigts, fut aspirée par la serrure.

Il y eut un moment de silence.

— C'est bon signe, ou pas ? demandai-je.

— Peut-être que la porte n'aime pas cette clé, suggéra Kate.

— Vous n'êtes pas rassurante, dis-je.

La serrure produisit alors un tic-tac inquiétant.

— Courez vous abriter ! cria Hal.

Au même moment, un grand bruit retentit de l'autre côté du battant, et nous restâmes pétrifiés de terreur. La serrure recracha la clé, qui tomba sur le sol gelé ; puis, dans un sifflement d'air, le panneau s'ouvrit en coulissant derrière la cloison.

— Ça alors ! s'exclama Kate. C'est la porte la plus insolente que je connaisse !

Nadira se pencha pour récupérer sa clé avant de lancer :

— Vous regrettez toujours que je sois venue ?

Un courant d'air froid à l'odeur de renfermé filtrait du rectangle noir que nous avions sous les yeux. Dorje fronça le nez de dégoût. Cette porte n'avait pas été ouverte depuis quarante ans ! Personne n'était entré dans la pièce. Nous étions les premiers.

Des rangées de grandes vitrines hautes de dix pieds s'étendaient jusqu'au bout du rayon de nos torches. Le verre presque entièrement givré laissait entrevoir çà et là une touffe de poils ou un fragment d'os. Le long des murs, montées tels des trophées de chasse, des têtes de bêtes à cornes ou à andouillers nous regardaient d'en haut avec des rictus de dédain. Au centre de la pièce trônait une girafe grise, dont le cou et la tête dominaient les vitrines, et le squelette entier de quelque énorme Léviathan était suspendu au plafond. La salle était conçue comme un musée, avec d'étroites allées entre les rangées de vitrines. Le vieux Noé lui-même n'aurait pas entassé plus d'oiseaux et d'animaux dans son arche.

— La collection personnelle de Grunel, souffla Kate, qui se précipita aussitôt sur les vitrines, passant de l'une à l'autre, grattant la glace pour braquer sa torche sur leur contenu.

— Quelle idée d'avoir mis tous ces trucs miteux dans une chambre forte ! grommela Hal, déçu de ne pas y trouver des coffres et des malles débordant de butin.

Accompagné de Dorje qui en dressait le plan, il entreprit de faire le tour de la salle, sans doute en quête de trésors plus profitables que des animaux morts.

— Un quagga ! s'exclama Kate.

Lorsque je la rejoignis, elle était en admiration devant une sorte de petit zèbre mal fini. La tête et le cou étaient normaux, avec des rayures noires et blanches, alors que le reste du corps était d'un brun banal.

— Ces charmantes créatures viennent d'Afrique du Sud, où elles vivaient jusqu'à ce que les chasseurs les exterminent. Et leur extinction ne date pas d'hier.

— Comment diable se l'est-il procuré ?

— Il payait des chasseurs de gros gibier dans le monde entier pour qu'ils lui rapportent des espèces rares. S'il avait laissé vivre celui-ci au lieu de le faire abattre, la science l'en aurait remercié.

— Le quagga aussi, je suppose, fis-je.

— Hmm, marmonna-t-elle, distraite.

Elle repartit vers de nouvelles découvertes, tel un enfant dans un grand magasin de jouets, papillonnant ici et là, incapable de tenir en place.

— Oh ! Et regardez ça !

J'allai voir avec Nadira.

— Un dodo ! C'est à peine croyable !

— Ce n'est jamais qu'une dinde géante, se moqua Hal, qui passait par là.

— Je croyais l'espèce disparue depuis des siècles, dit Nadira.

— Apparemment, il en restait, répondit Kate. Je me demande où Grunel a déniché un spécimen vivant.

J'intervins à mon tour, tout fier de ne pas avoir oublié l'anecdote :

– Sans doute à l'île Maurice. Il y a deux ans, nous y avons fait escale pour réapprovisionner l'*Aurora*. Un guide local m'a affirmé que le dernier dodo vivant avait été vu là. Mais il a précisé que c'était en 1681...

– Il y en avait peut-être dans d'autres régions du monde, remarqua Kate. On ajoute constamment des animaux à la liste des espèces disparues, et ils ressurgissent ailleurs. Pomphrey Watt avait annoncé l'extinction du tigre de Tasmanie, et voilà qu'on en a retrouvé un groupe dans les Everglades de Floride. L'affaire a mis un terme à sa carrière.

Kate regardait toujours le dodo :

– Vous vous rendez compte que nous n'avons sur toute la planète qu'un seul squelette de dodo, reconstitué à partir des restes d'autres squelettes ? Et Grunel en avait un spécimen entier !

– Il ne l'a jamais montré à personne ? s'enquit Hal.

– Non.

– Il devait le garder pour Noël.

Hal rit de ma remarque, et Kate, elle, pinça le nez d'un air de mépris :

– Il vient avec moi. Et le quagga aussi.

– Hmm... Continuons à explorer le vaisseau. Nous verrons cela ensuite, grommela Hal.

Elle ne l'avait sans doute pas entendu, car elle était déjà partie vers les vitrines suivantes. C'étaient de beaux objets, bien construits, avec de solides socles de bois encastrés dans des logements conçus à cet effet et fixés dans le sol. Sur un cargo des airs ou un vaisseau

309

marchand, ces vitrines et leur contenu auraient été emballés séparément et placés dans des malles, qu'on aurait ensuite empilées dans les soutes et arrimées par des sangles. Grunel avait cependant eu à cœur de les transporter sous forme d'exposition permanente, et il avait fait cela avec beaucoup de soin : rien n'était renversé, brisé ou abîmé. L'*Hyperion* avait à l'évidence trouvé des cieux sereins en altitude pour poursuivre son fantomatique voyage.

— Venez voir ! s'écria soudain Kate, tout excitée. Par ici !

Lorsque nous la rejoignîmes, elle grattait frénétiquement la glace pour nous ménager une fenêtre plus grande.

Je vis d'abord les pieds, deux pieds gigantesques couverts de fourrure d'un gris roux. Avec cinq orteils, dont un, plus grand que les autres, au milieu. Les jambes ressemblaient à des troncs d'arbre. Je rougis devant son appareil génital énorme, à peine caché par le poil épais. Je ne pus m'empêcher de jeter un regard discret en direction de Kate ; mais ses yeux de scientifique continuaient de monter à mesure qu'elle dégageait la glace, découvrant le torse de l'animal, et enfin sa tête, dont le sommet atteignait neuf pieds.

Il donnait la dérangeante impression d'être en vie, de nous fixer d'un œil torve. Sans doute avait-il vu venir sa mort et l'avait-il affrontée de face. D'ailleurs, du côté gauche, l'arcade sourcilière proéminente était percée d'un trou bien net là où la balle avait frappé. Autour, le poil était brûlé. Et ce n'était pas là le seul trou. Il y en avait deux autres sur le torse du géant, dans la région du cœur.

La puissance de la bête demeurait entière, malgré son immobilité. On eût dit qu'il aurait pu briser la vitre d'une pichenette, agripper un homme et le dépecer comme on épluche un épis de maïs.

— C'est le Yeti, déclara Kate avec autorité.

— Mais enfin, ça n'existe pas, dit Hal sur le ton de la dérision.

Il se tourna vers Dorje. Celui-ci, visiblement atterré, restait figé devant l'animal.

— Sur son lit de mort, mon père affirmait encore en avoir vu un, souffla-t-il.

— Ce ne peut être qu'un faux. Il ferait une belle descente de lit, pas vrai, Cruse ?

— Un faux ne présentait aucun intérêt pour Grunel, répliqua Kate. C'était sa collection personnelle, à usage privé. Tout ce qui est ici est authentique.

— Je doute que cela plaise aux dieux du ciel, dit Dorje avec colère. Je doute qu'ils se réjouissent de voir une créature de haute montagne empaillée et exhibée de la sorte. C'est priver l'animal de sa dignité. Celui ou celle qui a fait ce travail n'a pas d'honneur.

Il se détourna et ajouta :

— Ce Grunel était un monstre ! Pas étonnant que son vaisseau ait mal fini. Je préfère ne pas savoir ce qu'il est advenu de lui dans sa nouvelle incarnation.

Des paroles propres à dégriser les plus enthousiastes. Ne sachant que répondre, tous se taisaient. J'avoue que, personnellement, j'avais désormais de M. Grunel une image négative. Cet homme, riche à millions, qui n'avait besoin de rien, envoyait tuer des animaux rares de par le monde pour le plaisir de les ajouter à sa collection. Une collection privée, qui ne servait même pas à la science. C'était abject !

— J'ai le plus grand respect pour le Yeti, dit enfin Kate. J'aimerais cependant l'emporter.

— Il ne passera pas par l'échelle, répondit Hal. Il est trop encombrant.

— Juste les os, alors.

— Vous allez le disséquer ? m'exclamai-je, incrédule.

— C'est de la taxidermie de très grande qualité, expliqua-t-elle. Ils ont d'abord dépecé l'animal, fait un moulage du corps et traité la peau pour la tendre ensuite sur le modèle en plâtre. Dans cette vitrine, les seuls restes authentiques de la bête sont la peau et les poils. Les os ont dû être conservés séparément. J'espère qu'ils ont pris des photos pendant la dissection. Qui montrent l'anatomie, les organes, que sais-je encore ? Là-dessous peut-être ?

Le socle de chaque vitrine comportait plusieurs tiroirs. Kate s'accroupit, en ouvrit un. À l'intérieur, protégés par une vitre, des os soigneusement étiquetés reposaient sur un lit de caoutchouc mousse.

— Un homme organisé, remarquai-je.

– Hal, vous me permettrez de prendre ces os, n'est-ce pas ?

– Mettez-les sur votre liste de souhaits. Nous reviendrons quand nous aurons terminé l'inspection du vaisseau. J'ai perdu assez de temps au milieu de ces bêtes mortes.

J'observais les traits de Kate, guettant sa réaction. J'avais envie de la voir s'opposer à Hal, dont je partageais cependant l'impatience. Moi aussi, je voulais de l'or, pas des os.

– C'est un trésor volant, répliqua fraîchement Kate.

– Pour vous, sans doute. Mais, pour nous autres, un chimpanzé monté en graine n'est d'aucune utilité.

– Ce n'est pas un chimpanzé. Plutôt un cousin du gorille. Ou alors un de vos semblables.

– Très spirituel, mademoiselle de Vries. Et maintenant, en route.

Nous quittâmes le zoo empaillé pour regagner la passerelle de carène. À quelques pas de nous, à tribord, il y avait une seconde porte blindée. De nouveau, Nadira sortit la clé de son étui pour l'introduire progressivement dans la serrure. Cette fois, nous étions prêts pour la cérémonie : les cliquetis, le tic-tac, le grand bruit, la disparition, puis le rejet de la clé.

Une atmosphère inquiétante imprégnait tout le dirigeable suspendu dans les limbes de l'anticipation – comme si le temps momentanément figé pouvait se réveiller d'une seconde à l'autre et rendre vie aux cauchemars qui se trouvaient à bord. J'en était plus conscient que jamais au seuil de cette pièce dont la porte allait s'ouvrir. Il y avait quelque chose derrière.

Quelque chose qui attendait.

14

Le vivarium

Cette fois, nous ne fûmes pas accueillis par une obscurité complète, mais par une lumière crépusculaire, qui laissait entrevoir une salle plus vaste encore que la première. Des silhouettes sombres étaient tapies ici et là, qu'on eût dites prêtes à se redresser ou à bondir. Le mur du fond était en partie occupé par des vitres couvertes de glace qui allaient du sol au plafond. Les rayons de nos lampes dansaient fiévreusement, trahissant notre nervosité. Dans un coin se profilait une énorme machine, noir géant qui semblait regarder par la fenêtre. Un télescope ? Lors d'une visite, j'avais vu celui de Lowell, et même obtenu la permission de mettre mon œil à la lunette ; à travers ses puissantes lentilles, j'avais aperçu les canaux de Mars. Grunel était-il également astronome ?

Nous entrâmes avec prudence, nous faufilant entre les cordes, les poulies et les chaînes suspendues aux rails du plafond. À l'évidence, Grunel utilisait ce dispositif pour déplacer des objets lourds dans la pièce.

Et il y en avait, en pagaille ! Les chantiers de construction aéronavale de Lionsgate City n'étaient pas plus fournis en matériel. Il y avait là des foreuses, des ponceuses, des tours, des machines à souder, des riveteuses et des scies à métaux qui dormaient d'un sommeil constellé de rouille et de glace. Étagères et casiers se lançaient à l'assaut des murs, croulant sous la quincaillerie, les pots et les flacons de produits chimiques gelés, de poudres et de pâtes, d'appareils mystérieux dont j'ignorais tout. De nombreux établis – dont certains encombrés d'outils – se répartissaient ici et là.

– C'était son atelier, dis-je.

Une fois encore, je me fis la réflexion que l'*Hyperion* n'était pas un simple cargo loué pour transporter les effets de Grunel vers son nouveau domicile. Cet atelier si bien équipé avait servi. Du coin de l'œil, j'observais Hal, qui balayait la salle de sa torche ; ne voyant que des machines, des outils, des caisses étiquetées remplies de tuyauterie en cuivre ou en caoutchouc, de joints et de plaques métalliques, il se rembrunit.

Évitant les obstacles, nous avancions avec précaution. Je m'arrêtai devant un curieux fauteuil dont le haut dossier était muni de plusieurs paires de bras mécaniques.

– Qu'est-ce que c'est ? s'enquit Nadira.

– Sans doute une de ses inventions, répondit Kate.

Par chance, Grunel était maniaque de l'étiquetage. À l'arrière du fauteuil, il y avait une petite plaque de cuivre, sur laquelle je braquai ma lampe pour lire l'inscription à haute voix : « Habillage et déshabillage automatique ».

– Vous croyez que ce truc serre les corsets ? demanda Hal en se penchant vers Kate.

Cette question osée ne parut pas la démonter :

– Il ne sera pas plus brutal que Miss Simpkins.

Nous poursuivîmes l'exploration, ouvrant en chemin les caisses et les malles qui contenaient encore et toujours des outils et des matériaux destinés aux inventions de Grunel. Pas trace de billets ni de pièces d'or. Parfois, nous tombions sur une création terminée, blottie dans un nid de copeaux de bois. Le libellé des étiquettes était aussi extravagant que les objets eux-mêmes : « Propulseur de vapeur aromatique pour l'extinction des incendies grands et petits », « Fermeture hermétique révolutionnaire pour les bathysphères, engins submersibles de tous types et machines à laver automatiques », « Couche-culotte antifuite pour oiseaux domestiques, particulièrement adaptée aux toucans, perroquets et aras ».

Hal s'arrêta devant un immense coffre de bois qui ressemblait de manière troublante à un cercueil. Il était trop ornementé pour être une simple malle de rangement.

Nadira écarquilla les yeux :

– Que vient faire un cercueil dans cet atelier ?

– Vous croyez sincèrement qu'il s'est enfermé là ? demandai-je en retour.

– C'est ce que nous allons voir, déclara Hal. Il nous dira peut-être où il cache son magot.

J'en fus choqué ; ayant vu assez de cadavres pour la journée, je ne tenais pas à ce qu'il ouvre le coffre.

– Pas de serrure et pas de verrouillage, remarqua Hal en soulevant le couvercle à charnières.

Trouvant le coffre vide, il lâcha un juron tandis que, soulagé, je libérais mon souffle.

– Il a été construit pour un homme corpulent, observa Kate.

– Ou bien pour deux personnes, précisai-je.

C'était un cercueil des plus spacieux, d'un confort enviable et capitonné de soie rouge. L'intérieur du couvercle retint mon attention. Côté tête, on y avait fixé une mécanique complexe.

– Qu'est-ce que c'est que ça ?

Répondant à mes interrogations, Dorje lut la plaque de laiton apposée par Grunel :

– « Appareil pour transmettre des signaux depuis la tombe ».

– Ce devait être un drôle de bonhomme pour inventer un truc pareil ! commenta-t-il.

– Un homme morbide, à en croire la presse, intervint Kate. Il craignait qu'on l'enterre vivant. C'est une phobie répertoriée, qui porte un nom scientifique dont je ne me souviens plus.

Montrant du doigt une sorte de vilebrequin, je dis :

— Je crois que j'ai compris comment ça marche. Avec ce dispositif, on peut percer un trou en tournant les manivelles jusqu'à ce que la mèche atteigne la surface.

— Et là, fit Kate, regardez ! Une sorte de paille télescopique qu'on peut glisser dans le trou pour respirer.

— Il y a même un périscope ! m'exclamai-je. Histoire de ne pas rater le spectacle qu'on laisse derrière soi.

— Et un klaxon à poire pour corner ! renchérit Nadira, amusée.

— J'espère qu'il est puissant, commenta Kate.

Je tendis le bras pour appuyer sur la poire.

Le bruit nous fit sursauter. Mes oreilles tintaient tandis que le coup de klaxon se répercutait contre les murs de l'immense salle.

Dorje me considéra d'un œil sévère :

— S'il y avait quelque chose à réveiller ici, ce serait chose faite.

— Quoi qu'il en soit, dit Hal, je suis certain que Grunel aurait eu un succès fou avec cet appareil de transmission depuis la tombe. Seul problème, ça n'est utile que si la famille vous regrette. J'imagine les conversations à l'enterrement : « Dieu merci, nous voilà enfin débarrassés de cette vieille peau ! » Tut-tut ! « Tiens, drôle de bruit. On dirait que ça vient de sa tombe. » Tuut-tuut ! « On n'a rien entendu, on s'en va. »

Je souris et parvins à me retenir de rire, car Kate riait pour deux en regardant Hal, ravie. Très content de lui et de sa plaisanterie, il continua de lancer de vigoureux

« tut-tut » tandis que nous poursuivions la visite de la salle des inventions.

– Qu'est-ce que la phrénologie ? demanda Nadira, qui examinait la plaque d'une étrange machine.

Dans une cabine ouverte sur un côté, il y avait un tabouret et, juste au-dessus, un engin aux allures d'araignée mécanique géante, avec un nombre de pattes affolant, aux articulations multiples et terminées par des compas.

Kate vint jeter un coup d'œil :

– La phrénologie ? C'est une science qui étudie la forme du crâne humain. Selon certains, les creux et les bosses permettraient d'apprendre beaucoup sur la personne examinée.

– Par exemple ?

– Oh, le degré d'intelligence, la capacité de réussir, le courage, la tendance au secret, la loyauté et que sais-je encore.

Du doigt, j'effleurai les pointes acérées d'un compas :

– Je n'aimerais pas mettre ma tête entre ces mains-là.

– Vous me surprenez ! répliqua Kate, acerbe.

– Les joujoux à Grunel commencent à me fatiguer, grommela Hal. Continuons, s'il vous plaît. Nous ne trouverons rien ici qui ait la moindre valeur.

– Et ça ? demandai-je en désignant le pseudo-télescope trônant dans le coin opposé.

Nous nous en approchâmes. L'immense panneau vitré qui suivait la courbe de la coque était recouvert de givre. Toutefois, si nous ne pouvions pas voir au travers, il laissait entrer suffisamment de lumière pour nous permettre d'éteindre nos torches et d'économiser les piles.

La machine de Grunel mesurait vingt pieds de haut. Sa partie supérieure était entourée d'une plate-forme, à laquelle on accédait par un escalier en spirale rivé au sol de l'atelier. Hérissée de tubes de cuivre, de robinets rouges et de manomètres, la partie basse ressemblait à une chaudière à vapeur. Un cylindre métallique partait de la plate-forme et s'élevait à l'oblique pour rejoindre la vitre, à laquelle il était scellé. Pointée vers l'extérieur, la machine ne permettait cependant aucune observation, car il n'y avait pas d'oculaire où que ce soit.

Contrairement aux autres inventions de Grunel, celle-ci ne portait pas de plaque explicative.

— Je n'ai jamais rien vu de tel, dit Kate.

— Moi non plus, enchaîna Dorje.

— Aucune idée de ce que c'est, et je m'en fiche, déclara Hal.

— C'était un inventeur de génie, reprit Kate à son intention. Il se peut que cette machine soit une découverte remarquable.

— Cinquante dollars à la casse, ça ne vaut pas plus, maugréa le capitaine en se détournant.

J'espérais secrètement que Kate avait remarqué son comportement de butor. Elle avait dû comprendre que, malgré ses manières sophistiquées, il ne partageait pas son enthousiasme pour le savoir et les sciences. Contrarié comme il l'était, il aurait affirmé sans sourciller que la *Joconde* ferait une cible idéale pour les fléchettes.

Je lui donnais cependant raison. Puisque nous ne pouvions pas emporter la machine, il ne servait à rien de perdre un temps précieux à spéculer sur son utilité. Loin des envolées de l'imagination, nous cherchions du concret, sonnant et trébuchant : de l'or. Je lui emboîtai le pas, puis m'arrêtai pour regarder l'immense panneau de verre.

À présent que j'étais tout près, je notai qu'il n'était pas à l'aplomb de la coque, mais en retrait de quelques pieds. Je m'en approchai et grattai la glace pour me ménager une petite fenêtre. La vue, certes réduite, me révéla une pièce construite entre cette vitre et la coque, elle-même dotée de panneaux de verre renforcés. Elle n'était pas bien large, six pieds tout au plus, mais elle s'étendait en longueur des deux côtés, et je n'en voyais pas le haut. Difficile de déterminer ce qu'il y avait sur le sol tant il était encroûté de glace et de givre. J'aperçus de long rubans, comme des mues de serpent ou des tiges de maïs en décomposition. Puis mon regard se posa sur une petite chose blanche prise dans la glace. Une chose qui ressemblait nettement à un bec...

Un mouvement à quelques centimètres de la vitre me fit reculer d'un bond.

Des tentacules flottèrent sous mon nez avant de disparaître dans les tréfonds de la pièce.

— Hal ! criai-je.

Quelques instants plus tard, tout le groupe s'affairait à nettoyer la vitre. À cinq, nous eûmes bientôt dégagé un espace suffisant et restâmes médusés devant le spectacle.

— Des ouranozoaires, souffla Kate. C'est un vivarium !

— Un quoi ? demanda Nadira.

— Un vivarium. Un endroit où l'on garde des spécimens vivants dans les conditions de leur habitat naturel. Comme un terrarium ou un aquarium

— Ça alors ! s'exclama Hal.

Quatre ouranozoaires étaient suspendus dans l'air. Je mis un moment avant de comprendre qu'ils étaient tous morts. Leurs tentacules étaient inertes, et leur manteau diaphane n'ondulait ni ne se contractait. Le sac en forme de calmar qui leur servait de flotteur était fripé, rabougri, et pourtant les cadavres contenaient encore assez de gaz porteur pour se maintenir en hauteur. Trois d'entre eux dérivaient librement ; le quatrième, le plus gros de tous, était attaché au plafond par une sorte de harnais. Deux de ses tentacules étaient recouverts d'épais manchons de caoutchouc, d'où partaient des fils qui disparaissaient dans le sol gelé du vivarium.

— Il devait les étudier, dit Kate. Ce sont des créatures fascinantes !

— Des tueurs, oui, gronda Hal. Si jamais j'en trouve un vivant, je lui colle une balle dans le cœur.

— Je ne pense pas qu'ils aient un cœur, objecta Kate en examinant attentivement les ouranozoaires. Ce sont des organismes assez primitifs. Mais, pour m'en assurer, il faudrait que j'en dissèque un.

— Il n'y a qu'un fou comme Grunel pour faire de ces monstres des animaux domestiques, marmonna encore Hal.

— J'en veux un, déclara Kate, catégorique.

— Et moi, je ne veux pas de ça sur mon vaisseau.

— Quel mal pourraient-ils faire ? Ils sont morts !

— Regardez ! dis-je en montrant du doigt une grappe de sphères transparentes, pas plus grosses que des balles de golf, suspendue dans l'air.

Alors qu'elles approchaient, j'aperçus à l'intérieur une pelote serrée de tentacules et une membrane toute plissée.

Kate écarquilla les yeux :

— Ce sont des œufs ! Il doivent contenir assez de gaz porteur pour flotter. Astucieux ! Les œufs sont pondus en l'air et dérivent jusqu'à l'éclosion. Voici ce que je vais faire : je vais emporter un œuf ou deux. J'ai un bocal à spécimens dans mon sac.

— Les œufs ont une fâcheuse tendance à éclore, observai-je.

— Pas ceux-là, voyons ! Ils sont morts depuis des lustres. Hal, vous ne pouvez pas refuser.

— Très bien. Vous irez les chercher vous-même.

— Pas de problème.

Elle longea la vitre jusqu'à repérer le contour d'une petite porte et entreprit de gratter la glace pour dégager les gonds.

– Vous êtes sûre de vouloir entrer là-dedans ?
demandai-je.

– Certaine.

– Et surtout, ne traînez pas ! lança Hal avec irritation.

Suspendu à un crochet près de la trappe, il y avait une
sorte de scaphandre, sur lequel s'adaptait un casque avec
un hublot vitré. L'ensemble paraissait fait de caoutchouc
épais. Près du scaphandre, il y avait aussi plusieurs
perches à l'extrémité recouverte de caoutchouc. Même
revêtu de cette armure isolante, je ne m'imaginais pas
aller de mon plein gré au contact des dangereux ouranozoaires. Grunel était-il courageux, ou tout simplement
inconscient ?

Kate actionna la poignée. La porte n'était pas verrouillée. Elle tira d'un coup sec, et le battant s'ouvrit
dans une averse de cristaux de glace. Une odeur écœu-
rante de mangue nous accueillit.

– Vous sentez ? fis-je.

– L'hydrium ?

– Oui. Ils en sécrètent, j'en suis sûr.

Je tenais à souligner que je ne m'étais pas trompé,
quoi qu'en pensât Hal, mais elle n'en fut nullement
impressionnée. Sans prendre la peine de répondre,
elle sortit le bocal de son sac à dos et pénétra dans le
vivarium.

Je ne pouvais pas la laisser y aller seule.

– Qu'est-ce qui vous prend ? dit-elle en voyant que je
la suivais.

– Vous aurez peut-être besoin d'un coup de main.

– Je n'ai besoin de personne, merci.

Je lui tendis une perche :

– Tenez. Au cas où.

– Au cas où quoi ?

– Où il leur resterait un souffle de vie.

– Ils sont morts depuis quarante ans, Matt ! Je doute qu'ils fassent beaucoup d'étincelles.

Elle m'écrasait de son mépris, mais elle prit tout de même la perche. Je remarquai que Hal avait refermé la porte derrière nous. La glace crissait et craquait sous mes bottes. En regardant le sol, je compris enfin ce que j'avais vu à travers la vitre. Il était jonché des restes d'innombrables ouranozoaires dont l'enveloppe gélatineuse s'était desséchée. Çà et là, un bec acéré pointait parmi les débris membraneux.

Je reportai mon attention sur les grands corps amorphes qui flottaient dans l'air. Plus rien ne nous séparait d'eux à présent. J'avais beau les savoir morts, l'idée d'être si près de leurs tentacules ne me réjouissait pas. Je revoyais encore les yeux en flamme de M. Dalkey et son blouson qui explosait sous l'effet du courant après un simple effleurement.

Jugeant qu'un des monstres s'approchait un peu trop, je levai ma perche pour le repousser. La pointe s'enfonça dans le corps mou, et l'ouranozoaire s'éloigna, flottant comme une baudruche. Ses tentacules pendaient, inertes, et son manteau gélatineux n'ondulait pas. Nous restâmes cependant prudemment à distance.

Il faisait beaucoup plus froid dans le vivarium. Le sifflement du vent attira mon regard vers les grilles d'aération situées tout le long de la paroi extérieure.

— De l'air frais. Et de la nourriture, expliqua Kate, qui m'observait. Vous voyez ces entonnoirs, dehors ? Ils devaient aspirer des insectes de toutes sortes pendant le vol, pour alimenter les pensionnaires du vivarium.

— Je me demande s'ils ne mangeaient que cela, dis-je avec un signe de tête en direction du sol. Certains cadavres ont l'air d'avoir été mâchés.

— Possible. Le cannibalisme est plus fréquent qu'on ne croit. Les hommes eux-mêmes s'y sont essayés.

Nous nous arrêtâmes pour regarder la grappe d'œufs flottants.

L'extrémité de nos perches était recourbée, un peu comme une houe. Kate leva la sienne pour tenter d'attraper un œuf. Sans résultat. Elle eut beau s'entêter, ses efforts demeuraient vains.

— Je suis trop petite ! grommela-t-elle.

— Je vais essayer, dis-je.

Je parvins à accrocher un œuf pour le ramener à nous. La coquille scintillait de givre. Dedans, le bébé ouranozoaire était à jamais figé dans un sommeil glacé. De ses mains gantées, Kate guida doucement l'œuf dans le bocal et referma le couvercle.

— Là, petit, murmura-t-elle en contemplant son œuf avec ravissement.

Comme j'aurais aimé qu'elle me regarde ainsi !

On cogna contre la vitre. En me retournant, je vis Hal qui nous faisait signe de nous presser. Entraînant Kate, j'obtempérai. J'avais hâte de quitter ce lieu. Le crissement des cadavres d'ouranozoaires sous mes bottes me donnait la chair de poule.

Sitôt que nous fûmes hors du vivarium, je refermai soigneusement la porte derrière nous.

Hal consulta sa montre :

– Nous regagnerons le *Saga* dans une heure. Dorje, je vous demanderai d'aider Kate à transporter ses restes d'animaux empaillés sur le dos de l'épave. Nadira vous donnera un coup de main. Cruse, vous venez avec moi.

Il se dirigeait déjà vers la sortie.

– Où allons-nous ?

– Rendre une petite visite à ce vieux Grunel.

15

Grunel

Nous enfilâmes la passerelle de carène vers l'avant et les quartiers des passagers. Après être montés au niveau supérieur, nous nous arrêtâmes devant une porte de chêne sculptée.

– À bien réfléchir, Cruse, je me dis que Grunel gardait peut-être le magot à portée de main.

La poignée ne tournait pas. Hal appliqua la gueule de son pistolet contre la serrure et tira. Le battant s'ouvrit sur un noir d'encre. Les faisceaux unis de nos torches éclairaient à l'égal d'un projecteur. En entrant, j'eus l'impression de pénétrer dans le vestibule d'un hôtel particulier, à cela près qu'il n'y avait pas de grand escalier. Tout ici respirait le luxe, l'artisanat de qualité – et l'argent permettant de se les offrir. Des tapis persans ornaient le parquet en bois dur, des tableaux de maîtres dans des cadres dorés à la feuille agrémentaient les murs. À bâbord comme à tribord, des arches imposantes donnaient sur des salons dont les fenêtres givrées aux rideaux tirés laissaient filtrer de faibles rais de lumière. Nos lampes découvrirent d'élégants fauteuils à oreillettes et un Pianola. À en croire Kate, l'*Hyperion* avait été construit spécialement pour Grunel, et, comme il en était l'unique passager, il disposait seul de ces appartements somptueux.

Hal nous conduisit le long d'un couloir percé de plusieurs portes. L'une ouvrait sur une petite pièce de service avec un monte-plats, par lequel Grunel se faisait livrer ses repas directement depuis les cuisines, situées à l'étage en dessous. Une autre donnait sur une immense lingerie, et une troisième sur une pièce de dimensions plus modestes, à l'évidence la chambre du valet personnel de Grunel. Le lit était fait au cordeau ; quant à l'homme, il demeurait invisible. J'eus la vision morbide d'un cadavre gelé, caché dans un placard, qui nous tomberait soudain dans les bras.

Après être retournés au vestibule, nous prîmes un second couloir, terminé par une porte close. Le heurtoir en forme de tête de lion m'impressionna au point que j'hésitai à entrer sans frapper.

— Vous fatiguez ? s'enquit Hal.

— Non, ça va.

— Sûr ?

Il braqua sa torche sur moi pour m'examiner. Aveuglé, je clignai des yeux et détournai la tête :

– Certain.

– Pensez à prendre de l'oxygène si vous vous sentez faiblir.

– Je n'en ai pas besoin, merci, dis-je – et c'était vrai.

Hal ouvrit grand le battant, et nous pénétrâmes dans la cabine privée de Grunel – véritable chambre d'apparat. Le rayon de ma lampe effleura les murs tapissés de soie, les canapés et les fauteuils capitonnés de velours. Le lit à baldaquin princier était défait – et vide. J'en frissonnai. Où diable était passé le maître des lieux ? Des étagères occupaient tout un mur, chargées de volumes gelés reliés en cuir, dont le dos luisait de givre. Les rideaux étaient tirés sur les fenêtres de tribord. Soudain, dans le rayon de ma lampe qui balayait la pièce, j'aperçus une main. Je revins dessus et l'examinai plus avant.

Vêtu d'un pyjama de soie rouge et d'une veste d'intérieur grenat, Theodore Grunel reposait sur sa chaise longue, les pieds chaussés de pantoufles. Il avait le menton appuyé contre le torse, les yeux ouverts, une paupière tombante. Il semblait porter sur la pièce un regard réprobateur. Pas bien grand, il était taillé dans la masse, carré et trapu. Son crâne massif au large front s'ornait de longs favoris. Le nez était fort, épaté. Si le guetteur du nid-de-pie avait la peau tannée par le soleil, lui avait le teint pâle et cireux, le visage à peine desséché et parsemé de cristaux de glace. Même dans la mort, il avait l'air pugnace, semblait prêt à se lever pour nous montrer le poing.

– Le voilà, ce vieux renard, marmonna Hal.

Il s'avança jusqu'aux fenêtres pour ouvrir les rideaux, et une lumière blafarde se répandit dans la chambre. Elle était spacieuse, flanquée d'un vestiaire ; par la porte, je voyais des penderies, des tiroirs, des étagères, sur lesquelles s'alignaient des hauts-de-forme en grand nombre.

– Au travail ! dit Hal. Fouillez derrière les meubles, en dessous. Je cherche un coffre ou une chambre forte.

Il s'attaqua d'abord à la bibliothèque, jetant les volumes à terre rangée après rangée. Sa conduite me choquait, car je respectais les livres ; je gardai cependant mes réflexions pour moi. Sous l'apparente bonne humeur de Hal, je sentais de l'impatience et de la colère contenue.

Je commençai par une haute commode située à l'autre bout de la pièce, dont j'explorai un à un les tiroirs en m'efforçant de ne pas déranger les affaires. Je tâtai l'arrière de chacun en quête de compartiments secrets. Ne trouvant rien, je remis tout en place. J'avais la déplaisante impression que, depuis sa chaise longue, Grunel m'observait.

– Hé ! Vous n'êtes pas une femme de service, me lança Hal en venant me rejoindre. Howard Carter n'a pas hésité à casser des murs pour arriver jusqu'à la tombe de Toutankhamon ! Nous n'avons pas l'éternité devant nous. Maintenant, passez de l'autre côté et poussez.

Ensemble, nous fîmes basculer le meuble, qui s'écrasa au sol dans un fracas terrible. Pas de chambre forte derrière.

– J'ai le sentiment d'être un voleur, balbutiai-je, gêné.

– Vous auriez dû laisser votre conscience à Paris. Tenez-le vous pour dit, ce vaisseau n'existe pas. À sa disparition, il y a quarante ans, les autorités l'ont déclaré perdu corps et biens. Vous savez ce que ça signifie ? Que la famille de Grunel a touché une coquette somme des assurances, renonçant du même coup à tous ses droits sur le dirigeable. L'*Hyperion* n'appartient qu'à celui qui le retrouve. Prenez, Cruse ! Servez-vous ! Tout cela est à nous. Les trésors ne profitent pas aux morts, mais il peuvent contribuer au bonheur des vivants.

J'avoue que son magnétisme me séduisait. Il était tel un grand soleil, et moi, une petite planète qui tournait autour de lui et rêvait d'échapper à son attraction tout en se réjouissant des merveilles du voyage.

Du fond de la pièce, Grunel me surveillait d'un œil torve.

– Le vieux glaçon, là-bas, n'arrange rien, murmurai-je.

Hal éclata de rire. Il arracha un drap du lit et s'apprêtait à le jeter sur le cadavre quand un détail retint son attention :

– Qu'est-ce que c'est que ça ?

Paupières plissées, il examinait la main droite de Grunel. Entre les doigts raidis du mort, j'aperçus l'éclat terne de l'or. Hal tenta de récupérer l'objet, mais le poing gelé l'enserrait à la manière d'un étau. Le spectacle de cet homme s'escrimant sur le cadavre avait quelque chose d'indécent.

– Laissez, Hal !

Tirant un levier de son sac, il l'abattit sur le poing récalcitrant, brisant l'os et la glace. Je grimaçai à la vue du moignon déchiqueté. Une montre de poche en or était tombée sur les genoux de Grunel. Hal la récupéra, l'examina, puis en força le couvercle.

À l'intérieur, il y avait une photo finement craquelée. La photo d'une jeune femme.

— Tiens donc ! Il semblerait que ce vieux grippe-sou avait une bonne amie ! s'esclaffa Hal. J'espérais quelque chose de plus intéressant, mais c'est une jolie babiole.

Il ôta le portrait du couvercle et le jeta sur le tapis givré.

Je ramassai la photo pour la ranger dans mon sac. L'idée de la laisser traîner par terre me froissait. De même que la main de Grunel en morceaux. Hal recouvrit le cadavre du drap :

— Ça va mieux comme ça ?

Je fis oui de la tête.

— Notre première trouvaille, Cruse. Le gros du butin est à venir. Au boulot !

Côte à côte, nous fouillâmes la chambre. Des panaches de vapeur s'élevaient de nos bouches. J'explorai les commodes, les armoires, je soulevai les tapis, écartai les tableaux du mur. Les paroles de Hal m'avaient dynamisé. Pour la première fois, je ressentais l'excitation du chasseur de trésor ! J'étais sur une épave qui cachait assez d'or pour faire ma fortune ! Ma mère aurait sa maison, je pourrais sans doute m'offrir un appartement dans une jolie rue parisienne. Et un dirigeable – juste un peu plus grand que le *Saga*... Je ne serais plus un gamin, mais un homme.

Un léger murmure m'interrompit dans ma tâche. J'échangeai un regard avec Hal. Le murmure s'enfla, devint le sifflement d'un être courroucé pointant un doigt vengeur, la bave aux lèvres. Dans ma terreur, je sentis mes cheveux se hérisser sur ma nuque. Hal prit le pistolet à sa ceinture tandis que je me retournais, cherchant des yeux le revenant hurleur, regrettant que le rayon de ma torche ne soit pas une arme mortelle. De plus en plus strident, le sifflement me vrillait les tympans, et je me mis à crier pour combattre la douleur. Il cessa brusquement, s'acheva dans un bruit de chute retentissant.

Le son provenait de l'intérieur d'un mur. Braquant nos lampes à droite et à gauche, nous tentions désespérément d'en localiser l'origine.

– Là ! m'écriai-je enfin.

Les extrémités de deux tubes pneumatiques serties dans le plâtre, fermées par un obturateur ornementé et monté sur charnière, avaient jusque-là échappé à mon attention. Un petit drapeau vert s'était redressé sur l'un des tubes et vibrait encore.

– Ça alors ! s'exclama Hal. Tant de bruit pour un simple courrier !

La plupart des aérostats, les paquebots du ciel en particulier, étaient équipés d'un réseau pneumatique pour acheminer les messages. Je me détendis : au moins, nous n'aurions pas à affronter une goule en furie ! Mon soulagement fut, hélas ! de courte durée. Au bout de quelques secondes, une inquiétante question me replongea dans l'angoisse : qui diable avait envoyé le message ?

Mon cœur battait soudain à m'étouffer. Je respirais si mal que j'aurais volontiers mis mon masque à oxygène, mais je m'y refusais tant que Hal ne mettait pas le sien.

— Ça vient sûrement des autres, dit Hal.

— Sûrement. Je m'étonne juste que le système fonctionne toujours.

— Je suppose qu'il est alimenté par une turbine à air située à l'extérieur. Aussi longtemps que le dirigeable se déplace, ça marche.

Impressionnés par l'ingéniosité du dispositif, nous hochâmes tous deux la tête.

— On devrait peut-être lire le message, fis-je après un silence.

Comme moi, il hésitait. Je finis par me décider et, prenant une grande inspiration, je soulevai l'obturateur. Une capsule de caoutchouc aérodynamique glissa du tube de cuivre dans ma main. Je l'ouvris...

— Vide.

— Hmm, je présume que le réseau n'est plus au mieux...

— Oui. Et l'air comprimé envoie des capsules au hasard dans tout le vaisseau.

— Assez perdu de temps, au travail !

Hal était-il aussi inébranlable qu'il le paraissait ? Quoi qu'il en soit, s'il pouvait reprendre les fouilles, moi aussi. Nous n'étions pas à la tâche depuis cinq minutes qu'un grand cri de joie me parvint du vestiaire. Dans un placard, derrière une fausse cloison, il avait découvert un coffre-fort, un gros cube en métal de la taille d'un poêle à bois, posé sur quatre pieds et dont la porte faisait un bon pouce d'épaisseur.

— Bizarrement, ce vieux Grunel me paraît tout à coup plus sympathique, déclara Hal avec un sourire ravi.

— Vous savez ouvrir ça ?

Il m'adressa un clin d'œil complice :

— Aucune serrure ne me résiste. Cela vous surprend ?

— C'est le moindre de vos talents !

— Il suffit d'avoir les bons outils.

Hal sortit de son sac, non pas la panoplie habituelle du cambrioleur, mais une brique de matière souple, un peu comme du mastic, et un rouleau de fils

— Bien sûr, dit-il en prélevant une pincée de pâte, on peut s'amuser avec des limes et des crochets... Ce qui compte à la fin, c'est le résultat.

Il donna à la pâte la forme d'une cigarette, planta deux fils dedans et enfonça le tout dans la serrure du coffre :

— Maintenant, écartons-nous.

Tandis que nous retournions dans la chambre, Hal dévidait du fil. Quand nous fûmes à l'abri derrière l'ottomane, il tira de son sac un petit détonateur, auquel il raccorda les deux fils.

— Vous n'allez pas faire sauter le dirigeable par la même occasion ? m'inquiétai-je.

— Ne craignez rien, l'explosion sera d'une grande précision. Appuyez, vous verrez.

— Moi ?

— Oui. Je ne vous priverai pas de ce plaisir.

Son enthousiasme eut raison de ma méfiance, et j'appuyai sur le détonateur. Après un éclair de lumière et un bruit d'explosion étouffé, un nuage de fumée chimique se répandit dans la pièce.

— Ça vous a plu, hein ? commenta Hal.

— Je ne sais pas mentir, répondis-je en souriant.

Dans la seconde, nous étions debout et courions au vestiaire.

La porte du coffre était intacte et légèrement entrouverte, comme si le propriétaire lui-même avait débloqué le mécanisme. Je n'en revenais pas.

— Presque trop facile ! Pas vrai, Cruse ? Allez, il est temps de faire main basse sur le magot !

Je remarquai que, quand nous étions seuls tous les deux, ses belles paroles et ses manières de gentleman disparaissaient au profit du comportement de celui qu'il était vraiment : un aventurier, un homme qui, parti de rien, avait réussi par ses propres moyens. Je le préférais ainsi plutôt que lorsqu'il se donnait des airs avantageux devant Kate, Miss Simpkins et Nadira, nous abreuvant de ses discours au salon avec des mines de politicien.

Hal tira la porte du coffre.

À l'intérieur, il y avait une autre porte de métal.

– Prudent, notre Grunel ! observai-je.

– On ne l'est jamais assez, je lui tire mon chapeau, dit Hal en préparant une nouvelle charge d'explosif. Cruse, dans quelques instants, nous serons riches, vous et moi.

Pris dans l'excitation du moment, je lui demandai :

– Que ferez-vous de votre part ?

– Eh bien, je pense que dans ma situation un homme doit songer au mariage.

Le sourire s'effaça de mes lèvres :

– Ah oui ?

Hal inséra la pâte dans la serrure :

– Je serais assez tenté par une jeune femme intelligente et vive, aimant les voyages et l'aventure.

– Hmm...

– Et fortunée, cela ne gâcherait rien.

Je le dévisageai, surpris :

– Je vous croyais suffisamment riche.

Il eut une brève hésitation avant de lâcher :

– Un supplément ne peut pas nuire, n'est-ce pas ? Et vous ?

Déjà, il s'éloignait du coffre en dévidant ses fils :

– Vous avez déjà pensé au mariage ?

– Je n'ai que seize ans.

– C'est vrai. À votre âge, c'était bien le cadet de mes soucis. Les jeunes n'ont pas besoin de ce genre de responsabilité.

– En fait, j'avais l'intention de me fiancer, mentis-je.

– Vraiment ?

Hal raccorda les fils au détonateur.

– Pourquoi pas ? fis-je. Les fiançailles peuvent durer des années.

– Exact. Mais, avant de s'engager envers une jeune femme, il est d'usage d'avoir un emploi assuré ou du bien au soleil.

– Dépêchez-vous donc d'appuyer sur ce truc. Dans quelques secondes, je serai très riche.

– Pas aussi riche que moi, répliqua Hal en souriant de toutes ses dents.

Il déclencha l'explosion, et la seconde porte vola en éclats.

Ensemble, nous allâmes jusqu'au coffre. Et, là, ma belle humeur me déserta.

– Vieille bourrique surgelée ! grommela Hal.

Derrière la deuxième porte, il y en avait une troisième.

– Il vous résiste, remarquai-je.

La troisième porte vaincue, nous en trouvâmes une quatrième. Hal ne disait plus rien, se contentait de pester tandis que, de ses mains que le froid rendait maladroites, il tentait d'enfoncer les charges de plastic dans des serrures de plus en plus étroites.

– Il ne va pas rester beaucoup de place pour le trésor, dis-je quand la cinquième porte sauta pour en révéler une sixième.

– À peine assez pour une paire de chaussons, gronda-t-il.

– Des chaussons d'enfant...

– Peu importe, j'en viendrai à bout.

La porte sauta. L'accumulation de fumée me brûlait les yeux.

— Qu'est-ce qu'il y a dedans ? demandai-je.

— Rien.

— Rien du tout ?

— Une clé. La même que celle de Nadira. Et ça.

Il me lança un petit carnet à la couverture roussie.

— Vous qui êtes du genre à lire, Cruse, dites-moi de quoi il s'agit.

J'ouvris le carnet au hasard. La page était couverte d'une écriture fine et soignée.

— On dirait un journal.

— Un journal dans un coffre-fort ! On aura tout vu !

Proférant une série de jurons, il donna un coup de pied rageur dans le coffre éventré. Je rangeai le carnet dans mon sac en songeant que mon compagnon n'avait plus rien de jovial.

De nouveau, l'abominable sifflement résonna dans la chambre de Grunel. J'avais beau en connaître la source, j'en eus la chair de poule. Le drapeau vert du tube pneumatique se redressa. J'allai prendre la capsule pour regarder ce qu'elle contenait. Cette fois, elle n'était pas vide. Plusieurs feuillets s'y entassaient en un rouleau serré.

Je parvins à les extraire et les examinai. Il y avait là des lignes, toutes sortes de notations, comme sur les plans techniques. Il me sembla reconnaître un dessin du mystérieux cylindre que nous avions vu dans l'atelier de

Grunel et qui ressemblait à un télescope. Avant que j'aie pu creuser la question, Hal m'arrachait les plans des mains :

— Encore des inventions idiotes !

Il roula les papiers en boule et les enfourna dans la capsule.

— Un tire-barbe ou un gratte-nez automatique, je suppose, hein ?

— Hal, attendez...

Il mit la capsule dans le tube de départ, tira d'un coup sec sur le cordon à pompon, et les plans repartirent en voyage à travers le réseau pneumatique.

— C'était peut-être utile ! protestai-je.

— Si ça ne brille pas, ce n'est pas de l'or, déclara Hal, furieux.

Puis, se tournant vers le cadavre recouvert d'un drap, il ajouta :

— Où as-tu planqué le magot, espèce de vieil avare ? Là où tu es, ton trésor ne te sert plus à rien. Inutile de dormir dessus !

En entendant des pas, nous braquâmes nos lampes vers la porte. Dorje y apparut bientôt.

— Les filles sont fatiguées, annonça-t-il.

— Nous n'avons pas fini ici, rétorqua Hal.

— Nous continuerons demain, dit Dorje. Nous avons tous besoin de repos.

Hal s'apprêtait à lui répondre, puis il se ravisa et hocha la tête :

— Vous avez raison. Regagnons le *Saga*.

16

Journaux croisés

Quel plaisir d'être à nouveau à bord du *Sagarmatha* !
Après la température polaire de l'*Hyperion*, on s'y serait
cru sous les tropiques, tant il faisait chaud dans le salon
et la salle à manger. Nous étions tous un peu hagards et
nous avions perdu l'appétit ; c'est à peine si nous avions
touché au repas.

Déjà, la ceinture de mon pantalon était trop large.
Pourtant, je me sentais bien. Je n'osais rien dire à Hal de
peur qu'il me croie atteint du délire des sommets, mais
je ne tenais pas en place, je débordais d'énergie. Je
brûlais d'envie de retourner sur l'*Hyperion*. Je voulais
mon or.

Le repas fini, Hal nous récompensa en libérant un
supplément d'oxygène au salon. Vautré dans un fauteuil

à oreillettes, j'étendis les jambes vers la bûche électrique. Malgré la fourrure de panthère des neiges mes doigts et mes orteils avaient souffert de la morsure du froid pendant les trois heures que nous avions passées sur l'épave.

Avant de quitter le vaisseau, j'avais obtenu de Hal la permission de jeter un coup d'œil sur la cabine du capitaine. Dans son bureau à dos d'âne, j'avait trouvé le journal de bord de l'*Hyperion* pris dans une petite cascade d'eau gelée, et réussi à l'extirper de la glace. À présent, il dégelait dans une poêle à frire près du feu – une idée de Nadira. J'espérais que le papier ne se transformerait pas en buvard, ni l'encre, en taches illisibles...

Le temps était au calme ; les deux dirigeables accouplés oscillaient doucement dans le vent, stabilisés par les moteurs du *Saga*. Nous n'aurions pu souhaiter meilleures conditions pour notre entreprise de récupération. Pourtant, l'orage grondait dans mon cœur : je pensais sans cesse au désir que Hal avait de prendre femme. À l'évidence, il avait jeté son dévolu sur Kate de Vries. Dès qu'il ouvrait la bouche, je m'attendais à ce qu'il mette un genou à terre pour lui demander sa main. J'ignorais ce qui me faisait le plus peur : l'idée qu'il l'épouse, ou celle de l'épouser moi-même.

Miss Simpkins cousait. Depuis le temps qu'elle s'escrimait sur son aiguille, elle avait dû confectionner de quoi vêtir l'armée russe entière. Nadira surveillait la poêle et retournait le journal de bord pour qu'il sèche correctement sans que les pages roussissent. Près du bar,

Hal et Dorje discutaient à voix basse tout en étudiant le plan du dirigeable que le Sherpa avait établi pendant l'exploration. Kate photographiait son œuf d'ouranozoaire et prenait des notes. À chaque éclair du flash, une légère vapeur chimique s'élevait dans la pièce. Les os du quagga, du dodo et du Yeti avaient été chargés sur le *Sagarmatha* et mis à l'abri dans les soutes. Toutefois, pour le moment, seul l'ouranozoaire retenait l'attention de Kate.

J'avais sur les genoux le journal de Grunel – ma modeste part de trésor pour la journée. Je m'étonnais encore que Hal ne me l'ait pas confisqué pour le lire. Au lieu de cela, il m'avait demandé de le parcourir et de le prévenir si j'y trouvais des renseignements utiles. Il n'en attendait rien de bon et ne semblait pas avoir une très haute opinion de Grunel, ni des écrits en général.

À regarder les premières pages, j'étais presque tenté de lui donner raison. Les entrées de ce drôle de journal ne portaient pas de date ; les rares mots n'étaient même pas alignés, mais dispersés ici et là parmi des diagrammes incompréhensibles. Pour le reste, ce n'étaient que griffonnages pressés, des grappes de symboles illisibles et des chiffres dans tous les sens. Autant chercher à démêler un écheveau dans lequel on aurait laissé jouer une dizaine de chatons.

— Vous n'avez pas bientôt fini de photographier cette bizarre bestiole ? se plaignit Miss Simpkins en chassant de la main les vapeurs du flash.

– Pas plus bizarre que vous, Marjorie, rétorqua Kate en prenant un nouveau cliché. Je tiens à avoir des images détaillées de son aspect dans l'œuf avant de la disséquer.

– Parce que vous comptez la découper ? s'écria Miss Simpkins.

– En petits morceaux, oui. De cette manière, j'en apprendrai bien davantage, même si je suis plus à l'aise dans la dissection de mammifères. C'est là un organisme beaucoup plus primitif.

– Vous devez être comblée, avec vos spécimens d'espèces rares, commentai-je dans l'espoir d'engager une conversation amicale.

– Je les aurais ramenés tous si le *Sagarmatha* n'avait pas subi de dommages.

Et elle me regarda comme si tout était ma faute. Elle devenait aussi insupportable que Hal. À la réflexion, ces deux-là étaient faits pour s'entendre.

– Au moins, vous n'êtes pas rentrée bredouille. Moi, je n'ai pas trouvé le moindre sou.

– Il y a la montre du vieux, intervint Hal sans lever le nez de la carte.

– C'est vrai, j'oubliais. Il y avait un portrait à l'intérieur.

Je le sortis de ma poche pour le montrer à Kate :

– Vous avez une idée de qui cela peut être ?

– Sa fille, répondit-elle après y avoir jeté un rapide coup d'œil.

– Vous en êtes sûre ?

– Certaine. Ils ont le même front, le même nez. J'ai vu sa photo dans un journal.

– La fille qu'il a reniée et déshéritée ? À laquelle il n'adressait plus la parole ? insistai-je.

Elle hocha la tête.

Étrange... Grunel se serait-il réconcilié avec elle avant d'embarquer pour son dernier voyage ? Quoi qu'il en fût, elle occupait ses pensées.

– Je vous trouve bien mesquin, de rafler ainsi ses objets personnels, déclara Kate.

– N'est-ce pas pour cela que nous sommes venus ? objecta Nadira. Pour pirater toutes ses affaires ?

Elle avait fait mouche. Kate hésita un moment avant de répondre :

– Hmm... Peut-être. Mais rien ne nous oblige à jouer les pilleurs de tombes.

L'indignation m'étouffait, d'autant que l'idée d'emporter la montre venait de Hal. Je n'allais cependant pas m'abaisser à moucharder.

– Pilleurs de tombes ! m'exclamai-je. Vous êtes la seule ici à déterrer les os.

Kate releva le menton, impériale :

– Il n'y a pas de comparaison. C'est pour l'avancement de la science.

Je me tus. Nous étions tous sur les nerfs, ce soir. Un effet de la fatigue, de l'altitude et de l'air raréfié, sans doute. N'empêche, Kate paraissait bien irritable depuis quelques jours.

— Hal, reprit-elle, faute de ramener la collection de Grunel, j'aimerais au moins tenter d'en dresser le catalogue. Vous permettez que j'emporte mon petit appareil photo demain ?

— Faites, dit Hal, l'esprit ailleurs.

Accroupie près de la cheminée, Nadira sortit le journal de bord de la poêle. Les pages gondolaient, raidies et cassantes. Le livre avait doublé de volume.

— Je crois qu'il est cuit à point, plaisanta-t-elle.

— Est-il lisible ? m'enquis-je.

Elle s'installa dans un fauteuil, l'ouvrit à la première page.

— En date du 25 mars à Édimbourg, il y a un inventaire de la cargaison. Je saute ?

Sans attendre ma réponse, elle avait déjà tourné la page.

— Revenez en arrière et dites-moi combien ils avaient de carburant Aruba au départ.

Nadira étudia la liste et me donna le chiffre : l'*Hyperion* avait pris les airs avec deux cents tonnes de carburant.

— Combien d'eau ?

— Laquelle ? Radiateurs et chaufferie ? Lest ou eau potable ?

— Potable.

— Trente-cinq tonnes.

Je me tournai vers Hal et Dorje, qui suivaient notre échange.

— Il n'a jamais eu l'intention de gagner la Nouvelle-Amsterdam pour s'y installer, affirmai-je. Avec de pareilles réserves, l'*Hyperion* partait pour un voyage au long cours. Les cartes que nous avons vues à bord le confirment.

— Où diable allait le vieux ? Il avait assez de carburant pour faire cinq fois le tour du monde, observa Hal.

— Et s'il comptait vivre dans le ciel ?

Jugeant cette idée ridicule, Hal ricana.

— Pensez au musée qu'il a bâti à bord, à son atelier, insistai-je. Même sur l'*Aurora*, les salons d'apparat étaient moins luxueux ! L'*Hyperion* n'était pas un vaisseau de transport, mais une maison de maître volante.

Hal haussa les épaules ; ces renseignements futiles ne l'intéressaient pas.

— Écoutez ça, dit alors Nadira.

Et elle lut à voix haute :

« Je me suis enquis de notre destination auprès de M. Grunel. Il m'a répondu n'en avoir aucune. Je lui ai suggéré d'en choisir une, à quoi il a répliqué que mon choix serait le sien tant que nous restions à l'écart des sentiers battus. "Peu importe puisque, de toute façon, nous n'arriverons pas." Quand j'ai manifesté mon incompréhension, il m'a rétorqué avec irritation : "Continuez à voler, capitaine, c'est tout ce que je vous demande." Curieux de savoir ce que nous ferions lorsque nous serions à court de carburant, je lui ai posé la question. Avec un sourire énigmatique, il m'a conseillé de ne pas m'en inquiéter.»

— Ce type était fou à lier, grommela Hal. Mais nous le savions déjà, rien qu'à ses inventions.

— Il était tout sauf fou ! s'emporta Kate. C'était un génie qui a donné au monde...

— Je sais, je sais, la coupa Hal. N'empêche qu'il faut être un peu fêlé pour embarquer la totalité de ses biens sur un dirigeable dans le but de disparaître parmi les nuages.

N'ayant rien à ajouter, j'entrepris de feuilleter le journal de Grunel. Page après page, il était couvert de notations biscornues. Ces hiéroglyphes avaient-ils seulement un sens pour lui ? Mes manuels de physique ressemblaient à un jeu d'enfant à côté de ces longues suites de chiffres et de symboles.

Nadira se remit à lire :

«Le premier soir de vol, nous avons dîné ensemble, M. Grunel, les officiers et moi. Il nous a rappelé que, sous aucun prétexte, nous ne devions télégraphier notre position à qui que ce soit sur Terre. Qu'à partir de maintenant, nous n'existions plus. Nous étions de surcroît tenus de ne pas révéler nos coordonnées ou notre destination aux hommes d'équipage. Nous avions accepté ces conditions avant d'embarquer. Au terme du repas, M. Grunel nous a remerciés et a pris congé de nous en ces termes : *"Vous ne me reverrez sans doute pas avant longtemps. J'ai beaucoup de travail et ne souhaite pas être dérangé, sauf en cas d'urgence. Bonne nuit, messieurs."* »

Lorsque Nadira eut fini, je tournai une page du journal et tombai sur l'une des rares lignes de texte, écrite de la main de Grunel en petits caractères soignés. À mon tour, je lus à haute voix :

« À présent que nous sommes en vol, je peux enfin terminer ma tâche sans craindre les interruptions, les espions et les saboteurs. B. lui-même ne me retrouvera plus. »

— Je me souviens d'avoir lu dans la presse qu'il était paranoïaque, commenta Kate.

— Qui diable était ce B. ? murmurai-je.

— Un type qui voulait lui voler ses idées ? suggéra Nadira.

— Il était convaincu que la Terre entière cherchait à voler ses idées, affirma Kate.

— Encore un signe de folie, intervint Hal.

Pour une raison inexpliquée, notre lecture des deux journaux semblait l'exaspérer. Il nous écoutait d'une oreille en se mordant les lèvres, le regard perdu au loin.

— J'aimerais bien savoir à quoi il travaillait, dis-je. Il y avait une foule de choses dans son atelier.

Je revis la grande machine en forme de télescope, la seule à ne pas avoir d'étiquette ni de nom. Si Hal n'avait pas renvoyé les plans dans le tube pneumatique, nous aurions pu avoir une idée de ce que c'était.

Tandis que je réfléchissais, Nadira tournait les pages du journal de bord.

– Ce sont surtout des notes sur les conditions météo... Ah ! Voilà quelque chose de plus passionnant :

« Grunel est un curieux bonhomme à n'en pas douter. Nous ne l'avons pas revu depuis le premier soir. Il ne quitte pas ses appartements, servi, je présume, par son domestique, cette fouine d'Hendrickson. »

– Nous n'avons pas vu cet Hendrickson, remarquai-je à l'intention de Hal.

Je m'en étonnais d'autant que nous avions passé les quartiers de Grunel au peigne fin. Dans la mesure où la catastrophe avait frappé pendant la nuit, nous aurions dû tomber sur le cadavre.

– Grunel l'a peut-être chargé d'aller lui préparer un chocolat chaud en cuisine, dit Hal, qui manifestement s'en souciait comme d'une guigne.

– Désolé, Nadira, dis-je. Je vous ai interrompue, continuez.

Elle reprit la lecture :

« Pourtant, à en croire mes hommes d'équipage, il y aurait beaucoup de bruit en provenance de la salle que

Grunel appelle son "ingenierium", mais aucun d'eux ne l'a vu y entrer ou en sortir. Il est seul à avoir la clé de cette pièce et de celle qui lui fait face. Troisième semaine, et pas le moindre contact avec la Terre!»

Je repensai à l'infortuné capitaine, gelé et soudé par la glace au gouvernail, mort à son poste depuis des lustres. Avait-il regretté sa décision de prendre le commandement de l'*Hyperion* pour ce voyage des plus inhabituels ? Sa tâche consistait à parcourir les cieux sans jamais se poser. En un sens, cela me faisait rêver, car j'adorais voler plus que tout au monde, et j'éprouvais toujours une sorte de tristesse à l'atterrissage. Étant né dans les airs, je me demandais souvent s'il serait possible de ne jamais plus toucher le sol.

— Il semblerait que le vieux Grunel ait eu l'intention de rester là-haut tant qu'il n'aurait pas terminé ses travaux, commentai-je.

— Pour s'isoler de la sorte, il devait être pris par un projet grandiose, remarqua Kate.

— Sa dernière invention vaut peut-être de l'or, fis-je.

Kate me foudroya du regard :

— De l'or ! Comme si c'était la seule valeur qui compte ! Songez qu'il peut s'agir d'une découverte scientifique capitale. Il faut que nous sachions ce que c'était.

— Aucun intérêt, déclara Hal.

— Je me demande s'il est arrivé au bout de ses travaux, murmurai-je.

— Combien de temps peut-on voler avec autant de carburant ? s'enquit Nadira.

— Des mois, répondit Dorje. Tout dépend des vents.

— Si son seul but était de rester en l'air, intervins-je de nouveau, rien ne l'empêchait de se mettre vent arrière et de se laisser porter afin d'économiser le carburant.

— Quelle est la date de la dernière entrée du capitaine ? demanda Hal à Nadira.

Elle tourna les pages :

— Le 10 avril.

— À cette date, la Terre entière croyait l'*Hyperion* perdu corps et biens, expliqua Kate. Il devait atteindre la Nouvelle-Amsterdam quatre jours après son départ. De fait, ils ont volé beaucoup plus longtemps que nous ne l'imaginions.

— Lisez la dernière entrée, Nadira ! ordonna Hal.

La jeune fille s'exécuta :

« La vigie m'apprend que nous sommes suivis. Dans l'incapacité d'identifier le vaisseau, nous supposons qu'il s'agit de pirates. Lentement mais sûrement, il se rapproche. J'ai averti Grunel. Affolé par cette nouvelle, il a exigé que nous volions à pleine vitesse droit vers la tempête qui sévit à vingt nœuds aériens au sud-est. J'ai tenté de l'en dissuader, en vain. Il pense que nous parviendrons à semer nos poursuivants dans les nuages. Nous mettons à présent le cap sur la perturbation. »

Après avoir entendu les derniers mots notés par le capitaine, nous restâmes un moment silencieux ; puis j'allai à la fin du journal de Grunel pour me mettre en quête de sa dernière entrée – quelques lignes de sa petite écriture fine, que je lus à haute voix :

« C'est bien ce que je craignais. Le capitaine pense que des pirates nous donnent la chasse, mais je ne suis pas dupe. C'est B. Depuis des années, il me poursuit sur Terre, et, Dieu sait comment, il a retrouvé ma trace dans les cieux. Il serait par trop cruel qu'il s'empare de mon invention au moment où j'arrive au terme de mes travaux. »

– Pirates ou B., ces poursuivants n'ont pas mis le pied à bord de l'*Hyperion*. Ils ne l'ont pas rattrapé, conclut Nadira.

Je hochai gravement la tête :

– Le vaisseau est entré dans la zone de turbulence et a été pris dans le courant descendant de la perturbation.

– Dans le courant ascendant, corrigea Hal.

Me souvenant de mon aventure à bord du *Floatsam*, je secouai la tête et persistai :

– Non, il a été pris d'abord dans le courant *descendant*. Le capitaine a paniqué et largué du lest pour tenter de sauver le dirigeable. Je parie que, si nous regardions le niveau des ballasts, nous trouverions les cuves à zéro. Léger comme une plume, l'*Hyperion* est remonté à toute allure, emporté par le courant ascendant vers Skyberia.

— Il aurait pu larguer de l'hydrium, objecta Hal.

— Il n'en a peut-être pas eu le temps.

— Hmm... C'est une théorie.

— Une excellente théorie, intervint Dorje. Matt, je pense que vous avez raison.

Le soutien discret de Dorje était pour moi une aubaine. Je jubilais intérieurement en espérant que la joie de cette victoire ne se lisait pas sur mes traits. Un coup d'œil à Kate m'apprit qu'elle ne me regardait pas. Peu lui importait que j'aie résolu l'énigme de l'*Hyperion* et de sa mystérieuse disparition !

— J'en ai assez, de leurs gribouillages, grommela Hal. Ces journaux sont sans intérêt s'ils ne nous disent pas où se cache le butin.

Une lueur de frustration passa dans les yeux de Nadira, qui opinait avec énergie.

— Ils peuvent encore nous fournir de précieuses indications, observa Dorje.

Nadira soupira, irritée.

— Il y a autre chose dans le journal de Grunel ? me demanda-t-elle. Une carte avec une croix à l'emplacement du trésor ?

Je feuilletai le volume en remontant vers le début. Mon attention fut soudain attirée par le plus beau des dessins, qui s'étalait sur deux pages. C'était une ville entière, une cité aérienne suspendue dans le ciel et portée par d'énormes ballons d'hydrium aux formes de nuages. Les bâtiments étaient reliés par de grands ponts articulés et des allées couvertes. Des jardins en terrasses croulant sous les fleurs s'étageaient le long des édifices de verre. Sur de larges balcons, des gens contemplaient la vue toujours changeante des lieux qu'ils survolaient. Il y avait des quais, des dirigeables à l'ancre. Des ornithoptères voletaient çà et là, transportant les habitants d'un endroit à l'autre.

Devant mon étonnement, les autres vinrent me rejoindre pour regarder aussi.

— Superbe ! s'exclama Kate, penchée par-dessus mon épaule.

Elle se mit à me montrer des détails du croquis, et je lui en indiquai d'autres. Sans vraiment lui parler, je sentais la distance fondre entre nous. Un même émerveillement nous rapprochait, nous liait l'un à l'autre ; j'aurais aimé que ce moment soit sans fin.

Fasciné, je tournais les pages. Il n'y avait pas de texte, rien que des croquis de cette fabuleuse cité des airs, représentée sous tous ses angles.

— Là, ce sont des oiseaux ? demandai-je en plissant les yeux.

— Non, ce sont des gens ! répondit Kate.

Elle avait raison. Équipés d'ailes articulées, c'étaient bien des hommes et des femmes qui voletaient autour des clochers et des tours. J'avais l'impression que ces images étaient nées de ma tête, illustraient ce qui serait pour moi le plus beau des mondes possibles. J'étais conquis.

— Il ne manquait pas d'imagination, marmonna Nadira, plus exaspérée qu'enthousiaste.

Ce n'était pas là ce qu'elle avait espéré.

— Vous pensez qu'il avait l'intention de construire ça ? demanda Kate.

— Je l'ignore.

La tristesse s'empara de moi : une telle ville serait impossible à bâtir.

— L'opération coûterait les yeux de la tête, poursuivis-je. Il faudrait une fortune, rien que pour approvisionner la cité en carburant.

— Sans parler de l'eau et des vivres, enchaîna Hal. Et en cas de fuite ? Où prendraient-ils de l'hydrium ? À la moindre tempête, il ne resterait que des ruines, des carcasses de feralu tordu. C'est de la pure science-fiction !

Que le projet soit irréalisable n'entamait en rien sa beauté ; au contraire. Il était tissé de l'étoffe des rêves la plus fine.

— Rangez vos jolies images, dit Hal. Il faut que nous établissions un plan de travail pour demain.

À regret, je refermai le volume.

— Le temps est sur le point de changer. Plus question de musarder ! Nous nous répartirons les tâches. Cruse, vous ferez équipe avec Nadira, moi avec Kate. Dorje n'a besoin de personne. Ainsi, nous couvrirons davantage de terrain.

Je jetai un bref coup d'œil à Kate, curieux de savoir ce qu'elle en pensait. Elle approuva d'un hochement de tête :

— Cela me paraît très efficace.

Hal et moi nous regardâmes, et je crus voir danser une lueur amusée dans ses prunelles. N'était-ce pour lui qu'un agréable divertissement ? Si oui, il ne jouait pas franc jeu.

— Pourrai-je dresser le catalogue de la collection de Grunel ? s'enquit Kate.

— Quand nous aurons trouvé l'or, vous disposerez peut-être d'un moment de loisir. Mais ne comptez pas trop dessus. Plus nous restons à cette altitude, plus nous nous affaiblissons. Nous perdons des muscles, de l'énergie, la faculté de réagir vite. Nos corps se meurent. Au bout de quarante-huit heures, vous serez plus près de la mort que jamais — sauf si vous mourez avant, bien sûr.

Il y eut un silence.

— Pas très encourageant, ce discours, remarquai-je.

— Inutile de tourner autour du pot, il faut le savoir.

Dorje sourit :

— Je ne m'inquiète pas pour M. Cruse. Je n'ai pas l'impression qu'il ait beaucoup souffert aujourd'hui. Il a un cœur himalayen, comme ceux de mon peuple.

Réchauffé par ce compliment, je souris à mon tour.

— Grunel a caché son argent dans un endroit inhabituel, reprit Hal. Mais il est quelque part, j'en suis certain.

Nous nous partagerons le vaisseau pour le fouiller jusqu'à ce qu'il rende son trésor.

Nadira ouvrit la bouche pour parler, puis se ravisa.

— Vous alliez dire... ? m'enquis-je.

— Rien, je... Je me demandais si j'étais la seule a avoir senti quelque chose, là-bas. Quelque chose qui nous observait.

Le froid me glaça la nuque et les épaules.

Pour la première fois depuis des heures, Miss Simpkins releva le nez de sa couture :

— Des fantômes ? Vous croyez que le vaisseau est hanté ?

— Sornettes de Gitans que tout cela !

Hal faisait le fier, mais je surpris le regard qu'il avait jeté à Dorje.

— Dans le poste de pilotage, nous avons tous entendu une voix par le tube de communication, insista Nadira.

— Le vent, déclara Hal.

— Une explication propre à nous rassurer. Il n'empêche que, pour moi, la voix disait : « nid-de-pie ».

— J'avoue que c'est ce qu'il m'a semblé aussi, dit Kate.

— Écoutez-moi, gronda Hal, agacé. Nous tentons une opération de récupération délicate. Nous n'avons pas de temps à perdre en vaines superstitions.

— Vous n'auriez pas dû balancer le guetteur dans le vide, intervint Dorje.

Exaspéré, Hal leva les bras au ciel :

– Qu'est-ce que vous vouliez que je fasse ? Que je laisse tout le monde patiner sur le dos gelé de l'épave pendant que nous nous occupions du cadavre ? Et si l'un de vous était passé par-dessus bord ? Ce serait mieux ?

– Non, dit Dorje. Mais ce vaisseau n'est pas en paix. Nadira a raison. Je l'ai senti aussi.

Je n'avais pas oublié le terrible pressentiment qui m'avait assailli à bord de l'*Hyperion*, la sensation que quelque chose attendait, tapi dans l'ombre. Je me souvenais aussi du regard effrayant de Grunel sous ses paupières tombantes.

– Si quelqu'un a peur, rien ne l'oblige à y retourner, déclara Hal, méprisant. Je ne veux pas de mauviettes sur l'épave.

– Je viens, dis-je.

– Nous venons tous, dit Kate.

– Le navire a subi un grand malheur, dit Dorje, et les âmes de ces hommes sont encore troublées, peut-être même courroucées par cette mort soudaine. Je doute qu'ils soient très coopératifs.

*

Je dormis mal cette nuit-là. J'étouffais dans l'air raréfié et ne cessai de m'éveiller en sursaut. J'aurais dû suivre les conseils de Dorje et mettre mon masque à oxygène. Seule m'en retenait l'idée que, dans sa cabine, Hal reposait paisiblement sans masque.

Je pensais à Kate. Je ne la comprenais pas – ni elle, ni ses sentiments pour moi. Mon cœur martelait mes côtes. Je regrettais qu'il ne puisse me dicter ma conduite, me dire quel genre de personne j'étais...

Peu avant l'aube, je m'assoupis. Je me trouvai bientôt devant une succession de portes qui paraissait sans fin. Dès que j'en ouvrais une, la frayeur me nouait le ventre ; je sentais confusément que quelque chose m'attendait derrière.

Enfin, au comble de l'angoisse, j'arrivai devant la porte de derrière. J'actionnai la poignée et poussai.

Le battant s'ouvrit en partie, buta contre un obstacle avec un bruit mat. L'effroi me glaçait le sang, paralysait mes sens et mes pensées. Dans ma panique, je tentai de m'éveiller, mais le cauchemar ne me lâchait plus.

Une chose apparut derrière la porte. Un être, une silhouette d'homme, une ébauche mal dégrossie. Je n'aurais su dire s'il était vêtu tant il était informe, à croire qu'il sortait tout juste de la glaise, que la main de son créateur ne l'avait pas lissé. Toute de creux et de bosses, sa tête semblait encore porter des traces de doigts, parmi lesquelles on ne distinguait que les yeux et la bouche. Et pourtant ce visage exprimait quelque chose – non la méchanceté, mais la peur, comme si lui aussi avait été surpris. Nos regards accrochés l'un à l'autre se renvoyaient l'image de nos terreurs jumelles, et je restai là, pétrifié, incapable de déterminer s'il était ami ou ennemi.

17

Jardin sous la glace

De nouveau revêtus de nos combinaisons en panthère des neiges, Nadira et moi suivions la passerelle de carène. Il était encore tôt ; nous venions d'arriver à bord de l'*Hyperion*. Hal nous avait ordonné de commencer par la poupe et de remonter vers l'avant en fouillant méthodiquement resserres et entrepôts, cabines et placards. Le vent avait forci pendant la nuit, et l'épave tanguait en gémissant sous la puissante houle céleste. La charpente de bois, les poutrelles métalliques et les fils tendeurs tremblaient sous l'effort. À la lumière de nos torches, des reflets d'arcs-en-ciel naissaient sur la glace. Nos souffles produisaient des nuages de vapeur. Encore sous l'emprise de mon cauchemar, je craignais à tout moment de voir surgir de l'ombre le cadavre gelé d'un membre d'équipage ranimé par la rage ou la confusion.

J'imaginais Kate qui explorait le dirigeable avec Hal. Si elle prenait peur, elle s'accrocherait à son bras, se presserait contre lui. Bombant le torse, il la rassurerait de ses discours de macho. Près de lui, elle se sentirait en sécurité. Seul avec elle, il pouvait la demander en mariage d'une minute à l'autre. Quelle serait sa réponse ? Et si elle disait oui ? Au fond, cela vaudrait sans doute mieux pour moi. Nous avions si peu en commun ! Un an plus tôt, mon fidèle ami Baz m'avait déclaré que nous étions aussi dissemblables qu'un poisson et un kangourou. J'étais presque tenté de lui donner raison.

Je jetai un regard discret à Nadira, dont les mèches brunes s'échappaient de son capuchon. Notre baiser me revint en mémoire ; j'y pensais souvent. Grande était sa beauté. À bien des égards, je me sentais plus proche d'elle que de Kate. De par nos origines, nous avions l'habitude d'être traités en parias, de lutter pour nous en sortir par nos propres moyens. Nous avions tous deux perdu nos pères. Avec elle, je n'avais rien à prouver, je n'en éprouvais pas le besoin. Ce baiser dans le nid-de-pie m'intriguait cependant. Peut-être que, toute à la joie d'échapper à un odieux mariage, elle m'avait sauté au cou sans réfléchir ; peut-être que son geste spontané n'avait pas de sens à ses yeux. Cette idée m'attristait sans que je comprenne pourquoi. Mes propres sentiments m'étaient devenus un mystère. J'avais perdu contact avec une partie de mon cœur, comme si le froid de l'*Hyperion* l'avait engourdi. Troublé, je m'efforçai de me concentrer sur la tâche qui nous attendait.

Au bout de la passerelle, nous nous arrêtâmes devant la dernière porte à tribord. En proie à une légère angoisse prémonitoire, je posai la main sur la poignée. Serrant les dents, je poussai bravement le battant.

Nous entrâmes, et je repris espoir : la pièce était remplie de grands coffres de bois. Je soulevai le couvercle du premier. Il ne contenait hélas pas d'or, mais des vivres. Un peu partout, des sacs de riz et de céréales s'entassaient contre les murs. Les uns après les autres, les coffres se révélèrent emplis de conserves. À croire que tous les aliments du monde pouvaient finir en boîte ou en bocal – pêches, cervelles de veau, laitues, lapins entiers avec leur fourrure. Il y avait là assez de victuailles pour monter une expédition à travers l'Antarctique. Cela n'aurait pas dû me surprendre ; selon le journal de bord du capitaine, Grunel avait prévu de voyager longtemps sans que l'*Hyperion* soit réapprovisionné.

De l'autre côté, la porte suivante donnait sur une sorte de hangar aéronautique. Un rail courait sur toute la longueur du plafond, et deux étranges machines volantes y étaient suspendues à leurs trapèzes d'amarrage. Jamais je n'avais rien vu de tel. Je ne connaissais que les ornithoptères actuels, dotés d'une paire d'ailes de plumes, dont les battements leur assuraient puissance ascensionnelle et mobilité. Ceux de Grunel ressemblaient davantage à des chauves-souris qu'à des oiseaux. Faites d'une matière souple proche du cuir, leurs ailes curieusement repliées s'articulaient autour des nervures. Le cockpit était surmonté de deux hélices, une de chaque côté.

Malgré leur aspect maladroit et fragile, ces engins, plus robustes qu'il n'y paraissait, pouvaient transporter non pas un, mais quatre passagers.

Les ornithoptères n'étant qu'à quelques pieds du sol, je m'approchai pour les examiner. Ils avaient, sous l'avant, une poignée métallique, un peu comme les manivelles des automobiles. Sur le côté, je découvris une trappe et la soulevai pour braquer ma lampe sur les entrailles de la machine : des pignons, des roues dentées, des engrenages, des chaînes et des poulies, toute une mécanique digne d'un horloger suisse... et pas trace de moteur à combustion.

– Ça alors ! s'exclama Nadira, sidérée. Il n'a même pas besoin de carburant !

J'ignorais jusque-là l'existence d'engins capables de se propulser dans les airs sans moteur ni carburant Aruba. Les portes de décollage hermétiquement closes, pratiquées dans le sol du hangar, étaient recouvertes d'une pellicule de glace. Ces bizarres machines avaient-elles jamais volé ? N'étaient-elles qu'une des inventions inachevées de Grunel ? Je revis en esprit le merveilleux dessin de la cité aérienne, son ciel constellé d'ornithoptères. Et aussi d'hommes volants...

C'est alors que j'aperçus, accrochée au mur du fond, une immense paire d'ailes. J'allai aussitôt y regarder de plus près. Couverte d'un plumage épais, la structure s'articulait à la manière d'un éventail pour permettre de déployer ou refermer ces ailes, montées sur une sorte de harnais rigide qui s'attachait par des sangles autour du torse, des jambes et des bras. Il y avait même un segment de queue, que l'utilisateur dirigeait avec les pieds.

— Vous croyez que ça marche ? demandai-je à Nadira.

— Vous êtes partant pour le vol d'essai ?

Sa remarque me fit rire. L'équipage de l'*Aurora* disait en plaisantant que j'étais plus léger que l'air, et la part de moi qui aimait le défi se plaisait à imaginer qu'en cas de chute le ciel me porterait. J'effleurai les ailes de la main. Comme j'aurais aimé les tester !

Nadira était déjà passée à autre chose. En cela, elle ressemblait à Hal ; les inventions de Grunel n'étaient que vaine distraction à ses yeux. Je la rejoignis pour poursuivre la fouille du hangar. En dehors des caisses de pièces détachées et d'outillage, il n'y avait pas grand-chose. Nous fîmes une petite pause pendant laquelle Nadira respira de l'oxygène en bouteille. Je préférais garder le mien en cas de nécessité. Si je sentais maintenant les effets de l'altitude qui rendaient tout effort pénible, même la marche, je n'étais pas encore essoufflé.

— Vous pensez que Kate tiendra ? s'enquit Nadira en ôtant son masque.

— Pourquoi cette question ?

— Je la trouve bien agressive, ces temps-ci. Surtout envers vous.

— Oh, ça ! Elle me juge responsable des avaries causées au *Sagarmatha*.

Finalement, Hal ne s'était pas trompé à son sujet ; Kate avait une volonté de fer, et je m'étais interposé entre elle et ses désirs. Elle voulait toute la collection de Grunel ; elle voulait Hal.

— C'est ridicule !

— Pas de son point de vue. Ni de celui de Hal, d'ailleurs.

— Il ne vous estime pas à votre juste valeur, affirmat-elle. Vous avez risqué votre vie pour sauver Kami Sherpa.

En cet instant, je débordais de gratitude envers Nadira pour ces paroles que Kate n'avait pas prononcées. Brisant le charme, elle lança avec une pointe d'impatience :

— Reprenons les fouilles !

Alors que nous quittions le hangar aux ornithoptères, un grand frisson parcourut le vaisseau. Depuis une heure, j'avais constaté que le vent forcissait, qu'il s'engouffrait par les déchirures de la coque, faisait trembler le sol sous mes pieds. Je songeai que les moteurs du *Saga* devraient fournir un effort supplémentaire afin de nous stabiliser.

Nous traversâmes la passerelle pour gagner la porte d'en face. Lentement, j'actionnai la poignée et poussai... Le battant s'entrouvrit et buta contre un objet dur. L'image de mon cauchemar me revint, et l'angoisse me serra la poitrine. Avec un juron, je donnai un violent coup de pied dans la porte. Il y eut un bruit de choc, suivi d'un raclement, tandis que le battant s'ouvrait davantage.

Je reculai d'un pas et attendis. Il me semblait qu'une main s'était refermée sur mon cœur et le pressait comme une éponge. Nadira me dévisageait, éberluée.

Rien ne se produisit. Pas un son ne filtrait de la pièce plongée dans l'obscurité. Je pris le levier dans mon sac, l'empoignai comme une arme, et je m'élançai à l'intérieur, braquant ma lampe derrière la porte.

Le souffle me manqua ; puis je mis à rire aux éclats sans pouvoir m'arrêter. Un poulet gelé, dur comme du caillou, gisait sur le flanc contre le battant. La torche de Nadira éclairait d'autres poulets, enfermés dans une cage grillagée, qui semblaient prêts à caqueter ou à pondre.

La salle ressemblait à une petite grange. Le sol couvert de paille était parsemé de fientes transformées en glaçons. On avait disposé çà et là des auges pour l'eau et le grain. Contre le mur du fond, il y avait deux stalles, l'une occupée par une chèvre rigide, l'autre par une vache à lait échouée sur le flanc.

— Étrange..., lâcha Nadira.

— Très.

De fait, je commençais à avoir l'impression que l'anomalie, c'était moi, que les vivants n'avaient pas leur place parmi tous ces cadavres congelés. Il était rare que des cargos ou des paquebots du ciel aient des animaux à bord. Cette petite ferme volante était cependant dans le droit fil du projet de Grunel qui visait à l'autonomie pendant son long voyage. Les poules donnaient des œufs, la chèvre et la vache, du lait frais, du fromage, et toutes fourniraient de la viande si besoin était.

Nous passâmes la salle au peigne fin. Nadira alla jusqu'à retourner la paille des nids dans le poulailler au cas où Grunel aurait caché des pièces d'or dessous. Impressionné par sa rigueur, j'éventrai les sacs de grain et d'aliments à la fourche pour m'assurer qu'ils ne contenaient pas de diamants. Il n'y eut pas d'heureuse surprise.

— Vous ne commencez pas à désespérer ? me demanda Nadira.

— De l'existence du trésor ? J'avoue que je me pose des questions.

— Si nous allions voir par là ?

Du doigt, elle me montrait une porte entre les deux stalles. En l'ouvrant, je fus aveuglé par un flot de lumière.

Nous venions d'entrer dans un verger.

De grandes vitres étaient serties dans la coque, et le verre givré brillait comme un soleil. Les arbres scintillaient, leurs feuilles brunies bordées d'un fin duvet de cristaux de glace. On se serait cru dans un jardin féerique qu'un sort aurait plongé pour cent ans dans le sommeil et qui ne reverdirait qu'avec le retour du roi. Sans être spécialiste, je supposai qu'il s'agissait de plusieurs espèces d'arbres fruitiers.

— Regardez, Matt ! Il y a aussi un potager.

Au-delà du verger s'étendait un rectangle de terre labourée, avec quelques plants rabougris, quelques tiges flétries et brûlées par le froid. Rien n'avait vraiment eu le temps de pousser, mais chaque sillon était marqué par un piquet avec une étiquette soigneusement manuscrite : pommes de terre, tomates, carottes, épinards, rhubarbe, maïs...

Si j'avais entendu parler de chefs qui cultivaient des plantes aromatiques en pot sur la fenêtre de leur cuisine, jamais je n'aurais imaginé un vaisseau aérien avec verger et potager à bord !

– Ce devait être encore une de ses expériences, dis-je. Il voulait voir comment les plantes se développaient dans le ciel. En tout cas, elles ne manquaient pas de lumière, avec ces immenses fenêtres.

– Il fallait les arroser, observa Nadira.

– Il avait des réserves d'eau importantes. Et puis, avec les gouttières modulables, on peut toujours en récupérer en vol. Il suffit de passer sous un nuage pendant une averse pour recueillir rapidement une grande quantité d'eau de pluie.

Je repensai aux esquisses de Grunel, aux serres et aux jardins en terrasse. Soudain, le voyage au long cours de l'inventeur prit tout son sens.

– Il voulait bâtir une cité dans le ciel, affirmai-je. S'il est parti sans destination, dans l'intention de rester en l'air, c'était pour vérifier si son projet était réalisable. L'eau des nuages, les produits de la ferme... Restait le problème du carburant. Sans carburant, il n'y serait jamais arrivé.

Nadira haussa les épaules. Le sujet ne la passionnait pas. Kate, elle, aurait compris ma tristesse. Elle me connaissait depuis longtemps, connaissait mon désir secret de vivre uniquement dans les airs.

— Il a peut-être enterré le trésor.

Les paroles de Nadira me déprimèrent. Si Hal voyait ce verger, il exigerait sans doute que nous retournions la terre. Excentrique comme il l'était, Grunel avait pu ensevelir son magot sous les cultures ; mais je n'avais pas le courage de m'atteler à la tâche.

— Remettons ce plaisir à plus tard, dis-je.

— Que c'est beau ! soupira-t-elle en contemplant la féerie du jardin.

Voyant qu'elle frissonnait, je lui demandai :

— Vous vous sentez bien ?

— J'ai un peu froid.

— Prenez de l'oxygène.

Elle mit son masque, s'appliqua à respirer profondément. Je me sentais coupable. J'aurais dû faire des pauses plus fréquentes. On a tort de croire que rien ne peut arrêter une personne capable de sauter d'un toit à l'autre et de zigzaguer entre les balles.

Au bout de quelques minutes, elle ôta son masque. Me souvenant que ce matin, en arrivant à bord de l'*Hyperion*, elle se massait les tempes, je m'enquis de sa migraine.

— Ça va.

— Vous en êtes sûre ? Vous ne voulez pas rentrer sur le *Saga* ?

Elle posa sur moi son regard de velours. Quels yeux !

— Vous êtes gentil, dit-elle.

J'eus un petit rire gêné :

— Non.

— Si. Vous êtes gentil. Vous êtes le seul à m'avoir défendue.

— Je m'étonne que vous ayez si bonne opinion de moi, étant donné mes aventures avec votre père.

— Vous avez agi en légitime défense. Je savais dès notre rencontre que vous n'aviez pas une once de cruauté. Vous être trop honnête et trop droit. Vous êtes comme... la statue de la Liberté.

— Pourtant, je ne porte pas de robe. Vous n'avez pas de vertiges, au moins ?

— Comme elle, continua-t-elle, vous êtes un phare tourné vers l'avenir. J'aime votre enthousiasme, votre capacité de tout croire possible.

Surpris autant que flatté, je me faisais l'impression d'un faussaire : ces derniers temps, j'étais enclin au doute et je broyais du noir.

— Pour ne rien vous cacher, j'ai le sentiment de tricher.

— En quoi cela ?

— En chassant le trésor, je ne vaux pas mieux qu'un pirate. Ce n'est pas du travail. Si je jouais selon les règles, je serais à l'Académie, en train de réviser pour les examens.

— Ah, les règles ! Si je suivais les règles, je serais mariée à présent.

— Avec le vieux aux dents gâtées, dis-je en grimaçant.

Elle hocha la tête :

— Hmm... Il y a des règles qu'il vaut mieux enfreindre.

Elle se tut un instant avant de poursuivre :

— Si nous trouvons de l'or, vous n'aurez pas à reprendre vos études. Vous n'aurez plus à promener des riches autour de la Terre jusqu'à la fin de vos jours. Vous serez libre de vivre à votre guise, d'acheter votre diri- geable. Vous serez votre propre maître et vous irez de l'avant !

Le tableau qu'elle brossait de mes succès futurs était celui de mes fantasmes récents — un mirage que je sen- tais, hélas, hors d'atteinte. Étais-je trop timide, trop borné pour saisir ma chance ?

— Nous sommes des briseurs de règles, vous et moi. Le monde est dur, Matt. Nous ne le changerons sans doute pas, mais je pense que nous parviendrons à y faire notre trou.

— J'espère que vous avez raison.

Elle effleura ma joue.

J'avais besoin de caresses.

Et envie de pleurer, car c'étaient les caresses de Kate dont j'avais besoin, et que je ne pouvais avoir. Malgré ce qui nous séparait, malgré mon cœur fourbe, c'était elle que je désirais plus que tout au monde, et je craignais de l'avoir perdue.

Gêné, je toussotai et perdis l'équilibre tandis que l'épave tremblait, soudain prise de violents frissons. Si le soleil brillait toujours à travers les vitres, le vent invisible tenait l'*Hyperion* dans ses griffes et ne le lâchait plus.

— Venez, dis-je.

Chancelant et trébuchant au rythme des secousses, nous gagnâmes la porte, puis la passerelle de carène. Les bourrasques s'engouffraient par les déchirures de l'enveloppe et jouaient dans les cordages la symphonie du diable. J'aperçus Dorje qui, tant bien que mal, s'avançait vers nous.

— On rentre ! cria-t-il.

Nous atteignîmes l'échelle en même temps que Hal et Kate.

— Ça souffle, hein ? remarqua Hal.

Et moi de demander :

— Vous avez trouvé quelque chose ?

Il fit non de la tête avec un grognement frustré. Peu m'importait. Je dévorais Kate des yeux : allait-elle m'annoncer leurs fiançailles ?

— Passez devant, Cruse. Nous attendrons que ça se calme à bord du *Saga*.

Je grimpai dans le nid-de-pie par l'échelle, qui se balançait comme un métronome. À travers le dôme d'observation, je risquai un coup d'œil dehors, et la vue ne me rassura pas.

Sous les assauts du vent, les bras de couplage du *Saga* s'étiraient et se comprimaient comme des ressorts fous. Prévus pour maintenir les vaisseaux à distance et éviter une collision, les mécanismes de blocage et les amortisseurs souffraient. Le ciel hurlait. L'*Hyperion* se débattait telle une bête sauvage pour se libérer.

Là-haut, Kami Sherpa nous observait par la trappe du *Saga* en actionnant le treuil. Le câble tournoyait au gré du vent quand une bourrasque soudaine le fit claquer comme un fouet.

— Les filles en premier ! lança Hal depuis l'échelle. Pas une minute à perdre.

— Vérifiez les attaches de vos harnais, dit Dorje. Je vais vous remonter l'une après l'autre. Oxygène. Lunettes. On ne plaisante pas. Kate, à vous l'honneur.

Je m'écartai pour faire place à Kate près de moi. Tout en ajustant ses lunettes d'une main maladroite, elle regardait la tempête dehors.

— Ça risque de secouer, dis-je.

— Je m'en doute.

— Soyez prudente, dis-je encore en l'aidant à mettre son masque.

Elle posa les yeux sur moi, lointaine derrière ses verres.

Dorje souleva la trappe. D'instinct, je m'accroupis pour me protéger du froid qui s'abattait sur nous.

Dorje accrocha son filin au rail de sécurité, ainsi que celui de Kate ; puis, côte à côte, courbés en deux, ils s'engagèrent sur le dos du dirigeable. Ils n'avaient pas fait la moitié du chemin que le vent se déchaîna contre les deux vaisseaux. Dorje agrippa le câble du treuil ; il s'apprêtait à l'attacher au harnais de Kate quand je vis l'un des bras de couplage lâcher et s'écarter de l'*Hyperion*. Malmené par les secousses, il avait glissé de son taquet.

Ôtant mon masque, je hurlai à pleine voix pour attirer l'attention de Dorje. En vain. Le vent emporta mes cris. Dans la seconde suivante, j'accrochai mon filin au rail et sortis. L'autre bras de couplage avant supportait à présent une double charge ; il ne tiendrait pas longtemps.

M'arc-boutant contre les bourrasques, je rejoignis Dorje et lui montrai du doigt l'objet de mes soucis. Sans un mot, il me confia Kate et se précipita vers le bras libéré. Alors qu'il le tirait vers le taquet d'amarrage, un craquement retentissant se fit entendre pardessus les rugissements de la tempête. Le second bras de couplage venait d'arracher son taquet. La proue de l'*Hyperion* plongea. Dorje, agrippé au bras, fut enlevé dans les airs.

Je le regardais, impuissant : je ne pouvais pas abandonner Kate. Terrorisés, nous nous cramponnions au rail de sécurité. Un terrible frisson parcourut l'épave. Mon regard se porta vers la proue au moment où les deux bras restants se libéraient à leur tour. Rien ne nous reliait plus au *Saga*, qui glissait dans le ciel au-dessus de nos têtes. Toujours suspendu à son bras mécanique, Dorje s'éloignait de nous.

Il ne nous restait plus qu'à regagner le nid-de-pie. L'épave roulait et tanguait cependant qu'aplatis sur son dos nous rampions en priant que le rail de sécurité ne cède pas. Hal et Nadira nous attendaient pour nous tirer à l'intérieur.

Le visage fouetté par le vent, nous levâmes les yeux vers le *Sagarmatha* par la trappe ouverte.

— Il va s'en sortir, cria Hal, qui suivait les évolutions de Dorje. Ils le remontent.

Je vis le bras de couplage se rétracter lentement. Lorsqu'il fut tout près de la cabine, une vitre se souleva, et, d'un bond leste, Dorje sauta à bord.

Déjà, le *Saga* se rapprochait de nous. Gesticulant, Hal se mit à hurler à pleins poumons :

— Non ! Plus haut, les gars ! Plus haut ! Montez !

Bien sûr, ses hommes ne l'entendaient pas ; mais, en marins du ciel expérimentés, ils durent comprendre que le vent était trop fort pour tenter de réaccoupler les deux vaisseaux.

Nous étions piégés à bord de l'*Hyperion*.

18

Naufragés du ciel

Après avoir fermé la trappe, nous descendîmes jusqu'à la passerelle axiale.

— Ils reviendront nous chercher dès que le vent sera tombé, déclara Hal.

Je me taisais. Nadira et Kate peinaient à respirer, luttaient pour ne pas perdre l'équilibre à chaque secousse de l'*Hyperion*. Ivre de liberté, l'épave que nous avions brièvement retenue captive jouait avec la tempête. Je me disais qu'elle avait vu pire. Pendant quarante ans, elle avait subi les assauts répétés du ciel, et elle avait survécu. Des hurlements sinistres et des gémissements d'homme sous la torture résonnaient à travers la coque.

— Selon vous, Hal, dans combien de temps pouvons-nous espérer une accalmie ? s'enquit Kate sur le ton de la conversation.

– Peut-être dans une heure...

– Ce n'est pas si long.

– ... Peut-être dans douze. Dorje ne nous perdra pas de vue, mais il ne tentera pas l'abordage tant qu'il y aura le moindre danger. Si l'*Hyperion* s'abîme, nous sommes fichus. Quelqu'un a faim ? Je crois que Mme Ram a prévu des dragées et des fruits secs.

Le vaisseau roula à tribord, et Kate s'effondra contre moi.

– Il nous faut trouver un endroit plus sûr pour nous installer, remarquai-je. Pourquoi pas les appartements de Grunel ? Nous aurons au moins des couvertures pour nous protéger du froid.

– J'aimerais autant ne pas y retourner, dit Kate avec fermeté.

Mes yeux allèrent d'elle à Hal :

– Pourquoi ? Que s'est-il passé ?

Hal exhala un soupir exaspéré :

– Rien. Vous vous souvenez de ce drap dont j'ai recouvert Grunel ? Quand nous étions là-dedans avec Kate, il est tombé. Elle a eu une petite frayeur.

– Il n'est pas *tombé* ! protesta Kate. J'avais le dos tourné quand j'ai entendu un bruit bizarre, comme si quelqu'un *arrachait* ce drap. Lorsque j'ai jeté un coup d'œil par-dessus mon épaule, le drap était par terre.

Je sentis mes cheveux se dresser sur ma tête.

– Les objets bougent sur un dirigeable. Surtout pendant une tempête, répliqua Hal.

— Le mort va bientôt danser les claquettes, ironisa Nadira.

— Je suis certaine que nous pouvons trouver un autre endroit, insista Kate. De préférence sans cadavres.

S'il n'avait tenu qu'à moi, je serais resté perché dans le nid-de-pie. De là-haut, malgré le froid atroce, j'aurais pu voir le ciel. La perspective de m'enfoncer dans les profondeurs obscures du navire ne me réjouissait guère.

— Un endroit avec des fenêtres, dis-je. Ainsi, nous économiserons nos torches jusqu'à la nuit.

Puis, voyant l'inquiétude se peindre sur les traits de Kate, je m'empressai d'ajouter :

— Si ça ne se calme pas d'ici là.

— Pourquoi pas son ingenierium ? proposa Nadira. Nous finirons de le fouiller en attendant que la tempête passe.

— Je crains que ce ne soit pas la meilleure des idées, fis-je. Il y a de l'équipement lourd dans l'atelier. Avec ces bourrasques, une machine pourrait se renverser et nous écraser.

— Elles m'ont l'air solidement rivées au sol, intervint Hal. Nadira a raison, autant mettre le temps à profit et passer la pièce au peigne fin. Puisque Grunel y passait le plus clair de son temps, c'est sans doute là qu'il aura caché son magot. Jusqu'ici, je n'ai récupéré que le contenu du coffre-fort du capitaine. Un fonds de roulement, et trois mois de salaire de l'équipage.

— C'est mieux que rien, observai-je.

– Mais pas assez pour réparer un seul de mes moteurs.

Après avoir descendu l'échelle dans des conditions périlleuses, nous empruntâmes la passerelle de carène pour gagner l'arrière du vaisseau. Plus rien n'était stable. Avec le tangage, le sol se dérobait sous nos pieds. Dans les appartements de Grunel, nous prîmes autant de couvertures que nous pouvions en porter. Personne n'entra dans sa chambre, et j'avoue qu'à l'imaginer sur sa chaise-longue, avec ses joues creuses et son regard fixe, j'en avais la chair de poule.

De retour sur la passerelle, nous nous arrêtâmes devant une citerne d'eau potable pour briser quelques stalactites et les sucer. Nous avions tous très soif. Le contact de ces glaçons sur mes lèvres et ma langue était si douloureux que je doutais de pouvoir jamais me désaltérer. Sitôt dans l'atelier, nous éteignîmes nos torches. Je surveillais la machine en forme de télescope d'un œil inquiet. Toutefois, si elle vibrait un peu à chaque grand coup de vent, elle semblait fermement scellée dans le sol – comme les autres machines, d'ailleurs.

– Une tasse de thé ne serait pas de refus, dit Kate en s'asseyant, le dos calé contre une caisse.

Nadira sortit les dragées de son sac et nous tendit le sachet. Je déclinai l'offre d'un signe de tête puis distribuai des couvertures en me demandant combien de temps les filles tiendraient le coup.

Hal s'était éloigné vers le mur couvert d'étagères. Abandonnant Kate et Nadira, j'allai le rejoindre. Il avait découvert une échelle qui coulissait sur un rail le long des rayonnages, et s'efforçait maintenant d'y grimper. Sans résultat, car elle remuait et glissait au gré du roulis et du tangage. Il finit par renoncer avec un juron, pour poursuivre ses explorations à hauteur d'homme. La logique aurait voulu qu'il s'asseye, suggestion que je me gardai de faire, car elle aurait été mal accueillie. Frustré, il avait besoin de s'occuper, besoin de trouver quelque chose qui en vaille la peine.

Dehors, le vent ululait, sifflait et cognait dans sa rage d'entrer.

— Je crains que cela ne cesse pas de sitôt, dis-je.

— Moi aussi.

— Croyez-vous que Dorje tenterait l'abordage de nuit ?

— Non. Il attendra le lever du jour.

J'admirai son calme face à l'adversité et m'efforçai au mieux de dominer ma peur.

— Si nous restons toute la nuit ici, nous aurons du mal à supporter le froid.

— Hmm. Ne nous plaignons pas, nous sommes à l'abri du vent.

— Je m'inquiète pour les filles. S'il leur faut de l'oxygène, nous allons en manquer.

— Elles se partageront le mien, je m'en passe très bien.

Je retournai vers Kate et Nadira pour leur annoncer que je comptais faire un feu. Il fallait à tout prix que je m'occupe, moi aussi. Après avoir cassé quelques cageots en menus morceaux, je disposai ce petit bois sur une plaque de métal. Les coffres et les malles fourniraient du papier et des copeaux, qui prendraient comme rien.

– Vous êtes un homme utile en cas de naufrage, remarqua Nadira.

– Quel naufrage ? Nous ne sommes pas naufragés, déclara Hal d'un ton jovial.

Il prit une couverture et s'installa près de Kate.

– Le vaisseau tient les airs, poursuivit-il. L'important, c'est d'avoir chaud. Une petite astuce : quand on gravit l'Everest, on apprend vite qu'on se refroidit moins en restant côte à côte.

Sur ces mots, il se colla contre Kate et fit signe à Nadira de s'approcher. En réponse, elle haussa les sourcils.

– Vous pouvez me faire confiance, insista Hal. C'est une pratique courante parmi les alpinistes. Tant qu'on a chaud, on reste en vie.

Nadira préféra se mettre à côté de Kate. Hal empila les couvertures sur eux. Kate souriait, visiblement ravie. Mon cœur s'emballait ; le sang battait à mes oreilles.

– Venez, Cruse, lança Hal. Plus on est de fous, plus on rit.

– Où est le chalumeau à butane ?

– Pourquoi ? Qu'est-ce que vous fabriquez ?

– Je voudrais allumer le feu.

Hal secoua la tête :

– Allons, allons ! Pas avec ce tangage. Supposez que des braises se répandent et qu'il y ait un incendie. Nous serions fichus. De toute façon, vous n'obtiendriez pas beaucoup de flammes dans cet air raréfié. Tout au plus de la fumée.

Je me sentis bien sot. J'aurais dû y penser.

— En revanche, je propose qu'on se prépare un bouillon.

— Un *bouillon* ? répéta Kate.

— De l'eau, en jargon de l'Everest. Trouvez-nous un récipient en métal, Cruse, et nous ferons fondre de la glace pour pouvoir boire.

Je me mis en quête d'un récipient adéquat qui ne contienne pas déjà quelque épouvantable soupe chimique surgelée. « Un bouillon, marmonnai-je entre mes dents serrées. Jargon de l'Everest ! » La rage me tenaillait. Bien sûr, Hal savait tout des techniques de survie aux altitudes extrêmes. Ce type était parfait, l'homme idéal ! En l'occurrence, il avait raison. Nous avions besoin d'eau. Avec l'altitude, on se déshydratait facilement. Sucer de la neige ou de la glace ne suffisait pas.

Derrière les grandes vitres givrées, le soleil brillait toujours, boule floue qui dansait au rythme des assauts de la tempête. Mes yeux tombèrent sur le pupitre de commande de l'étrange télescope. J'aurais aimé comprendre à quoi servait cet arsenal complexe de boutons, de cadrans et de jauges. Si Hal s'en souciait comme d'un guigne, moi pas. J'avais le sentiment que c'était là la machine que Grunel perfectionnait dans sa station de travail aérienne. En ôtant une plaque de glace de la console, je découvris une serrure.

– Venez voir ! m'écriai-je.

Rejetant leurs couvertures, ils s'empressèrent de me rejoindre. La serrure ressemblait comme une sœur à celles du zoo empaillé et de l'ingenierium.

– Comme c'est curieux, dit Hal en examinant la large base de la machine. On pourrait loger un bon coffre là-dedans, non ?

– Vous pensez que le pied est plein d'argent ? soufflai-je.

– Mieux vaudrait de l'or, déclara Nadira, qui cherchait déjà sa clé.

– Hmm, grommela Hal en braquant sa torche sur la console. Je n'ai repéré ni charnières ni gonds. S'il y a une porte quelque part, elle est bien cachée.

Nadira inséra sa clé dans la serrure dont elle connaissait maintenant tous les secrets. Lorsqu'elle l'eut enfoncée jusqu'au bout, elle lui donna un tour complet.

Silence. Des lumières clignotaient sur toute la surface de l'engin. Soudain, j'entendis de l'eau gargouiller. Le son provenait de deux canalisations qui partaient de la machine pour monter le long du mur jusqu'à une citerne.

– Elle devrait être gelée, murmurai-je.

Soupçonneux, Hal fronçait les sourcils en marmonnant :

– Qu'est-ce que c'est que ça ?

La salle s'éclaira : les lampes suspendues au plafond s'allumaient une à une. Une perceuse se mit en marche, nous faisant sursauter. Je me ruai dessus pour l'éteindre. Il y eut ensuite une série de crépitements. C'était une barre chauffante, installée le long d'une plinthe, dont la résistance virait lentement à l'orange.

— Mince alors ! Il avait le chauffage électrique ! m'exclamai-je.

D'autres radiateurs de ce genre devaient être répartis à travers la pièce, car un souffle d'air plus tiède caressait déjà mes joues glacées.

Je me précipitai vers la porte pour jeter un coup d'œil sur la passerelle, toujours plongée dans l'obscurité.

— Pas de changement dehors, c'est tout noir ! lançai-je à mes compagnons.

Le courant qui alimentait lampes et radiateurs ne franchissait pas le périmètre de l'atelier.

— C'est sans doute un générateur, dit Kate.

— Oui ? Et où trouverait-il du carburant ? ironisa Hal.

— Il fonctionne peut-être sur batteries, suggérai-je.

— Aucune batterie ne tient la charge pendant quarante ans.

— Celles-ci ont pourtant l'air de marcher, déclara Nadira.

J'avais étudié les batteries en cours d'électricité. Les anciens modèles n'étaient pour la plupart pas très performants et libéraient des vapeurs toxiques. En reniflant, je détectai une vague odeur de mangue, probablement due à une fuite du vivarium.

— Quoi qu'il en soit, reprit Hal, nous avons l'éclairage et le chauffage. C'est la première bonne nouvelle de la journée.

Il me demanda ensuite d'aller fermer la porte pour garder la chaleur. Je m'assurai qu'il y avait bien une poignée et un trou de serrure de notre côté avant de déclencher le mécanisme, mais j'eus tout de même un pincement d'angoisse quand le battant coulissa. Je n'avais aucune confiance dans les portes de Grunel, et aucune envie d'être emmuré vivant dans son vaisseau fantôme.

Les radiateurs donnaient à plein, et la température montait de manière sensible. Le thermomètre restait au-dessous de 0 °C ; cependant il y a une grande différence entre - 60 °C et - 20 °C.

À présent convaincu que la machine n'était pas une chambre forte, Hal ne s'y intéressait plus. Elle l'éclairait et le chauffait, peu lui importait comment. Déjà, il procédait de nouveau à une fouille méthodique de l'atelier. Malgré les violentes secousses de l'épave, le roulis et le tangage, l'ambiance s'était détendue avec le retour d'un certain confort. Nadira était moins pâle ; malgré sa fatigue évidente, Kate était de bonne humeur. Je reprenais courage à l'idée que nous n'aurions pas à affronter la nuit à la seule lueur de nos torches.

Nadira, qui explorait elle aussi l'ingenierium, s'arrêta devant la cabine de phrénologie et sa machine araignée aux multiples bras.

— Tentée d'essayer ? lui demanda Kate d'un ton léger.

— Je pense que nous devrions l'essayer toutes les deux, répondit en souriant Nadira. Qu'en dites-vous ?

Je ne sais pas lire les lignes de la main, mais ce truc nous aidera peut-être à voir notre avenir. Allez ! Juste pour rire !

Nadira se montrait très amicale. Je détectai cependant une pointe de défi dans cette invitation. Personnellement, jamais je n'aurais confié ma tête à une invention de Grunel. Il en allait autrement de Kate, qui ne reculait devant rien.

— Pourquoi pas, en effet ? dit-elle en s'approchant.

— Nous avons mieux à faire ! gronda Hal, irrité. Cruse, ça vient, cette eau ?

— Hal, voyons ! Cela ne prendra que quelques minutes. Matt, vous voulez bien remonter cette machine pour nous ?

Tout en actionnant la manivelle, je demandai aux filles qui passerait la première.

— Après vous, dit Nadira en s'effaçant pour faire place à Kate.

— Non, je vous en prie. À vous l'honneur, j'insiste, répondit-elle en guidant gentiment Nadira vers la cabine.

Le siège se réglait en hauteur grâce à un pas de vis. Il devait être équipé de capteurs, car un tic-tac d'horloge se déclencha dès que Nadira se fut assise. Les bras mécaniques terminés par des compas se déplièrent lentement autour de sa tête. Je leur trouvais toujours quelque chose de menaçant.

— Surtout, ne bougez pas, lui recommandai-je après avoir consulté les instructions inscrites sur la plaque.

Avec un mouvement saccadé, les deux branches d'un compas s'écartèrent pour s'ajuster aux dimensions de la tête de Nadira et se mirent à tourner.

— Ça chatouille, dit-elle en se mordant les lèvres pour ne pas rire.

Le compas s'éloigna. Au-dessus du siège, l'araignée mécanique tourna dans un sens, puis dans l'autre, et une seconde paire d'instruments agrippa la tête de Nadira. Elle grimaça tandis que les extrémités du bras lui pinçaient les oreilles. Le bras se releva, et une épaisse calotte de caoutchouc descendit pour lui recouvrir le crâne. Se déplaçant sous le caoutchouc souple, des sortes de petites boules lui massaient vigoureusement le cuir chevelu.

— J'ai l'impression d'avoir des doigts qui me courent sur la tête.

— Ça va ? m'enquis-je.

— C'est plutôt agréable. Toutefois, un peu plus de douceur ne nuirait pas.

Tandis que la calotte pétrisseuse poursuivait son travail, un autre compas descendit. Les branches s'ouvrirent comme pour pénétrer dans les oreilles de Nadira, puis leurs pointes changèrent de direction pour mesurer la distance entre ses tempes. L'une des branches se prit dans ses cheveux et se mit à les emmêler.

— Aïe ! cria Nadira en s'écartant pour se dégager.

Ce faisant, elle se piqua sur la pointe opposée. La calotte de caoutchouc parut se resserrer et accélérer son massage.

Je tentai de libérer la mèche prisonnière, mais le compas mécanique semblait animé d'une volonté propre et tirait de plus belle.

Nadira se débattit pour se relever, en vain : la calotte lui appuyait sur le crâne pour qu'elle reste en place.

— J'en ai assez, arrêtez ça !

Hal, qui observait la scène de loin, se contenta de rire. Nadira, elle, ne riait pas. Kate et moi luttions avec les bras de l'araignée pour les écarter de sa tête et lui ôter cette damnée calotte.

— Ça fait mal ! hurlait Nadira. Débarrassez-moi de ça !

Hal cessa de rire pour venir nous prêter main-forte, mais nous ne savions trop que faire. Soudain, Nadira fut éjectée du siège. Les bras mécaniques s'agitaient, frappaient le vide de leurs pointes, comme s'ils cherchaient leur victime.

— Je doute que cette machine puisse avoir du succès, commentai-je. Vous n'avez rien de cassé, Nadira ?

Elle se frotta la tête, se tâta les oreilles, vérifiant si tout était en place, puis, de rage, elle décocha un coup de pied à l'engin. Quelque chose cliqueta dans les entrailles mécaniques. Une bande de papier télex sortit par une fente pour tomber aux pieds de Kate, qui la ramassa.

— C'est une évaluation de votre personnalité, déclara-t-elle en examinant la feuille.

Nadira la lui prit des mains :

— Apparemment, on a une note sur dix pour chaque rubrique. Capacités vitatives, neuf. Ça existe, la *vitativité* ?

– C'est l'amour de la vie et la résistance aux maladies, si ma mémoire est bonne, fit Kate. Excellent score !

– Bienveillance, sept.

– Qui obtiendrait davantage ? ironisa Hal.

– Amour-propre, huit. Harmonie, dix. Je ne me savais pas douée pour la musique ! Tendance au secret...

– Dix, termina Hal en regardant par-dessus son épaule. Pas de surprise.

Nadira s'écarta d'un pas et reprit sa lecture :

– Individualisme, dix. Prudence, trois. Combativité, neuf.

Elle s'interrompit, m'adressa un clin d'œil complice :

– Pour une fille de pirate, il fallait s'y attendre, pas vrai ? Espoir : huit. *Amativité*. Qu'est-ce que c'est que ça ?

Kate rougit un peu :

– Je crois que c'est lié à la capacité d'attirer l'autre sexe.

– Dix, conclut Nadira avec un sourire modeste.

– Sacrés résultats ! commentai-je.

– Bah, ce n'est qu'une sotte machine, déclara Nadira en repliant le papier. Vous allez essayer ?

– Pas question ! m'écriai-je. C'est trop dangereux.

– J'aurais bien aimé voir mes notes, maugréa Kate, dépitée.

– Matt a raison, dit Nadira. Dommage.

– Assez d'enfantillages, nous coupa Hal. Cruse, je vois là-bas un seau qui serait parfait pour l'eau. Cette agitation m'a donné soif.

J'avais soif moi aussi, d'autant que les entrailles métalliques de l'énorme engin émettaient en permanence des gargouillis et des glouglous. Le seau que Hal me désignait était rempli de sable. Je supposai que Grunel l'utilisait comme extincteur. Je le retournai et frappai un grand coup, démoulant le contenu d'un bloc. Déjà, je me dirigeais vers la sortie quand Hal m'arrêta :

— Pas si vite ! Il faut que quelqu'un vous accompagne.

— Ça ira.

— Personne ne sort seul. Kate, allez avec lui. J'enverrais bien Nadira, mais, avec son taux d'*amativité*, Cruse et elle risqueraient de ne pas revenir de sitôt.

Il rit de sa plaisanterie qui, cette fois, ne fut pas du goût de Kate. Sortant sa lampe de son sac d'un geste rageur, elle me rejoignit, le dos raide, regardant droit devant elle. Dieu, que j'étais triste.

La porte blindée de l'ingenierium s'ouvrit facilement. J'évitai de la fermer tout à fait, et nous nous aventurâmes sur la passerelle. Après la lumière et l'atmosphère radoucie de l'atelier, le froid et l'obscurité m'oppressaient plus que jamais tandis qu'en silence nous nous dirigions vers les citernes. De la pointe de mon levier, je brisais la glace, et Kate ramassait les morceaux pour les mettre dans le seau.

De mystérieuses rumeurs parcouraient le vaisseau, qui semblait animé d'une vie secrète. J'avais l'impression que la tempête l'avait tiré de son sommeil, lui et son équipage de fantômes. Soudain, il y eut un choc, et mes cheveux se dressèrent sur ma tête.

– Qu'est-ce que c'était ? s'enquit Kate en s'efforçant de cacher son inquiétude.

– Une chaîne de gouverne qui s'est décrochée.

– Et ce souffle d'asthmatique ?

– Le vent qui s'engouffre dans une prise d'air.

– Vous me mentez ?

– Je fais de mon mieux.

– Inutile de me raconter des sornettes, je ne suis plus une enfant, répliqua-t-elle avec humeur.

– Très bien. Je n'ai aucune idée de ce que sont ces bruits. Ces coups ? Probablement les pas des morts qui viennent nous chercher.

Le dirigeable prit de la gîte, se redressa brusquement, et, quelque part, une porte claqua. Cela nous fit l'effet d'une détonation.

Kate agrippa mon bras. J'agrippai le sien.

– Le vent, dis-je.

– Je crois que ça venait des appartements de Grunel.

– Il essaie de se maintenir en forme.

Voyant qu'elle ne riait pas, j'effleurai son épaule :

– N'ayez pas peur. Il ne vous arrivera aucun mal, je vous protégerai.

Elle se détourna et répliqua, pincée :

– Vous êtes un menteur.

– Pourquoi dites-vous cela ?

Silence. Puis :

– Je vous ai vu... Vous l'embrassiez !

Heureusement, elle me tournait le dos, car j'étais là, bouche bée, les yeux écarquillés, le portrait même de l'idiot.

– Mais... je vous ai demandé si vous étiez fâchée, et vous n'avez rien dit !

Elle me fit face, les yeux brûlants de colère :

– Bien sûr que je vous ai vu l'embrasser ! J'étais à mi-chemin de l'échelle ! Comment aurais-je pu ne pas voir ?

– Je ne vous ai pas entendue venir.

– Pas étonnant ! Vous étiez bien trop occupé.

– Et vous alors ? Avec Hal ? rétorquai-je, indigné. Les valses, les compliments, les petits tête-à-tête !

– Pourquoi pas ? Quant à Nadira, j'ai tout de suite remarqué que vous la dévoriez des yeux. Même avant de l'embrasser.

– Pour ne rien vous cacher, c'est elle qui m'a embrassé.

– J'aurais dû accepter le baiser de Hal !

– Vous en aviez envie ?

– Il est très séduisant.

– Eh bien, épousez-le ! dis-je d'un ton aigre. Peut-être vous a-t-il déjà demandée en mariage ? Il a l'intention de vous prendre pour femme.

– De me prendre pour femme ? s'exclama Kate dans un rire que j'espérais de dédain. Il vous a dit ça ?

Je hochai tristement la tête.

– Sans me consulter ? Bravo !

Je ne pus retenir ma question :

– Et, s'il vous consultait, que répondriez-vous ?

Le vaisseau tangua en gémissant. J'attendais.

– Je répondrais non, dit-elle.

Un sourire naquit sur mes lèvres.

– Je n'ai pas l'intention d'épouser qui que ce soit pour l'instant. Et surtout pas un misérable de votre espèce.

– Désolé, murmurai-je.

– Oh, ce n'est pas votre faute. Je comprends que Nadira vous attire. Elle est très belle.

J'agitai la tête :

– C'est vous que je veux.

– En ce cas, pourquoi m'évitiez-vous ?

– J'avais du travail. Et puis, vous sembliez si hostile envers moi... J'ai cru que je ne vous intéressais plus.

– Quel imbécile vous faites ! J'essayais de vous rendre jaloux.

– Ça a marché, avouai-je.

Ses traits s'illuminèrent :

– Vrai ? Je n'en aurais pas juré. Vous étiez malheureux ?

– Affreusement malheureux !

– Moi aussi.

Je lui pris la main :

– Si mon cœur était une boussole, vous en seriez le nord.

– De belles paroles romantiques. Mais j'ai le sentiment que l'aiguille oscille un peu vers Nadira.

— Simple perturbation magnétique. Rien de bien grave.

— Elle a obtenu dix, Matt.

— Vous auriez obtenu onze. Et alors ? Vous et Hal ?

— J'aimerais tellement qu'il se déclare !

— Kate !

— Pour pouvoir dire que quelqu'un m'a déjà demandée en mariage. Vous connaissez la réponse, c'est non.

— Pour l'instant ?

— Pour toujours. Je le trouve un peu brutal, au fond.

— Bah, ce vieux Hal n'est pas si mauvais bougre, déclarai-je, magnanime.

— C'est un chef-né. Or, ils sont tous arrogants. Par nécessité.

Ne tenant plus de joie, je pris Kate dans mes bras pour serrer son corps gainé de fourrure contre le mien.

— Vous m'avez manqué, dis-je.

— Pareil.

Le baiser qui s'ensuivit n'était pas des plus satisfaisants. Nous avions le visage engourdi par le froid, les lèvres gercées ; mais peu m'importait. J'étais comblé de l'avoir près de moi, de la respirer. Elle était plus grisante encore que l'oxygène.

— Nous devrions rejoindre les autres, murmurai-je avec regret.

Une fois fondue, la glace donna moins d'eau que je ne l'aurais cru. Assez cependant pour étancher notre soif à tous. À présent que Kate et moi étions réconciliés, rien ne me paraissait plus aussi désastreux – ni les violentes secousses du vaisseau, ni le fait que notre chasse au trésor s'avérait jusque-là infructueuse. Dès que le vent tomberait, le *Saga* reviendrait nous chercher. Ensuite, nous verrions bien, autant ne pas y penser.

Hal nous mit au travail, attribuant à chacun une partie de l'atelier avec mission de chercher. Il semblait las ; il avait perdu de sa superbe. À mesure que la salle se réchauffait, nous ôtions nos capuches, nos gants, et dégrafions même le haut de nos combinaisons. Mes orteils dégelaient. Il faisait presque doux. J'étais en train de fouiller une caisse quand un sifflement attira mon regard sur les ouranozoaires. À l'intérieur du vivarium, de l'eau giclait contre les vitres et ruisselait en longues coulées qui faisaient fondre la glace. Kate l'avait remarqué aussi. Ensemble, nous gagnâmes la porte et l'ouvrîmes prudemment pour voir d'où venait cette eau. Nous découvrîmes que le plafond était parsemé de petites pommes d'arrosage qui tournaient en projetant une pluie de gouttelettes dans l'espace vitré.

– Logique, remarqua Kate. Tous les êtres vivants ont besoin d'eau. Grunel devait les arroser pour les garder en vie.

Les pommes cessèrent de tourner. À l'évidence, elles étaient reliées à une minuterie.

– D'après vous, où ces créatures trouvent-elles l'eau qui leur est nécessaire dans leur milieu naturel ? demanda Kate.

— La pluie des nuages, je suppose. Vous croyez que le froid les a tuées et congelées dans leur prison ?

Elle fit non de la tête :

— Vous vous souvenez des insectes que j'ai piégés ? Ils n'étaient pas gelés. Les ouranozoaires doivent produire le même genre de substance antigel qu'eux.

— Et la nourriture arrivait toujours par les bouches d'aération, enchaînai-je.

— Oui. Mais, le mécanisme d'arrosage ne fonctionnant plus, ils ont fini par mourir de déshydratation.

Qu'il était agréable de lui parler comme par le passé, de réfléchir et d'élaborer des hypothèses avec elle, de partager sa curiosité et ses émerveillements ! Après m'être assuré que personne ne nous regardait, je pris sa main et sentis ses doigts presser les miens. *Chez moi. J'étais chez moi.* Cette pensée inattendue me surprit. Il est vrai que, lorsqu'on a quitté son foyer d'origine, on ne cesse d'en chercher un autre, un lieu où l'on se sent bien, heureux et fort, au mieux de ses capacités. Pendant trois ans, l'*Aurora* avait été mon foyer, mais, à présent que je vivais à Paris, je ne me sentais pas chez moi. Mon chez moi, c'était Kate.

La machine de Grunel avait beau nous fournir la lumière et le chauffage, elle ne pouvait rien contre l'air raréfié. Nous étions à bord de l'*Hyperion* depuis plus de huit heures, et la nuit tombait. À mesure que la température baissait dehors, les radiateurs avaient de plus en plus de mal à maintenir celle de l'atelier autour de 0 °C. Nous étions tous épuisés.

Quelques heures plus tôt, Kate avait demandé à Hal la permission de retourner au zoo empaillé pour dresser le catalogue de la collection de Grunel. Malgré ses réticences, il lui avait accordé une demi-heure. Je l'avais accompagnée et tenais la lampe tandis qu'elle notait en hâte le plus de détails possible sur les animaux exposés dans les vitrines. Son appareil photo se révéla inopérant par grand froid. Lorsqu'elle tenta de prendre un cliché du Yeti, le diaphragme bloqué refusa de s'ouvrir. Elle n'avait cessé de se plaindre qu'une demi-heure ne suffirait jamais. Cependant, au bout de ce temps, nous tremblions tous les deux si fort qu'elle parvenait à peine à tenir son crayon. Nous avions alors regagné la chaleur relative de l'ingenierium.

À présent que j'étais blotti sous les couvertures avec les autres, je remarquai que Kate et Nadira respiraient plus souvent l'oxygène en bouteille. Hal n'avait pas touché au sien ; moi non plus. Je craignais que nous n'en manquions avant l'arrivée des secours. Nous étions tous affectés d'une toux sèche ; Nadira était la plus atteinte.

Comme nous avions besoin de sommeil, je me proposai pour monter une première garde de deux heures. Kate et Nadira mirent leur masque et s'endormirent. Hal dormait aussi, sans son masque ; il toussait et grommelait dans ses rêves. L'arrosage du vivarium se déclenchait toutes les demi-heures, faisant fondre le givre qui se reformait constamment sur la vitre. J'avais une bonne vue sur les ouranozoaires, qui flottaient, inertes, comme de gros ballons dégonflés. La tempête s'était un peu calmée, mais l'épave grondait et gémissait toujours. Heureusement, nous avions de la lumière.

Je regrettais de ne pas avoir emporté le journal de Grunel. J'aurais aimé contempler les dessins de sa cité des airs.

Sa machine géante émit soudain un grincement. J'y jetai un coup d'œil inquiet, craignant toujours qu'elle s'arrache du sol et nous écrase dans notre sommeil.

Si Hal n'avait pas sottement réexpédié les plans dans le réseau pneumatique, nous aurions peut-être compris comment elle fonctionnait. Je me levai pour en examiner les lampes et les instruments, pour écouter le glouglou constant de l'eau dans les canalisations. Elle semblait circuler en boucle depuis la grande citerne scellée dans le mur. Le générateur chauffait, lui aussi, presque à la manière d'un poêle.

L'odeur d'hydrium qui m'avait frappé plus tôt se faisait plus forte, et je doutais qu'elle provienne d'une fuite du vivarium. En reniflant, je découvris sa source derrière la machine de Grunel. Un épais tuyau allait de la machine à une prise d'air de la coque. À leur jointure, de l'eau avait gelé et fendu le caoutchouc. Guidé par le léger sifflement du gaz qui s'en échappait, je repérai la fuite, mis le nez dessus et sentis une odeur de mangue mûre. La fissure n'était pas bien grande. Je ne craignais pas que l'hydrium emplisse la salle et nous asphyxie, mais, avec l'air raréfié, je préférais ne pas prendre de risques. Après avoir fureté parmi les établis, je trouvai un rouleau de ruban adhésif pour panser le tuyau fissuré. Le sifflement cessa, et l'odeur se dissipa.

C'est alors seulement qu'une pensée me traversa l'esprit : la machine produisait de l'hydrium !

J'en restai sidéré. Pour moi, pour tout le monde, l'hydrium était extrait de profondes failles souterraines et raffiné pour être utilisé comme gaz ascensionnel. Or, Grunel avait trouvé le moyen d'en *fabriquer* ! Dieu seul savait de quoi ce générateur était encore capable...

En réveillant Hal pour son tour de garde, je lui en touchai deux mots.

— Hmm... J'aurais préféré que cette machine fasse de l'or. Et maintenant au lit, Cruse. Tâchez de dormir.

Couché, je souffrais davantage du manque d'oxygène. Je fus tenté de recourir au masque ; je m'en abstins toutefois afin de garder mes réserves pour Kate et Nadira, qui épuisaient les leurs. Je mis un certain temps à sombrer dans le sommeil

Je rêvais que nous dormions tous dans l'atelier de Grunel quand un épouvantable coup de corne nous réveillait en sursaut. Il provenait de l'énorme cercueil. J'en étais pétrifié de terreur. Contrairement à moi, Hal, Kate et Nadira demeuraient d'un calme olympien. Ils me demandaient d'aller libérer le pauvre bougre qui y était enfermé vivant. Je n'en avais pas la moindre envie, et pourtant, sans même bouger un pied, voilà que je flottais à quelques centimètres du sol en direction du cercueil tandis que les coups de corne se faisaient plus fréquents et plus impérieux. On aurait dit un oie géante devenue folle, les trompettes de l'apocalypse.

La peur au ventre, je soulevais le couvercle, sachant déjà ce que j'allais trouver. Bien sûr, c'était lui, ce même être mal dégrossi que j'avais déjà vu dans un rêve. Partiellement pris dans la glace, il essayait de parler, mais sa gorge et ses lèvres gelées n'émettaient pas un son. Je m'arrachai au sommeil en étouffant un cri.

Kate me dévisageait.

— Je m'inquiétais, dit-elle. Vous venez de produire un drôle de bruit. Cauchemar ?

Je répondis d'un hochement de tête, trop ébranlé pour lui décrire les images d'une effroyable précision qui me hantaient encore. Machinalement, je jetai un coup d'œil vers l'imposant cercueil. Lampes et radiateurs fonctionnaient toujours. La machine de Grunel clignotait et gargouillait.

— Le vent est tombé, observai-je. Et nous montons.

Les mouvements des aérostats n'avaient pas de secret pour moi. Aussi minimes soient-ils, je les percevais d'instinct.

— Tiens, je ne l'avais pas remarqué.

— C'est très léger, ajoutai-je pour la rassurer.

Je me demandais toutefois depuis combien de temps durait cette ascension. Plus nous nous élevions, plus l'air se raréfiait. Je regardai Nadira qui dormait toujours avec son masque ; sa respiration était rapide et superficielle.

— Hal m'a demandé de lui couper l'oxygène à trois heures et demie, mais je n'ai pas eu le cœur de le faire, me confia Kate.

De nouveau, je hochai la tête en évaluant l'état de nos réserves. Plus longtemps nous restions en altitude, plus nous dépendions de l'oxygène pour survivre. De manière inexplicable, je ne souffrais pas de vertiges. J'étais très ralenti, et chaque pas m'était un effort ; en dehors de cela, je n'éprouvais aucune gêne particulière. Kate paraissait épuisée : de grands cernes violets soulignaient ses yeux.

— Comment vous sentez-vous ? demandai-je.

— Dommage que je ne sois pas plus calée en chimie !

Je ne pus m'empêcher de rire :

— Je compatis.

— J'essaie de comprendre comment ils font cela. Les ouranozoaires, j'entends.

Elle avait sorti un de ses nombreux carnets. En cet instant, pour moi, ils faisaient partie d'elle, comme sa chevelure, ses yeux, ses narines, si expressives. J'en étais tout ému.

— Leur régime est si maigre, poursuivit Kate. De menus insectes, un peu d'eau ; non seulement cela leur suffit pour vivre ; mais, en plus, ils produisent de l'hydrium, ainsi qu'une quantité sidérante d'électricité. Pour éloigner les prédateurs, je présume. Ils doivent puiser de l'énergie du soleil. Quand on y pense, ce sont de petites machines parfaites !

Mais bien sûr ! Si elle n'avait pas employé le mot machine, je n'aurais peut-être pas fait le lien. Enfin, les pièces du puzzle se mettaient en place.

— J'y suis ! m'écriai-je en montrant du doigt l'ourano-zoaire retenu par un harnais. Ce sont eux qui en ont donné l'idée à Grunel ! C'est pour cela qu'il les a capturés. Pour les étudier. Pour savoir comment ils produisaient de l'électricité. Et il les a copiés !

— Qu'est-ce qu'il y a ? s'enquit Hal d'une voix pâteuse de sommeil.

— C'est Matt. Il a un éclair de génie.

— La machine ! repris-je, tout excité. J'ai compris à quoi elle sert !

Au lieu de se retourner pour se rendormir, comme je m'y attendais, Hal se redressa avec un soupir tandis que j'expliquais :

— Elle utilise le soleil ! Elle récupère la lumière grâce à cette sorte de télescope, de même que les ourano-zoaires utilisent l'énergie solaire. C'est un gros géné-rateur qui fabrique de l'électricité avec de l'air et de l'eau, ne me demandez pas comment. Et il y a des consé-quences intéressantes, puisque l'opération produit de la chaleur, encore de l'eau et de l'hydrium.

— De l'hydrium ? répéta Kate.

— Oui, je vous l'ai dit. Il y a un tuyau à l'arrière pour récupérer l'hydrium. L'eau tourne en boucle dans le circuit, se recycle en permanence, et le processus continue.

Hal haussa les épaules :

— Bah, ce n'est jamais qu'une batterie géante.

— Pas une batterie ordinaire ! Elle fabrique de l'électricité à partir de rien. Enfin, presque... De l'eau et de l'air, ce n'est pas grand-chose.

— Je me réjouis que ce vieux renard ait inventé quelque chose d'utile, conclut Hal en se levant pour s'étirer.

— Vous ne comprenez donc pas ? C'est une source d'électricité inépuisable ! Suffisante pour alimenter des moteurs, des machines-outils, des générateurs. Une source d'hydrium capable de maintenir en l'air une véritable armée d'aérostats.

— Ou une cité aérienne, intervint Kate.

— Exactement ! C'est cela, le trésor de Grunel !

Hal n'écoutait plus. Il fixait quelque chose derrière moi.

— Ça bouge, là-dedans.

Nous nous retournâmes vers le vivarium où les quatre ournaozoaires flottaient, leurs tentacules flasques et pendants.

— Ils remuent toujours un peu en dérivant, dis-je.

Au même moment, l'une des créatures tressaillit, et un frisson me parcourut. Son manteau translucide s'étala, puis se contracta brusquement, et il fut propulsé vers le plafond. Ses tentacules s'enroulèrent.

— Ça alors ! murmura Kate.

— Je croyais qu'ils étaient morts ! s'emporta Hal. Vous affirmiez qu'ils étaient morts !

— C'est l'eau ! s'exclama Kate avec enthousiasme. Incroyable ! Ils étaient en état d'anhydrobiosis !

— Pardon ? Je ne vous suis plus, fis-je.

— J'ai lu un article sur le sujet, Matt. Lorsqu'ils n'ont plus assez d'eau, certains organismes se mettent en une sorte d'hibernation. On appelle cela « anhydrobiosis ». Et ils se régénèrent dès qu'ils ont un apport en eau suffisant. Surprenant chez ces créatures ! En général, cela ne concerne que des organismes primitifs et de petite taille.

— On arrête de les arroser, et le tour est joué, dit Hal.

— Pas si simple, rétorqua Kate. Ce ne sont pas des machines qu'on éteint en appuyant sur un bouton.

Je courus à la porte vitrée pour m'assurer qu'elle était bien fermée. Elle l'était. Dans le vivarium, l'ouranozoaire se propulsait à droite et à gauche comme un calmar volant. Il alla tâter les autres, et, au bout de quelques secondes, un deuxième revint à la vie.

— Fascinant ! souffla Kate.

Peu après, le troisième ouranozoaire s'animait lui aussi. Seul celui qui était prisonnier du harnais ne bougeait pas. Les autres tournaient autour de lui. Le plus gros s'en approcha à le toucher, puis, de son bec, il déchira la chair flétrie. Sur ce signal, les deux plus petits approchèrent à leur tour pour se nourrir. Ils se battaient, se bousculaient, se fouettaient de leurs tentacules.

— Après une hibernation aussi longue, ils sont affamés, expliqua Kate.

— Je me serais dispensé de ce spectacle de cannibalisme, dis-je.

— Que se passe-t-il ? s'enquit Nadira, encore ensommeillée.

— Les chouchous de Kate viennent de se réveiller, répondit Hal.

Il sortit son pistolet et ajouta :

— Pas pour longtemps.

— Rangez cela ! s'écria Kate. Nous ne craignons rien, ils sont derrière les vitres.

— Ne tirez en aucun cas, Hal, enchéris-je. Si vous brisez le verre, vous les libérez, et nous les aurons tous les trois sur le dos. Ne gaspillez pas vos balles.

À regret, il remisa l'arme dans son étui. Nadira observait les ouranozoaires avec autant d'horreur que de stupéfaction. Kate, elle, était sous le charme. En l'espace de quelques minutes, les créatures avaient dévoré leur congénère mort, ne laissant que la grosse poche en forme de ballon, qu'ils finirent par percer de leur bec pour la déchiqueter tandis qu'elle retombait, flasque, sur le sol. Malgré la vitre qui nous protégeait, je n'étais pas rassuré de les savoir si proches. Les bruits du festin nous parvenaient atténués : cliquetis des becs, claquement mou des membranes et des tentacules.

— L'un d'entre vous a vu les œufs flottants ? demanda Kate.

— Ils ont dû les manger, dis-je d'une voix éteinte.

Les ouranozoaires, repus, avaient cessé de fourrager parmi les restes entassés sur le sol du vivarium et ils remontaient vers le plafond. Leur poche avait grossi, comme s'ils avaient déjà produit de l'hydrium.

Je n'aurais pas remarqué le défaut de la vitre si l'un d'eux n'était passé devant.

— Là-haut ! m'écriai-je, le doigt tendu. Il y a un trou !

Irrégulier et denté, pas plus gros qu'une boule de billard, il ne laisserait pas passer les ouranozoaires. Cependant, tout autour, le verre se fissurait, fragilisé par le gel. Je me figeai : je ne connaissais que trop bien la puissance de ces créatures et de leurs tentacules. Je me précipitai vers le rouleau de ruban étanche. D'un coup d'œil, j'évaluai la situation : la plate-forme de maintenance du télescope de Grunel touchait presque la vitre. De là, je parviendrais à atteindre le trou.

— Je monte boucher ça ! dis-je en m'engageant dans l'escalier en spirale.

Je soufflais comme un phoque en arrivant en haut. Les ouranozoaires ne bougeaient pas tandis que je me penchais par-dessus la rampe de sécurité. Je remarquai toutefois qu'ils rassemblaient leurs tentacules sous leur corps. Déchirant un morceau de bande adhésive, je me penchai encore pour colmater la brèche.

— Matt ! Attention ! s'écria Nadira, le bras tendu.

D'instinct, je m'accroupis et levai la tête pour voir ce qu'elle voulait me montrer. Juste au-dessus de moi, j'aperçus des reflets lumineux, une vague silhouette translucide... Un minuscule ouranozoaire ! Il ne semblait pas animé de mauvaises intentions : il s'éloignait doucement de moi, ondulant du manteau et remuant ses tentacules courtauds comme des doigts de bébé dodu. Il avait tout juste la taille d'une petite méduse. Rien de bien méchant, et pourtant j'aimais autant qu'il s'en aille.

— Il est sorti de son œuf, me lança Kate.

Oui. Et il était passé par le trou. Combien y avait-il d'œufs ? Huit ? Neuf ? Je me souvenais juste qu'ils étaient en grappe. Prudent, j'examinai la salle en me demandant si d'autres avaient éclos, si les petits s'étaient échappés.

Je les trouvai en haut du télescope, des sacs luminescents munis de tentacules.

— J'en vois encore trois ! hurlai-je.

Puis, armé de ma bande collante, je me penchai de nouveau pour obturer la faille. Une bouffée de mangue tiède m'agressa les narines ; aussitôt après, un tentacule fouetta la paroi du vivarium, à quelques pouces de mon visage. Le craquement me fit reculer. Un ouranozoaire se pressait contre la vitre ; ses tentacules se tordaient comme autant de serpents.

— Descendez, Cruse ! Vous l'excitez ! aboya Hal.

Un réseau de fissures de l'épaisseur d'un cheveu s'étendait maintenant tout autour du trou. Le tentacule frappa de nouveau. Cette fois, le verre céda, et le trou doubla de taille. Le tentacule passa au travers, se blessa en frottant les arrêtes tranchantes. Il se rétracta, ne laissant dépasser que sa pointe qui tâtait délicatement le pourtour du trou comme pour le mémoriser.

— Matt ! cria encore Kate, vous devriez redescendre.

C'était bien mon avis. Gardant un œil sur le monstre courroucé, je reculai vers les marches. À mon grand soulagement, il parut renoncer, s'éloigna. Puis il s'arrêta, se retourna. Et se propulsa droit sur vitre fêlée en s'étirant telle une lance. Avec un juron, je dévalai l'escalier tandis que l'ouranozoaire se contractait, se comprimait en une boule, et s'engouffrait par le trou, passant au-dessus de moi vers le centre de l'atelier.

— Tout le monde dehors ! hurla Hal. Vite ! À la porte !

Une fois en bas, je pris la fuite avec les autres. Sans rien emporter, nous filâmes vers la sortie au pas de course. Pistolet au poing, Hal tentait de viser la bête. L'ouranozoaire retrouva sa forme initiale et se propulsa vers le plafond, parmi les poulies et les câbles. Je le perdis de vue quelques instants, puis j'aperçus ses tentacules qui s'avançaient vers nous à vive allure.

— Dehors ! Dehors ! criait Hal en brandissant son arme.

— Ne tirez pas ! criai-je en retour. Vous risquez de crever les ballonnets !

Hal tira néanmoins, rata sa cible, et la balle partit en sifflant dans les profondeurs du vaisseau.

Je poussai Kate et Nadira sur la passerelle avant de me retourner vers Hal : il était prêt à tirer de nouveau.

Un tentacule du monstre heurta une scie circulaire. Des étincelles jaillirent de la surface métallique sous l'effet du courant.

— Venez, Hal ! m'écriai-je en le rejoignant hâtivement.

Je le traînai de force dehors et poussai le battant, qui coulissa avec un bruit de mécanique bien huilée. L'obscurité nous enveloppa. Le froid nous tomba dessus comme une tonne de briques.

Seule Nadira avait eu la présence d'esprit de prendre une lampe. Sous ce maigre éclairage, tremblants et haletants, nous remontâmes nos capuches, boutonnâmes nos combinaisons avec des gestes maladroits. Dans notre panique, nous avions laissé nos sacs et nos gants derrière nous – ainsi que toutes les bouteilles d'oxygène. Personne ne jugea utile d'en faire la remarque. Nous le pensions si fort qu'on aurait pu l'entendre. Et nous ne pouvions pas retourner les chercher.

Kate glissa sa main dans la mienne. Je pressai ses doigts.

— Ce n'est pas grave, murmurai-je. L'aube ne tardera plus. Le *Saga* va arriver.

— Aux premières lueurs, nous serons de retour à bord et en sécurité, déclara Hal. C'est l'affaire de deux heures tout au plus. Le vent est retombé.

— Allons dans les appartements de Grunel pour tenter de nous tenir au chaud, dis-je en claquant des dents.

Cette fois, Kate ne protesta pas. À côté du danger réel des ouranozoaires, les fantômes semblaient moins effrayants.

– Bonne idée, fit Hal. Il y a des fenêtres. Nous aurons bientôt de la lumière.

À pas pesants, nous avançâmes. Le froid crépitait dans mes narines ; la peau de mes joues me semblait aussi fragile et cassante que de la porcelaine. Dans l'espoir de protéger mes mains gelées et douloureuses, je les rentrai dans mes manches.

Dans les appartements de Grunel, les fenêtres laissaient filtrer un mince rayon de lune. Une lueur rouge apparaissait à l'est, sur l'horizon. Évitant la chambre, nous nous installâmes dans le salon de tribord. J'allai chercher le reste des couvertures dans l'armoire à linge cependant que Hal improvisait une tente en drapant un tapis sur les meubles, puis en l'isolant avec des coussins. Les uns contre les autres, nous nous entassâmes sous l'abri pour lutter contre le froid.

Nous étions trop abattus pour parler. Hal lui-même paraissait à bout de forces. Dans l'air raréfié, mon cœur battait plus vite que d'ordinaire, il peinait, sans s'avouer vaincu.

Je n'aurais su dire si j'avais dormi ou sombré dans une sorte de stupeur comateuse. Conscient que nous respirions tous difficilement, conscient du froid qui me mordait le visage, les pieds et les mains, je ne pouvais m'empêcher de penser à la machine de Grunel. Hal n'avait pas compris son importance. Si seulement nous en avions les plans ! Où diable les avait-il envoyés ? À demi réveillé, je me glissai hors de l'abri pour me rendre dans la chambre de l'inventeur. La porte était fermée. Je l'ouvris. À l'intérieur, je ne distinguai que des formes dans la pénombre, la silhouette noire de Grunel sur sa chaise-longue. J'allai droit vers les tubes du réseau pneumatique.

Sous celui d'envoi, il y avait une rangée de petits boutons avec le nom des destinations possibles. L'un d'eux était encore enfoncé.

J'en étouffai de rage, de frustration déçue : par un hasard malheureux, il avait fallu que Hal réexpédie les plans à l'ingenierium !

19

Le moteur de Prométhée

Alors que je quittais la chambre de Grunel, des coups de corne retentirent en provenance d'un vaisseau aérien – deux longs, suivis de deux courts. Je me précipitai au salon, où mes compagnons, réveillés par le bruit, s'ébrouaient et se frottaient les yeux. J'entrepris de gratter le givre de la fenêtre de mes doigts gourds, aussi maladroits et rigides que des crochets.

– C'est le *Saga*, dit Hal.

Je m'attendais à le voir se lever d'un bond, mais il se déplia lentement, comme s'il était pris de vertige. Il vint me rejoindre, m'aida à dégager une surface d'observation suffisante. Dans un ciel sans nuage qui semblait fait de glace, les premières couleurs paraissaient. Le *Sagarmatha* voguait vers nous, éclairé par le soleil levant qui embrasait sa silhouette de reflets d'incendie. Jamais la vue d'un dirigeable ne m'avait rendu plus heureux.

— Dieu merci ! murmura Hal.

Que j'avais hâte d'être à son bord ! Avant même de manger, je filerais sous la douche pour laisser l'eau chaude ruisseler sur ma tête et mes épaules. Elle coulerait le long de mes bras, rendrait le mouvement à mes mains, s'accumulerait autour de mes pieds et dégèlerait mes orteils. Ensuite, je grimperais sur ma couchette, je mettrais mon masque, et, ivre d'oxygène, je sombrerais dans le sommeil sans rêves de l'oubli.

Nadira et Kate arrivèrent à leur tour, aussi haletantes que si elles achevaient de courir un cent mètres.

— Ah, bonne nouvelle, dit Nadira, et elle se mit à tousser.

— Vous vous sentez bien ? demandai-je.

Éludant ma question d'un geste, elle répondit d'une voix enrouée :

— J'ai la gorge sèche. Ce n'est rien.

— Nous devrions être accouplés dans moins d'une heure, dit Hal en se massant les tempes. Quel fiasco ! Deux jours, et nous avons seulement fait joujou avec les inventions de Grunel. C'est son or que je veux !

— Il n'y en a peut-être pas, observai-je. Grunel s'est exilé dans le ciel pour parfaire sa machine.

— Elle ne tiendra pas à bord du *Saga*.

— Certes, mais les plans, eux, tiendront dans une poche. Or, vous les avez envoyés à l'ingenierium.

Saisissant l'ampleur du désastre, il demeura un moment silencieux.

— D'abord, repos, décida-t-il enfin. Ensuite, nous reviendrons correctement armés pour liquider ces fichus calmars. Il me faut ces plans !

— Pourquoi ? s'enquit Nadira.

Je pris alors conscience qu'elle ignorait tout de la machine : elle dormait quand j'avais compris et expliqué son fonctionnement.

— Pour faire de l'électricité avec de l'air, de l'eau et la lumière du soleil. De l'énergie à partir de rien, en quantité illimitée.

Nadira hocha gravement la tête :

— Cela vaut bien davantage qu'une cargaison d'or.

— Souhaitons-le, grommela Hal.

Reportant son attention sur le *Saga*, il écarquilla soudain de grands yeux horrifiés.

Je suivis son regard. Le soleil était plus haut et, sortant de son éblouissante lumière, un autre vaisseau venait d'apparaître. D'abord floue, sa silhouette se précisa tandis qu'il approchait à vive allure. Paupières plissées, je cherchai un nom sur le flanc du puissant dirigeable, en vain. Cependant je l'avais reconnu : c'était celui de Rath, que j'avais aperçu à l'héliodrome. L'avaient-ils seulement repéré, à bord du *Sagarmatha* ?

— Non..., souffla Hal.

Puis il cria :

— Non ! Pas ça !

Le vaisseau piquait sur le *Saga*, comme un taureau en pleine charge. Puis il vira sur l'aile et présenta le flanc. Deux trappes s'ouvrirent, des canons en sortirent. Les bouches à feu crachèrent des couronnes de flammes dans un bruit de tonnerre qui déchira le ciel glacé.

— Ils l'ont touché ? s'écria Kate, paniquée.

Le dirigeable tira une deuxième bordée sur le *Saga*. Je ne voyais pas si les boulets atteignaient ou non leur cible, je n'entendais que leur grondement. Soudain, le *Saga* donna de la gîte et plongea vers l'abîme. Il n'y avait pas de fumée, mais la partie centrale de la coque était enfoncée. Les ballonnets crevés répandaient leur hydrium dans le ciel. Tombant à grande vitesse, il passa si près de l'*Hyperion* que j'eus le temps d'apercevoir des mouvements affolés dans le poste de pilotage. Puis il disparut.

— Marjorie ! s'exclama Kate.

Elle se prit le visage dans les mains et fondit en larmes.

J'eus l'impression d'avoir pris un grand coup au plexus. Mon cœur battait si vite que je craignais qu'il ne s'échappe. Hal me fixait sans me voir. Je devinais qu'il calculait frénétiquement les réactions de Dorje et de l'équipage. Soudain, nous nous mîmes à parler en même temps.

— Ils ont raté les réserves de carburant, sinon le *Saga* aurait explosé, dit-il.

— Le poste de pilotage était intact, fis-je.

– Les ailerons aussi, j'en suis sûr, dit encore Hal.

– Je n'ai pas vu les moteurs...

– Ils ne sont pas touchés. Le *Saga* a de la puissance. Le gouvernail est en état de marche.

– La coque en a essuyé un coup, mais ça n'avait pas l'air trop grave.

– Deux ou trois ballonnets crevés, pas plus.

– Vous disiez avoir de l'hydrium comprimé en réserve...

– S'ils colmatent assez vite...

– Ils dégringolaient drôlement...

– Dorje aura plongé, déclara Hal, sans conviction. Pour échapper à leurs canons.

Je priais le ciel qu'il ait raison.

Nous nous tûmes pour observer l'ennemi qui s'avançait vers nous. L'abordage ne serait pas facile. Il soufflait un bon petit vent, et l'*Hyperion* faisait des sauts de carpe.

Kate pleurait toujours. Haletante, elle cherchait son souffle. Désireux de la calmer, j'enveloppai ses épaules de mon bras, posai ma tête encapuchonnée contre la sienne.

– Nos amis s'en tireront peut-être, murmurai-je.

– Comment nous ont-ils retrouvés, les autres ? hoqueta-t-elle.

– Ils savaient très précisément où nous étions, gronda Hal.

Les muscles de sa mâchoire crispée frémissaient dangereusement tandis qu'il foudroyait Nadira du regard.

– Tendance au secret, dix, hein ?

Elle fit non de la tête, se taisant pour épargner son souffle.

— Hal, je vous en prie, protestai-je.

— Bougre d'imbécile ! Elle est de mèche avec eux depuis le début ! C'est elle qui les a conduits à nous.

Il empoigna Nadira par l'épaule, la secoua comme un prunier.

— Vous les avez appelés depuis le *Saga* par radio pendant que nous dormions, hein ? Vous leur avez donné nos coordonnées ?

Craignant qu'il ne la frappe, je m'interposai entre eux :

— Nadira, ce n'est pas vrai, n'est-ce pas ?

J'avais honte de douter d'elle, et pourtant c'était plus fort que moi. La colère et le défi que je lus dans ses yeux me rassurèrent.

— Non, dit-elle.

Et, avec un regard noir à Hal, elle ajouta :

— Non, ce n'est pas vrai !

— Comment nous ont-ils retrouvés, alors ?

— Voyons, Hal, ils ont des jouets coûteux à bord, intervins-je. C'est vous-même qui nous l'avez dit. Il sont peut-être équipés d'un sonar. S'il a une portée suffisante, ils ont pu nous localiser après que nous avons détruit leur radiobalise. Ou nous tomber dessus par hasard.

Hal fixait toujours Nadira les narines frémissantes.

— Je vous tiens à l'œil, l'avertit-il.

Écœurée, Nadira lui tourna le dos en marmonnant :

— Le manque d'oxygène vous détraque la cervelle.

Jugeant que nous avions mieux à faire, je leur rappelai que le temps nous était compté.

— Ils seront bientôt à bord. Nous disposons d'une heure au mieux. Nous devons tenter de contacter le *Saga* par radio.

Les traits de Hal se détendirent un peu.

— Il n'y a pas de courant, objecta-t-il.

— Il nous reste une torche. Avec les piles, nous y arriverons peut-être.

— Bon, dit-il en hochant la tête. Allons-y.

Épuisés et gelés, nous gagnâmes aussi vite que nous pûmes la passerelle de carène, puis l'échelle qui menait au poste de commandement. À notre première visite, je n'avais pas remarqué le matériel de transmission. Une mauvaise surprise m'attendait : il était vieux de quarante ans ; j'aurais dû y penser. En fait de radio, il n'y avait là qu'un modeste émetteur vétuste, avec un interrupteur pour envoyer des messages télégraphiques.

— Ce truc n'est d'aucune utilité, déclara Hal. Impossible de parler avec ça.

— Souvenez-vous, je connais le morse. Une de ces matières « inutiles » qu'on enseigne à l'Académie.

Hal ricana tandis que Nadira s'escrimait sur le boîtier de la torche pour dégager les piles. Ayant trouvé la batterie du vieux télégraphe, j'en débranchai les fils et lui montrai comment créer le contact avec celle de la torche.

Le cadran s'éclaira. Les écouteurs se mirent à grésiller. Au bout de quarante ans, l'émetteur fonctionnait encore.

– Quand l'équipage est séparé, Dorje et moi avons une fréquence d'urgence personnelle, expliqua Hal en réglant le bouton. Personne d'autre ne l'utilise.

Je mis le casque sur mes oreilles. Combien de temps tiendraient nos piles ? Bien peu, sans doute. Je priai pour que l'antenne soit encore intacte. J'appuyai sur l'interrupteur : il était bloqué. Je tapotai pour le libérer de sa glace.

Près de moi, il y avait un carnet à la couverture givrée, et un crayon. Craignant de me tromper dans le code, je notai le texte d'abord. Cela fait, je commençai à taper :

Saga. Ici Cruse. Répondez.

J'avais probablement oublié une lettre ou deux ; j'espérais toutefois que le message serait compréhensible. Entendraient-ils la transmission ? Dorje se trouvait-il seulement aux commandes du dirigeable ? Bah, quelqu'un irait le chercher... Et si le chaos régnait à bord ? S'ils étaient tous occupés à colmater les brèches pour éviter le naufrage ?

J'envoyai le message une deuxième fois, puis une troisième.

Rien. Rien que des parasites qui me bourdonnaient aux oreilles.

– N'épuisons pas nos piles, ça ne répond pas.

– Je les imagine bien occupés, remarqua Hal.

— Nous réessaierons plus tard.

Il hocha la tête ; puis nous nous tûmes. Nous envisagions tous le pire.

Au-dessus de nous, un grondement sourd de moteur se fit entendre. Rath tentait l'arraisonnement.

— Ils ne tarderont plus à aborder, dit Hal.

— Ils ignorent que nous sommes là. Ils nous croient sur le *Sagarmatha*. Un avantage pour nous, observa Nadira.

— Le problème, c'est que nous avons laissé toutes nos affaires dans l'atelier, objectai-je. S'ils parviennent à y entrer, ils trouveront les lampes et le chauffage allumé, notre campement, tout notre bazar. Pour la discrétion, c'est raté. Autant donner un coup de gong et leur offrir un repas chaud.

— S'ils entrent, contra Hal, cet ouranozoaire risque fort de les achever à notre place.

— Il faut que nous récupérions nos affaires, dis-je. Nous avons besoin d'oxygène.

Les circonstances m'obligeaient à soulever ce sujet délicat que j'aurais préféré éviter. L'heure n'était plus à ménager les susceptibilités. Kate faiblissait, et Nadira m'inquiétait sérieusement. Sa respiration était rapide, superficielle, et elle toussait de plus en plus. Sans apport d'oxygène, son état s'aggraverait. Et, si l'*Hyperion* continuait de monter, nous en aurions bientôt tous besoin.

— Je n'ai pas envie de finir électrocuté, grommela Hal.

– Si Rath découvre que nous sommes ici, il enverra ses hommes nous chercher. Nous n'aurons aucune chance de nous en sortir. Et puis, il y a les plans. Ils sont dans l'ingenierium. On y va, on prend nos affaires, on récupère les plans et on file. Ensuite, on trouve un endroit où se cacher jusqu'à ce que le *Saga* vienne nous porter secours.

Cela me paraissait jouable. J'avais cependant des doutes quant aux secours à venir. En admettant que le *Saga* ne soit pas mortellement atteint, comment nous sauverait-il quand une canonnière pirate l'attendait en embuscade ?

– J'aimerais bien retrouver mes gants, dit Kate.

– Combien de balles vous reste-t-il, Hal ?

– Quatre. C'est de la folie.

– Nous ouvrons la porte, vous abattez l'ouranozoaire, on attrape nos affaires, et on se terre dans un coin.

– À la proue, suggéra Hal. Personne n'ira regarder là-bas, il n'y a rien à prendre.

D'en haut nous parvenait le bruit des bras de couplage qui tentaient d'agripper la carcasse de l'*Hyperion*.

– On a une demi-heure, à tout casser, dit Hal. On y va !

Parcourir la brève distance qui nous séparait de l'atelier nous fut aussi pénible que traverser l'Antarctique. Tous les trois pas, nous nous arrêtions pour reprendre notre souffle. Du coin de l'œil, je surveillais Kate et Nadira. Sur le *Floatsam*, j'avais vu les effets de l'altitude sur des marins du ciel aguerris ; ils déliraient, perdaiden toute logique et s'effondraient d'un coup sans crier gare. S'il s'efforçait de nous cacher sa souffrance physique, Hal était trahi par son teint plombé. Je me demandais quelle tête j'avais. Je me sentais desséché, rabougri. Un air de ragtime tournait en boucle dans ma tête, et je calais mes pas sur son rythme entraînant.

Enfin, la porte fut devant nous. Hal sortit son pistolet. Comme nous, il devait avoir les mains gourdes, et j'espérais qu'il tirerait juste. Au prix de quelques difficultés, Nadira eut raison de la serrure. Le battant coulissa. Nous tenant prudemment en retrait, nous soupirâmes en chœur quand la chaleur de la pièce nous parvint par l'ouverture.

Je m'avançai avec Hal pour jeter un coup d'œil à l'intérieur. J'aurais aimé que l'ouranozoaire soit là, au beau milieu, offrant une cible facile. Or, il était invisible. Je ne m'inquiétais pas des bébés, que je jugeais trop petits pour provoquer une décharge électrique dangereuse.

Derrière la vitre du vivarium, les deux autres adultes s'agitaient. Une bonne chose. Il n'y avait qu'un seul fugitif. Mais où diable était-il passé ? Prenant un morceau de glace sur la passerelle, je le lançai dans la pièce. Le bruit des ricochets se répercuta à travers le vaste espace vide. Rien. Pas le moindre mouvement.

J'apercevais nos sacs à dos et les bouteilles d'oxygène.

— Si je courais ramasser tout ça ? murmura Hal.

— Non ! protestai-je, sidéré par sa témérité. Nous raserons les murs afin d'éviter les chaînes et les cordes.

Un tentacule peut se cacher parmi elles, et un simple effleurement serait fatal.

— Là ! dit Nadira en pointant le doigt.

Effectivement, l'ouranozoaire était au fond de la pièce, près du vivarium, juste sous le plafond. Son manteau ondoyait à un rythme hypnotique.

— Ils n'ont pas d'yeux, n'est-ce pas ? demandai-je à Kate.

— Si, mais pas comme les nôtres. S'ils ressemblent aux méduses, ils ont des cellules oculaires rudimentaires à l'extrémité des tentacules.

— Qu'est-ce qu'ils voient avec ça ?

— Pas grand-chose. L'ombre et la lumière.

— Ils nous entendent ? s'enquit Hal.

— Les méduses sont sensibles aux vibrations. Leurs tentacules sont aussi les organes du goût et de l'odorat.

— En ce cas, si nous nous déplaçons lentement, il ne nous remarquera peut-être pas, dit Nadira.

— Cruse, Nadira, lança Hal, vous irez éteindre la machine de Grunel. Et retrouver le pneumatique. Kate et moi nous chargerons de récupérer les affaires.

— Pas de gestes brusques ! murmurai-je en entrant, le dos contre le mur.

Ils m'imitèrent. Tout en avançant, nous gardions les yeux fixés sur l'ouranozoaire, qui ne bougeait pas. Si Kate ne se trompait pas, nous avions une chance de passer inaperçus. À un moment donné, tandis que nous tournions un coin, la créature disparut presque entièrement à notre vue. Je n'apercevais plus que le haut de son sac près du plafond.

Nous nous accroupîmes derrière le gigantesque cercueil de Grunel. Là, nous étions tout près de nos sacs à dos et des bouteilles d'oxygène. Kate et Hal s'élancèrent pour rassembler nos affaires ; Nadira et moi partîmes en direction du générateur.

Sitôt arrivés à la console de commandes, Nadira mit sa clé dans la serrure. Il fut plus facile de couper le générateur que de le mettre en marche. Un demi-tour en sens inverse des aiguilles d'une montre suffit. Les témoins de la console, les lampes qui illuminaient la salle s'éteignirent, le gargouillement de l'eau s'atténua peu à peu.

— Attrapez, Cruse ! dit Hal en me lançant une torche éteinte.

Le long des plinthes, les résistances chauffantes cliquetaient en refroidissant. Déjà, la température baissait. Il était temps de chercher les tubes pneumatiques.

— Ils seront quelque part sur le mur, soufflai-je à Nadira. Je vais aller voir par là.

Nous nous séparâmes, tenant nos torches pointées vers le bas du mur et le sol pour éviter que l'ouranozoaire détecte la lumière.

Heureux hasard, je n'eus pas à chercher bien longtemps. Les tubes pneumatiques se trouvaient derrière un petit bureau, tout près de la machine. Sur celui d'arrivée, le drapeau vert relevé signalait la présence d'un message.

– Je les tiens, Nadira ! lançai-je à mi-voix.

Puis, comme elle était très essoufflée, je lui fis signe de rejoindre Hal et Kate, qui s'apprêtaient à ressortir avec notre matériel.

– Filez, j'en ai pour une minute.

Ayant soulevé la trappe, je tendais la main vers la capsule de message quand une secousse parcourut le vaisseau, qui vira brusquement. Et là, sous mes yeux, juste avant que je mette la main dessus, la capsule fut aspirée par le système !

– Non !

Je m'accroupis et braquai ma lampe dans le tuyau. Trop tard ! La capsule s'était évanouie, emportée par un courant d'air dans le labyrinthe du réseau pneumatique. Le système, détraqué, était à la merci des mouvements du dirigeable.

Au désespoir, je cognai contre le mur, pressai tous les boutons, tirai le cordon d'envoi dans le vain espoir que le tube recracherait la capsule. Apparue soudain à mon côté, sac à dos sur l'épaule, Kate me demanda ce qui se passait.

– J'avais les plans, ils étaient là ! Et ce fichu truc les a avalés. Dieu seul sait où ils sont partis !

À mi-chemin de la sortie, Hal, accompagné de Nadira, nous faisait de grands signes impatients. Après un dernier coup d'œil dans le tube vide, je me résignai et me mis en route. Trois pas plus loin, je m'arrêtai.

– Qu'est-ce qui ne va pas ? s'enquit Kate.

Je fixais l'endroit où j'avais vu l'ouranozoaire pour la dernière fois.

— Il a changé de place...

— Zut !

Hal et Nadira étaient maintenant à l'abri, de l'autre côté de la porte. Figé auprès de Kate, je scrutai la pénombre en quête de l'animal.

— On court ! dit Kate en me prenant la main.

Je la retins :

— Non. On cherche.

Droit devant moi, des tentacules remuèrent parmi les câbles et les chaînes. Je levai les yeux. Tapi dans l'ombre, l'énorme bête flottait près du plafond. Je coupai ma torche de crainte que la lumière ne l'attire ; puis, serrant la main de Kate, je partis à reculons vers le mur.

— Allons, Cruse ! Venez ! lança Hal depuis la porte.

Je tendis le doigt vers le monstre. Il se tut aussitôt. Je dessinai un cercle dans l'air pour lui signaler que nous faisions le tour. À la moitié du parcours, l'ouranozoaire ne semblait toujours pas conscient de notre présence. Peut-être avait-il senti l'air froid qui entrait par la porte ouverte et pensait-il regagner le ciel par là. Ou alors, il suivait le rayon de la torche de Hal.

Soudain, il y eut des bruits de bottes sur les barreaux de l'échelle. Les pirates avaient abordé ! Hal l'avait compris ; sans perdre une seconde, il sortit son arme et visa l'ouranozoaire.

— Non, Hal ! protestai-je dans un cri étouffé. Ils vont nous entendre !

Je crus qu'il tirerait quand même. Par chance, il n'en fit rien.

L'animal se déplaçait vers la porte, comme pour nous barrer le passage.

Les bruits de bottes résonnaient de plus en plus fort. Je n'aurais su dire s'ils provenaient de l'avant ou de l'arrière du vaisseau, mais j'étais sûr d'une chose : les pirates seraient bientôt sur la passerelle de carène et ne manqueraient pas de voir Hal et Nadira.

— Allez-vous-en ! soufflai-je. Nous vous retrouverons là-haut.

Ils s'éclipsèrent sur-le-champ.

— Tout se passera bien, murmurai-je à Kate.

C'est alors que, sans prévenir, l'ouranozoaire rétracta un tentacule pour le lancer ensuite, et le coup de fouet claqua à moins de quatre pieds de nous. Kate eut un hoquet de surprise. L'ouranozoaire se rassembla, se rapprocha. Je songeai à gagner la sortie en courant, y renonçai aussitôt, jugeant nos chances de succès minimes. Ces tentacules étaient bigrement longs ! J'effleurai le bras de Kate, et nous nous enfonçâmes à pas de loup dans les profondeurs de la pièce en évitant tout geste brusque.

Des voix me parvenaient de la passerelle de carène. Il nous fallait dénicher une cachette ! Et l'ouranozoaire semblait savoir où nous étions. Patient, il nous guettait, nous suivait à distance. Nous pistait-il à l'odeur ? Au déplacement d'air ? En tout cas, il ne nous lâchait plus. Le bout de ses longs tentacules touchait presque le sol, faisait jaillir des étincelles en passant à proximité d'objets métalliques.

Les voix devenaient plus distinctes, et l'ouranozoaire nous poussait dans un coin. En jetant un coup d'œil par-dessus mon épaule, je vis le cercueil de Grunel. Ma décision était prise. Trois pas encore, et je soulevais le couvercle.

— Là-dedans, Kate ! Vite !

Après une légère hésitation, elle obéit. Quelques secondes plus tard, nous étions dans le cercueil, et je refermais le couvercle avec précaution pour ne pas faire trop de bruit. L'épaisseur des parois et le capitonnage étouffaient les sons. Plongés dans l'obscurité totale, nous nous calâmes chacun à une extrémité. Nos jambes se frôlaient ; je sentais sous mes pieds le sac à dos de Kate. Puis j'allumai ma torche, illuminant l'intérieur de soie rouge. Juste au-dessus de nous, il y eut un léger frottement.

— Les tentacules, dis-je avec un frisson à l'idée qu'ils glissaient sur le bois protecteur.

— Mauvaise idée de cachette, observa Kate.

— Elle vient de nous sauver la vie !

— Comment savoir si le champ est libre pour en sortir ?

— Facile. Nous essaierons les gadgets de Grunel pour communiquer depuis la tombe.

— Vous êtes génial.

— Vous voulez bien tenir la lampe ?

Tandis que Kate braquait le rayon lumineux sur le dispositif, je m'étendis sur le dos pour en examiner les commandes. Le fait d'être enfermé dans cet espace restreint me brouillait l'esprit, et je restai perplexe devant cette collection de boutons, d'engrenages et de poignées.

— Franchement ! marmonnai-je. Regardez-moi ça ! Vous croyez qu'en se réveillant dans une tombe, on est en état de comprendre comment ça marche ?

— En effet, on ne doit pas être au mieux de sa forme..., approuva Kate.

— En plus, sans lumière, le malheureux n'y verrait rien.

— Grunel avait peut-être prévu d'ajouter une lampe de chevet.

— Pourquoi pas quelques livres, au cas où l'attente se prolongerait ?

Avisant un bouton marqué « périscope », je le tournai. Le mécanisme, bien huilé, coulissa dans sa gaine.

— J'ai l'impression que ça monte, commentai-je.

Puisque nous n'étions pas ensevelis à six pieds sous terre, deux ou trois pouces suffiraient sans doute. Je dépliai l'oculaire rétractable pour y mettre mon œil.

Entre le faible éclairage de l'ingenierium et la déformation due à la lentille, j'eus quelque peine à me repérer. J'avais une image ronde, comme si la pièce était une petite planète, puis, une fois habitué, j'appréciai l'angle de vue très large.

– Où est l'ouranozoaire ? s'enquit Kate.

– Pas facile de le savoir. Ce n'est pas comme une longue-vue. Tout est bizarrement tordu.

– Un objectif panoramique à très grand angle. Je m'en suis servie en photographie. Vous voulez que je regarde ?

– Ça ira. Avec mes trois ans passés dans les nids-de-pie, je devrais m'en tirer.

– Là, c'est pour orienter le périscope, dit Kate.

Je l'entendis actionner une manette, et la pièce se mit à tourner vers la droite à toute allure. D'instinct, je compensais en partant vers la gauche... pour donner de la tête contre le cercueil.

– Pas si vite ! Je ne vois rien ! protestai-je.

– Laissez-moi, c'est mon tour ! Vous monopolisez ce truc !

– Hé ! Ce n'est pas un panorama pour touristes ! Continuez à tourner. Doucement.

J'avais fait le tour de la pièce sans apercevoir l'ouranozoaire quand le bout d'un tentacule apparut sous mes yeux.

– Il est juste au-dessus de nous, soufflai-je.

– Zut.

– Non, attendez. Il s'en va.

À travers l'objectif, j'observais l'animal, très gros, curieusement tassé, qui s'éloignait du cercueil. Il flottait en direction du vivarium, dont les vitres de nouveau givrées masquaient ses congénères.

– On tente une sortie ? demanda Kate.

– Une minute. Tournez ça vers la droite... un peu plus... là.

J'aperçus des rais de lumière dansants qui filtraient de la passerelle de carène par la porte de l'ingenierium, restée ouverte.

– Non, ils arrivent.

– Ils sont dans l'atelier ?

– Pas encore.

Les puissants faisceaux des lampes des intrus s'immobilisèrent. Deux silhouettes s'encadrèrent dans la porte ; d'autres se pressaient derrière. Dans leurs tenues d'alpinistes rougeâtres, le visage en partie caché par la fourrure des capuches, ils étaient aussi massifs et inquiétants que des Yetis. Masque à oxygène autour du cou, les deux premiers discutaient, doigt pointé vers la porte.

Un troisième arriva pour en inspecter le mécanisme. Il portait des lunettes à éclairage incorporé, comme celles des bijoutiers, et il prenait son temps.

– Ils vérifient si la porte n'est pas piégée. Enfin, je crois. Je n'entends pas ce qu'ils disent.

Les parois du cercueil étaient trop épaisses, trop bien isolées pour que les sons éloignés y pénètrent.

– Ça y est, ils sont entrés. Si seulement je les entendais...

– Grunel avait prévu une trompe à poire pour avertir l'extérieur. Il y a peut-être quelque part un cornet acoustique.

– Vous croyez ?

– Il ne serait pas inintéressant de savoir ce que les gens disent de vous à votre enterrement... Ça, qu'est-ce que ça peut bien être ?

Incroyable mais vrai, Kate avait raison. Derrière une petite trappe, il y avait un cornet miniature que l'on pouvait tirer et mettre à son oreille.

– Je veux les entendre aussi, déclara Kate.

Elle manœuvra pour s'installer près de moi. Je m'écartai pour lui faire de la place et lui soufflai :

– Attention, vous avez failli appuyer sur la poire de l'avertisseur !

– Hmm. Mauvais, ça. Très mauvais.

Étendus l'un contre l'autre, nous étions un peu à l'étroit.

– C'est romantique en diable, remarquai-je.

– Joue contre joue dans notre joli cercueil pour deux, fredonna Kate.

Nous pouffâmes. Malgré les dangers de notre situation, le seul fait d'être si près d'elle me rendait fou de bonheur. C'était absurde. Sans doute un effet de l'air raréfié qui me ramollissait le cerveau. En toute logique, j'aurais dû être pétrifié de terreur ; or les menaces qui pesaient sur nous me paraissaient lointaines, diffuses, comme si, à l'abri dans notre coquille, nous étions séparés du monde. Je me penchai et l'embrassai.

Tout en partageant le cornet avec Kate, j'ajustai de nouveau le périscope à mon œil. À présent, j'étais capable de l'orienter sans aide. J'espérais seulement qu'il ne dépassait pas trop pour ne pas attirer l'attention sur nous. Soudain, je pris conscience que notre cachette n'était pas des plus discrètes. Un cercueil au milieu d'un atelier ! Le premier venu serait tenté de regarder à l'intérieur.

Sept hommes aux allures de géants et un plus petit étaient entrés, chargés de matériel, portant des blocs d'alimentation et des projecteurs sur des perches. J'en étais malade. Je ne distinguais pas leurs traits. Ils avançaient lentement, pesamment, comme des explorateurs dans la neige profonde. Même avec l'oxygène en bouteille, ils peinaient, souffraient de l'altitude. Je me demandais si, contrairement à nous, ils n'étaient pas montés trop rapidement pour que leurs corps s'habituent. Sans leur oxygène, ils seraient encore plus faibles que nous. Non que cela changeât grand-chose puisqu'ils avaient tous de gros pistolets à la ceinture.

Les rayons de leurs torches dessinaient un réseau lumineux à travers la pièce. L'ouranozoaire vagabond demeurait invisible. J'observais tout cela comme on regarde un film dans une salle de cinéma. J'étais ailleurs, en sûreté. « Il faut que tu aies peur », me répétait une petite voix dans ma tête. Elle n'était pas bien forte, et je ne voulais pas l'écouter. Je me sentais calme, concentré.

Un homme fluet braqua sa torche sur l'immense machine de Grunel et fit un signe au costaud qui se trouvait près de lui.

– Les projecteurs, par ici ! hurla le colosse aux autres.

Le cornet rendait les voix avec une netteté impressionnante. Ce Grunel était un génie !

Le colosse s'était tourné face à la lumière, révélant une barbe rousse constellée de glace.

– C'est Rath, soufflai-je.

Je n'en étais pas surpris, cependant la vue de son gros visage de brute me nouait le ventre.

– Ils ont l'air de savoir ce qu'ils cherchent, ajoutai-je.

Tandis que les hommes installaient les projecteurs, Rath et le gringalet s'écartèrent du générateur – pour s'arrêter près du cercueil ! Moi qui avais espéré profiter qu'ils étaient occupés pour tenter de filer avec Kate... Raté.

– C'est bien cela, j'en suis sûr, déclara le maigrichon en hochant la tête.

Il avait la voix grêle, froide et cassante comme de la porcelaine. À présent, je distinguais ses traits encadrés par la fourrure – ceux d'un homme âgé et fragile aux sourcils épais.

– C'est le vieux du journal ! murmurai-je.

– À présent que nous l'avons trouvé, dit Rath, on peut savoir ce que c'est, monsieur Barton ?

– Barton ? répéta Kate, sidérée. George Barton ?

Je fis oui de la tête. Nadira ne s'était pas trompée, c'était bien le même homme qui discutait avec Rath à l'héliodrome. L'un des pontes du Consortium Aruba.

– Cette machine, expliqua Barton, est la plus brillante

invention de Theodore Grunel. Elle fabrique de l'énergie avec de l'eau.

— Je n'aurais pas cru cela possible, commenta Rath dans un gloussement.

— Au début, personne n'y croyait, reprit Barton. Mais Grunel était un génie hors du commun. Le Consortium a financé ses travaux sur le moteur à combustion interne qui a fait notre fortune. Pourtant, Grunel n'en était pas satisfait. Il accusait ce moteur « sale » de gaspiller de précieuses ressources, affirmait qu'il existait des énergies plus pures. Curieux de ses nouvelles recherches, nous avons demandé à voir ses plans. Jamais il n'a voulu nous les montrer. Par la suite, nous avons appris qu'il travaillait en secret à un moteur révolutionnaire, qui n'aurait plus besoin de carburant Aruba. Naturellement, nous tenions à nous l'approprier.

Il eut un petit rire grêle et conclut :

— Il nous aura fallu quarante ans pour y arriver !

Épuisé par ce discours, Barton remit son masque à oxygène.

— Lumière ! aboya Rath à ses hommes.

Tous les projecteurs portatifs s'allumèrent ensemble, et les ombres se terrèrent dans les coins de la pièce. Toujours pas le moindre signe de l'ouranozoaire. Les nouveaux venus n'avaient pas encore remarqué le vivarium, dont les vitres étaient maintenant entièrement couvertes de givre. Tous les regards se concentraient sur l'imposante machine de Grunel, qui brillait sous la lumière vive des projecteurs.

– Bel engin, commenta Rath. Reste à savoir s'il fonctionne.

Barton abaissa son masque :

– Notre expert serrurier, M. Zwingli, devrait être en mesure de nous apporter bientôt la réponse à cette question. Grunel était réputé pour ses serrures extravagantes. Fort heureusement, depuis sa mort, la serrurerie a progressé. Monsieur Zwingli ? Auriez-vous l'obligeance de vérifier si cette machine fonctionne ?

L'homme aux lunettes éclairantes hocha la tête et s'approcha du générateur. Il sortit de son sac à dos une courroie hérissée d'outils et se mit à l'œuvre.

– Ils essaient de la mettre en marche, soufflai-je à Kate.

– Sans la clé ?

– Je n'ai pas l'impression que ce type en ait besoin.

Je me tus, entendant le pirate parler de nouveau :

– Pardonnez mon scepticisme, monsieur Barton, tout cela m'a l'air d'un canular.

– Pas du tout, monsieur Rath. En théorie, rien n'est plus simple. Vous avez fait de bonnes études ?

– Jusqu'à ce que le prof soit victime d'un accident fatal.

– Ce fut l'une des plus sidérantes découvertes de Grunel. L'eau contient des atomes d'oxygène et d'hydrogène. Toute la difficulté consiste à les séparer. Or, il a réussi en concentrant les rayons du soleil.

Barton lui désigna le grand cylindre en forme de télescope et reprit :

— Miracle ! Il a ainsi obtenu de l'hydrogène et de l'oxygène en abondance, il s'en est servi pour produire du courant électrique. Je vous fais grâce des détails. Sachez seulement que cette technologie produit de l'énergie, de l'eau, de la chaleur, et de l'hydrium, qui est extrait de l'air. Il n'y a aucune partie mobile, pas de suie, pas de risque d'épuiser la matière première. Il a appelé sa machine « le moteur de Prométhée ».

Une fois encore, Barton remit son masque et respira l'oxygène avec avidité.

— J'y croirai quand je le verrai, grommela Rath.

Au même moment, comme sur un signal, les lampes de l'ingenierium s'allumèrent, les radiateurs cliquetèrent, l'eau glouglouta dans les tuyaux.

— Ça alors ! s'exclama le pirate.

Barton fixait la machine, béat d'admiration :

— Comme vous le constatez, monsieur Rath, c'est une œuvre de génie qu'a accompli Grunel. Et c'est pour cela que nous sommes ici, vous et moi. Pour achever le travail que je n'ai pas pu finir il y a quarante ans.

— C'est-à-dire ?

— Grunel est parti dans les airs pour peaufiner son moteur en secret. Et pour échapper au Consortium. Je l'ai poursuivi.

Je me tournai vers Kate, tout excité.

— C'est le « B. » dont Grunel parle dans son journal ! Il avait raison, ce n'étaient pas des pirates, mais Barton qui leur donnait la chasse !

— Je le tenais presque, continuait ce dernier. Seulement, il a mit le cap droit sur une tempête, et nous l'avons perdu. Comme tout le monde, nous pensions que le vaisseau s'était abîmé. Jusqu'à ce qu'il soit repéré la semaine dernière. Et nous sommes ici, monsieur Rath, pour veiller à ce que l'invention de Grunel ne revienne jamais sur terre.

— Vous comptez détruire sa machine ? s'écria Rath, aussi éberlué que moi.

— Exact.

— Ce serait dommage !

— Nous ne vous payons pas pour avoir des opinions, monsieur Rath.

J'en eus le souffle coupé de l'entendre parler au pirate sur ce ton.

— Très bien, répondit Rath avec un sourire glacial qui concentrait tout son mépris et sa colère. Si je puis me permettre, monsieur Barton, auriez-vous la bonté d'éclairer la lanterne du rustre que je suis. Je comprends que cette machine constitue une menace...

— Pas une menace, monsieur Rath. Elle signe notre arrêt de mort. Depuis plus de soixante ans, le Consortium extrait l'Aruba et le raffine pour en faire du carburant. Grâce à des investissements considérables, nous contrôlons à présent la majorité des ressources mondiales.

Il s'interrompit pour respirer quelques bouffées d'oxygène.

— Nous venons de découvrir un important gisement d'Aruba, vous l'avez peut-être lu dans les journaux.

Nous nous sommes pratiquement ruinés pour cette découverte. Cela, la presse ne le sait pas. Nous rentrerons dans nos frais, et tout s'arrangera dès que nous exploiterons ce gisement pour en vendre le produit. Si le moteur à eau de Grunel arrive sur le marché, nous devenons obsolètes et nous ne vendons plus rien.

– Étant les seuls à disposer de cette machine, vous auriez toujours le monopole de l'énergie, je présume.

– L'idée est séduisante, haleta Barton.

Il marqua une nouvelle pause pour remettre son masque et respirer avant de reprendre :

– Mais supposons que le secret s'évente, ce qui ne manquera pas de se produire un jour. N'importe qui pourra alors construire son propre moteur de Prométhée. Et nous serons sur la paille. Des fortunes seront englouties, des nations entières s'effondreront, des milliers de gens se trouveront au chômage. Le monde tel que nous le connaissons ne s'en relèverait pas.

Rath eut un sourire ironique :

– Je vois. Vous œuvrez pour le bien de l'humanité.

– Vous êtes plutôt mal placé pour nous faire la morale, monsieur Rath ! Vous n'avez pas semblé hésiter beaucoup à tirer sur le *Sagarmatha*.

– J'exécutais vos ordres, monsieur Barton.

– Je vous rappelle aussi que nous sommes parvenus à retrouver ce vaisseau grâce à mes dispositifs. Pensez-vous que nous aurions réussi sans mon sonar ?

Kate me chuchota :

— Nadira ne mentait pas ! Elle n'a pas aidé Rath à nous localiser.

Je hochai la tête, soulagé de ne pas m'être trompé en lui accordant ma confiance.

— Le sonar est une belle invention, je vous le concède, répondit Rath, conciliant.

— Comme le brise-ciel qui vous appartiendra au terme de cette mission. Jusque-là, vous vous contenterez d'obéir aux ordres.

— Pour un salaire aussi somptueux, je n'ai plus d'opinion sur le sujet.

— Excellent. Monsieur Zwingli, éteignez cette machine, je vous prie. Et détruisez-la. Rath, envoyez vos hommes chercher les plans. Tout ce qui ressemble à un dessin technique devra être remis entre mes mains.

— Est-ce bien nécessaire ? L'épave ne survivra pas. Nous allons l'envoyer par le fond, la réduire en miettes. Il n'en restera rien.

— La présidence du Consortium ne prend pas de risques. Les plans rentreront à Bruxelles avec nous.

Barton avait maintenant la respiration asthmatique d'un vieux fumeur. Il remit son masque tandis que Rath transmettait les ordres à ses hommes.

— Je veux voir ! s'exclama Kate en m'arrachant l'oculaire du périscope. Ils attaquent la machine. Oh, Matt, ils sont en train de la mettre en pièces !

Cela ne me réjouissait pas, mais j'avais d'autres soucis en tête : il fallait que nous trouvions un moyen de nous échapper. Sortir du cercueil ne serait pas une mince affaire. Comment soulever le couvercle assez haut pour nous glisser dessous, bondir hors de notre cachette et courir nous mettre à l'abri sans être repérés ?

– Zut ! s'exclama Kate.

– Quoi ? Qu'est-ce qui se passe ?

– Il y en a un qui regarde par ici.

– Ne bougez pas le périscope !

Dépassait-il beaucoup ? Le pirate l'avait-il vu ?

– Je vais jeter un coup d'œil, dis-je, poussez-vous un peu.

Prenant appui sur un coude, Kate tenta de me faire de la place. En manœuvrant, elle perdit l'équilibre et s'affaissa sur la poire de l'avertisseur. Un puissant coup de corne retentit dans l'ingenierium.

Nous restâmes un moment pétrifiés, les yeux dans les yeux. Puis Kate murmura d'une voix de petite fille penaude :

– J'ai corné...

Je repris le périscope. Rath et ses hommes, médusés, cherchaient l'origine du bruit.

– Qu'est-ce que c'était ? lança l'un d'eux.

– D'où ça venait ? demanda un autre.

La plus grande confusion régnait parmi eux. Pistolet au poing, certains visaient la porte, d'autres le vivarium.

L'un des pirates montra le cercueil du doigt :

– Ça venait de là.

– Qu'est-ce que fiche ce cercueil ici ? gronda Rath, furieux.

– Je vous dis que ça venait de là !

– Eh bien, allez l'ouvrir si vous en êtes sûr. Il est assez grand pour contenir tout l'orchestre de Vienne.

Serrant convulsivement son arme, le pirate s'approcha.

– Danger ! dis-je en regardant Kate.

Elle fit oui de la tête.

– Quand il ouvrira, sortez et filez.

– Il nous prendra pour des revenants. Il aura la frousse de sa vie.

– Hmm. Je crains surtout qu'il n'appuie sur la gâchette.

Mes mains tremblaient tandis que j'extrayais un levier du sac à dos de Kate. J'avais l'intention de le désarmer avec pour gagner un peu de temps.

– Nous pourrions nous rendre, suggéra-t-elle.

Je jetai un nouveau coup d'œil par le périscope. Le pirate s'apprêtait à soulever le couvercle quand un de ses compagnons poussa un grand cri. Affolé, l'homme se retourna et, dans la seconde, il hurlait et se tordait sous l'assaut de tentacules géants qui lançaient des éclairs. Une affreuse odeur de roussi nous parvint dans notre cachette.

Kate m'agrippa le bras, terrifiée.

– C'est l'ouranozoaire ! fis-je. Il lui a fait un sort.

Dans un tonnerre de jurons et d'exclamations, les pirates tiraient dans tous les sens. Plusieurs balles frappèrent le cercueil, par chance sans traverser le bois.

J'observais toujours la scène. L'ouranozoaire, touché, penchait de côté et tournait sur lui-même comme un ballon-sonde crevé.

— Préparez-vous, on y va ! lançai-je.

Nous nous accroupîmes, prêts à bondir.

— Aïe ! s'écria Kate.

Craignant une balle perdue, je me tournai vers elle pour m'assurer qu'elle n'était pas blessée.

— Il y a une pointe qui m'a piquée.

En y regardant de plus près, j'aperçus un minuscule interrupteur qui dépassait du rembourrage. Avant que je puisse l'en empêcher, Kate tendit la main pour le tâter. À l'instant même, un panneau s'ouvrit dans le fond du cercueil, et elle disparut !

20

Les plans

Par l'ouverture, j'aperçus des marches et m'élançai à la suite de Kate. Relevée de sa chute, elle braquait sa torche à droite et à gauche. Nous nous trouvions dans un tunnel, assez haut pour que je m'y tienne debout en baissant un peu la tête. Je refermai soigneusement la trappe au cas où les pirates jetteraient un coup d'œil dans le cercueil.

Kate s'apprêtait à parler. Je lui fis signe de se taire. Nous étions sous l'atelier, et je craignais qu'on ne nous entende. Un passage s'ouvrait droit devant nous, le long de la coque ; un autre partait à angle droit et menait à bâbord. Je pris la main de Kate, et nous allâmes vers l'avant. Le couloir était étroit, bien construit, comme tout le vaisseau, avec des panneaux de bois le long des murs, des veilleuses, éteintes évidemment. Nous avancions sur une passerelle de métal, à travers laquelle on voyait les membrures de l'*Hyperion* et son enveloppe extérieure. En silence, je comptais mes pas pour évaluer la distance. Nous parlerions plus tard, quand nous aurions laissé l'atelier loin derrière nous.

— Pas étonnant que l'équipage n'ait jamais vu Grunel, murmurai-je enfin. Je ne comprends pas ce type ! Plutôt que d'emprunter la passerelle de carène et les couloirs, il préférait se terrer comme une taupe dans ce boyau.

Manquant de me cogner contre une poutre, j'étouffai un juron.

— Il n'était pas grand, vous savez. Il devait être parfaitement à l'aise ici.

— Drôle de petit bonhomme, marmonnai-je.

— En cet instant, il a toute ma reconnaissance. Où conduit ce couloir, à votre avis ?

— À ses appartements. Et je vous parie que le tunnel transversal mène au zoo empaillé. Je ne serais pas surpris qu'il débouche dans la cage du Yeti.

Le passage se terminait par un escalier en spirale aboutissant à un étroit palier et une porte. Posant la main sur la poignée, je priai le ciel qu'elle ne soit pas verrouillée. Le bouton tourna... J'eus beau pousser, le battant ne bougeait pas. Je tentai un coup d'épaule. Sans résultat.

— Essayez de tirer, suggéra Kate.

Je me sentis bien sot : j'aurais dû remarquer que les gonds se trouvaient de notre côté. Je tirai. Sans plus de succès. Je recommençai : il y eut quelques craquements, des morceaux de glace se détachèrent. Enfin, le battant parut bouger. L'effort m'avait coupé le souffle. Kate me prêta main-forte, et, à nous deux, nous parvînmes à l'ouvrir sous une averse de glaçons.

Haletante, Kate mit son masque pour respirer tandis que nous pénétrions dans la chambre de Grunel. Cette porte n'était pas une porte ordinaire, mais une bibliothèque mobile que l'eau d'une canalisation crevée avait bloquée en gelant. Pendant ses fouilles, Hal avait débarrassé les rayonnages de leurs livres, sans repérer le passage secret.

Kate tressaillit à la vue de Grunel. Le drap gisait sur le sol, à quelques pieds de lui, comme s'il l'avait rejeté dans un accès de rage. Et le cadavre nous fixait ! Où qu'on se trouve dans la pièce, on avait l'impression qu'il nous regardait. J'espérais qu'il ne m'avait pas entendu le traiter de drôle de petit bonhomme... Mes yeux tombèrent sur ses doigts sectionnés. Je revis Hal lui arrachant la montre et regrettai de ne pas avoir la photo de sa fille sur moi pour la lui rendre. L'idée qu'il soit séparé de ce portrait dans la mort me serrait le cœur. Parmi tous les objets qui l'entouraient, c'était celui auquel il s'était accroché entre tous au moment du drame.

— Pardon, murmurai-je à son intention.

Avant de refermer la porte secrète, je cherchai le mécanisme qui l'actionnait. Astucieux ! L'un des rayonnages se soulevait légèrement, révélant un discret bouton de laiton.

— Ne restons pas là, dit Kate. Ils vont fouiller la cabine pour trouver les plans.

Attentifs au moindre bruit, guettant les voix des hommes de Rath, nous quittâmes la suite de Grunel pour gagner l'avant du vaisseau. Passé les quartiers des officiers et l'échelle descendant au poste de pilotage, la passerelle de carène s'incurvait et montait vers la proue. Gravir les marches nous épuisait. Nous fîmes plusieurs haltes pour permettre à Kate de respirer avec son masque. J'avais le souffle court ; les tempes me battaient. Parvenus en haut, nous nous trouvâmes dans le cône qui constituait le nez du dirigeable. Là, sur le palier, était aménagé un espace de travail pour les membres d'équipage chargés des câbles d'amarrage et de l'entretien des ballonnets de proue. De là partait la passerelle axiale, qui traversait le centre du vaisseau et s'enfonçait dans le noir vers la poupe.

— Où sont-ils ? s'enquit Kate à voix basse.

— Cruse ! souffla une voix.

Je me retournai et vis la tête de Hal sortir d'un cagibi de rangement. Nous étions passés à côté sans le remarquer ! Il nous fit signe de les rejoindre, lui et Nadira, et referma la porte. La pièce était remplie de harnais, de blousons doublés de peau, d'outils pour rapiécer ballonnets et enveloppe. Elle était cependant assez grande pour nous abriter tous les quatre. Une excellente cachette. Au cas où les pirates viendraient inspecter la proue, nous pouvions fuir le long de la quille ou par la passerelle axiale.

– Je me faisais du souci pour vous, dit Hal d'une voix sifflante.

Il n'avait pas l'air très en forme.

– Nous nous sommes cachés dans le cercueil, expliqua Kate.

Elle lui raconta comment nous nous en étions échappés. Hal hochait la tête, le regard vague. J'avais le sentiment qu'il ne suivait qu'à moitié.

– Donc, conclut Kate d'un ton lourd de sous-entendus, si Rath nous a retrouvés, Nadira n'y est pour rien.

– Ravi de l'apprendre, marmonna Hal d'un air absent.

Nadira haletait ; elle était pourtant assise et respirait de l'oxygène.

– Comment vous sentez-vous ? lui demandai-je.

– Bien, répondit-elle d'une voix assourdie par le masque.

– Elle ne va pas bien du tout, déclara Hal. Elle a tourné de l'œil en arrivant ici. Elle est revenue à elle quand je lui ai mis le masque. Je crains que ses poumons se remplissent de liquide.

Je me composai un visage calme pour ne pas trahir mon inquiétude. Je savais que, dans les pires cas, l'hypoxie entraînait la mort par étouffement ou par œdème cérébral. Nadira demeurait lucide ; sans doute était-ce bon signe. Mais combien de temps tiendrait-elle ? Je n'avais aucune idée de notre altitude actuelle. Retenu par le brise-ciel de Rath, l'*Hyperion* ne montait plus, c'était déjà ça.

– Peut-on faire quelque chose pour elle ? s'enquit Kate.

— Veiller à ce qu'elle se repose et ne manque pas d'oxygène, dit Hal.

— Le seul remède efficace serait de redescendre, observai-je.

— Pas dans nos cordes pour le moment, répondit-il dans une quinte de toux.

— Vous n'avez pas besoin d'oxygène vous-même, Hal ?

— Moi ? Non, ça va. Gardons-le pour les filles.

Il se tourna vers Kate :

— Pas de problème de votre côté ? Vous ne manquez pas d'air ?

— Moins qu'avec un corset.

Je ne pus m'empêcher de rire. Au fond, peut-être cela expliquait-il sa surprenante résistance. J'avais pensé que Kate serait la première à faiblir ; que Nadira, plus endurcie, aurait plus d'endurance. Je savais cependant que le mal des sommets était imprévisible et frappait sans prévenir, même les plus aguerris.

— Et vous, Cruse ? Vous tenez le choc ?

— Je me sens toujours d'attaque.

— Vous ne gagnerez rien à mentir.

— Je ne mens pas.

Hal semblait vexé que je ne souffre pas davantage. À l'en croire, il avait passé plus de temps que moi en altitude — mais sans doute pas aussi haut, ni pendant une période aussi longue. Je sentais certes les effets de notre position, sans qu'ils me handicapent. Mon corps était bâti pour les grandes hauteurs. C'était le froid qui me gênait le plus.

— Rath vous a vus ? demanda-t-il encore.

— Nous sommes toujours les fantômes du vaisseau, plaisantai-je.

Et je regrettai aussitôt ces paroles : l'hypothèse que l'*Hyperion* nous garde avec son équipage pour l'éternité n'était que trop vraisemblable...

— Nous allons tous mourir si nous ne redescendons pas bientôt. C'est aussi simple que ça, déclara Hal.

— Essayons encore de contacter le *Saga*, proposai-je. Cette fois-ci, ils recevront peut-être notre signal.

— Et s'ils ne le reçoivent pas ? intervint Kate.

— Au pire, il y a deux ornithoptères à bord.

Kate me dévisagea, éberluée :

— Mais... ils n'étaient pas inventés à l'époque de Grunel !

— Il a créé son propre modèle en secret. Nadira et moi, nous les avons vus dans le hangar, près de la poupe. De bien curieuses machines !

— Je ne monterai pas là-dedans, dit Hal, catégorique. Comment être sûr qu'ils fonctionnent ? Et où espérez-vous atterrir ? Nous sommes en plein milieu de l'océan Antarctique !

— Il faudra bien trouver une solution.

— Je préfère piquer le dirigeable de Rath. Ils sont huit sur l'épave, hein ? Comptons au moins trois hommes restés aux commandes de leur brise-ciel...

J'agitai la tête, tant le projet me paraissait fou :

– Jamais nous ne parviendrons à y monter sans être repérés, Hal ! Et vous oubliez qu'ils sont armés jusqu'aux dents.

– Il me reste quatre balles. Leur aérostat est notre seul moyen d'échapper à cette morgue volante !

Tel un dragon furieux, il crachait la fumée.

– Rien ne prouve que le *Saga* ne soit pas dans les parages, objectai-je. Pour le savoir, il faut tenter d'établir le contact. Je m'en charge.

– Je vous accompagne, dit Kate.

Je consultai Hal du regard. Il acquiesça d'un hochement de tête : j'étais le seul à connaître le morse, et il ne pouvait laisser Nadira seule dans cet état. Tout juste capable de respirer, elle n'avait aucune chance si Rath se manifestait.

De notre côté, il nous faudrait jouer de prudence, car les pirates s'étaient répartis à travers l'épave pour chercher les plans. Ils ne se précipiteraient pas pour fouiller la cabine de pilotage, peu à même de cacher des secrets, mais rien ne les empêcherait d'y faire une petite visite.

Nous descendîmes la passerelle de carène, puis l'échelle du poste de commandement. Avec l'aide de Kate, je connectai en hâte les piles de ma torche à l'émetteur et coiffai le casque. Kate se posta sur l'échelle pour faire le guet. Il ne fallait pas que nous soyons coincés dans ce cul-de-sac !

Ayant télégraphié mon message au *Sagarmatha*, j'attendis une minute en écoutant les grésillements avant d'envoyer un deuxième SOS. Toujours rien, en dehors des parasites. Craignant le pire, j'envoyai le message pour la troisième fois, et, au moment où je levais le doigt de l'interrupteur, un premier bip me parvint.

Agrippant carnet et crayon, je notai la réponse en code.

Ici Dorje. Cruse ?

Fou de joie, je tapai *Oui.*

Les autres vont bien ?

Oui. Cachés. Rath à bord. Presque plus d'oxygène. Vous pouvez venir ?

Besoin de trois heures. Nous viendrons.

J'étais ému aux larmes en décodant les deux derniers mots :

Serons sous le poste de pilotage. Soyez prêts.

OK.

Je détachai les piles, attrapai le carnet et courus à l'échelle. Kate se retourna vers moi :

– Alors ? Vous les avez joints ?

– Ils viennent nous chercher.

La nouvelle me réchauffait et me donnait des ailes. Nous regagnâmes aussi vite que possible le cagibi de la proue pour annoncer à Hal et Nadira que les secours étaient en route.

– Il est solidement bâti, mon *Saga* ! déclara Hal avec fierté. À bord, ils sont en train de réparer comme des fous.

Il consulta sa montre.

— Trois heures, hein ?

— Rath ne risque pas de les surprendre ? s'inquiéta Kate.

— Pas si Dorje arrive par en dessous, répondis-je. Rath est au-dessus de nous, à la verticale. Il ne voit rien en bas.

— Et les canons ne leur sont d'aucune utilité, intervint Hal. Pas depuis leur position. Dorje va remonter doucement sous la cabine. La manœuvre sera délicate...

Il y avait une trappe de secours dans le sol. Il nous faudrait tendre un câble entre les deux vaisseaux, y accrocher nos harnais et descendre tous les quatre dans des conditions extrêmes.

— Plus que trois heures, dis-je à Nadira.

— Et les autres ignorent que nous sommes là, enchaîna Hal.

— Un gros avantage, enchéris-je pour rassurer les filles. Nous n'avons plus qu'à attendre ici tranquillement, ils ne nous trouveront jamais.

— Hmm... Nous pouvons attendre, ou tenter de mettre la main sur les plans, dit Hal en me regardant.

J'avoue que l'idée m'avait effleuré : je n'osais toutefois pas en parler.

— Ils peuvent être n'importe où, observai-je.

— Combien de ces... trucs... euh, boutons y avait-il sous les tubes pneumatiques ?

Hal avait des trous de mémoire. Mauvais signe. Je lui récitai la liste – quartiers des domestiques, ingenierium, zoo empaillé, jardins, élevage, cabine du capitaine, hangar — avant de conclure :

— Il est également possible que la capsule soit bloquée quelque part dans le système.

— C'est trop dangereux ! protesta Kate. Nous allons nous faire prendre.

Ôtant son masque, Nadira posa sur Kate un regard dur.

— Vous, vous avez eu ce que vous vouliez. Si nous ne récupérons pas ces plans, je suis finie. Moi, je n'ai rien qui m'attende en bas. Vous avez vos spécimens, vous êtes ensemble.

Ses yeux se posèrent sur moi, et je baissai les paupières, incapable de répondre. Elle avait dû nous voir main dans la main ; ou alors elle avait remarqué que nous n'étions plus en froid, et elle avait compris. J'en avais mal pour elle, je me sentais coupable. Elle était seule au monde, sans personne sur qui compter, sans moyen de s'en sortir si nous ne retrouvions pas les plans. J'aurais aimé me racheter et lui donner sa chance.

— Je n'ai pas besoin de votre pitié, reprit-elle d'une voix haletante. Ce que je veux, c'est un bon gros tas d'or.

Elle remit le masque sur sa bouche pour respirer tant bien que mal.

— Nadira a raison, dit Hal. Ce boulot ne nous a rien rapporté, à nous autres. Et les plans valent une fortune.

Pour moi aussi, la tentation était grande. Pas seulement à cause de l'argent, mais pour sauver le moteur de

Prométhée inventé par Grunel. Sa machine transformerait le monde, permettrait de réaliser des prodiges – la cité aérienne de mes rêves !

– Les lieux où chercher ne sont pas si nombreux, poursuivit Hal. Combien ? Huit ? Neuf ? En restant prudents, on devrait y arriver. D'autant que Rath ignore tout de notre présence ici.

Kate secoua la tête :

– Il y aura d'autres occasions, Hal, d'autres missions de récupération.

– Non, rétorqua-t-il, farouche. Il n'y en aura pas. Tous mes espoirs étaient liés à celle-ci.

Il se tourna vers moi :

– Je ne suis pas aussi riche que vous l'imaginez. Le *Saga* ne m'appartient que sur papier ; c'est la banque qui en est propriétaire. Je comptais sur ce voyage pour solder mes dettes. Si je rentre les mains vides, mon vaisseau sera saisi. Je me suis fait ma place à la sueur de mon front et avec un peu de chance. Je refuse de finir ruiné.

Abasourdi, je ne sus que dire. Depuis le premier jour, je voyais en Hal un homme aussi solide et triomphant que la tour Eiffel. Il avait tout pour lui : ses belles manières, son charme, son physique ; il était capitaine de son propre aérostat. Écrasé par son arrogance, je m'étais si souvent senti minable que j'étais presque prêt à le haïr, à le mépriser. Et pourtant je souffrais de le voir tomber si bas.

– Cela ne change rien, déclara Kate. Je suis contre.

– Pour, hoqueta Nadira.

— Pour, dit Hal. Et vous, Cruse ?

— Pour.

— Matt ! s'exclama Kate, sidérée.

— Nous ne pouvons pas laisser Rath détruire les plans *et* la machine.

— Ce n'est pas plutôt l'argent qui vous motive ?

— Les deux, Kate. Ça, et l'argent.

— Trois sur quatre. Une belle majorité, conclut Hal.

— Parce que nous sommes en démocratie, maintenant ? ironisa Kate.

— Pas du tout. C'est moi qui décide, et j'aurais insisté.

— Vous devriez rester avec Nadira, dis-je à Kate. Nous ne pouvons pas l'abandonner.

— Pas question, je viens, haleta la Gitane.

— Certainement pas, objectai-je. Vous ne bougez pas d'ici.

— Avec l'oxygène, ça ira.

— Cruse a raison, intervint Hal. Vous risquez votre vie et vous nous mettrez tous en danger.

Furieuse, Nadira entreprit de se lever. Sa détermination m'impressionnait. Elle parvint à se mettre debout, chancela et perdit l'équilibre. Je la rattrapai de justesse et l'aidai à s'étendre. Elle évita mon regard.

— Ne vous inquiétez pas, vous aurez votre part, dit alors Hal avec une douceur surprenante.

Je m'agenouillai près de Nadira pour vérifier le niveau d'oxygène. Elle en aurait assez pour tenir jusqu'à l'arrivée du *Saga*.

— Ça va aller, murmurai-je.

— Pas si sûr.

Voyant qu'elle avait peur, je tentai de la réconforter :

— Vous êtes une audacieuse, une rebelle, pas vrai ? Vous vous en sortirez.

Elle hocha la tête avec lassitude. Mes efforts pour l'encourager n'avaient pas servi à grand-chose.

— Allez-y, dit-elle à Kate à travers son masque. Inutile que vous restiez là.

Kate soupira, me regarda :

— Puisque rien ne vous fera revenir sur cette décision, autant en finir au plus vite.

Il me déplaisait de laisser Nadira seule, mais elle avait raison. Nous ne pouvions rien de plus pour elle, et trois paires d'yeux valaient mieux que deux — même si je n'avais pas l'intention de lâcher Kate d'une semelle.

— Hal, vous êtes armé, vous irez de votre côté. Je fais équipe avec Kate.

— Très bien. On se partage le travail, et on se retrouve ici.

Après la répartition des tâches, Hal descendit vers la quille. Kate et moi empruntâmes la passerelle axiale, en silence et torches éteintes, pour voir les hommes de Rath avant d'être repérés. Je n'avais plus peur des fantômes ni des revenants. Arrivés à l'échelle de poupe, nous descendîmes avec précaution.

Après une première halte infructueuse au verger, nous nous rendîmes au hangar. Là, Kate tomba en arrêt devant les deux ornithoptères.

— Drôles d'oiseaux ! souffla-t-elle. Je les appellerais plutôt chirotoptères. Avec ces ailes de cuir, ils ressemblent à des chauves-souris.

— Ce n'est pas le moment de s'attarder, dis-je à voix basse tout en cherchant les tubes pneumatiques.

Il ne me fallut pas longtemps pour les trouver. Hélas, les plans n'étaient pas là non plus. J'imaginais la capsule voyageant sans fin dans le labyrinthe du réseau.

Tandis que nous nous dirigions vers le zoo empaillé, un fracas épouvantable nous parvint de l'ingenierium, où les hommes de Rath achevaient de démanteler la machine de Grunel et fouillaient l'atelier de fond en comble. Ils ne tarderaient pas à étendre leurs recherches au reste de l'épave. Nous devions faire vite !

Seule la passerelle de carène permettait d'accéder au zoo empaillé, ce qui rendait l'opération risquée. Si les pirates de Rath sortaient de l'ingenierium, nous serions contraints de nous plaquer contre les parois en espérant qu'ils ne nous remarqueraient pas. Conscients du danger, nous pressâmes l'allure – autant que nous le permettaient nos corps en manque d'oxygène.

Arrivés à la porte sans encombre, nous nous glissâmes à l'intérieur. Nous longions le mur, cherchant les bouches du réseau pneumatique, quand, à mi-chemin du fond, nous entendîmes des voix sur la passerelle. Nous

nous figeâmes et tendîmes l'oreille. Il y avait maintenant des bruits de pas dans la salle. Plusieurs rangées de vitrines nous séparaient des pirates. La lumière de leurs lampes ricochait sur les vitres gelées.

Nous nous accroupîmes derrière une vitrine. Les pas se rapprochaient. Trois hommes. Un dans chacune des allées. Toutes les issues étaient bloquées ! S'ils allaient jusqu'au fond, nous serions pris.

– Qu'est-ce que c'est que ce bazar ? lança l'un d'eux.

– Des animaux morts, répondit un autre.

– Un vrai musée des horreurs !

– Le vaisseau entier est un musée des horreurs.

– Pourvu que le monstre qui a eu Harrison n'ait pas de frangins !

À tâtons, je trouvai le loquet de la vitrine. Elle n'était pas verrouillée. Je tirai le panneau de verre avec précaution. Dedans, il y avait une espèce de loup à la gueule béante.

Kate comprit tout de suite mon idée et entra. Je l'imitai. Nous y tenions tout juste. Impossible, bien sûr, de refermer correctement la porte dépourvue de poignée intérieure. Comble de malchance, le givre ne couvrait pas les vitres de manière uniforme. Et il était trop tard pour changer de cachette, les voix se rapprochaient.

Nous restâmes à quatre pattes en espérant que, de l'extérieur et à travers la glace, les pirates nous prendraient pour des animaux. Soudain, j'entendis un cœur battre comme un tambour. Dans ma panique, je crus d'abord que la bête empaillée reprenait vie. Mais ce n'était que le martèlement de mon sang à mes oreilles.

— Qu'est-ce que c'est que cette armoire à glace ? demanda une voix.

— Ça ? C'est un Yeti.

— Diablement laid, si tu veux mon avis.

— J'en ai vu un en liberté, une fois.

— Impossible !

— Au mont McKinley, en Alaska. On a pris des photos depuis le dirigeable.

— Il n'y a que des os dans les tiroirs, en bas, dit un troisième. Ce n'est pas ici que nous trouverons les plans. Laissons tomber.

— Pas question. Rath a donné l'ordre de tout retourner.

Je les entendais gratter les vitres, marmonner des commentaires sur les spécimens empaillés. Remarqueraient-ils les tiroirs laissés vides par les larcins de Kate ? Fouilleraient-ils toutes les vitrines, les unes après les autres ? J'espérais que non.

Ils étaient à notre hauteur à présent. Plongeant le regard dans les yeux de Kate, je m'efforçai de calmer mon souffle tandis qu'elle exhalait un long soupir silencieux. Inquiet à la vue du panache de vapeur, je lui couvris la bouche. D'un battement de cils, elle fit signe qu'elle avait compris, et nous mîmes tous deux une main sur nos lèvres pour ne pas envoyer de signaux de fumée.

Je pensais au loup et tentais de lui ressembler. Demeurer immobile ne me posait pas trop de problème :

avec le froid, je n'avais aucun mal à m'imaginer pétrifié. Tout à coup, la glace s'illumina sous le faisceau des lampes. Projetées en ombres chinoises sur le mur opposé, nos silhouettes s'étiraient et rétrécissaient.

Je regrettais ma sottise. Quelle idée m'avait pris à moi, un adolescent, d'aller jouer les pirates ? Peu m'importait maintenant la pluie de billets de banque que j'avais vue en rêve. C'était cupide, présomptueux et moche. Je n'étais pas un pirate ; j'aurais donné n'importe quoi pour revenir en arrière, revenir à ce rendez-vous avec Kate au restaurant de la tour Eiffel... Je lui dirais : « Non, n'y allons pas. Je ne veux pas de l'*Hyperion* ni de ses richesses. Tout est très bien comme ça, restons ici. Je travaillerai davantage à mes études. Je vaincrai les chiffres. Je deviendrai officier subalterne et je prendrai du galon avec le temps. Cela me suffira. »

— Hé ! Celle-ci est mal fermée ! lança une voix de l'autre côté de la vitre.

À travers la couche de givre, je distinguai la silhouette de l'homme engoncé dans ses vêtements. Sa main se posa sur la poignée.

Mes muscles se tendirent. J'étais prêt à lui sauter à la gorge comme un chien enragé.

— Il n'y a rien dans ce zoo, dit une autre voix. Laissons tomber pour chercher ailleurs. Nous avons tout le vaisseau à fouiller.

La main restait sur la poignée. Je crus que le pirate allait ouvrir. Puis il se retourna et se fondit dans l'ombre.

Les hommes de Rath se retiraient ! Mon visage gelé était comme un masque soudé à mon crâne. Je devais ressembler à ces momies millénaires découvertes dans les glaciers, noircies par le temps, cauchemardesques.

Les bruits de pas s'étaient évanouis, les voix aussi. Kate me fit signe de la tête. Nous poussâmes le battant pour sortir de la vitrine. Je dirigeai ma torche vers le sol afin d'éviter que la lumière se réfléchisse.

— Rentrons, murmura Kate. C'est trop risqué !

En remontant discrètement le rayon de ma lampe le long du mur, j'aperçus les deux tubes pneumatiques dans le coin de la pièce. Le drapeau vert du tube d'arrivée était relevé.

— Une seconde, soufflai-je en me précipitant pour soulever la trappe.

Rien. Pas de capsule. Je fermai les yeux avec un soupir frustré : Grunel ne voulait pas me confier ses secrets !

Soudain, une lampe se braqua sur moi. Comme un imbécile, je rouvris les paupières en me tournant vers la lumière, qui m'aveugla.

— Lâchez cette torche ! ordonna la voix de John Rath. Je suis armé. Les mains en l'air !

Je baissai la tête pour que la capuche me donne de l'ombre. Du coin de l'œil, je vis Kate cachée derrière une vitrine, hors du champ de vision de Rath. Elle recula. Laissant tomber ma torche, je levai les mains tandis qu'il s'avançait, pointant toujours la lampe sur mon visage.

– Qui êtes-vous ? Relevez le nez !

La peur perçait dans sa voix, comme si je pouvais être quelque créature spectrale échappée d'une vitrine. Une furieuse envie de fuir me taraudait. Hélas, si je me mettais à courir, il me poursuivrait, alerterait les autres, qui découvriraient Kate, et nous serions pris tous les deux.

Elle reculait toujours, puis elle se retourna et fila. Ouf ! Elle rejoindrait Hal, donnerait l'alerte.

– Relevez le nez, j'ai dit ! aboya Rath tout près de moi.

J'aperçus un éclair de barbe rousse avant qu'il me frappe à la tempe de sa torche. Je chancelai tandis qu'une main arrachait ma capuche.

– Ah, c'est vous ! Je croyais que le *Saga* arrivait tout juste. Mais il avait déjà déposé son équipe à bord ! Ainsi, il revenait vous chercher quand on l'a envoyé par le fond ?

Je me gardai de répondre.

– Combien êtes-vous ici ?

– Il n'y a que moi.

– Hmm.... C'est ce que nous verrons. Vous avez trouvé quelque chose ?

– Rien. Pas la moindre pièce d'or, répliquai-je, venimeux. Joli fiasco.

– Vous auriez dû accepter ma proposition au Ritz.

Le Ritz ! Dieu, que c'était loin, et comme il faisait chaud en ce temps-là !

— Alors, vous êtes tout seul, et vous n'avez rien trouvé ? Dommage, dit Rath en appuyant son pistolet contre mon front.

Le métal glacé me brûla comme un fer rouge.

— Mon employeur sera fort mécontent d'apprendre que d'autres étaient à bord ! Je sais déjà quels seront ses ordres. Toutefois, si vous avez découvert quoi que ce soit qui puisse m'intéresser, nous pourrions nous rendre mutuellement un petit service. Comment comptiez-vous quitter l'épave ? En volant ?

Je me taisais.

— Si vous me dites où se cache l'or de Grunel, je peux vous ramener à terre.

— Il n'y a pas d'or.

Il me frappa le crâne avec son pistolet. Des larmes de douleur affluèrent à mes yeux et gelèrent aussitôt sur mes cils.

Un sifflement étrange, à vous dresser les cheveux sur le crâne, emplit alors la pièce. Suivi par le bruit mat d'un choc. D'instinct, sans réfléchir, je me tournai vers les tubes pneumatiques. Le drapeau vert vibrait.

— Vous attendiez un message ? persifla Rath. Prenez-le.

Sous la surveillance de Rath, je soulevai la trappe et sortis la capsule.

— Ouvrez.

J'ôtai le couvercle et en tirai les plans.

— Montrez-moi ça.

Je défroissai les papiers, les levai devant lui. Braquant

sa lampe dessus, il les examina, puis émit un grognement de satisfaction :

— Remettez-les dans l'étui. Vous venez de me faire gagner un temps précieux.

Sitôt les plans rangés, il m'arracha la capsule des mains pour la coincer dans sa ceinture.

Un coup de feu retentit quelque part. Puis un autre. Kate.

— Venez avec moi ! aboya Rath.

Il y eut un second sifflement, et le drapeau vert se redressa une fois de plus.

— Vous êtes bien populaire, aujourd'hui !

Gardant son pistolet pointé sur moi, Rath mit sa torche sous son aisselle, souleva la trappe de sa main libre, la plongea dans le tube et poussa un hurlement de bête en reculant d'un bond. Un bébé ouranozoaire s'accrochait à son poing de tous ses tentacules. Jamais je n'aurais cru les petits aussi puissants. Rath fouettait l'air du bras en grinçant des dents. Sa torche tomba à terre dans un tourbillon lumineux. Espérant se dégager, il frappa l'animal avec son pistolet. Une gerbe d'étincelles jaillit du métal sous l'effet du courant. Il lâcha l'arme en se tordant de douleur. La capsule contenant les plans vola de sa ceinture et roula sur le sol.

Je la ramassai, ainsi que ma torche, et me ruai vers la porte.

Les cris de Rath avaient alerté ses hommes, qui arrivaient en courant. Je coupai ma lampe au moment où ils entraient en trombe dans le zoo empaillé. Enveloppé de cuir noir, je me tapis dans l'ombre. Lorsqu'ils m'eurent dépassé, je gagnai l'issue à toutes jambes.

– Il a les plans ! rugissait Rath. Matt Cruse ! Il a les plans !

Par chance, la passerelle de carène était déserte, mais j'entendais des voix dans l'ingenierium. Je partis dans la direction opposée avec, pour tout éclairage, la vague lueur qui filtrait par l'enveloppe extérieure de l'*Hyperion*. Parvenu à l'échelle de poupe, je grimpai jusqu'à la passerelle axiale et, à bout de forces, je titubai vers la proue, serrant entre mes mains la capsule du message. La course avait sapé ce qui me restait d'énergie. Six pas en avant. Pause. Respiration. Encore six pas. Pause. Respiration. Je tenais les plans ! Bientôt, le *Sagarmatha* monterait à notre rencontre. Mais nous étions découverts. Les pirates de Rath mettraient tout en œuvre pour nous débusquer. Et puis, il y avait ces coups de feu que j'avais entendus. Contre quoi, contre qui avaient-ils été tirés ?

Arrivé à l'avant, je frappai doucement à la porte du cagibi et m'annonçai :

– C'est moi, Matt.

Puis je poussai le battant et entrai. Hal était effondré contre le mur près de Nadira.

Kate n'était pas avec eux.

21

Cœur de Sherpa

Hal se redressa, le teint cendreux. Levant les yeux sur moi, il vit la capsule.

— Vous l'avez !

— Kate n'est pas ici ?

— Ouvrez ce truc et montrez !

Il tendit la main pour me prendre les plans. Je reculai d'un pas :

— Kate n'est pas revenue ?

— Non. C'est vous qui étiez avec elle, que je sache.

Je ressortis sur le palier, guettant ses pas, sondant les ténèbres de ma torche.

— Éteignez-moi ça ! souffla Hal en me rejoignant sur ses jambes flageolantes.

— Ils ont dû l'attraper, lâchai-je, atterré.

Et je lui racontai ce qui s'était passé dans le zoo empaillé.

— Il y a eu deux coups de feu.

— C'était moi. Vous n'êtes pas le seul qu'ils aient repéré.

Je remarquai alors une tache plus sombre sur sa combinaison.

— Vous êtes blessé ! m'écriai-je.

— J'ai le bras explosé, mais je suis vivant. Je n'en dirais pas autant de mon adversaire.

Il s'efforça de sourire, ne parvint qu'à grimacer.

— Il est mort ?

— Si je l'avais abattu plus tôt, je n'aurais pas ramassé une volée de plombs dans l'épaule. J'ai récupéré son oxygène pour Nadira. Et son pétard.

— Je retourne chercher Kate, déclarai-je.

Hal me saisit par le bras :

— Du calme ! Elle se terre peut-être dans un coin en attendant que la voie soit libre. Les hommes de Rath sont partout. Donnez-lui cinq minutes.

À regret, je suivis Hal dans le cagibi.

— Nous n'aurions jamais dû prendre ce risque, marmonnai-je, amer. C'était idiot.

— Vous avez les plans, Cruse.

— C'est sans importance.

— Vous changerez d'avis. Pour l'instant, vous n'en voyez pas l'intérêt, mais, quand nous serons sortis de la ferraille et de retour à Paris, vous changerez d'avis, croyez-moi. Le *Saga* va arriver d'ici cinquante minutes.

– Il faut retrouver Kate. Vous avez abattu un de leurs hommes. Il en reste six. Le serrurier et Barton ne sont pas du genre à se battre. Rath est peut-être mort aussi. Il a eu des ennuis avec un des petits ouranozoaires. Trois ou quatre pirates pour deux pistolets, ça paraît jouable.

À cet instant, une voix retentit dans le noir, amplifiée par un mégaphone :

– Nous tenons la fille... Nous avons Kate de Vries...

Même déformée par le haut-parleur et l'écho, je reconnus la voix de Rath. La brute n'était pas morte comme je l'espérais.

– Rendez-vous ! Donnez-nous les plans, ou nous la tuerons !

Un vent de tempête soufflait dans mon crâne, balayant les mots et les pensées. Je me laissai tomber sur mon séant ; les yeux aveugles, je me frappai le front de mes poings. Je perdais la tête. Des bribes de phrases tournaient dans la bourrasque sans que je parvienne à les saisir. Je ne comprenais qu'une chose : les pirates tenaient Kate.

– Apportez-nous les plans, et nous épargnerons la fille, hurlait Rath à travers l'épave. Nous sommes votre seule chance de salut. Donnez-nous les plans, et nous vous ramènerons à terre sains et saufs !

– Ah, les menteurs ! Ils veulent nous liquider, oui ! commenta Hal.

– Apportez-nous les plans à l'ingenierium ! Vous avez un quart d'heure.

— J'y vais, dis-je en me relevant.

Hal me retint de sa main valide :

— Ils vous tueront.

Je ne répondis rien.

— Le *Saga* arrive, continua-t-il. Nous avons une chance de nous en tirer. Une seule. Si nous la ratons, nous sommes morts.

Je le dévisageai, horrifié :

— Vous voudriez qu'on abandonne Kate ?

Nadira ôta son masque en posant sur Hal un regard brûlant de colère.

— Ce n'est pas bien, croassa-t-elle.

— Bien ou pas, c'est une question de survie. La morale est un luxe que nous n'avons plus les moyens de nous permettre.

Au désespoir, je secouai la tête :

— Je ne veux pas entendre ça, Hal.

Il m'arracha les plans des mains :

— Vous ne les leur donnerez pas.

— Bien sûr que si. Je les échangerai contre sa vie.

— Ne soyez pas ridicule. Vous savez parfaitement que vous ne reviendrez pas.

— Rendez-les-moi !

— Je vous sauve la vie, Cruse !

Je me jetai sur lui de tout mon poids. Il perdit l'équilibre, et nous roulâmes sur le sol. Il tenta de m'écarter, sans résultat ; il était blessé, affaibli. Mon cœur martelait mes côtes. J'agrippai la main qui tenait la capsule et la cognai contre une grille métallique jusqu'à ce qu'il relâche sa prise ; puis, ramassant les plans, je me redressai et m'éloignai de lui, à bout de souffle. Recroquevillé à terre, il me faisait pitié.

— Désolé, murmurai-je.

Il ne répondit pas. Ma rage me quitta. Mes genoux tremblaient. Je lui lançai la capsule.

— Tenez. Vous avez raison. Ces plans ne me serviront à rien. Seulement, je ne veux pas la perdre.

— Moi, haleta-t-il, j'ai perdu un homme. Je n'aime pas ça, mais le sort en a voulu ainsi.

— Eh bien, je vaincrai le sort ! Donnez-moi un pistolet.

Il fit non de la tête :

— Vous êtes seul contre eux tous.

— Donnez-moi le pistolet !

Hal fixait les ténèbres, le regard vide. Il se redressa, se cala contre une poutre, eut quelques haut-le-cœur et jura :

— Je vous accompagne.

— Vous avez un bras en compote. Vous êtes souffrant. Il vous faut de l'oxygène.

— Ça ira.

— Restez ici avec Nadira. Si je ne reviens pas, vous l'aiderez à embarquer sur le *Saga*.

— Vous devriez être aussi fragile qu'un chaton nouveau-né, remarqua Hal, sidéré. Qu'est-ce qui vous fait tenir ?

— Le ciel me connaît, dis-je.

Avec une exclamation de dérision, Hal me tendit un pistolet de pirate :

— Il y a quatre balles dans celui-ci.

Et il m'en expliqua le fonctionnement. J'écoutais sans réussir à me concentrer. Mon esprit entonnait déjà son propre chant de guerre.

J'avais un cœur himalayen, un cœur de Sherpa. J'étais fort, et les adversaires étaient faibles. Ils avaient besoin d'oxygène, moi pas. Leurs sacs à dos les encombraient et les ralentissaient. J'avais sur ma peau la fourrure de la panthère ; je devenais panthère. J'étais souple et vigoureux ; je serais rapide. Je ramènerais Kate.

En descendant les marches vers la passerelle de carène, je m'efforçai de ne pas laisser mes pensées s'égarer.

Nous avions brisé le ciel et nous encourions la colère des dieux. Tout comme Grunel, qui avait utilisé la lumière du soleil et l'air pour faire fonctionner son moteur de Prométhée. Prométhée. Le héros mythique, condamné à un châtiment sans fin pour avoir dérobé le feu des dieux. Peut-être Grunel était-il puni, lui aussi. Son âme en peine errait à bord du vaisseau. Avec l'espoir de bâtir une cité céleste, il s'était exilé dans les airs où, malgré sa fortune, sa gloire et sa renommée, il n'avait réussi à construire qu'un tombeau volant.

Mais nous avions les plans. Nous pouvions révéler ses secrets au monde. C'étaient de bons secrets. Pourquoi faudrait-il que nous soyons punis ?

J'atteignis les appartements de Grunel sans voir un seul pirate. Une fois à l'intérieur, je tendis l'oreille et observai. Mes yeux étaient à présent accoutumés à l'obscurité. J'imaginais mes pupilles démesurément dilatées, comme celles des chouettes. J'abaissai ma capuche pour mieux entendre sans que la fourrure assourdisse les sons. Le mur me servait de guide. Froissement de la soie sous ma main gantée.

Soudain, je m'arrêtai, en proie à une terreur sans nom. En me tournant face au mur, je ne vis plus un mur mais une sorte de fenêtre. Et, de l'autre côté, dans l'ombre, se tenait l'être informe de mes cauchemars.

Fait de morceaux de cuir grossier et de glaise, il me dévisageait avec, dans le regard, cette même peur que je lui avais vue dans mes rêves. Incapable de crier, je n'émis qu'un gémissement étranglé. Ma fin était venue ! Comment me défendrais-je contre un tel spectre ?

Sans grande conviction, je levai mon pistolet. En face, la créature leva son poing massif, comme pour me repousser. J'hésitai. Lui aussi. Je compris alors que je n'étais pas devant une porte donnant sur une autre dimension, mais devant un miroir fêlé, décoloré. Cet homme inachevé, c'était moi. Je me tâtais le visage, hésitant encore à me reconnaître. Puis je repris mon chemin, pressant le pas.

Dans la chambre, Grunel montait la garde depuis sa chaise-longue, sentinelle pour l'éternité. Je trouvai le mécanisme de la porte secrète et poussai la bibliothèque mobile. Sitôt de l'autre côté, je refermai le passage et allumai ma torche. L'épave montait de nouveau, je le sentais à mes chevilles. J'avançai. Une violente secousse ébranla l'*Hyperion*, et je tombai contre le mur. Curieusement, la paroi de bois sonnait creux. Je cognai pour m'en assurer, puis je découvris un bouton. J'appuyai dessus, et le panneau coulissa.

Éclairant l'ouverture, je vis des câbles, les chaînes du gouvernail et de la gouverne de profondeur, qui couraient du poste de pilotage à la queue. Au-dessus de moi, sous le sol de titane de l'ingenierium, des bâtons de dynamite ficelés ensemble étaient disposés à intervalles réguliers et reliés par un réseau de fils.

Nadira n'avait pas menti : l'atelier de Grunel était bel et bien piégé. Tenter d'y pénétrer autrement qu'en actionnant la serrure complexe aurait déclenché une terrible explosion.

Au moment de reprendre ma marche, le rayon lumineux de ma torche tomba sur un objet brillant. Je vis alors une série de coffres, soigneusement calés entre les membrures du vaisseau. Le plus proche de moi n'avait pas de couvercle. Je m'en approchai... Dedans scintillaient les lingots d'or. Les premières couches étaient irrégulières, comme si quelqu'un s'était déjà servi.

Inquiet, je scrutai le passage secret à droite et à gauche. Personne. J'étais seul.

Je reportai mon attention sur l'or. Notre trésor était là ! Je l'avais sous les yeux, et n'en éprouvais aucune satisfaction.

Je pouvais retourner prévenir Hal au plus vite. Faute

de tout emporter, il remplirait au moins nos sacs de lingots pour les charger à bord du *Saga*.

Eh bien, non. Je n'irais pas prévenir Hal. Je n'en avais ni le temps ni l'énergie.

Je pouvais aussi entrer dans la cachette et prendre une ou deux barres brillantes pour moi. Hélas, je n'avais pas de poches. Aurais-je eu mon sac à dos avec moi, je ne l'aurais pas fait. L'or de mes rêves était trop lourd, et il me fallait être le plus léger possible pour réussir ma mission.

Le ventre noué, je refermai le panneau et poursuivis ma route. Parvenu à l'escalier, j'ouvris la trappe sans bruit et me glissai dans le cercueil. Là, j'ajustai l'oculaire du périscope à mon œil, le cornet acoustique à mon oreille.

Les projecteurs portatifs illuminaient toujours la salle. Le moteur de Prométhée, éventré, répandait ses entrailles de métal sur le sol. Le grand cylindre de laiton, à terre, lui aussi, était en morceaux. Barton et Zwingli examinaient ensemble les diverses composantes de la machine.

À environ cinquante pieds du cercueil, j'aperçus Kate, assise sur une chaise. Rath lui avait ôté sa bouteille d'oxygène pour l'affaiblir. Elle respirait avec peine ; sa poitrine se soulevait et s'abaissait à un rythme précipité. À côté d'elle se tenait Rath, les deux mains grossièrement bandées. Sans pistolet.

Tournant le périscope, je cherchai les autres pirates. Je vis d'abord deux cadavres, dont l'un horriblement brûlé. L'autre devait être celui que Hal avait abattu. Les trois derniers vivants gardaient la porte, l'arme au poing et prêts à tirer sur quiconque approcherait. Hal ne s'était pas trompé : les pirates ne négocieraient pas. Ils nous tueraient sans sommation.

Je constatai avec soulagement que le vivarium aux vitres couvertes de givre était resté intact. Rath et ses hommes ne s'étaient pas inquiétés de savoir ce qu'il contenait. Je regardai vers le plafond : pas de bébés calmars volants en vue. Peut-être étaient-ils tous partis en voyage à travers le réseau pneumatique du vaisseau.

L'*Hyperion* fit une embardée et monta encore. La corne d'un aérostat retentit dehors.

– La tempête se lève, dit Rath à Barton. Ils veulent que nous rentrions à bord. Notre brise-ciel subira des dégâts si nous restons accouplés à cette carcasse. Il est temps de larguer les amarres.

– Pas avant que nous ayons récupéré les plans.

– Encore cinq minutes, les gars, et on rentre, lança Rath à ses hommes.

– C'est moi qui donne les ordres ! protesta Barton.

– Je tiens à sauver mon dirigeable, répliqua Rath.

– Ce dirigeable ne sera vôtre qu'une fois la mission réussie.

– L'inconscience nous conduira droit à la mort, déclara Rath, menaçant.

Barton se tourna vers Kate :

– Vos amis ne se soucient guère de vous, il me semble.

Prudente, Kate s'abstint de répondre.

En silence, je soulevai le couvercle du cercueil et le calai avec ma torche éteinte. Je jetai un bref regard à Kate. Par chance, Rath se tenait dos à moi. J'avais une vue dégagée sur le vivarium.

Malgré le manque d'oxygène qui me brouillait l'esprit, je savais que l'idée n'était pas des meilleures. Mettre ce plan en œuvre revenait à ouvrir la boîte de Pandore ; cependant je n'avais pas d'autre solution.

Je n'avais jamais utilisé un pistolet. Serrant l'arme de mes doigts gourds – Hal m'avait mis en garde contre le recul –, je visai la vitre du vivarium et pressai la gâchette quatre fois en décalant mon tir vers la droite à chaque nouvelle pression. L'écho amplifiait le bruit des détonations au point qu'on aurait cru entendre tonner le canon. Dans la confusion générale, le fracas de verre brisé passa inaperçu.

Il y avait maintenant une ouverture déchiquetée sur le côté du vivarium. Alors que les hommes de Rath se tournaient dans tous les sens, cherchant l'origine des coups de feu, un ouranozoaire se propulsa par le trou.

Barton fut le premier à le voir. Avec un hurlement, il courut se mettre à l'abri. Un tentacule s'abattit sur Zwingli, dont la bouteille d'oxygène explosa, envoyant des éclats de métal enflammé et des lambeaux de chair aux quatre coins de l'atelier.

– Tuez-le ! aboya Rath.

Méfiants, ses trois hommes s'avancèrent, envoyant une grêle de balles. L'ouranozoaire tournoyait sur lui-même en agitant les tentacules. L'un d'eux effleura un pirate. La décharge l'envoya en l'air, électrocuté sur le coup. Je sentis l'odeur de l'hydrium qui s'échappait du sac tandis que l'animal s'affaissait sur le sol comme un ballon crevé. Dans sa chute, ses tentacules touchèrent les batteries qui alimentaient les projecteurs. Il y eut une grande gerbe d'étincelles et, dans un nuage de fumée, toutes les lampes s'éteignirent. Les ombres engloutirent la salle telles des bêtes affamées.

Comme je l'espérais, Kate en profita pour se lever et se diriger vers le cercueil. Rath lui tournait le dos, surveillant l'ouranozoaire, qui agonisait au centre de la pièce. Hélas, Kate était faible et se traînait.

Soulevant le couvercle bien haut, je bondis hors de ma cachette. Des flammèches voletaient dans l'air lourd de fumée et d'une affreuse odeur de chair et de cuir brûlés. Me voyant courir vers elle, Kate eut le bon sens de ne pas crier. Rath regardait ailleurs. L'agrippant par le bras, je la tirai en hâte vers le cercueil.

— Stop ! aboya soudain la voix de Rath.

Sachant qu'il n'était pas armé, je continuai en priant que l'écran de fumée nous protège. Sans me retourner, je poussai Kate dans le cercueil, passai une jambe par-dessus le bord pour y entrer à mon tour quand elle cria. Au même moment, un bras s'enroula autour de ma poitrine, me tira en arrière. Malgré ses mains de momie enveloppées de bandes, Rath n'avait rien perdu de sa force. Il me jeta à terre, puis me lança un coup de pied dans les côtes.

Tandis que je rampais pour tenter d'échapper à ses bottes, ses hommes achevèrent l'ouranozoaire et s'élancèrent pour lui prêter main-forte. Déjà, ils s'avançaient, prêts à m'achever aussi.

– Filez ! hurlai-je à Kate.

Un coup de fouet claqua, et je vis la silhouette luminescente du dernier ouranozoaire sortir par la brèche du vivarium. Sa longue traîne de tentacules heurta un homme de Rath, le tuant avant qu'il n'ait eu le temps de fuir. Après quoi l'animal s'étira en un long fuseau horizontal et se propulsa droit sur nous.

Rath se sauva à toutes jambes. Je me relevai tant bien que mal, trop tard pour sauter du cercueil. Je n'avais aucune chance d'échapper à la bête qui fonçait sur moi comme une locomotive. Je me ruai à sa rencontre.

Et me jetai sur son sac à hydrium. Je m'attendais à quelque chose de mou – erreur. Le sac était aussi ferme qu'un pneu de caoutchouc. Je faillis rebondir comme une balle, parvins à m'accrocher aux bourrelets de la peau et serrai les jambes. Sentant l'effet de mon poids, l'animal gonfla son sac en produisant de l'hydrium. Et nous montâmes.

Les tentacules de la créature fouettaient l'air dans de vains efforts pour me déloger. Par chance, j'étais hors de portée, perché sur le sac de la bête. À travers la peau transparente, je voyais la masse grouillante de ses intestins verts et, en dessous, l'horrible bec qui ne cessait de claquer.

Je chevauchai le calmar volant à travers tout l'inge-nierium. Kate s'accroupit dans le cercueil pour éviter les tentacules. Les coups de feu crépitaient dans l'air autour de moi et de ma monture, qui amorça un tournant et se dirigea vers le dernier homme de Rath. Une balle tra-versa le sac à hydrium, passant à deux doigts de mon ventre. Je me voyais déjà mort quand l'ouranozoaire s'élança sur mon attaquant et l'électrocuta en une frac-tion de seconde.

Où étaient Rath et Barton ? Impossible de le savoir, je ne voyais plus rien, tant l'ouranozoaire tournoyait et se démenait pour se débarrasser de moi. Je me crampon-nais de toutes mes forces, car, s'il réussissait, je finirais grillé à mon tour. Dans le flou qui m'entourait, j'avisai des câbles suffisamment proches. Au premier soubre-saut violent de l'animal, je me propulsai et partis en vol plané.

Les bras tendus, je cherchai à agripper n'importe quoi. Je saisis une chaîne, que mon poids balança vers l'avant. Lâchant prise, je m'envolai vers une autre. L'ouranozoaire me suivait, heurtant les câbles, qui cré-pitaient dans son sillage. Il me fallait descendre, vite. Desserrant les doigts, je me laissai glisser, touchai le sol et m'éloignai de la chaîne quelques secondes avant qu'un tentacule la touche dans une gerbe d'étincelles.

Impossible de gagner la passerelle ! Le monstre se trouvait entre moi et la porte. Je me frayais un chemin entre les câbles dans l'idée de rejoindre le cercueil quand, surgissant de derrière la cabine de phrénologie, Barton se planta devant moi, l'arme au poing et prêt à tirer. Je m'arrêtai brusquement, jetai un coup d'œil inquiet par-dessus mon épaule. Pas d'ouranozoaire. Le diable d'animal avait disparu parmi les poulies, les câbles et les chaînes.

— Il en reste un ! hurlai-je à Barton. Vivant !

Il ne cilla pas. Il me tenait en joue avec un regard glacé, imperturbable :

— Les plans. Donnez-les-moi.

Leur brise-ciel se mit à corner.

— On s'en va ! aboya Rath, qui venait vers Barton à grandes enjambées.

— Pas sans les plans, rétorqua le frêle vieillard.

De sa main libre, il remonta son masque sur sa bouche, aspira l'oxygène avec avidité.

— Bougre d'imbécile ! cracha Rath. À quoi bon insister, puisque nous allons réduire cette carcasse en miettes dès que nous aurons pris un peu de champ ! Il n'en restera rien. Il y a une trappe au fond du cercueil, je suggère que nous passions par là.

Je priai le ciel pour que Kate ait eu le bon sens de filer pendant qu'il en était encore temps.

— Le Consortium Aruba veut les plans, haleta Barton en me regardant.

— Jetez votre arme !

Surprise ! C'était Kate, debout près du cercueil, tenant à deux mains le pistolet d'un mort. Elle visait

Barton – ou bien moi, difficile d'en juger. La tournure que prenaient les événements ne me disait rien qui vaille.

— Ma petite demoiselle, je ne jetterai pas mon arme. Par contre, vous pourriez songer à poser la vôtre avant de vous blesser.

— Je parie que je tire aussi bien que vous, répliqua Kate d'un ton de défi.

L'épave était tellement ballottée par le vent que même un tireur d'élite aurait probablement manqué sa cible.

— En ce cas, tentez votre chance, dit Barton.

Il s'avança encore, pressa son pistolet contre ma poitrine.

— Kate, ne tirez pas ! m'écriai-je.

Le regard de Rath passait d'elle à Barton.

— Les plans ! répéta ce dernier tandis que nous oscillions au rythme du roulis en nous efforçant de ne pas perdre l'équilibre.

— Je ne les ai pas.

— Conduisez-moi à eux, et je veillerai à ce que vous quittiez cette épave.

— Nous n'en avons plus le temps ! gronda Rath en se dirigeant tant bien que mal vers le cercueil.

Et vers Kate.

— Un pas de plus, et je tire ! cria-t-elle en pointant son arme sur lui.

Il avança. Kate tira. La capuche de Rath vola sous l'impact, mais lui restait encore debout. Il porta une main à son crâne comme pour s'assurer qu'il était toujours là et s'immobilisa.

Je reportai mon attention sur Barton en me demandant ce qu'il allait faire. Les cheveux se hérissaient sur ma nuque ; j'étais convaincu que l'ouranozoaire me ferait un sort avant que Barton ait le temps de m'abattre.

Soudain, quelque chose remua derrière lui. À peine visible sur le sol, c'était le dernier des calmars volants. Son sac translucide s'était dégonflé. On aurait dit une mue de serpent gigantesque agitée par la brise. De fait, il rampait ; tentacules écartés en éventail, il se traînait vers la machine de phrénologie – et vers Barton, qui, voyant mes yeux s'écarquiller, dut penser que je cherchais à le distraire et ne se retourna pas.

– Derrière vous, Barton ! hurla Rath.

J'avais cru l'ouranozoaire mortellement atteint par les balles. Je m'étais trompé. Avec une rapidité hallucinante, son sac se gonfla d'hydrium, et la créature se propulsa pour venir planer au-dessus de Barton.

Il se retourna. Un tentacule claqua près de sa botte. Il l'esquiva d'un saut de côté. Au même moment, l'*Hyperion* tangua. Le vieux partit en arrière et s'effondra sur le siège de la machine de phrénologie, qui, aussitôt, se mit en marche. La calotte lui enserra le crâne et lui couvrit les yeux.

– Rath ! Au secours ! hurla-t-il.

Barton tira en l'air à l'aveuglette sans toucher l'ouranozoaire. Il se mit à donner des coups de pieds, se prit la tête à deux mains. Les bras mécaniques s'animèrent, se déployèrent pour lui entourer le crâne et tourner, menaçants, le piquant ici et là de leurs compas avec une férocité incroyable. Les pointes s'acharnaient sur sa capuche, la perçaient encore et encore.

Pensant peut-être que la machine était une nouvelle espèce de prédateur, l'ouranozoaire se déchaîna contre elle. S'ils fumaient un peu, les bras de bois ne craignaient pas le courant électrique et continuaient d'écraser la tête de Barton. Ses cris cessèrent ; ses membres s'affaissèrent.

C'est alors que l'animal commit l'erreur fatale de s'approcher. En tournant, les bras de l'araignée mécanique se prirent dans les tentacules et tirèrent l'ouranozoaire comme un pêcheur remonte un calmar à la ligne. Les pointes des compas crevèrent le sac de flottaison et les flancs membraneux. L'hydrium s'échappa en sifflant de la poche, et les intestins de la bête se répandirent sur le sol.

Quand je relevai les yeux, j'aperçus Rath qui s'enfuyait en direction de la passerelle, le masque sur la bouche, dynamisé par l'oxygène – et par la hâte de regagner son vaisseau pour prendre le large. Secoué par le vent, l'*Hyperion* faisait des sauts de carpe, et je savais d'expérience quels dégâts sa masse agitée de tels soubresauts pouvait causer. Il faudrait un certain temps avant que Rath atteigne le nid-de-pie et soit hissé à bord par ses compagnons. Après quoi, les pirates largueraient les amarres et ouvriraient le feu. Le *Saga* arriverait-il à temps ?

Kate apparut soudain à mon côté.

– Ça va ? me demanda-t-elle, à bout de souffle.

Je fis oui de la tête et me mis à tousser. Sans instruments de mesure, j'évaluai notre altitude à vingt-trois mille pieds environ. Il nous fallait de l'oxygène ! Si j'étais né dans le ciel, j'avais malgré tout mes limites. Chancelant et trébuchant, j'allai jusqu'aux cadavres et leur pris leurs bouteilles. J'équipai d'abord Kate, puis collai le masque contre ma bouche.

Trois bouffées d'air en boîte, et mes membres cessèrent de peser comme du plomb. Ma vision redevint nette presque instantanément – nette au point que c'en était douloureux. Chaque chose était entourée d'une aura – les cadavres, l'ouranozoaire, les machines de Grunel... La pièce entière semblait palpiter.

Nous nous précipitâmes sur la passerelle de carène. Des secousses violentes ébranlaient le vaisseau, rendant la marche difficile. Tandis que nous progressions vers la proue, j'étais la proie d'étranges visions : ici, une poule disparaissait dans un couloir, là, un marin du ciel diaphane grimpait une échelle et s'évaporait. Là-bas, dans l'atelier, l'appareil à communiquer depuis la tombe cornait, j'en aurais juré. À croire que l'épave avait enfin libéré ses spectres.

Réalité ou hallucinations de ma cervelle enfiévrée ? Je n'aurais su le dire. Kate n'était apparemment pas affectée, et je m'abstins de lui en parler. J'avalais l'oxygène à grandes goulées. Conscient que nous étions en danger mortel, je scrutais les parages, attentif et patient, curieux de ce qui allait nous arriver.

Durant l'éprouvante montée vers la proue, j'eus l'impression que le temps avait levé l'ancre. Le trajet dura une éternité ou peut-être quelques secondes. J'étais un vieillard à bout de souffle ; j'étais un jeune homme qui courait vers le sommet d'une colline.

Et soudain nous fûmes dans le cagibi, avec Hal et Nadira, aussi surpris de nous voir que si nous étions des revenants. Peut-être en étions-nous. Je me sentais flotter, plus léger que l'air.

— Tout le monde est mort sauf Rath, dis-je à travers mon masque. Il quitte l'*Hyperion* et il va nous couler.

Hal consulta sa montre :

— Le *Saga* devrait être ici dans vingt minutes.

Personne ne dit rien. Nous espérions le miracle, craignant en même temps qu'il vienne trop tard. Je ne mentionnai pas l'or pour ne pas tenter Hal. Il était — nous étions — beaucoup trop affaiblis. L'important était de sortir vivants de l'épreuve.

— Nous devrions gagner le poste de pilotage, suggérai-je.

Je tendis une bouteille d'oxygène à Hal, qui, têtu comme une mule, hésita un moment avant d'accepter l'offre. Je l'aidai à se lever. Il tenait à peine debout et s'appuyait sur moi. Kate soutenait Nadira, qui étouffait sous son masque. Lentement, nous descendîmes vers la passerelle de carène. Le squelette du vaisseau craquait et gémissait ; son corps énorme tremblait.

Nous étions en vue de l'échelle qui conduisait à la cabine de commandement quand un coup de tonnerre retentit, suivi d'un autre. Le choc nous jeta à terre tandis que tout s'effondrait autour de nous dans un fracas terrible.

Le long de la passerelle, je vis les membrures, les poutres et les poutrelles exploser sous le feu des canons. Quelques secondes encore, et ce fut un tumulte de verre brisé, de métal arraché au niveau inférieur. Je compris qu'il n'y avait plus de poste de pilotage. Rampant jusqu'à l'échelle, j'allai jeter un coup d'œil. Le vent polaire hurlait, me fouettait le visage. Les restes défoncés de la cabine pendaient sous le ventre du dirigeable. Les chaînes du gouvernail et de la gouverne de profondeur tournoyaient dans le ciel.

Une forte odeur d'hydrium nous enveloppa soudain : les ballonnets arrière étaient crevés ! Le vent nous porta quelques instants sur son cours tumultueux avant que le vaisseau ne commence à chuter. Kate agrippa mon bras. Personne ne disait rien. Le *Saga* ne pourrait plus nous sauver à présent.

— Les ornithoptères, haletai-je.

— Oui, dit Kate.

Je crus que Hal allait protester, mais il hocha la tête.

Perdant son gaz porteur, la poupe s'alourdissait et s'enfonçait. Nous repartîmes au plus vite vers le hangar, enjambant les obstacles qui nous barraient le passage. Je pensai aux charges de dynamite sous l'ingenierium. Si elles étaient touchées, l'*Hyperion* finirait dans un feu d'artifice. Le vent s'engouffrait dans la coque, galopait avec l'ardeur des cavaliers de l'Apocalypse. Il nous bousculait, gelait nos langues dans nos bouches.

Nadira s'effondra et, trop lasse, ne fit aucun effort pour se relever. J'aidai Kate à la remettre debout.

– Nous y sommes presque, dis-je pour l'encourager.

L'*Hyperion* prenait de la vitesse. L'altitude était un atout. L'air et le vent retiendraient un peu notre chute – mais pas indéfiniment. Bientôt, nous plongerions si vite que nous ne pourrions plus rien tenter.

En débouchant dans le hangar, je perdis tout espoir en constatant que le rail de lancement était endommagé. Même si, suspendus par leurs trapèzes, les deux ornitho-ptères semblaient intacts, il serait hélas impossible de les déplacer de quarante pieds pour les mettre face à la porte, en position de décollage.

– Pas de problème, déclara Kate en évaluant la situa-tion. Nous en décrocherons un, et je décollerai du sol.

– Vous savez faire ça ?

Elle hocha la tête.

– Vous avez déjà piloté des engins de ce genre ?

– Naturellement.

– Vous mentez ?

– Du mieux que je peux. Nous prendrons celui-ci.

Du doigt, elle désignait le plus gros des deux, équipé de quatre cockpits ouverts en enfilade. Se hissant sur le marchepied pour inspecter le premier cockpit, elle poussa un hurlement. En trois bonds, je l'avais rejointe. Effondré sur le siège, il y avait un cadavre gelé.

– Qui est-ce ? Qu'est-ce qu'il fait là ? demanda Kate avec irritation.

Sous son blouson de cuir, le mort portait un uniforme de majordome.

– Mince alors ! m'exclamai-je, stupéfait. Hendrickson. Le domestique de Grunel !

Voilà pourquoi nous ne l'avions pas vu dans les appartements du maître des lieux. Pour échapper aux poursuivants de l'*Hyperion*, il avait essayé de fuir. Et, comme les autres, il avait péri au cours de la brusque ascension.

– Sortons-le de là, gronda Hal en montant à son tour sur le marchepied.

Il empoigna Hendrickson de son bras valide, je l'imitai, et, à nous deux, nous jetâmes le cadavre, qui atterrit lourdement sur le sol du hangar.

– Personne n'a d'objections, cette fois ? nous défia Hal avec humeur.

Kate sautait déjà dans le cockpit pour examiner le tableau de bord.

– Alors, comment ça marche, ce truc ? demanda encore Hal.

– On le fait démarrer à la manivelle, dis-je en montrant la poignée métallique sous le nez du fuselage.

– Et, ensuite, on pédale, enchaîna Kate.

— On pédale ? répétai-je, incrédule.

— Si on tient à voler, répliqua-t-elle en désignant les pédales à ses pieds, je ne vois que ça.

Un coup d'œil dans le cockpit suivant m'apprit qu'il disposait aussi d'un pédalier.

— Seigneur Jésus ! marmonna Hal.

Je doutais que nous ayons assez d'énergie pour actionner les ailes pendant très longtemps ; mais l'heure n'était pas à la réflexion. Nous n'avions pas le choix. Avec la pression accrue, mes oreilles bourdonnaient. Pas de temps à perdre ! Avant de faire démarrer l'ornithoptère et d'ouvrir les portes, je voulais que tous soient à leur place. Avec Hal, nous hissâmes Nadira dans le dernier cockpit, puis il monta devant elle.

— N'oubliez pas de vous attacher ! leur criai-je.

— En route ! dit Kate en étudiant les leviers et cadrans du tableau de bord.

Je sautai du marchepied, empoignai la manivelle et lui donnai un tour vigoureux, comme je l'avais vu faire aux automobilistes. Rien. Craignant d'être plus faible que je ne l'imaginais, je recommençai. Pas la moindre étincelle. Pas de bruit rassurant.

— Pas comme ça ! me lança Kate. Le mécanisme se remonte, comme une horloge !

— Ça se remonte, c'est vrai, grommelai-je.

J'avais oublié qu'il n'y avait pas de moteur. Je tournai donc consciencieusement. À l'intérieur de la machine, j'entendais le cliquetis des parties mobiles.

Soufflant sous l'effort, j'imaginais les engrenages et les ressorts. Où diable cet engin trouverait-il assez de puissance pour se maintenir en l'air ? Après une bonne minute, la manivelle se bloqua.

– Ça y est, je suis au bout.

– Bon. On y va, lança Kate.

Elle poussa et tira leviers et manettes – sans résultat. La queue de l'*Hyperion* s'abaissa encore dans une brusque secousse. Je perdis l'équilibre.

– Il ne faut pas tarder, remarquai-je.

– Peut-être celui-là...

Soudain, les grandes ailes de cuir frémirent dans une pluie de cristaux de glace. Ensemble, elles se soulevèrent en grinçant. On aurait dit une chauve-souris arthritique à l'agonie. Par à-coups, elles montèrent jusqu'à leur maximum. Alors, leurs bords d'attaque se redressèrent, puis s'abaissèrent.

Je regardai Kate, inquiet :

– Ces ailes ne soutiendraient pas une graine de pissenlit.

– Patience ! Elles s'échauffent. Et les hélices tournent à présent.

Effectivement, elles tournaient, de plus en plus vite. On ne distinguait plus les pales. Les ailes battirent de nouveau, dans un mouvement plus fluide, cette fois.

Je courus jusqu'à la porte pour actionner la roue. Qui refusa de bouger. La glace avait soudé les battants coulissants. J'eus beau cogner et donner des coups de pieds, rien à faire.

— Un problème, Cruse ? rugit Hal en soulevant son masque.

— Tout est gelé !

Il fouilla sous son siège, en sortit son sac à dos et me le lança.

— Faites sauter la porte.

J'ouvris le sac, en tirai le bloc de plastic, les fils et le détonateur. Je pris une grande inspiration. N'ayant aucune idée de la quantité d'explosif nécessaire, j'en détachai un gros morceau, que je collai entre les deux battants, j'y enfonçai les fils, et je les déroulai tout en me retirant vers le fond du hangar.

— Combien vous en avez mis ? hurla Hal en se tordant sur son siège pour voir ce que j'avais fait.

— Un bon bout !

— Doux Jésus ! s'exclama-t-il en voyant le travail.

— C'est trop ?

— Bah, ça ira. Protégez-vous, tout le monde !

Je m'accroupis et appuyai sur le détonateur. L'explosion m'envoya au sol. Quand je relevai les yeux, il y avait de la fumée partout. Sur son trapèze, l'ornithoptère se balançait comme un oiseau fou. Il paraissait intact. Les marchepieds aussi. Mieux encore, les deux battants de la porte s'étaient envolés, et un véritable tsunami de vent polaire s'engouffrait dans le hangar.

Je courus jusqu'à l'engin, dont les ailes battaient maintenant avec une certaine vigueur. Les hélices bourdonnaient.

— Montez à bord ! me cria Kate.

J'obéis et, sitôt dans le cockpit derrière elle, j'attachai ma ceinture.

Contrairement à ce que je croyais, Rath n'en avait pas fini avec nous. À peine étais-je installé que le canon tonna. Sous le choc, l'*Hyperion* se cabra. Il y eut une explosion d'une rare violence. L'ingenierium était touché. L'ingenierium au sol truffé de dynamite ! Bientôt, le vaisseau entier ne serait plus qu'un brasier. Dans un vacarme de bois brisé et de métal arraché, l'*Hyperion* s'ouvrit en deux. Puis, par l'ouverture de la porte, je vis avec horreur la partie avant du dirigeable en flammes plonger vers l'océan.

Nous tournions dans le ciel sur une moitié d'épave.

— Décollage ! hurlai-je à Kate.

Levant le bras, elle tira sur la poignée censée libérer le trapèze de son attache.

— Ça ne marche pas !

Dégrafant ma ceinture, je me levai et tendis à mon tour la main vers la poignée, qui restait hors d'atteinte. Je quittai mon siège pour ramper tant bien que mal le long du cockpit. L'engin montait et descendait au rythme des battements d'ailes devenus plus puissants, et j'avais quelque peine à me maintenir dessus tout en évitant les hélices.

Enfin, j'agrippai la poignée, elle aussi bloquée par la glace. Je tirai de toutes mes forces. Une fois. Deux fois. L'ornithoptère se décrocha enfin et tomba. Perdant l'équilibre, je glissai le long de la carlingue, heurtai l'aile de tribord, qui m'envoya rouler sur le sol du hangar.

— Remontez ! Vite ! cria Kate.

Plus facile à dire qu'à faire. Prise de folie, la chauve-souris géante sautait comme un cabri.

— Il n'arrête pas de bouger ! protestai-je.

— Dépêchez-vous !

À deux doigts du bord de la trappe, Kate parvint à immobiliser l'ornithoptère. Je courus vers la machine

— Vite, Matt ! Je ne peux pas...

D'un battement d'ailes, l'engin bondit et plongea dans le vide.

J'en restai pétrifié. Une seconde plus tôt, l'ornithoptère était là, sous mes yeux. Et voilà qu'il avait disparu. J'étais seul à bord de l'*Hyperion*. Une épave qui sombrait. Comme un imbécile, je me précipitai vers la trappe pour vérifier si l'ornithoptère n'était pas là, à m'attendre. Il était bien là, certes, mais loin en dessous, à tourner en cercles irréguliers.

Les restes de l'*Hyperion* allaient s'écraser, et moi avec. Dans ma panique, je me retournai vers l'autre ornithoptère et vis....

...le costume d'homme-oiseau de Grunel, intact, suspendu au mur. Je fonçai le décrocher pour l'enfiler par-dessus ma combinaison d'altitude ; en toute hâte, je l'attachai de mes doigts gourds et tremblants. Je mis les pieds dans les étriers du segment de queue. Vite, je brossai la glace de mes ailes.

Encombré de ma tenue, je me dirigeai vers la trappe ouverte quand le vaisseau bascula si brutalement que je tombai et me mis à glisser. Hurlant et jurant, je tentai de m'agripper à quelque chose. Une avalanche d'objets roulait vers moi. Encore quelques secondes, et l'*Hyperion* se renverserait. Pour couler comme du plomb.

J'étais un alpiniste, à présent ; je m'accrochais à des taquets, aux jointures des plaques métalliques pour m'aider dans mon ascension. Mes tempes battaient, le sang cognait à mes oreilles sous l'effet conjugué de la chute et de l'accélération.

Enfin, j'atteignis le bord de la trappe, qui s'inclinait maintenant à quarante-cinq degrés. L'épave se secouait pour m'envoyer en bas. Je m'assurai que mon masque était bien attaché et, d'une poussée énergique, m'élançai dans le ciel.

22

Icare

Je tombais.

Ce qui restait de l'*Hyperion* tombait aussi. J'étais conscient de son énorme masse, de sa proximité, mais je tombais plus vite et pris bientôt de l'avance sur l'épave. D'instinct, j'écartai les bras, et mes ailes s'ouvrirent. Un mécanisme s'enclencha, bloquant la barre de renfort transversale. Ma chute en fut aussitôt ralentie – à tel point que la carcasse me rattrapait, piquant droit sur moi.

Je n'avais que quelques secondes pour réagir. Inclinant les ailes et jouant des pieds pour orienter mon gouvernail de queue, je virai brusquement. Le corps brisé du vaisseau poursuivit sa plongée, passant à moins de trois cents pieds de moi. Les remous de son sillage me retournèrent sur le dos ; je parvins à me redresser et, dans un nouveau virage, m'écartai de ce tourbillon d'air

Je n'avais pas à réfléchir. Les mouvements, les manœuvres me venaient naturellement, comme si j'avais toujours eu des ailes. Une joie indicible enflait en moi, jugulant ma terreur. Je connaissais ces sensations, je les avais vécues en rêve depuis l'enfance.

Ma descente était cependant trop rapide. Au prix d'un effort, j'ajustai l'angle de mes ailes. Peu à peu, je cessai de chuter, pour voler à l'horizontale. Je fis quelques essais. Mes bras n'ayant pas suffisamment de force pour me permettre de monter, je décrivis quelques cercles irréguliers. La violence du vent m'aurait étouffé si je n'avais eu le masque sur le nez et la bouche. Mes yeux se réduisaient à deux étroites fentes. Loin au-dessus de moi, il me sembla apercevoir le profil sombre du dirigeable de Rath. Pourvu qu'il ne me voie pas, qu'il ne repère pas Kate et les autres !

Je cherchais désespérément à localiser l'ornithoptère. Plus bas, beaucoup plus bas, la partie arrière de l'*Hyperion* chutait, à demi renversée. Quelques ballonnets d'hydrium restés intacts l'empêchaient sans doute de couler à la verticale.

Kate croirait-elle que j'étais encore à bord ? Elle n'aurait pas l'audace de tenter de l'approcher, tout de même ? Étant donné l'angle et la vitesse de chute de l'épave, ce serait chose impossible. J'espérais qu'elle aurait suffisamment de bon sens pour rester à distance de sa trajectoire – mais pas suffisamment pour renoncer à me sauver. Kate était mon seul espoir.

Je tournais en cercles, ballotté par le vent. En bas, l'océan Antarctique s'étendait à perte de vue. Je cherchais en vain les ailes sombres et ridées de l'ornithoptère. Le froid m'enserrait dans son étau. Je ne pourrais pas rester en l'air bien longtemps. Le ciel aurait raison de moi. Le sang gèlerait dans mes veines, mon cœur cesserait de battre, mon esprit se viderait de toute pensée, de ses souvenirs et de ses trésors.

La poupe de l'*Hyperion* se fracassa contre les vagues, explosant en mille morceaux. Après avoir vogué autour du monde pendant quarante ans, le fier vaisseau fut réduit à l'état de débris flottant en l'espace de quelques secondes. Les inventions révolutionnaires, le zoo empaillé, les corps des marins embarqués pour ce triste voyage, tout était à jamais perdu. Que ce géant des airs ne laisse derrière lui que quelques restes pitoyables me désolait. Au fond, ce n'étaient que les rêves de Grunel, et un peu d'hydrium, qui l'avaient maintenu à flot.

Je délirais doucement : le froid figeait mes pensées. Apercevant une paire d'ailes au loin, je me mis à crier, conscient que mes compagnons ne m'entendraient pas. Tous mes espoirs s'accrochaient à eux, à l'idée qu'ils me cherchaient, qu'ils apercevraient la minuscule tache que je formais dans le ciel immense. Hélas, les ailes s'évanouirent. Au désespoir, je regardais dans tous les sens, sans savoir où aller, me demandant si je n'avais pas été victime d'un mirage.

Soudain, une plume me passa devant le nez, puis une autre. Je crus à une hallucination. Mais, jetant un coup d'œil à mes propres ailes, je constatai avec horreur qu'elles se défaisaient. Et rapidement. Sous mes yeux, trois plumes s'arrachèrent à mon aile gauche pour s'envoler en tourbillonnant.

L'ornithoptère apparut à cet instant comme par enchantement, tranchant sur le bleu glacé du ciel, juste devant moi. Kate avait dû me repérer, car les ailes de la machine remuèrent, l'engin prit un virage serré et vint se ranger sur ma gauche. Hal me faisait de grands signes. Je vis que Kate amenait l'ornithoptère face au vent. Elle prit de l'avance, descendit légèrement...

Mes plumes s'envolaient toujours. Mes ailes se dénudaient. À ce rythme, mon vol ressemblerait vite à celui d'une dinde truffée. Déjà, je tournais comme une toupie folle. L'ornithoptère se trouvait juste devant moi. Je n'aurais droit qu'à un seul essai avant de perdre tout contrôle. Et je dérivais à tribord ! Orientant mes ailes et ma queue, je virai à bâbord pour compenser et m'approchai de l'ornithoptère en diagonale. Lorsque je fus presque au-dessus, je pris le risque de replier mes ailes et de plonger.

Visant le cockpit vide derrière Kate, je ratai mon coup et m'étalai devant Hal en priant pour que mes doigts glacés retrouvent assez de mobilité pour accrocher n'importe quoi. Hal me retint de son bras valide. Je m'agrippai des deux mains au rebord de mon cockpit. Mes ailes s'agitaient, l'air s'engouffrait dedans ; je manquai d'être emporté. Il fallait que je me débarrasse de mon costume d'homme-oiseau ! Sortant les pieds des étriers de queue, j'effectuai un rétablissement et lançai les deux jambes à l'intérieur du cockpit vide. Mes doigts gourds se battaient avec les agrafes... Soudain, mes ailes d'Icare flottèrent tel un panache derrière nous. Je m'effondrai sur le siège.

Kate se retourna vers moi, les yeux remplis de joie incrédule.

— Vous vous en êtes sorti ! me cria-t-elle.

— Rien de cassé, criai-je en retour.

— Dieu merci ! Et, maintenant, pédalez !

Ces touchantes retrouvailles terminées, elle reprit les commandes de l'appareil. C'était la première fois que je me trouvais à bord d'un ornithoptère, et j'avoue que l'expérience n'avait rien de rassurant. La machine battait des ailes en cahotant, elle tenait l'air à la manière d'une barcasse secouée par la houle. Les pieds sur les pédales, je moulinais pour remonter le mécanisme d'horloge du moteur. Que Grunel ait pu obtenir tant de puissance à partir de minuscules rouages relevait du prodige.

Levant les yeux, je scrutai le ciel. Aucune trace du dirigeable de Rath. J'espérais qu'il cinglait depuis longtemps vers d'autres cieux, que le pirate nous croyait tous morts à bord de l'*Hyperion*.

Je me penchai pour hurler à l'oreille de Kate :

– Vous avez un plan ?

Elle se tourna légèrement de côté.

– Retrouver le *Saga* !

Hal me tapa sur l'épaule. Je me retournai vers lui. De la main, il dessina des cercles. Je compris et transmis le message : il voulait que nous restions dans le même périmètre pour chercher son aérostat. Kate répondit d'un hochement de tête et amorça un lent virage. Force m'était de reconnaître que cette machine volante était plus souple qu'il n'y paraissait. Malgré le vent puissant, elle obéissait docilement aux commandes.

Un bref coup d'œil au cockpit arrière m'apprit que Nadira était encore consciente, ce qui me rassura. Elle était cependant trop faible pour pédaler beaucoup. Il fallait que nous compensions. J'estimai notre altitude à environ quinze mille pieds. Même si l'air était moins pauvre, nous gardions nos masques. Nous avions besoin de toute notre énergie ; de plus, l'apport d'oxygène nous assurait une vision nette et précise.

Je balayais le ciel du regard en quête du *Saga*. S'il faisait route vers la dernière position de l'*Hyperion*, faute d'être au rendez-vous convenu, nous serions au moins au bon endroit. Restait à savoir à quelle altitude l'aérostat apparaîtrait. Je craignais que l'équipage ne repère les débris du colosse sur les vagues et ne nous croie engloutis avec le vaisseau.

Je tressaillis à cette idée : nous ne pourrions pas pédaler éternellement. Jamais nous n'atteindrions la terre ferme ! Mes jambes douloureuses protestaient et réclamaient une pause. N'aurais-je survécu à la chute libre que pour en entamer une autre ? Pourtant, la tête encapuchonnée de Kate penchée sur les commandes avait sur moi un effet magique, et je me sentais étrangement calme. La brutale rencontre avec l'océan nous tuerait sur le coup, et nous serions ensemble.

– Là ! s'écria alors Kate, le bras tendu.

Comme des imbéciles, nous nous mîmes à hurler en faisant de grands gestes. À mille pieds au-dessus de nous, le *Saga* poursuivait sa route. Avec un effectif réduit, Dorje manquait de guetteurs. Et ce n'était pas un minuscule ornithoptère qu'ils cherchaient.

– Plus haut ! criai-je à Kate.

– Pédalez ! répliqua-t-elle.

L'ornithoptère tressauta dans un effort pour s'élever. À l'évidence, nos mollets épuisés ne fournissaient pas assez de puissance. Nous parvenions tout juste à nous maintenir à la même altitude. Si nous n'étions pas repérés, le *Saga*, s'éloignerait, emportant avec lui nos derniers espoirs.

Soudain, un arc de lumière rouge apparut dans le ciel. Mon esprit englué mit quelques secondes à comprendre qu'il partait de l'ornithoptère. Hal et moi nous retournâmes vers Nadira, qui brandissait une fusée de détresse. Elle remonta son masque et, joignant le geste à la parole, cria à pleine voix :

– Près du siège !

Je levai le pouce pour la féliciter.

Le signal écarlate passa juste devant le nez du *Sagarmatha*. Retenant notre souffle, nous attendîmes. Enfin, l'aérostat amorça un virage et piqua vers nous.

Malgré ma joie, je me rendais compte que nous perdions de l'altitude. J'avais beau pédaler, nous chutions lentement mais sûrement. Ce n'était pas le moment de faiblir ! Ma belle indifférence s'évapora d'un coup. À présent que les secours étaient là, je ne voulais pas rater le créneau, je voulais vivre !

— Je ne suis pas douée pour l'atterrissage ! me lança Kate.

— Vous êtes brillante !

— Vous vous souvenez de la tour Eiffel ?

— C'était superbe !

Je pédalais de toutes mes forces, ne sachant si l'effort me tuait ou me maintenait en vie en empêchant mes jambes de se transformer en glaçons. Sans cesser de pédaler, je me penchai vers Hal :

— Le *Saga* a une barre d'amarrage ?

— Dorje peut en monter une au milieu du vaisseau, sur la trappe de soute.

Je transmis le renseignement à Kate, qui hocha la tête sans se retourner. J'en étais malade. L'accrochage en vol était une des manœuvres les plus délicates. L'exécuter à la tour Eiffel par vent léger était une chose : la réussir à haute altitude, par grand vent, en était une autre. Le ciel ne pardonnait pas.

– Je peux vous aider ? hurlai-je.

– Pédalez !

Après cela, nous nous tûmes. L'approche commençait. Le *Saga* était devant nous. Dorje l'avait ralenti à notre hauteur, volant dans la même direction. À grands coups d'ailes, l'ornithoptère se propulsait vers la poupe. J'allais crier à Kate d'éviter les ailerons, mais elle me devança en contournant la queue. Nous glissâmes sous le ventre du *Saga*. À cinquante pieds de nous, j'aperçus la barre d'amarrage rudimentaire sous la trappe de soute grande ouverte. Kate réduisit la vitesse, et le bourdonnement des hélices se fit plus sourd. Le temps parut s'arrêter. Nous basculions d'un côté sur l'autre tandis que Kate tentait de se positionner face à la barre. Une bourrasque nous bouscula, et voilà que nous étions trop bas !

– Pédalez ! rugit Kate.

J'y mis toute mon énergie. Les autres durent faire de même, car les ailes s'agitèrent, l'ornithoptère remonta d'un bond. Je regardais la barre du *Saga* se rapprocher du trapèze en souhaitant que le contact se fasse.

Il se fit.

Il y eut une brusque secousse. L'ornithoptère était accroché ! Kate coupa le moteur mécanique, et les ailes s'affaissèrent ; les hélices toussotèrent et cessèrent de tourner.

– Bienvenue à bord ! hurla Dorje du haut de la trappe.

Kami et lui tirèrent des câbles pour nous treuiller à l'intérieur.

J'ôtai mon masque et me penchai pour presser mes lèvres gelées contre la capuche de Kate :

— Je n'aurais pas pu faire mieux.

Elle se tourna vers moi, radieuse, et lança :

— Vous n'auriez pas pu le faire du tout !

— C'est vrai. Vous avez entièrement raison.

Dorje, Kami, Mme Ram et Miss Simpkins nous aidèrent à sortir de l'ornithoptère, ce qui ne fut pas une mince affaire, car nos jambes gelées et endolories refusaient de se déplier.

— Marjorie ! s'exclama Kate en nouant les bras autour du cou de son chaperon.

— Allons, allons, du calme, c'est fini, murmurait Miss Simpkins en lui tapotant le dos.

Malgré tous ses efforts pour prendre un air pincé, elle ne parvenait pas à déguiser sa joie, et l'ébauche d'un sourire relevait le coin de ses lèvres.

— Nous avons vu que le *Saga* était touché, dit Kate. Nous avions peur que vous n'ayez coulé avec.

— Votre chaperon est une couturière accomplie, déclara Dorje. Et rapide, avec ça.

— Vous avez contribué à réparer les ballonnets ? demandai-je, incrédule.

— Bah, ce n'était rien du tout. Ils m'ont hissée dans les cordages sur une petite balançoire, et j'ai raccommodé les trous. Un jeu d'enfant !

— Il s'en est fallu de peu, commenta Dorje.

Kate dévisageait son chaperon en agitant la tête.

— Bravo, Marjorie ! Vous êtes un héros.

Les échanges s'arrêtèrent là. Nadira et Hal avaient besoin de soins ; Kate et moi tenions à peine debout. Miss Simpkins escorta Kate dans leur suite. Soutenant Nadira, Mme Ram l'emmena avec elle. Dorje examinait l'épaule blessée de Hal. Je m'appuyai sur Kami, qui m'accompagna jusqu'à ma cabine. À la porte, je le remerciai, mais il n'avait pas l'intention d'en rester là. Il m'assit sur la couchette du bas et, indifférent à mes protestations, il entreprit de me débarrasser de ma combinaison d'altitude. J'avais beau faire le fier, j'aurais été bien incapable de l'ôter moi-même.

— Vous m'avez sauvé la vie, dit-il. Je vous dois au moins cela.

Mes doigts étaient crispés, raides et recourbés. Plié en deux, incapable de me redresser, je me sentais aussi fragile qu'un vieillard. Une fois en sous-vêtements, je me mis à frissonner. Kami m'ordonna de m'étendre, tira les couvertures sur moi, puis il examina mon visage et mes mains d'un œil exercé. Ensuite, les choses se brouillèrent ; dès que j'eus la tête sur l'oreiller, je glissai dans le sommeil. À travers les brumes de mon cerveau, je sentis que Kami Sherpa mettait une bouillotte sous les draps, appliquait de la pommade et de la gaze sur ma peau, et je m'endormis baigné dans une sensation de chaleur délicieuse et de bien-être.

À mon réveil, j'avais perdu toute notion du temps. La lumière grise qui filtrait par le hublot pouvait aussi bien être celle de l'aube que celle du crépuscule. Je restais là, immobile, la tête vide, comme nettoyée par une tornade. J'étais vivant ! Et j'avais une faim de loup. Soif aussi. Ma gorge était plus sèche que la Sibérie du ciel.

J'eus quelques difficultés à m'asseoir et à sortir mes jambes du lit. Mes muscles, mes os, tout était douloureux. M'habiller n'irait pas sans mal. Plusieurs de mes doigts étaient bandés, ainsi que mon pied gauche. Posté devant le miroir, j'étudiai mon reflet. J'avais le visage brûlé par le froid et le vent, les lèvres gercées et craquelées, une paupière enflée, presque fermée. Mes bras et ma poitrine étaient couverts de bleus. Je n'aurais su dire si je voyais un homme ou un garçon, mais peu m'importait, c'était moi.

Il me fallut un quart d'heure pour enfiler mes vêtements, attacher les boutons, remonter la fermeture à glissière. Le silence régnait à bord tandis que je gagnais le salon en clopinant. Les autres dormaient-ils encore ? En poussant la porte, je fus accueilli par l'odeur alléchante du pain chaud, qui me fit saliver. Contrairement à ce que je pensais, je n'étais pas le premier levé. Kate était déjà là, assise près de la bûche électrique allumée.

— Bonjour, dit-elle. Comment vous sentez-vous ?

— En pleine forme.

— Moi aussi. Mme Ram prépare le petit déjeuner. Je suppose que vous êtes affamé ?

– Oui. Et assoiffé.

Près d'elle, il y avait une carafe d'eau. Elle m'en versa un verre et me le tendit. Pendant quelques secondes, je ne pensai plus à rien, j'étais tout au plaisir de boire. L'eau m'emplissait la bouche et coulait dans ma gorge. En cet instant, je n'imaginais pas qu'il puisse y avoir au monde expérience plus satisfaisante. Kate me reprit le verre pour le remplir de nouveau.

– Merci, murmurai-je. Quelle heure est-il ?

– Environ sept heures du matin. Nous avons dormi dix-huit heures. J'ai croisé Dorje en venant. Il a extrait la balle de l'épaule de Hal et lui a remis le bras en place. Il m'a dit que Nadira allait déjà beaucoup mieux.

– Voilà une bonne nouvelle !

Nous restâmes un moment silencieux, puis j'éclatai de rire :

– Je n'en reviens pas que vous ayez décollé sans moi !

– Cet ornithoptère avait ses idées à lui. Je n'ai pas pu l'arrêter ! Je voulais décrire une boucle pour revenir vous chercher et, là, je vous ai vu sauter par la trappe.

Elle agita la tête, puis ajouta :

– J'en étais sidérée, tellement c'était idiot.

– Idiot ? Qu'aurais-je pu faire d'autre ? Vous auriez préféré que je coule avec l'épave ?

– Il n'y a que vous pour vous lancer dans le vide à cette altitude !

– Vous oubliez que j'avais des ailes.

– Je me demande parfois si vous n'avez pas toujours des ailes, dit-elle en m'adressant le plus gentil des sourires. Si, en règle générale, les anges ne muent pas, vous avez eu de la chance de perdre vos plumes. C'est grâce au sillage que vous laissiez derrière vous que je vous ai repéré après vous avoir perdu de vue.

– Vous avez été formidable.

– Vous aussi, quand vous êtes revenu à l'ingenierium. Astucieux stratagème que de libérer les ouranozoaires ! Évidemment, j'aurais pu finir électrocutée.

– Ce n'était pas la meilleure des idées...

– Ça a marché, c'est tout ce qui compte. Nous nous sommes sauvés mutuellement. L'idée me plaît bien.

J'inspirai profondément l'air riche et nourrissant.

– Nous sommes beaucoup plus bas, observai-je.

Kate hocha la tête :

– Huit mille pieds, d'après Dorje. Nous rentrons à Paris.

– Je suppose que je suis riche à présent ?

– Oui. Les plans de Grunel vont faire votre fortune.

Je souris tout en me demandant quelle somme je recevrais en partage. J'imaginais la maison que j'achèterais pour ma mère et mes sœurs, les épaisses liasses de billets que je mettrais à la banque pour elles. Je pensais à l'avenir que je me bâtirais, un avenir à la hauteur de mes ambitions, beau comme un gratte-ciel.

– Vous ne retournerez peut-être pas vous embêter à l'Académie, après cela.

– Si, répondis-je sans hésiter.

Ma réaction me surprit moi-même, et pourtant elle partait du cœur. Pendant des années, j'avais rêvé d'entrer à l'Académie aérostatique, et ce rêve m'avait maintenu à flot. Je n'y renoncerais pas ! J'avais eu la chance d'y être admis. Si je ne terminais pas mes études, si je baissais les bras devant les difficultés qu'elles présentaient, j'en serais amoindri.

– J'ai la ferme intention d'obtenir mon diplôme, déclarai-je à Kate.

– C'est bien. Il faut finir ce qu'on a commencé. Riche et diplômé, vous verrez toutes les portes s'ouvrir devant vous.

Je la fixai dans les yeux :

– Cela me rend-il meilleur, d'être riche ?

Avant qu'elle puisse répondre, Hal fit irruption dans la pièce. Le bras en écharpe, les cheveux en bataille, il paraissait très agité :

– Cruse, vous avez les plans, hein ?

– Vous les aviez rangés dans votre sac à dos, je crois.

– Oui, mais je ne trouve plus mon sac.

– En débarquant, nous les avons laissés à bord de l'ornithoptère.

– Je reviens de la soute. J'ai vérifié tous les cockpits et trouvé tous les sacs sauf le mien. Vous êtes certain de ne pas l'avoir emporté dans votre cabine hier soir ?

– Oui, j'en suis sûr.

– Je ne l'ai pas pris non plus, intervint Kate.

Hal se frotta la tête avec irritation :

— Si cette diablesse de Gitane...

— Hal, franchement ! le coupa Kate. Vous ne pensez tout de même pas qu'elle...

— Oh, non ! soupirai-je, abattu.

— Quoi ? Qu'est-ce qu'il y a ? s'enquit Kate.

J'étais atterré : quelques secondes plus tôt, mon avenir brillait comme un soleil. À présent, il était réduit en cendres.

— Je sais où est votre sac, Hal, murmurai-je.

— Où ?

— Au fond de l'Antarctique.

Si j'avais un jour dîné avec Vikram Szpirglas et ses pirates assassins, craignant pour ma vie et pour celle de Kate tout au long du repas, ce n'était rien en comparaison du petit déjeuner sur le *Sagarmatha* ce matin-là. L'ambiance était sinistre, et la tension, palpable. Assis autour de la table, Nadira, Hal, Kate et moi remuions la nourriture du bout de nos fourchettes sans rien manger. Hal avait débouché une bouteille de whisky, mais il n'en offrait à personne, remplissait son verre, le vidait, le remplissait de nouveau.

— Quand nous arriverons à Paris, ils vont saisir le dirigeable. Enfin, ce qu'il en reste, grommela-t-il.

— Hal, je suis désolé, répétai-je pour la vingtième fois.

Jamais je ne m'étais senti plus mortifié, plus accablé. Je ne souffrais pas seulement pour Hal, mais aussi pour

Nadira et pour moi. Les plans de Grunel ne nous rapporteraient pas un sou ; sa belle cité des airs ne verrait pas le jour. Tous nos rêves s'étaient dissous dans les eaux glacées de l'océan.

La porte s'ouvrit sur Miss Simpkins, qui entra à pas pressés.

— Excusez-moi, je suis affreusement en retard, déclarat-elle gaiement en s'installant. Je ne me suis pas réveillée. Cela ne m'arrive jamais. Et j'ai eu un mal fou à obtenir de l'eau chaude de cette douche infernale pour me rincer les cheveux.

Elle s'interrompit, fit du regard le tour de la table :

— Eh bien, qu'est-ce qui ne va pas ?

Je fermai les yeux et exhalai mon souffle.

— Très chère Miss Simpkins, commença Hal en se versant un whisky de plus, vous n'avez pas eu vent de notre petite mésaventure, je présume ? Matt Cruse ici présent daignera peut-être vous éclairer.

Je le dévisageai, sidéré par son besoin constant de me torturer.

— Bon, reprit-il. Puisque Cruse ne veut pas avouer, allons-y. Nous étions à bord de l'*Hyperion*, sur le point de nous échapper à bord d'un ornithoptère. J'ai lancé mon sac à Cruse pour qu'il prenne mes explosifs et fasse sauter la porte du hangar. Dans ce sac, Miss Simpkins, dans ce sac étaient rangés les plans de la machine de Grunel.

— Ah oui, la machine. Kate m'en a parlé hier soir. Selon elle, ces plans valent une fortune.

—Exact, répondit Hal en me fixant d'un œil mauvais. Il se trouve, hélas, que M. Cruse a jugé bon de laisser mon sac, et tout ce qu'il contenait, sur le sol du hangar.

—Non! s'exclama Miss Simpkins en posant sur moi de grands yeux ahuris.

Malgré ma lassitude et mon abattement, je ne pouvais pas laisser Hal m'accuser de tous les maux sans tenter de me défendre.

—C'était la panique! protestai-je. Le vaisseau coulait. Le temps manquait. J'essayais de rattraper l'ornithoptère avant qu'il s'envole quand une explosion s'est produite. J'avais des préoccupations plus pressantes que ce sac. À ce propos, Hal, vous auriez pu m'y faire penser.

—Mais je croyais que vous l'aviez sur vous! Je croyais que vous étiez un homme, et pas un gamin! Il contenait notre fortune, bon sang! Vous auriez dû vous en souvenir!

—Cela vaut peut-être mieux ainsi, intervint Kate.

—Vraiment, mademoiselle de Vries? ironisa Hal. Expliquez-vous.

—Vendre les plans de Grunel n'aurait pas été si facile. D'abord, il vous aurait fallu convaincre des sceptiques. Qui croirait qu'une telle machine puisse fonctionner? Ensuite, plus important peut-être, si le Consortium Aruba découvrait que vous aviez ces plans, vous seriez tous en danger de mort.

Hal demeura quelques instants silencieux avant de répondre:

– J'aurais préféré prendre ce risque, et avoir les plans.

– Moi aussi, fit Nadira.

Je me réjouissais de la voir en bonne forme et espérais que ce contretemps fâcheux ne me vaudrait pas son mépris éternel.

– Nous sommes en vie, insista Kate. Nous devrions en être heureux et reconnaissants.

– Personne ici ne déborde de bonheur, déclarai-je, et cela se comprend. Je suis sincèrement désolé.

– Cessez donc de vous confondre en excuses ! lança Nadira, agacée. Ce n'est pas votre faute.

Je me tournai vers elle, éberlué et plein de gratitude :

– À vrai dire...

– À qui la faute, alors ? gronda Hal.

– N'importe qui aurait oublié le sac, dans ces circonstances, répliqua Nadira.

– Exactement, l'appuya Kate.

Écœuré, Hal secoua la tête, prit la bouteille de whisky pour se resservir et en versa à côté.

– Franchement, j'aurai tout entendu ! dit-il d'une voix pâteuse. N'ayons pas peur des mots. Par sa bêtise, ce garçon m'a ruiné.

– Eh bien, moi, j'ai entendu suffisamment de bêtises pour la journée, rétorqua Kate.

– Moi, je dis des bêtises ? rugit Hal en frappant du poing sur la table. Cet imbécile m'a mis sur la paille !

– C'est mesquin et injuste d'accuser Matt de la sorte, alors qu'il a le courage de reconnaître son oubli et de s'en excuser sans nécessité. Nadira a raison. Ce n'est la faute de personne.

— Allez donc jouer avec vos peluches empaillées, mademoiselle de Vries !

— C'est précisément ce que je comptais faire, merci.

Sur ce, elle se leva de table pour sortir.

— Vous êtes ivre, monsieur Slater, déclara Miss Simpkins en se levant à son tour. Ivre au petit déjeuner ! C'est indigne d'un gentleman, et indigne de vous.

À la suite de Kate, elle quitta la pièce. Hal fixait son verre d'un air renfrogné.

— Ah, les riches ! grommela-t-il. Kate de Vries n'a aucune idée de ce que cela implique pour nous. Elle n'a pas pris un risque de sa vie.

— Ce n'est pas vrai ! me récriai-je, indigné. Elle est de famille riche, certes, mais, si elle jouait selon les règles, elle serait dans un salon à faire de la broderie en attendant qu'un homme encore plus riche l'épouse. Ses parents n'ont pas l'air de se soucier de son bonheur. Elle va contre tout ce qu'ils représentent, contre ce qu'ils attendent d'elle parce qu'elle est différente et qu'elle a d'autres besoins. Elle veut étudier, voyager et apprendre.

— Votre discours est touchant. N'empêche qu'en cas d'échec elle atterrira en douceur sur un lit de plumes.

— Je vous rappelle qu'à bord de l'*Hyperion*, elle a risqué sa vie, comme nous autres.

— Et *quid* de nous autres, hein ?

Il pointa le doigt vers Nadira.

– Vous, qu'est-ce qui vous attend maintenant ? Un travail d'esclave dans un atelier clandestin ? Le trottoir ?

– Certainement pas, répliqua-t-elle en redressant la tête, royale.

– Je vois. Vous avez de grands projets, persifla Hal. Je l'espérais pour elle.

– En effet, j'ai une idée ou deux, dit-elle.

– Vous allez rentrez chez vous ? demandai-je.

– Ce serait le mariage ou l'humiliation à vie. Non. Je pense pouvoir faire mieux que ça.

– Je n'en doute pas, dis-je avec un sourire hésitant.

Malgré ses nombreux talents, je savais son avenir incertain, et je me sentais coupable. J'avais trahi ses espoirs, compromis ses chances de bonheur.

– Je suis assez bonne danseuse.

– Le nier serait mentir.

Je manquai de rougir au souvenir de la danse fascinante qu'elle nous avait offerte au salon et qui me semblait maintenant si lointaine.

– Je pourrais prendre un emploi au Moulin Rouge. Il paraît qu'ils cherchent toujours de nouvelles têtes.

– Pas que des têtes, remarqua Hal d'un ton égrillard. Ils aiment qu'on en montre un peu plus.

Le cabaret était réputé – en bien comme en mal – pour ses fêtes tapageuses et ses danseuses flamboyantes. L'idée que Nadira fréquente ce milieu ne me plaisait guère.

– Oh, je ne prétends pas que ce soit parfait. Mais c'est toujours mieux que de se produire dans les rues. On raconte que les danseuses du ventre sont très bien payées au Moulin Rouge. Je mettrai de l'argent de côté en attendant de trouver ma voie.

— Cela me semble être un bon plan, commentai-je, moins que convaincu.

— Bah, s'il se révèle mauvais, j'en inventerai un autre. Je veux ma place au soleil.

— Et vous l'aurez, affirmai-je en souriant.

Soudain, j'avais la certitude qu'elle s'en tirerait. Seulement, l'idée que, bientôt, nos chemins se sépareraient m'attristait un peu.

— Vous allez retourner à l'Académie, je suppose, dit Nadira.

— Oui.

Hal émit une sorte de grognement :

— Quel destin passionnant ! Vous serez le chauffeur des riches.

— Je ne le vois pas de cet œil.

— Remarquez, c'est l'hôpital qui se moque de la charité, répondit-il en buvant une gorgée de whisky. Je risque de finir deuxième lieutenant sur l'aérostat d'un autre pour payer mes dettes.

— Tel que je vous connais, vous ne serez pas longtemps au fond du trou, déclarai-je. Vous échafauderez quelque projet grandiose, et vous rachèterez le *Saga*. Un jour, j'ai entendu dire que celui qui recevait la malchance en partage et réussissait malgré tout était le plus noble des hommes.

– De belles paroles, bien vaines.

– Ce sont les vôtres, Hal, mot pour mot. Prononcées dans la bibliothèque de Kate de Vries. Elles me sont restées parce qu'elles correspondent à ce que je pense.

– Réussir..., marmonna-t-il. Comment ? Avec quoi ?

Il abattit son poing sur la table :

– J'ai risqué ma vie, mon vaisseau, tout ce que je possédais pour l'*Hyperion* ! Le trésor était à portée de ma main.

Il releva les yeux sur moi, les traits déformés par l'alcool, le regard haineux :

– Et vous vous êtes interposé ! Retournez dans votre Académie, Cruse. Jamais vous n'arriverez à rien. Vous êtes un sot. Plus de plans, rien, pas même un lingot de l'or que vous promettiez !

– Oh, *de l'or*, il y en avait ! répliquai-je avec véhémence.

À l'origine, je voulais garder le secret, mais la mesure était comble. J'en avais assez qu'il me harcèle de ses accusations et de ses insultes.

– Pardon ?

– Parfaitement, *de l'or*, des *tonnes* d'or, poursuivis-je. Derrière la paroi du passage secret. C'est là que Grunel le cachait.

– Vous cherchez à me rendre enragé ! gronda Hal.

– Pas du tout. Il y en avait bien vingt coffres. Je les ai découverts en retournant chercher Kate.

– C'est vrai ? lâcha Nadira.

Je fis oui de la tête, honteux de m'être laissé emporter. En révélant le secret du trésor pour me venger de Hal, je faisais de la peine à Nadira, dont les grands yeux s'étaient emplis de larmes.

Hal soufflait comme un buffle. Je crus un instant qu'il allait se jeter en travers de la table pour m'étrangler. Puis sa colère le quitta, il se dégonfla comme une baudruche :

– Vous étiez devant, et vous n'avez rien pris ? Pourquoi ?

– C'est lourd, l'or.

– Une vingtaine de lingots auraient suffi à réparer le vaisseau et éponger le pire de mes dettes !

– J'étais parti pour sauver Kate. Je n'en avais pas le temps.

– Vous avez bien fait, déclara Nadira en opinant du chef.

– Ha ! Le preux chevalier ! ironisa Hal. Si vous voulez mon opinion, entre nous, hein, d'homme à homme, je pense que Kate de Vries vous admirerait davantage si vous aviez pris un peu d'or.

Je retrouvai Kate dans la soute, installée dans le cockpit de l'ornithoptère de Grunel à étudier le tableau de bord.

– Ah, vous voilà, dit-elle en se retournant. Cette machine est stupéfiante ! Hal ne l'apprécie pas à sa juste valeur. Il pourrait breveter le concept pour le vendre.

– Je doute que le pédalier fasse un tabac. Maintenir ce truc en l'air n'est pas de tout repos.

– Je reconnais que l'engin pèse son poids. Il fallait le traîner. Si Hal est d'accord, j'aimerais le lui acheter. Je lui en donnerais un bon prix. Au moins, vous auriez quelque chose à partager, tous les trois.

– Je suis sûr qu'il apprécierait. C'est très gentil à vous.

– Pas du tout. Je suis très attachée à cette machine.

– Elle nous a sauvé la vie. Grâce à vos talents de pilote

– Tout ce qu'il a dit à propos de vous, Matt... ne l'écoutez pas. C'est du dépit.

– S'il s'agissait de mon vaisseau, je crois que je me soûlerais aussi.

– Vous m'avez posé une question tout à l'heure.

Je mis quelques secondes à m'en souvenir.

– Ah. Est-ce qu'être riche me rendrait meilleur ? Rien ne vous oblige plus à y répondre.

– C'est tout de même une question importante, il me semble.

– Vous avez la réponse ?

– Oui. Enfin, non. Parce que cela dépend de vous.

– Vraiment ? Supposons que vous ayez à choisir entre un Matt Cruse riche et un Matt Cruse pauvre.

Elle sourit :

– Cela n'a jamais eu d'importance à mes yeux.

– Non ?

Rien qu'à la regarder, je compris qu'elle disait vrai.

– Mais, pour les autres, c'est important, fis-je. Pour moi aussi, cela compte, Kate. Plus que je ne voudrais, je ne vous le cache pas.

– Il est bon de le savoir.

– Hal me voit destiné à être chauffeur pour riches. Cela vous répugne ?

– Pas le moins du monde. Il vaut toujours mieux être aux commandes de l'appareil, n'est-ce pas ?

Je ne pus m'empêcher de rire. Et Kate d'ajouter :

– Notez bien que, pour le moment, c'est moi qui suis assise à la place du pilote.

– C'est aussi mon impression.

– Montez et dites-moi où vous voulez que je vous conduise.

Je souris. Nous avions le hangar pour nous. Avisant un bourrelet sur la carlingue, je mis mon pied dessus pour prendre appui et me hissais déjà sur le cockpit quand quelque chose céda sous mon poids. Je retombai au sol.

– Pas de bobo ? s'enquit Kate en me regardant d'en haut.

– C'est une trappe à bagages, dis-je en inspectant la cavité que j'avais ouverte par hasard.

À l'intérieur, il y avait deux sacs blancs. Je les déchargeai l'un après l'autre, car ils étaient diablement lourds.

– Ce sont des taies d'oreiller, annonçai-je.

– Et dedans ? Qu'est-ce qu'il y a ?

J'ouvris la première et restai un moment muet de stupéfaction :

– De l'or, soufflai-je enfin.

– Ne vous moquez pas ! Qu'est-ce qu'il y a dedans ?

Souriant d'une oreille à l'autre, je lui tendis la taie pour qu'elle voie elle aussi les lingots dans tout leur éclat.

— Mince alors ! Je comprends mieux pourquoi l'engin était si lourd !

— Ce filou de Hendrickson ! Le domestique de Grunel a volé de l'or pour s'enfuir avec !

— Ce que j'aimerais savoir, c'est où il l'a trouvé.

Je n'avais pas encore parlé à Kate de la réserve de lingots dans le passage secret. Tandis qu'elle s'extirpait du cockpit pour descendre me rejoindre, je lui racontai ma découverte.

— Combien de barres, en tout ? s'enquit-elle.

Nous vidâmes les taies sur le sol pour les compter. Quarante. Je fis un rapide calcul.

— Cela en fait trente deux pour Hal, quatre pour Nadira, quatre pour moi. Avec ça, Hal aura assez pour réparer le *Saga* et liquider ses dettes, dis-je, le cœur battant.

— Et c'est une agréable aubaine pour vous comme pour Nadira. Vous ne serez pas le jeune homme le plus riche de Paris, mais vous ne serez pas le plus pauvre.

— Cela me convient parfaitement, répondis-je.

Nous nous regardions, Kate et moi. L'or perdait son éclat à côté de son visage radieux. Je lui pris la main et eus de nouveau le sentiment d'être de retour chez moi. J'avais envie de la serrer dans mes bras, de l'embrasser. Pourtant, je n'en fis rien ; cela aurait tout gâché. Je n'aurais pas pu voir ses yeux. Et, tant que nos yeux restaient en contact, un courant passait entre nous. Ensemble, nous générions assez d'électricité pour alimenter une cité aérienne. Mon cœur de Sherpa atteignait des sommets himalayens. Il était aussi vaste, aussi fort que le ciel.